中国古典四大名剧
彩色插图本

桃花扇

孔尚任 著

王季思 苏寰中 杨德平 校注

人民文学出版社

图书在版编目(CIP)数据

桃花扇/(清)孔尚任著;王季思,苏寰中,杨德平校注.—北京:人民文学出版社,2022
(中国古典四大名剧:彩色插图本)
ISBN 978-7-02-016371-7

Ⅰ.①桃… Ⅱ.①孔…②王…③苏…④杨… Ⅲ.①传奇剧(戏曲)—剧本—中国—清代 Ⅳ.①I237.2

中国版本图书馆 CIP 数据核字(2022)第 037652 号

责任编辑	张梦笔　葛云波
装帧设计	刘　静
责任印制	任　祎

出版发行	人民文学出版社
社　　址	北京市朝内大街166号
邮政编码	100705
印　　刷	三河市中晟雅豪印务有限公司
经　　销	全国新华书店等
字　　数	234千字
开　　本	890毫米×1290毫米　1/32
印　　张	10　插页9
印　　数	1—10000
版　　次	1959年4月北京第1版
印　　次	2022年4月第1次印刷
书　　号	978-7-02-016371-7
定　　价	66.00元

如有印装质量问题,请与本社图书销售中心调换。电话:010-65233595

· 第五韵《访翠》

· 第十二齣《辞院》

·第二十三韵 《寄扇》

·第二十四齣《罵筵》

· 第三十四韵 《截矶》

· 第三十六齣 《逃難》

·第三十九韵 《栖真》

· 第四十韵《入道》

前　言

　　孔尚任(1648—1718),字聘之,又字季重,号东塘,别号岸堂,自称云亭山人。山东曲阜人,孔子六十四代孙。他的一生大概可以分为三个阶段。一、仕前阶段。三十七岁前,在家过着养亲、读书的生活。他接触了一些南明遗民,了解到许多南明王朝兴亡的第一手史料和李香君的轶事。对写一部反映南明兴亡的历史剧萌发浓厚兴趣,开始了《桃花扇》的构思和试笔,但"仅画其轮廓,实未饰其藻采也"(《桃花扇本末》)。二、出仕阶段。1684年康熙南巡北归,特至曲阜祭孔,三十七岁的孔尚任在御前讲经,颇得康熙的赏识,破格授为国子博士,赴京就任。三十九岁,奉命赴江南治水,历时四载。这个时期,他的足迹几乎踏遍南明故地,又与一大批有民族气节的明代遗民结为知交,接受他们的爱国思想,加深了对南明兴亡历史的认识。他积极收集素材,丰富创作《桃花扇》的构思。康熙二十九年(1690),奉调回京,历任国子监博士、户部主事、广东司外郎。经过毕生努力,三易其稿,康熙三十八年,五十二岁的孔尚任,终于写成了《桃花扇》。一时洛阳纸贵,不仅在北京频繁演出,"岁无虚日",而且流传到偏远的地方,连"万山中,阻绝入境"的楚地容美(今湖北鹤峰县),也有演出(《桃花扇本末》)。次年三月,孔尚任被免职,"命薄忍遭文字憎,缄口金人受诽谤"(《容美土司田舜年遣使投诗赞予〈桃花扇〉传奇,依韵却寄》),从这些诗句看,他这次罢官很可能是因创作《桃花扇》得祸。三、隐居阶段。罢官后，孔尚任在京赋闲两年多，接着回乡隐居。康熙五十七年(1718)这位享有盛誉的一代戏曲家，就在曲阜石门家中与世长辞了，年七十岁。他的作品还有和顾采合著的《小忽雷》传奇及诗文集《湖海集》、《岸堂文集》、《长留集》等，均传世。

孔尚任在《先声》中，借副末之口概括了作品的思想内容和艺术特色，《桃花扇》写的是"明朝末年南京近事。借离合之情，写兴亡之感，实事实人，有凭有据"。

中国历史上，曾出现过几次南渡政权，东晋和南朝共二百七十年，南宋一百五十年，但最短命的是南明王朝，仅仅一年零一个月就覆灭了。占有江南广袤的富庶地区，拥有数十万武装的南明，为什么如此短命呢？这是很值得深思的问题。《桃花扇》通过艺术形象，相当真实地反映了这段历史，比较深刻地回答了这个问题。

作者认为南明政权的迅速覆灭，主要在于统治集团的腐朽、权奸的误国。他塑造了马士英、阮大铖两个丧国的权奸形象。阮大铖是老牌的政治阴谋家、野心家，依附魏忠贤失败后，屏居南京，时刻窥测方向，伺机重登政坛，但都遭到了失败。马士英，《明史》称他"贪鄙无远略"，是阮大铖的靠山。剧本写崇祯皇帝去世后，他声称"幸遇国家多故，正我辈得意之秋"（《迎驾》），把迎立新皇帝当作一宗大买卖来做。在阮大铖积极筹谋，四出奔走下，抢先迎立昏庸的福王为帝，"凭着这拥立功，大权在手"（《迎驾》）。从此马士英篡夺朝政，阮大铖死灰复燃，把南明一步步推向覆亡的深渊。他们排斥异己，"日日罗织正人"（《逮社》），制造恐怖的统治。"进声色，罗货利"，"呼朋引党"，把向弘光选优献乐，作为中兴第一要事，而兴国大事，无一筹划。他们"私君、私官、私恩、私仇"，"无一非私"（《拜坛·眉批》），把朝政搞得乌烟瘴气。他们又推行"宁可叩北兵之马，不可试南贼之刀"的卖国方略，当清兵南下时，竟下令将北防的兵力调去堵截左良玉"清君侧"的大兵，丢下凤、淮一带，千里空营，让清兵长驱直进，"这江山倒像设着筵席请"（《誓师》）。当兵临城下，史可法在扬州告急时，马士英、阮大铖惊慌失措，带着搜刮得来的民脂民膏，娇娃美女，仓皇出逃。一夜之间皇城大乱，南明也随之丧亡。孔尚任在原书《小引》中说："《桃花扇》一剧，皆南朝新事，父老犹有存者。场上歌舞，局外指点，知三百年之基业，隳于何人？败于何事？消于何年？歇于何地？不独令观者感慨涕零，亦可惩创人心，为末世之一救矣！"可以说，通过误国权奸的形象塑造，达到了其创作意图。

作者还用浓墨重笔，描写了南明武臣的腐败误国，以黄得功等为首的江北四镇，掌握南明的兵权，但竟为争夺元帅军帐的座位排列，大动干戈，"没见阵上逞威风，早已窝里相争闹，笑中兴封了一伙小儿曹"（《争位》）。他们又秉承马、阮意旨，移镇上江，堵截左兵，让清兵长驱直进，加速了南明的覆灭。刘泽清、刘良佐两镇还把弘光当作宝贝，"送与北朝"，企望"赏咱们个大王爵"，"倒戈劫君，争功邀赏。顿丧心，全反面，真贼党"（《劫宝》）。

在整部剧作中，始终贯串着进步力量与权奸斗争这条主线。以李香君为代表的底层人民，以复社文人为代表的进步力量，以史可法为首的忠义将士，一直与阮大铖的复辟和马、阮丧国罪行作针锋相对的斗争。李香君在《却奁》中，根据种种迹象，洞察阮大铖的阴谋，毅然却奁，使阮大铖拉拢复社的企图不能得逞。在《守楼》中，她以头撞壁，不惜牺牲生命，不肯下嫁奸党田仰，忠贞于侯方域的爱情,反对马士英、阮大铖的迫害。在《骂筵》中,她立意做个"女祢衡",当阮大铖命她侑酒唱曲时,乘机将自己满腔积愤尽情披露,把马、阮的罪行一一控诉。她凛然正气,刚烈的行为,掷地有声的言词,反映了广大人民对权奸的痛恨和斗争,表现了光辉的爱国思想。

史可法在"迎立"这个关系南明兴亡的关键问题上,反对迎立昏庸的福王;他竭精尽力化解四镇的武装冲突,以期团结对外。当门户洞开,清兵已入淮境,扬州城危在旦夕时,史可法忠怀激烈,以理以情晓动将士精忠报国。言尽以泪,泪尽以血,血泪淋漓,沾满战袍。终于感动官兵,誓与扬州共存亡。"上阵不利,守城";"守城不利,巷战";"巷战不利,短接";"短接不利,自尽"(《誓师》)。三军将士同仇敌忾,气壮河山。当扬州失守,又得知弘光已溜出南京,"江山换主,无可留恋"时,史可法毅然效法屈原,投江自尽,表现了崇高的爱国主义精神。

怎样看待《桃花扇》对清朝的描写呢?孔尚任要把南明的历史,编写成戏剧,搬上舞台,是冒着很大政治风险的。清初几起文字狱,大多与写明史有关。康熙二年,孔尚任十五岁时,就发生了震动朝野的明史案。以庄廷𬭚名义出版的《明史辑略》(或作《明书辑略》)中,只因有不少"违碍"的语词,竟酿成大狱,入狱者数百人,被处死者七十多人。《桃花扇》如语词违碍,或对清朝有所指斥,说不定也会造成大狱,株连九族。

作者在《孤吟》中,假借赞礼之口说:"只怕世事含糊八九件,人情遮盖两三分。"暗示他反映现实的某些"含糊"和"遮盖"有不得已的苦衷。作者在开端《先声》中,脱离作品内容和故事情节,列举康熙二十三年出现的十二种祥瑞,歌颂太平盛世,这只是作者为剧本买一个保险的手法。作品"含糊"、"遮盖"的手法不止一端：他尽可能回避清兵与南明的冲突，巧妙的是始终不让清兵走上舞台。对南明城池的易手，主要写南明战将的内哄，忠义之士的独立难支，统治集团的望风而逃，而不写清朝的用兵。根据历史记载，史可法在扬州城陷时，被清兵俘虏，不屈而死。《明史·史可法传》："城遂破，可法自刎不遂，一参将拥可法出小东门，遂被执，可法大呼曰：'我史督师也。'遂杀之。"而作者改写为沉江殉国，从中可以看出他既要避免在舞台上出现清兵杀害史可法的形象，又要歌颂史可法的一番苦心。作者在"夹缝"中也往往透露了一些清兵南下造成的恶果，如写扬州被攻陷时，"望烽烟，杀气重，扬州沸喧，生灵尽席卷"（《沉江》）。而写"维扬井贮秋尸"（《馀韵》），也会使人联想清兵扬州大屠杀的罪行。但作品中对抗清报国之士及降清卖之人态度是异常鲜明的，前者大力歌颂，后者大力鞭挞，泾渭分明，贯彻始终。作品在戏剧冲突基本结束后，还着意增写《馀韵》一出，凭吊南明的兴亡，反映人民对故国的怀念，舆图换稿的哀思。

"借离合之情，写兴亡之感"，是《桃花扇》重要的艺术特色。首先，作品以侯方域和李香君爱情的悲欢离合为线索，展开戏剧冲突，推动剧情的变化发展，如线串珠。特别对侯、李定情之物桃花扇的描写，正如《凡例》所说："剧名《桃花扇》，则桃花扇譬则珠也，作《桃花扇》之笔譬则龙也。穿云入雾，或正或侧，而龙睛龙爪，总不离珠，观者当作巨眼。"其次，作者巧妙地把侯、李爱情政治化，融进了南明的兴亡斗争。促进侯、李的结合，原是一场政治阴谋，《传歌》、《眠香》、《却奁》这几齣戏，既是侯、李美满婚姻的开始，又是他们卷进政治漩涡的开端。李香君的却奁，打乱了阮大铖的如意算盘，并使他们的爱情得到升华。阮大铖的政治报复，迫使侯、李生离死别，但又让他们有机会接触更广泛的社会,更坚决参与对权奸的斗争。《守楼》、《骂筵》两齣戏,把对爱情的捍卫和对权奸的斗争融为一体,构成了两次反奸斗争的高潮。南明覆亡后,侯方域与李香君意外重逢,悲喜交集,尽情倾诉相思之苦时,传道法师,当头棒喝:"呵呸,两个痴虫,你看国在那里?家在那里?君在那里?父在那里?偏是这点花月情根,割他不断么!"(《入道》)使他们冷汗淋漓,猛然惊醒,斩断情根,双双入道。南明的结束,也是侯、李爱情的了断,赋予他们爱情深刻的政治意义,抒发了强烈的亡国之痛。

将爱情融进政治斗争来描写,在戏曲史上前已有之。明代《浣纱记》、清代《长生殿》,都是通过男女主角的悲欢离合来串演一代兴亡历史的,对《桃花扇》有着一定的影响。但这两部戏曲所根据的往往是神话传说,还不算严格的历史剧。《桃花扇》这方面的写作难度更大,特点更突出,成就更高。

在真人真事、有凭有据的基础上,大量虚构,写作历史剧,又是《桃花扇》的另一艺术特色。原书《凡例》中说:"朝政得失,文人聚散,皆确考时地,全无假借。至于儿女钟情,宾客解嘲,虽稍有点染,亦非乌有子虚之比。"以阮大铖为例,阮大铖在历史上的确是魏党馀孽,葬送南明的罪魁祸首之一。书中的复社吴应箕以《留都防乱揭》声讨其罪,也是历史事实。要借侯方域之力,化解清议对他的指斥,为香君所识破,也出自《香姬传》。至于为马士英出谋献策,迎立福王为帝;依附马士英,狼狈为奸,大兴刑狱,浊乱朝政;撤江北之兵,让清兵长驱直进;最后降清,死于仙霞岭,都出自史实。至于人物性格,也与《明史》所写的"机敏猾贼,有才藻"相吻合。但作者在细节上,又作了大胆的渲染,合理的夸张、虚构,《哄丁》、《侦戏》、《闹榭》、《迎驾》、《媚座》、《骂筵》等场好戏,都于史无征,但却把阮大铖的权奸面目,刻画得须眉毕现,神形兼备,更真实地反映了历史。在真人真事的基础上,大胆夸张、虚构,创作历史剧,《桃花扇》这方面的成功经验,值得我们借鉴。

本书的校勘,根据康熙戊子刻本、兰雪堂本、暖红室本、梁启超注本互校,择善而从。校正的地方,不一一注出。断句时为便于读者的诵读,对曲文和说白中的骈语、诗词部分,除注意到语意外,还注意了它的音节和格调。注释方面,除了注明典故出处、疑难词句外,有时就整句、连句、甚至整支曲子加以串释,指出作者的用意所在。我们的工作比较粗糙,错误在所难免,恳请专家、读者多多指正。

苏寰中

目　录

桃花扇小引 …………………………………………… 1

桃花扇小识 …………………………………………… 3

桃花扇本末 …………………………………………… 5

桃花扇凡例 …………………………………………… 11

桃花扇考据 …………………………………………… 15

桃花扇纲领 …………………………………………… 20

卷一上本

试　一　齣　先声 ……………………………………… 1

第　一　齣　听稗 ……………………………………… 5

第　二　齣　传歌 ……………………………………… 16

第　三　齣　哄丁 ……………………………………… 23

第　四　齣　侦戏 ……………………………………… 31

第　五　齣　访翠 ……………………………………… 38

第　六　齣　眠香 ……………………………………… 46

第　七　齣　却奁 ……………………………………… 53

第　八　齣　闹榭 ……………………………………… 59

第　九　齣　抚兵 ……………………………………… 66

卷二上本

第　十　齣　修札 ……………………………………… 72

1

第十一齣　投辕	77
第十二齣　辞院	84
第十三齣　哭主	89
第十四齣　阻奸	96
第十五齣　迎驾	102
第十六齣　设朝	107
第十七齣　拒媒	113
第十八齣　争位	121
第十九齣　和战	127
第二十齣　移防	130
闰二十齣　闲话	134

卷三下本

加二十一齣　孤吟	140
第二十一齣　媚座	143
第二十二齣　守楼	149
第二十三齣　寄扇	153
第二十四齣　骂筵	159
第二十五齣　选优	167
第二十六齣　赚将	173
第二十七齣　逢舟	178
第二十八齣　题画	183
第二十九齣　逮社	190

卷四下本

第三十齣　归山	199

目 录

第三十一齣　草檄 ······················ 206

第三十二齣　拜坛 ······················ 214

第三十三齣　会狱 ······················ 221

第三十四齣　截矶 ······················ 226

第三十五齣　誓师 ······················ 231

第三十六齣　逃难 ······················ 234

第三十七齣　劫宝 ······················ 240

第三十八齣　沉江 ······················ 245

第三十九齣　栖真 ······················ 250

第 四 十 齣　入道 ······················ 255

续四十齣　馀韵 ······················ 266

附录 桃花扇序 ············ 梁溪梦鹤居士 278

桃花扇小引

　　传奇虽小道[1],凡诗赋、词曲、四六[2]、小说家,无体不备。至于摹写须眉[3],点染景物,乃兼画苑矣。其旨趣实本于三百篇[4],而义则春秋,用笔行文,又左、国、太史公也。于以警世易俗,赞圣道而辅王化,最近且切。今之乐,犹古之乐,岂不信哉?《桃花扇》一剧,皆南朝[5]新事,父老犹有存者。场上歌舞,局外指点,知三百年之基业,隳于何人?败于何事?消于何年?歇于何地?不独令观者感慨涕零,亦可惩创人心,为末世之一救矣。盖予未仕时,山居多暇,博采遗闻,入之声律,一句一字,抉心呕成[6]。今携游长安,借读者虽多,竟无一句一字着眼看毕之人,每抚胸浩叹,几欲付之一火。转思天下大矣,后世远矣,特识焦桐者[7],岂无中郎乎?予姑俟之。

康熙己卯三月云亭山人偶笔[8]

注　释

　　[1]　传奇虽小道——封建时代的学者轻视戏曲小说,认为它们不能与正统文学的诗、古文相比,因此称作小道。

　　[2]　四六——是骈文的一种,用四字六字句相对成文的。

　　[3]　"至于摹写须眉"三句——古时称男子为须眉,摹写须眉即指描写人物。这三句的意思是说:传奇在描写人物、点染景物方面,兼具有绘画的功能。

〔4〕 "其旨趣实本于三百篇"四句——旨趣指宗旨及倾向。三百篇即《诗经》。左是《左传》。国是《国语》。太史公即"太史公书",是汉司马迁著的《史记》。

〔5〕 南朝——指南明。明朝京师失陷后,由宗室在南方建立了若干政权,历经四帝一监国。

〔6〕 抉心呕成——用尽心血写成的意思。

〔7〕 "特识焦桐者"二句——东汉时蔡邕(蔡中郎)听见桐木在火中爆裂的声音,知道它是制琴的好材料,把它抢救出来制琴。制成后这琴的尾部还留有烧焦的痕迹,因此称作焦桐。这两句意说《桃花扇》传奇将来总会有人赏识的。

〔8〕 云亭山人——孔尚任的别号。

桃花扇小识

　　传奇者,传其事之奇焉者也,事不奇则不传。桃花扇何奇乎？妓女之扇也[1],荡子之题也,游客之画也,皆事之鄙焉者也;为悦己容[2],甘剺面[3]以誓志,亦事之细焉者也;伊其相谑[4],借血点而染花,亦事之轻焉者也;私物表情,密缄寄信,又事之猥亵而不足道者也。桃花扇何奇乎？其不奇而奇者,扇面之桃花也;桃花者,美人之血痕也;血痕者,守贞待字[5],碎首淋漓不肯辱于权奸者也;权奸者,魏阉之馀孽[6]也;馀孽者,进声色,罗货利,结党复仇,隳三百年之帝基者也。帝基不存,权奸安在？惟美人之血痕,扇面之桃花,啧啧[7]在口,历历在目,此则事之不奇而奇,不必传而可传者也。人面耶？桃花耶[8]？虽历千百春,艳红相映,问种桃之道士,且不知归何处矣。

康熙戊子三月云亭山人漫书

注　释

　　[1]　"妓女之扇也"三句——妓女指李香君。荡子指侯方域。游客指杨龙友。题扇及画扇二事见《桃花扇》第四出及第二十二出。

　　[2]　为悦己容——司马迁《报任安书》："士为知己者用,女为悦己者容。"容指修饰容貌。

　　[3]　剺(lí)面——割破面。

〔4〕 伊其相谑——《诗经·郑风·溱洧》篇句,意指男女互相戏谑。

〔5〕 待字——即待嫁,这里意指香君等待侯方域来迎娶。

〔6〕 魏阉之馀孽——魏阉指明代的宦官魏忠贤。馀孽指马士英、阮大铖等。

〔7〕 啧啧——赞叹声。

〔8〕 "人面耶?桃花耶?"数句——意说作者的生命有限,而《桃花扇》的故事可以长远流传。唐刘禹锡《再游玄都观》诗:"种桃道士归何处,前度刘郎今又来。"这里暗用他的语意。

桃花扇本末

族兄方训公,崇祯[1]末为南部曹[2];予舅翁秦光仪先生,其姻娅[3]也。避乱依之,羁栖[4]三载,得弘光[5]遗事甚悉;旋里后数数为予言之。证以诸家稗记[6],无弗同者,盖实录也。独香姬面血溅扇,杨龙友以画笔点之,此则龙友小史[7]言于方训公者。虽不见诸别籍,其事则新奇可传,《桃花扇》一剧感此而作也。南朝兴亡,遂系之桃花扇底。

予未仕时,每拟作此传奇,恐闻见未广,有乖[8]信史;寤歌[9]之馀,仅画其轮廓,实未饰其藻采也。然独好夸于密友曰:"吾有《桃花扇》传奇,尚秘之枕中[10]。"及索米长安[11],与僚辈饮宴,亦往往及之。又十馀年,兴已阑矣。少司农田纶霞[12]先生来京,每见必握手索览。予不得已,乃挑灯填词,以塞其求;凡三易稿而书成,盖己卯[13]之六月也。

前有《小忽雷》传奇一种,皆顾子天石代予填词。予虽稍谙宫调[14],恐不谐于歌者之口,及作《桃花扇》时,天石已出都矣。适吴人王寿熙春,丁继之友也;赴红兰主人[15]招,留滞京邸。朝夕过从,示予以曲本套数[16],时优熟解者,遂依谱填之。每一曲成,必按节而歌,稍有拗字[17],即为改制,故通本无聱牙[18]之病。

《桃花扇》本成,王公荐绅,莫不借钞,时有纸贵之誉[19]。己卯秋夕,内侍[20]索《桃花扇》本甚急;予之缮本莫知流传何所,乃于张平州中丞[21]家,觅得一本,午夜进之直邸[22],遂入内府[23]。

己卯除夜,李木庵总宪[24]遣使送岁金,即索《桃花扇》为围炉下酒之物[25]。开岁灯节,已买优扮演矣。其班名"金斗",出之李相国湘北[26]先生宅,名噪时流,唱《题画》一折,尤得神解也。

庚辰[27]四月,予已解组[28],木庵先生招观《桃花扇》。一时翰部台垣[29],群公咸集;让予独居上座,命诸伶更番进觞,邀予品题[30]。座客啧啧指顾[31],颇有凌云[32]之气。

长安之演《桃花扇》者,岁无虚日,独寄园[33]一席,最为繁盛。名公巨卿,墨客骚人[34],骈集者座不容膝。张施则锦天绣地,胪列则珠海珍山。选优两部,秀者以充正色,蠢者以供杂脚[35]。凡砌抹[36]诸物,莫不应手裕如。优人感其厚赐,亦极力描写,声情俱妙。盖主人乃高阳相公[37]之文孙,诗酒风流,今时王谢[38]也。故不惜物力,为此豪举。然笙歌靡丽之中,或有掩袂[39]独坐者,则故臣遗老也;灯炧[40]酒阑,唏嘘[41]而散。

楚地之容美[42],在万山中,阻绝入境,即古桃源[43]也。共洞主田舜年,颇嗜诗书。予友顾天石有刘子骥之愿[44],竟入洞访之,盘桓[45]数月,甚被崇礼。每宴必命家姬奏《桃花扇》,亦复旖旎[46]可赏,盖不知何人传入。或有鸡林之贾[47]耶?

岁丙戌[48],予驱车恒山[49],遇旧寅长刘雨峰[50],为郡太守。时群僚高宴,留予观演《桃花扇》;凡两日,缠绵尽致。僚友知出予手也,争以杯酒为寿。予意有未惬者,呼其部头[51],即席指点焉。

顾子天石,读予《桃花扇》,引而申之,改为《南桃花扇》。令生旦当场团圆,以快观者之目;其词华精警,追步临川[52]。虽补予之不逮,未免形予伧父,予敢不避席乎。

读《桃花扇》者,有题辞,有跋语,今已录于前后。又有批评,有诗歌,其每折之句批在顶,总批在尾,忖度予心,百不失一,皆借读者信笔书之,纵横满纸,已不记出自谁手。今皆存之,以重知己之爱。至于投诗赠歌,充盈箧笥,美且不胜收矣,俟录专集。

《桃花扇》钞本久而漫灭,几不可识。津门佟蔗村[53]者,诗人也。与粤东屈翁山[54]善。翁山之遗孤,育于其家,佟为谋婚产,无异己子,世多义之。薄游东鲁,过予舍,索钞本读之,才数行,击节[55]叫绝!倾囊橐五十金,付之梓人[56]。计其竣工也,尚难于百里之半,灾梨[57]真非易事也。

云亭山人漫题

注 释

〔1〕 崇祯——明思宗的年号(1628—1644)。

〔2〕 南部曹——部曹是过去京师各部司的官员。明代从成祖迁都北京后,以南京为留都,跟北京一样的设有各部官员。南部曹,指南京的部曹。

〔3〕 姻娅——即亲戚。

〔4〕 羁栖——旅居。

〔5〕 弘光——即明末福王由崧(1607—1646),李自成起义军攻陷北京时,他在南京即位,改元弘光。

〔6〕 稗记——笔记小说。

〔7〕 小史——书童。

〔8〕 乖——违背。

〔9〕 寤歌——睡醒时的歌咏,这里借指吟咏。

〔10〕 尚秘之枕中——即尚未公开。相传汉淮南王有《鸿宝苑秘书》,是叙述神仙驱使鬼物、化炼黄金的法术的,他恐怕泄漏,经常秘藏在枕中。

〔11〕 索米长安——到京师求禄的意思。据孔尚任《出山异数记》,他在康熙二十四年(公元1685年)赴京任官。

〔12〕 少司农田纶霞——司农是官名,汉代的九卿之一,掌管钱谷的事情。各代都没有多大改变,清代才以户部管理漕银田赋,因称户部尚书为大司农,户部侍郎为少司农。田纶霞即康熙时户部侍郎田雯,雯字纶霞,号山薑,德州人,与孔尚任交好。

〔13〕 己卯——公元1699年,即康熙三十八年。

〔14〕 宫调——指乐曲的音调,向来以它的异同为声调高低的标准。宫如黄钟、大吕之类,调如大石、般涉之类。

〔15〕 红兰主人——名岳端,是满洲的宗室。吴梅先生《顾曲麈谈》第四章《谈曲》:"时湖州岳端好客,且喜词曲。南中清客如王寿熙、顾岳亭诸君,皆在岳端幕府。云亭乃与之商订音律,得成此绝世妙文。"

〔16〕 套数——我国歌曲的一种组织形式,是取同一宫调中二支以上的曲牌相联而成一套的。

〔17〕 拗字—这里指不谐音调的字。

〔18〕 聱牙——听起来不顺耳的声音。

〔19〕 纸贵之誉——形容文章写得好,受人欢迎。晋朝的词赋家左思,花了十年功夫写成了《三都赋》,因为人们争着买纸传抄,把洛阳的纸都抢买贵了。

〔20〕 内侍——即宦官。

〔21〕 张平州中丞——清代一般称巡抚为中丞。张平州,张勄,字敬止,奉天辽阳(汉末设平州)人,康熙三十年任山东按察使、布政使,三十六年任浙江巡抚,三年后致仕即居北京西郊。

〔22〕 直邸——供奉皇家的邸第。直是侍奉的意思。

〔23〕 内府——指宫禁内。

〔24〕 李木庵总宪——李木庵名枬,兴化人,康熙时官至左都御史。都御史是都察院的最高长官,《明史·职官志》二:"都察院总宪纲",因此称他总宪。总宪是总持国家法纪的意思。

〔25〕 下酒之物——以作品为下酒之物,用北宋诗人苏舜钦的故事。舜钦住在他岳父杜衍家中时,每晚一面读书,一面饮酒。一次读到《汉书·张良传》,不断地干杯。杜衍看见了大笑说:"有这样的下酒物,饮一斗真不算多。"

〔26〕 李相国湘北——即李天馥(1635—1699),合肥人,字湘北。康熙时官至吏部尚书、武英殿大学士。合肥有金斗河,金斗班当即以此得名。

〔27〕 庚辰——公元1700年,即清康熙三十九年。

〔28〕 解组——去官的意思。

〔29〕 翰部台垣——翰部指翰林学士,台垣指各部大臣。

〔30〕 品题——评定高下的意思。

〔31〕 指顾——就是手指目顾,很注意的样子。

〔32〕 凌云——形容飘飘然,十分得意的样子。

〔33〕 寄园——在北京下斜街,是清初宰相李霨的别墅。

〔34〕 墨客骚人——指文人。

〔35〕 正色、杂脚——正色指正生、正旦等重要脚色,杂脚指演剧中次要人物的杂色。

〔36〕 砌抹——也作砌末,戏剧的术语,略同现代话剧的道具。

〔37〕 高阳相公——即李霨(1625—1684)。霨,号坦园,高阳人,顺治进士,累官太子太师、户部尚书、保和殿大学士,卒谥文勤。

〔38〕 王谢——本指晋以后的王、谢二族,因他们都是望族,后人每用以指高门贵族。

〔39〕 掩袂——掩袖。

〔40〕 灯灺——灯尽。

〔41〕 唏嘘——伤心叹息。

〔42〕 容美——即今湖北鹤峰县,元明两代并于此置容美宣抚司,到清代才改置鹤峰州。

〔43〕 桃源——晋陶渊明著《桃花源记》,叙述一渔人因迷路误入桃花源,里面别有天地,人们都是秦时避乱者的后代,共同过着和平安乐的生活。

〔44〕 刘子骥之愿——据《桃花源记》,渔人出桃花源后想再去找寻,但已迷了路。南阳高士刘子骥想亲自去寻,不久又得病死去。

〔45〕 盘桓——本是徘徊不前的样子,这里应解作逗留。

〔46〕 旖旎——柔软娇媚的样子。

〔47〕 鸡林之贾——相传唐时鸡林的商人曾收集白居易的诗卖给本国的相国。鸡林,即当时新罗国,地在今朝鲜半岛。

〔48〕 丙戌——公元1706年,即康熙四十五年。

〔49〕 恒山——是五岳中的北岳,主峰在河北省曲阳县。

〔50〕 旧寅长刘雨峰——寅是敬畏的意思,因此过去称同官为同寅,旧寅长即过去的上级。刘雨峰(1641—?),名中柱,字砥澜,江苏宝应人,官至户部郎中,是孔尚任交谊最深的友人之一。详见蒋星煜《孔尚任〈桃花扇〉三易其稿之迹象》一文。

〔51〕 部头——戏班里的掌班。

〔52〕 临川——指明代著名的戏曲家临川汤显祖。

〔53〕 津门佟蔗村——津门,即今天津市;佟铉,字声远,号蔗村,长白人,以国学生例受别驾,不愿谒选,卜居天津,性嗜山水,耽吟咏。

〔54〕 粤东屈翁山——即清初爱国诗人、广东番禺的屈大均(1630—1696)。

〔55〕 击节——节是乐调的节拍,击节,意即打拍子,形容对音乐或诗歌的欣赏。

〔56〕 梓人——本是木工,这里指刻书的工人。

〔57〕 灾梨——古时刻书多用梨木或枣木,灾梨祸枣是说把不成熟的著作刻出来。

桃花扇凡例

一、剧名《桃花扇》,则桃花扇譬则珠也,作《桃花扇》之笔譬则龙也。穿云入雾,或正或侧,而龙睛龙爪,总不离乎珠;观者当用巨眼。

一、朝政得失,文人聚散,皆确考时地,全无假借。至于儿女钟情,宾客解嘲,虽稍有点染[1],亦非乌有子虚之比。

一、排场[2]有起伏转折,俱独辟境界;突如而来,倏然而去,令观者不能预拟其局面。凡局面可拟者,即厌套也。

一、每齣脉络联贯,不可更移,不可减少。非如旧剧,东拽西牵,便凑一齣。

一、各本填词,每一长折,例用十曲,短折例用八曲。优人删繁就减,只歌五六曲,往往去留弗当,辜作者之苦心。今于长折,止填八曲,短折或六或四,不令再删故也。

一、曲名不取新奇[3],其套数皆时流谙习者;无烦探讨,入口成歌。而词必新警,不袭人牙后一字。

一、词曲皆非浪填,凡胸中情不可说,眼前景不能见者,则借词曲以咏之。又一事再述,前已有说白[4]者,此则以词曲代之。若应作说白者,但入词曲,听者不解,而前后间断矣。其已有说白者,又奚必重入词曲哉。

一、制曲必有旨趣,一首成一首之文章,一句成一句之文章。列之案头,歌之场上,可感可兴,令人击节叹赏,所谓歌而善也。若勉强敷衍，全无意味，则唱者听者，皆苦事矣。

一、词曲入宫调，叶平仄[5]，全以词意明亮为主。每见南曲艰涩扭捏，令人不解，虽强合丝竹[6]，止可作工尺字谱[7]，何以谓之填词耶。

一、词中所用典故，信手拈来，不露馂饤[8]堆砌之痕。化腐为新，易板为活。点鬼垛尸[9]，必不取也。

一、说白则抑扬铿锵，语句整练，设科打诨[10]，俱有别趣。宁不通俗，不肯伤雅，颇得风人之旨。

一、旧本说白，止作三分，优人登场，自增七分；俗态恶谑，往往点金成铁[11]，为文笔之累。今说白详备，不容再添一字。篇幅稍长者，职是故耳。

一、设科之嬉笑怒骂，如白描[12]人物，须眉毕现，引人入胜者，全借乎此。今俱细为界出[13]，其面目精神，跳跃纸上，勃勃欲生，况加以优孟[14]摹拟乎。

一、脚色所以分别君子小人，亦有时正色不足，借用丑净[15]者。洁面花面[16]，若人之妍媸[17]然，当赏识于牝牡骊黄之外耳[18]。

一、上下场诗，乃一龃之始终条理，倘用旧句、俗句，草草塞责，全龃削色矣。时本多尚集唐[19]，亦属滥套。今俱创为新诗，起则有端，收则有绪，著往饰归之义，仿佛可追也。

一、全本四十龃，其上本首试一龃，末闰一龃，下本首加一龃，末续一龃，又全体四十龃之始终条理也。有始有卒，气足神完，且脱去离合悲欢之熟径，谓之戏文，不亦可乎？

云亭山人偶拈

注　释

〔1〕"虽稍有点染"二句——汉司马相如有《子虚赋》，借子虚、乌有先生、亡是公三人为辞，用子虚当虚言，乌有先生作乌有此事，亡是公当无此人。后来因称虚无的事情作子虚乌有。这两句意说有些地方虽经过作者的艺术加工，但并不是毫无根据的。

〔2〕排场——指布局。

〔3〕"曲名不取新奇"二句——明清间传奇作家喜欢借宫犯调，割裂曲名，标奇立异。如割裂〔春从天上来〕、〔绵搭絮〕、〔一江风〕、〔驻云飞〕四支曲子，别立一个曲名作〔春絮一江云〕。孔尚任在戏曲创作上纠正了这种习气。谙习，意即熟悉。

〔4〕说白——也叫宾白，指戏曲里夹在歌唱之间的独白或对白。

〔5〕叶平仄——叶是古协字。平是四声里的平声，仄是上、去、入三声。词曲里的平仄字音，要按照词调或曲调的谱式配合，才能谐协，这叫叶平仄。

〔6〕丝竹——指琴、瑟、箫、管之类的管弦乐器。

〔7〕止可作工尺字谱——意指仅能照顾音律上的要求。工尺是中国过去的音乐符号，分合（读如和）、四、一、上、尺、工、凡七音。

〔8〕饾饤——饾饤本指饼饵累积，后人用来形容文辞的因袭堆垛。

〔9〕点鬼垛尸——指在诗文里滥用古人、古事。

〔10〕设科打诨——科是戏剧的动作。打诨是中国古典戏里一种特定的演出形式，有点近似相声。它以吸引观众的兴趣为主，有时还有讽刺的作用。

〔11〕点金成铁——传说道家有点铁成金的法术，一般人用来比喻将坏的文章修改成好的；这里反用它的意思，表示改坏了好的文章。

〔12〕白描——国画中只用淡墨勾勒轮廓，不施色彩的叫作白描。

〔13〕界出——意即规定。

〔14〕优孟——是春秋时楚国有名的乐人，这里借指戏曲演员。

〔15〕丑净——都是戏曲的脚色名，丑即小丑，一般是扮演滑稽的人

物的。净和京戏的大面类似,是扮演刚猛、奸险、粗鲁的人物的。

〔16〕 洁面花面——洁面指不开脸的生、旦等脚色,花面指开脸的净、丑等脚色。

〔17〕 妍媸——即美丑。

〔18〕 当赏识于牝牡骊黄之外耳——秦穆公使九方皋去买马,回来时说得到一头"牡(雄)而黄"的好马。秦穆公一看,却是"牝(雌)而骊(纯黑色)"的。秦穆公很不高兴。当时著名的相马家伯乐认为九方皋的眼光是正确的,因为他注意到马的主要的本质的特征,而只放过了次要的表面的东西。全句意思是说我们不应该只从脸谱的区别上去看戏中人物。

〔19〕 集唐——即集唐人的句子为诗。

桃花扇考据

无名氏《樵史》二十四段
 甲申年四月十三日议立福王
  四月二十九日迎驾
  五月初一日谒孝陵设朝拜相
  五月初十日福王监国拜将
  五月内阁史可法开府扬州
  六月黄得功刘良佐发兵夺扬州
  六月高杰叛渡江
  六月高杰调防开洛
 乙酉年正月初七日阮大铖搜旧院妓女入宫
  正月初十日高杰被杀
  二月赐阮大铖蟒玉防江
  三月捕社党
  三月十九日设坛祭崇祯帝
  三月二十五日讯王之明
  三月二十七日讯童氏
  三月督抚袁继咸宁南侯左良玉疏请保全太子
  三月杀周镳雷缜祚
  四月左良玉发檄兴兵清君侧
  四月调黄得功堵截左兵

　　　　四月礼书钱谦益请选淑女

　　　　四月二十三日大兵渡淮

　　　　四月二十四日史可法誓师

　　　　四月二十六日弘光帝欲迁都

　　　　五月初七日杨文骢升苏松巡抚

　　　　五月初十日弘光帝夜出南京

侯朝宗《壮悔堂集》十三首

　　　为司徒公与宁南侯书

　　　癸未去金陵与阮光禄书

　　　答田中丞书

　　　赠陈郎序

　　　书周仲驭集后

　　　祭吴次尾文

　　　金陵题画扇

　　　寄宁南侯

　　　寄宁南小侯梦庚

　　　燕子矶送吴次尾

　　　秦淮春兴

　　　哀史阁部

　　　哀吴次尾

贾静子《四忆堂诗集》注十二条

　　　九日雨花台

　　　别贺都督

　　　赠张尚书

　　　甲申闻新参相公口号

　　　甲申渡京口

燕子矶送吴次尾

　　海陵署中

　　我昔诗

　　寄扬州贺都督

　　寄宁南侯

　　哀史阁部

　　哀吴次尾

贾静子《侯公子传》

钱牧斋《有学集》十一首

　　题丁家河房亭子

　　题金陵丁老画像

　　寿丁继之七十

　　题杨龙友画册

　　赠张燕筑

　　左宁南画像为柳敬亭题

　　留题丁家水阁绝句

　　赠侯商邱

　　金陵杂题绝句

　　丁老行送继之

　　为柳敬亭募葬引

吴骏公《梅村集》七首

　　听女道士卞玉京弹琴歌

　　赠阳羡陈定生

　　赠寇白门

　　楚两生行并序

　　冒辟疆寿序

柳敬亭传
　　柳敬亭像赞
吴梅村《绥寇纪略》
杨龙友《洵美堂集》
冒辟疆《同人集》二首
　　得全堂夜宴记
　　得全堂夜宴后记
沈眉生《姑山草堂集》四首
　　劾杨武陵疏
　　书陈定生遗像
　　杨维斗稿序
　　答刘伯宗书
陈其年《湖海楼集》三首
　　冒辟疆寿序
　　左宁南与柳敬亭说剑图序
　　哭侯朝宗
龚孝升《定山堂集》二十一首
　　张瑶星招集松风阁
　　沈眉生姑山草堂歌
　　赠方密之序
　　怀方密之诗八首
　　寿张燕筑
　　题丁继之秦淮水阁
　　清河道上丁继之送别即席口号
　　口号四绝赠阮怀宁歌者朱音仙
　　赠柳叟敬亭同诸子限韵

九日邀诸君听张燕筑丁继之度曲
　　为赵友沂题杨龙友画册
　　贺新郎词赠柳叟敬亭
　　沁园春词赠柳叟敬亭
《石巢传奇》二种
　　十错认春灯谜
　　燕子笺

桃花扇纲领

左部
　　正色
侯朝宗生
　　间色
陈定生末　吴次尾小生
　　合色
柳敬亭丑　丁继之副净　蔡益所丑
　　润色
沈公宪外　张燕筑净
右部
　　正色
李香君旦
　　间色
杨龙友末　李贞丽小旦
　　合色
苏昆生净　卞玉京老旦　蓝田叔小生
　　润色
寇白门小旦　郑妥娘丑
　　　部分左右各四色共十六人
奇部

中气
史道邻_外
　　戾气
弘光帝_{小生}
　　馀气
高　杰_{副净}
　　煞气
田　雄_{副净}
　偶部
　　中气
左昆山_{小生}　黄虎山_末
　　戾气
马士英_净　阮大铖_{副净}
　　馀气
袁临侯_外　黄仲霖_末
　　煞气
刘良佐_净　刘泽清_丑
　　部分奇偶各四气共十二人
　经部
　　经星
张道士_外
　　纬星
老赞礼_{副末}
　　总部经纬各一星前后共三十人
色者，离合之象也。男有其俦，女有其伍，以左右别之，而两部之锱铢不爽〔1〕。气者，兴亡之数也。君子为朋，小人为党，以奇偶计之,而两部之毫发无差。张道士,方外人也,总结兴亡之案。老赞礼,无名氏也,细参离合之场。明如鉴,平如衡,名曰传奇,实一阴一阳之为道[2]矣。

云亭山人偶定

注　释

〔1〕锱铢不爽——古代以二十四铢为一两,六铢为一锱。锱铢不爽意即毫厘不差。

〔2〕一阴一阳之为道——语见《周易·系辞》。一阴一阳意即一正一反,道指事物变化发展的共同道路。

桃花扇卷一

试一齣[1] 先 声[2]

康熙甲子八月

【蝶恋花】(副末[3]毡巾、道袍、白须上)古董先生[4]谁似我？非玉非铜,满面包浆[5]裹。剩魄残魂无伴伙,时人指笑何须躲。 旧恨填胸一笔抹[6],遇酒逢歌,随处留皆可。子孝臣忠万事妥,休思更吃人参果[7]。

日丽唐虞世[8],花开甲子年[9];山中无寇盗,地上总神仙。老夫原是南京太常寺一个赞礼[10],爵位不尊,姓名可隐。最喜无祸无灾,活了九十七岁,阅历多少兴亡,又到上元甲子[11]。尧舜临轩[12],禹皋[13]在位;处处四民安乐,年年五谷丰登[14]。今乃康熙二十三年,见了祥瑞一十二种。(内问介[15])请问那几种祥瑞？(屈指介)河出图[16],洛出书[17],景星明[18],庆云现[19],甘露降[20],膏雨零[21],凤凰集[22],麒麟游[23],蓂荚[23]发,芝草[24]生,海无波[25],黄河清[26]。件件俱全,岂不可贺！老夫欣逢盛世,到处遨游。昨在太平园中,看一本新出传奇,名为《桃花扇》,就是明朝末年南京近事。借离合之情,写兴亡之感,实事实人,有凭有据。老夫不但耳闻,皆曾眼见。更可喜把老夫衰态,也拉上了排场,做了一个副末脚色;惹的

1

俺哭一回,笑一回,怒一回,骂一回。那满座宾客,怎晓得我老夫就是戏中之人!(内)请问这本好戏,是何人著作?(答)列位不知,从来填词名家,不著姓氏[27]。但看他有褒有贬,作春秋必赖祖传[28];可咏可歌,正雅颂岂无庭训[29]!(内)这等说来,一定是云亭山人了。(答)你道是那个来?(内)今日冠裳雅会[30],就要演这本传奇。你老既系旧人,又且听过新曲,何不把传奇始末,预先铺叙一番,大家洗耳?(答)有张道士[31]的《满庭芳》词,歌来请教罢:

【满庭芳】[32]公子侯生,秣陵[33]侨寓,恰偕南国佳人;逸言暗害,鸾凤一宵分。又值天翻地覆,据江淮藩镇纷纭。立昏主,征歌选舞,党祸起奸臣。 良缘难再续,楼头激烈,狱底沉沦。却赖苏翁柳老,解救殷勤。半夜君逃相走,望烟波谁吊忠魂?桃花扇、斋坛揉碎,我与指迷津。

(内)妙,妙,只是曲调铿锵,一时不能领会,还求总括数句。(答)待我说来:

奸马阮中外伏长剑[34],巧柳苏往来牵密线;
侯公子断除花月缘, 张道士归结兴亡案。
道犹未了,那公子早已登场,列位请看。

注 释

〔1〕 龄——传奇演唱的一个段落,相当于现代戏剧里的一场。

〔2〕 先声——我国南戏在演唱整本故事之前,照例由副末先登场对全本戏的故事内容作概括性的介绍,也附带说明作者的创作意图,这叫作"副末开场"或"家门终始"。《桃花扇》里的《先声》跟别的传奇里的"副末开场"或"家门终始"有同样的作用。

〔3〕 副末——戏曲中的角色名,一般扮剧中次要的年纪稍大的男子。

〔4〕 古董先生——古董本是古代留传下来的文物,这里比喻年纪大而不合时宜的人物。

〔5〕 包浆——是玩赏古董的术语。金玉等古物经人手长久摩挲,润泽而有光彩,叫包浆。《儒林外史》第十一回:"你看这(炉)上面包浆,好颜色!"可参考。

〔6〕 一笔抹——一笔勾销之意。

〔7〕 人参果——传说中的仙果。相传它三千年一开花,三千年一结果,再三千年才得熟,人吃一个,就会长生不老。"休思更吃人参果"是说不敢有更高的奢望。

〔8〕 唐虞世——即唐尧和虞舜的时代,是中国古代传说里的理想时代。

〔9〕 甲子年——甲子是我国古代一种数词,以十干(甲、乙、丙、丁、戊、己、庚、辛、壬、癸)和十二支(子、丑、寅、卯、辰、巳、午、未、申、酉、戌、亥)顺次配合,六十次为一周,来计算年代。这里的甲子年是指康熙二十三年,即公元一六八四年。

〔10〕 太常寺一个赞礼——太常寺,管理宗庙礼仪的机关。赞礼,官名,是祭祀时司仪的人。

〔11〕 上元甲子——我国古代的术数家以一百八十年算作一周,其中分作上、中、下三元。上元甲子即是一百八十周年里的第一个甲子。这里即指康熙二十三年。

〔12〕 临轩——过去皇帝不在正殿而在殿前平台设朝叫做临轩。

〔13〕 禹皋——禹即夏禹,尧舜时洪水到处泛滥,夏禹疏通九河,治退洪水。皋即皋陶,是虞舜时有名的狱官。

〔14〕 五谷丰登——五谷即稻、黍、稷、麦、菽,通常用以称一般农作物。丰登即丰收。

〔15〕 内问介——戏曲里凡演员的动作、表情,称作介(在杂剧里称

作科)。内,指后台不出场的人物。

〔16〕 河出图——传说伏羲氏做皇帝时,有龙马驮着一张图从黄河出来,伏羲氏根据它画成八卦。

〔17〕 洛出书——传说夏禹治水时,在洛水发现一个理龟,背上有许多文字,夏禹因根据它写成"九畴"一书。

〔18〕 景星明——景星又称德星,传说它只有在政治清明的朝代才出现。

〔19〕 庆云现——庆云也称景云,传说它只有在天下太平时才出现。

〔20〕 甘露降——过去传说天降甘露,天下就会太平。

〔21〕 膏雨零——膏雨即甘霖,是久旱以后下的雨水。零是下降之意。

〔22〕 "凤凰集"二句——古时称凤凰作瑞鸟,麒麟作瑞兽,传说只有圣人在世时,它们才会出现。

〔23〕 蓂(míng)荚——相传是尧时的一种草,它每月从初一至十五每日结一实,共得十五个果实;从十六至月尾每日落一实,落完为止。

〔24〕 芝草——又名灵芝,古时把它当作瑞草。

〔25〕 海无波——过去把海不扬波当作一种祥瑞。传说周成王时有越裳氏来朝,看见中国四海有三年不兴波浪,以为中国出了圣人。

〔26〕 黄河清——黄河的水本来是浑浊的,古时将黄河清当作太平祥瑞。

〔27〕 填词名家不著姓名——词有一定的格式,作词时必须按照词调的声律填入字句,使字句的平、仄与词调的音律相合,这叫做填词。我国宋元以来由于正统派文人对戏曲的轻视,一般作家在发表戏曲作品时,往往不署真姓名。

〔28〕 作春秋必赖祖传——《春秋》是鲁国的一部编年史书,相传是孔子编的。孔尚任是孔子的第六十四代孙,他的《桃花扇》又是反映南明政治的历史戏,因此说:"作春秋必赖祖传"。

〔29〕 正雅颂岂无庭训——《诗经》分为风、雅、颂三个部分。雅是正

的意思,周人称正声作雅乐,颂是用于祭祀的乐歌。这里的雅颂即比喻戏曲。庭训是父亲对儿子的教训。《论语》记孔子在家时曾教他的儿子伯鱼读《诗经》,"正雅颂岂无庭训",就是根据这故事说的。

〔30〕 冠裳雅会——指士大夫的集会。

〔31〕 张道士——指剧中人物张薇,他的事迹见闰二十齣注〔3〕。

〔32〕 满庭芳——这首词概括了《桃花扇》传奇的全部情节,这是当时传奇的体例,可参看"先声"条注文。词中所写的情节都见下面四十多齣戏文,这里不一一加注。

〔33〕 秣(mò)陵——即今南京。

〔34〕 奸马阮中外伏长剑——意说马士英、阮大铖内外互相勾结,暗中施行奸谋。

第一齣 听 稗[1]

崇祯癸未二月

【恋芳春】(生儒扮上)孙楚楼[2]边,莫愁湖上,又添几树垂杨。偏是江山胜处,酒卖斜阳,勾引游人醉赏,学金粉南朝模样[3]。暗思想,那些莺颠燕狂,关甚兴亡[4]!

【鹧鸪天】院静厨[5]寒睡起迟,秣陵人老看花时;城连晓雨枯陵树[6],江带春潮坏殿基。伤往事,写新词,客愁乡梦乱如丝。不知烟水西村舍,燕子今年宿傍谁?小生姓侯,名方域[7],表字朝宗,中州归德[8]人也。夷门谱牒[9],梁苑冠裳[10]。先祖太常[11],家父司徒,久树东林之帜;选诗云间[12],征文白下,新登复社之坛。早岁清词[13],吐出班香宋艳;中年浩气,流成苏海韩潮。人邻耀华之宫[14],

偏宜赋酒;家近洛阳之县[15],不愿栽花。自去年壬午[16],南闱[17]下第,便侨寓这莫愁湖畔。烽烟未靖,家信难通,不觉又是仲春时候;你看碧草粘天[18],谁是还乡之伴;黄尘[19]匝地,独为避乱之人。(叹介)莫愁,莫愁!教俺怎生不愁也!幸喜社友陈定生、吴次尾[20],寓在蔡益所[21]书坊,时常往来,颇不寂寞。今日约到冶城道院[22],同看梅花,须索早去。

【懒画眉】乍暖风烟满江乡,花里行厨携着玉缸[23];笛声吹乱客中肠,莫过乌衣巷[24],是别姓人家新画梁。

(下)(末[25]、小生儒扮上)

【前腔】王气金陵[26]渐凋伤,鼙鼓旌旗[27]何处忙?怕随梅柳渡春江[28]。(末)小生宜兴陈贞慧是也。(小生)小生贵池吴应箕是也。(末问介)次兄可知流寇[29]消息么?(小生)昨见邸抄[30],流寇连败官兵,渐逼京师。那宁南侯左良玉[31],还军襄阳。中原无人,大事已不可问,我辈且看春光。(合)无主春飘荡,风雨梨花摧晓妆。

(生上相见介)请了,两位社兄,果然早到。(小生)岂敢爽约!(末)小弟已着人打扫道院,沽酒相待。(副净[32]扮家僮忙上)节寒嫌酒冷,花好引人多。禀相公,来迟了,请回罢!(末)怎么来迟了?(副净)魏府徐公子[33]要请客看花,一座大大道院,早已占满了。(生)既是这等,且到秦淮[34]水榭,一访佳丽,倒也有趣!(小生)依我说,不必远去,兄可知道泰州柳敬亭[35],说书最妙,曾见赏于吴桥范大司马[36]、桐城何老相国[37]。闻他在此作寓,何不同往一听,消遣春愁?(末)这也好!(生怒介)那柳麻子新做了阉儿阮胡子[38]的门客,这样人说书,不听也罢了!（小生）兄还不知,阮胡子漏网馀生,不肯退藏;还在这里蓄养声伎,结纳朝绅。小弟做了一篇留都防乱的揭帖[39],公讨其罪。那班门客才晓得他是崔魏逆党[40],不待曲终,拂衣散尽。这柳麻子也在其内,岂不可敬!（生惊介）阿呀!竟不知此辈中也有豪杰,该去物色的!（同行介）

【前腔】仙院参差弄笙簧[41],人住深深丹洞[42]旁,闲将双眼阅沧桑[43]。（副净）此间是了,待我叫门。（叫介）柳麻子在家么?（末喝介）嗐!他是江湖名士,称他柳相公才是。（副净又叫介）柳相公开门。（丑小帽、海青[44]、白髯,扮柳敬亭上）门掩青苔长,话旧樵渔来道房。

（见介）原来是陈、吴二位相公,老汉失迎了!（问生介）此位何人?（末）这是敝友河南侯朝宗,当今名士,久慕清谈,特来领教。（丑）不敢不敢!请坐献茶。（坐介）（丑）相公都是读书君子,甚么《史记》、《通鉴》[45],不曾看熟,倒来听老汉的俗谈。（指介）你看:

【前腔】废苑枯松靠着颓墙,春雨如丝宫草香,六朝兴废怕思量。鼓板轻轻放,沾泪说书儿女肠。

（生）不必过谦,就求赐教。（丑）既蒙光降,老汉也不敢推辞;只怕演义[46]盲词[47],难入尊耳。没奈何,且把相公们读的《论语》说一章罢!（生）这也奇了,《论语》如何说的?（丑笑介）相公说得,老汉就说不得?今日偏要假斯文,说他一回。（上坐敲鼓板说书介）问余何事栖碧山[48],笑而不答心自闲;桃花流水杳然去,别有天地非人间。（拍醒木[49]说介）敢告列位,今日所说不是别的,是申鲁三家[50]欺君之罪,表孔圣人正乐之功。当时鲁道衰微,人心僭窃[51],我夫子自卫反鲁[52],然后乐正。那些乐官恍然大悟,愧悔交集,一个个东奔西走,把那权臣势家闹烘烘的戏场,顷刻冰冷。你说圣人的手段利害呀不利害?神妙呀不神妙?(敲鼓板唱介)

[鼓词一]自古圣人手段能,他会呼风唤雨,撒豆成兵。见一伙乱臣无礼教歌舞,使了个些小方法,弄的他精打精[53]。正排着低品走狗奴才队,都做了高节清风大英雄!

(拍醒木说介)那太师名挚,他第一个先适了齐。他为何适齐?听俺道来!(敲鼓板唱介)

[鼓词二]好一个为头为领的太师挚,他说:"咳,俺为甚的替撞三家景阳钟[54]?往常时瞎了眼睛在泥窝里混,到如今抖起身子去个清。大撒脚步正往东北走,合伙了个敬仲老先[55]才显俺的名。管喜的孔子三月忘肉味[56],景公擦泪侧着耳听;那贼臣就吃了豹子心肝熊的胆,也不敢到姜太公家里[57]去拿乐工。"

(拍醒木说介)管亚饭的名干,适了楚;管三饭的名缭,适了蔡;管四饭的名缺,适了秦。这三人为何也去了?听我道来!(敲鼓板唱介)

[鼓词三]这一班劝膳的乐官不见了领队长,一个个各寻门路奔前程。亚饭说:"乱臣堂上掇着碗,俺倒去吹吹打打伏侍着他听;你看咱长官此去齐邦谁敢去找?我也投那熊绎[58]大王,倚仗他的威风。"三饭说:"河南蔡国虽然小,那堂堂的中原紧靠着京

城。"四饭说:"远望西秦有天子气,那强兵营里我去抓响筝[59]。"一齐说:"你每日倚着塞门[60]桩子使唤俺,今以后叫你闻着俺的风声脑子疼。"

(拍醒木说介)击鼓的名方叔,入于河;播鼗[61]的名武,入于汉;少师名阳[62],击磬的名襄,入于海。这四人另有个去法,听俺道来!(敲鼓板唱介)

[鼓词四]这击磬摇鼓的三四位,他说:"你丢下这乱纷纷的排场俺也干不成。您嫌这里乱鬼当家别处寻主,只怕到那里低三下四还干旧营生。俺们一叶扁舟桃源路,这才是江湖满地,几个渔翁[63]。"

(拍醒木说介)这四个人,去的好,去的妙,去的有意思。听他说些甚的?(敲鼓板唱介)

[鼓词五]他说:"十丈珊瑚映日红,珍珠捧着水晶宫,龙王留俺宫中宴,那金童玉女不比凡同。凤箫象管龙吟细[64],可教[65]人家吹打着俺们才听。那贼臣就溜着河边来赶俺,这万里烟波路也不明。莫道山高水远无知己,你看海角天涯都有俺旧弟兄。全要打破纸窗看世界,亏了那位神灵提出俺火坑;凭世上沧海变田田变海,俺那老师父只管矇瞪着两眼定六经[66]。"

(说完起介)献丑,献丑!(末)妙极,妙极!如今应制讲义[67],那能如此痛快,真绝技也!(小生)敬亭才出阮家,不肯别投主人,故此现身说法[68]。(生)俺看敬亭人品高绝,胸襟洒脱,是我辈中人,说书乃其馀技耳。

【解三酲】(生、末、小生)暗红尘霎时雪亮[69]，热春光一阵冰凉，清白人会算糊涂帐。(同笑介)这笑骂风流跌宕[70]，一声拍板温而厉，三下渔阳慨以慷[71]！(丑)重来访，但是桃花误处[72]，问俺渔郎。

(生问介)昨日同出阮衙，是那几位朋友？(丑)都已散去，只有善讴[73]的苏昆生，还寓比邻。(生)也要奉访，尚望同来赐教。(丑)自然奉拜的。

(丑)歌声歇处已斜阳，(末)剩有残花隔院香；

(小生)无数楼台无数草，(生)清谈霸业两茫茫。

注　释

〔1〕　听稗(bài)——稗即稗史，古来用以指一般小说野史。这里的听稗是指侯方域等去听柳敬亭的说书。

〔2〕　孙楚楼——孙楚是东晋的著名诗人。孙楚楼在南京城西，与莫愁湖相近。

〔3〕　学金粉南朝模样——金粉即铅粉，是妇女的化妆用品，用来敷面的。金粉南朝，指偏安江南的宋、齐、梁、陈等朝代。当时明朝的统治已临到崩溃的前夕，而南都人物还只顾妆点太平，寻欢买醉，因此作者通过侯方域的自白，加以讽刺，说他们学金粉南朝的亡国作风。

〔4〕　那些莺颠燕狂，关甚兴亡——莺颠燕狂，暗喻那些不管国家兴亡，只顾个人寻欢作乐的小人物。关甚，管什么的意思。

〔5〕　厨——纱厨，就是帐子。

〔6〕　"城连晓雨枯陵树"二句——南京是明代的留都(留都见本书第三龂注〔36〕)，有明孝陵及明宫殿，陵树、殿基，即指明代的皇陵和宫殿说的。

〔7〕　侯方域——是明末清初著名的文人(1618—1655)，著有《壮悔

堂文集》、《四忆堂诗集》。《桃花扇》中的许多人物和情节都有历史根据的,但文学作品与历史科学不同,为了更真实地反映现实,作者在塑造人物时是允许虚构的,因此历史上的侯方域并不完全与《桃花扇》中的侯方域相同。

〔8〕 中州归德——古时每称河南省作中州,归德即今河南省商邱市。

〔9〕 夷门谱牒——谱牒即谱系,是纪录家族世系的。战国时的著名人物侯嬴曾守大梁夷门,侯方域与他同姓,因此在剧中自称夷门谱牒。

〔10〕 梁苑冠裳——梁苑指西汉时梁孝王兴建的东苑。梁苑冠裳本指经常到梁苑做客的士大夫,这里侯方域借来形容他在中州的高贵地位。

〔11〕 "先祖太常"三句——方域的祖父名执蒲,官至太常寺卿。父名恂,官至户部尚书,这职位大略和古代的司徒相近,因此称他作司徒。东林,即东林党。明末万历年间,宦官魏忠贤结成阉党,残暴地掠夺人民的土地和财产,当时比较有正义感的士大夫顾宪成、高攀龙等重修宋朝理学家杨时的东林书院,在里面讲学,结成东林党。他们反对代表顽固旧势力的宦官,而主张保护东南兼营工商业的地主。侯方域的父亲侯恂参加东林党,所以说是"久树东林之帜"。

〔12〕 "选诗云间"三句——这三句是侯方域自叙他少年时的生活。云间即今上海松江区,当时复社领袖人物张溥,几社领袖人物夏允彝、陈子龙,都是云间人。白下即今南京。复社是明天启时,张溥等集合南北各省文士,继承东林党的传统而组织起来的社团,侯方域是社中的一个重要分子。

〔13〕 "早岁清词"四句——这四句是侯方域自叙他在文学上的成就。班即班固,宋即宋玉,都是中国有名的辞赋家,他们的作品风格富丽,所以称为"班香宋艳"。苏是苏轼,韩是韩愈,都是中国著名的散文家,他们的作品风格豪放,所以称为"苏海韩潮"。侯方域早年作文在风格上要求工整富丽,后来又改学韩、柳、欧、苏的古文。

〔14〕 "人邻耀华之宫"二句——耀华宫,西汉时梁孝王所造。梁孝王曾召集许多文士作赋,邹阳作《酒赋》。侯方域是商邱人,商邱属梁地,

因此引用梁孝王与邹阳的故事来自比。

〔15〕 "家近洛阳之县"二句——西晋诗人石崇有金谷园,在洛阳东北,园中花木很著名。这里也是剧中人侯方域借用石崇的故事来自比的。

〔16〕 壬午——明崇祯十五年,即公元1642年。

〔17〕 南闱——明、清科举时,称江南乡试作南闱,顺天府的乡试作北闱。

〔18〕 粘天——即连天,一望无际的意思。

〔19〕 黄尘——扬起的泥尘,这里比喻兵乱。

〔20〕 陈定生、吴次尾——陈定生名贞慧,宜兴人;吴次尾名应箕,贵池人,都是当时复社里的著名人物。南明亡后,陈贞慧隐居不出。吴次尾在池州起兵抗清,兵败被获,不屈而死。

〔21〕 蔡益所——当时南京著名书商。

〔22〕 冶城道院——冶城在金陵城西,本是三国时东吴冶铸铁器的地方,所以称冶城。冶城道院是建筑在冶城故址的道观,即明代南京朝天宫。

〔23〕 花里行厨携着玉缸——过去富贵人家子弟到郊外去游玩,往往用盒子装着酒食挑到游览的地方享用,这叫行厨。玉缸,即玉杯。

〔24〕 "莫过乌衣巷"二句——乌衣巷,地名,在南京城内,晋时贵族王、谢等家,多住在这里。唐人刘禹锡《乌衣巷》诗:"旧时王谢堂前燕,飞入寻常百姓家。"这二句即暗用他的诗意。

〔25〕 末——戏曲中的角色名,一般扮年纪较大的男子。

〔26〕 王气金陵——古时方士自说能望气,什么地方将有王者出现,就有王气可以望见。王气金陵意即金陵的王气,金陵即今南京。

〔27〕 鼙鼓旌旗——鼙鼓,就是战鼓;旌旗,军用旗帜。

〔28〕 怕随梅柳渡春江——"梅柳渡江春",本唐人杜审言《和晋陵陆丞早春游望》的诗句。这里暗指当时北方人士的渡江南下避兵。

〔29〕 流寇——过去统治阶级诬蔑农民起义军为"流寇",这里主要是指李自成的农民起义军。

〔30〕 邸抄——即邸报。汉代的诸侯、唐代的藩镇都在京师置邸,作

为诸侯来朝的住所。邸中传抄皇帝的诏令及大臣的奏章,报告给诸侯,这叫邸报。后来也称官办的报纸作邸报。

〔31〕 左良玉——字昆山(1599—1645),临清人,是当时著名的将官,经常和李自成、张献忠等农民起义军作战,被封为宁南侯。

〔32〕 副净——戏曲里的角色名,跟现在京剧里的二花脸相近。

〔33〕 魏府徐公子——指徐青君。青君是中山王徐达的子孙,他的祖先历代都袭封魏国公。

〔34〕 秦淮——水名,流经南京,是南京名胜之一。

〔35〕 泰州柳敬亭——泰州,即今江苏泰州。柳敬亭,明末清初人,是当时著名的说书艺人。

〔36〕 吴桥范大司马——吴桥,属今河北省河间县。范大司马,即范景文,景文以崇祯七年拜兵部尚书,传见《明史》卷二百六十五。

〔37〕 桐城何老相国——桐城,即今安徽省桐城市。何老相国即何如宠。如宠在崇祯二年,以礼部尚书兼东阁大学士,入阁辅政,传见《明史》卷二百五十一。

〔38〕 阉儿阮胡子——阮胡子即阮大铖。宦官叫做阉,阮大铖曾认宦官魏忠贤作干爹,所以当时人们称他作阉儿。

〔39〕 留都防乱的揭帖——揭帖即公告,《留都防乱揭帖》是吴应箕写的揭露阮大铖罪恶的公告。当时署名揭帖的有顾子方、吴应箕、陈贞慧等一百四十多人,这是明末代表东南进步势力的文士对阉党展开坚决斗争的表现。

〔40〕 崔魏逆党——崔即崔呈秀,明末人,为人卑劣狡狯,投靠魏忠贤,是阉党的骨干,专与东林党为敌。魏即魏忠贤,是阉党的魁首。

〔41〕 仙院参差弄笙簧——仙院,即道观。笙簧即笙。笙用瓠制造,用十二支管排列在瓠中,管底有簧,吹时可以发声。簧是乐器里用铜制成来发声的薄片。

〔42〕 丹洞——即丹房,道士炼丹的地方。

〔43〕 沧桑——道家语,意指沧海变成桑田,用来比喻时势的变迁。

13

〔44〕 海青——即海青直裰，是一种深蓝色的阔袖长袍，样子跟道袍相近。

〔45〕《史记》《通鉴》——《史记》是西汉时司马迁著的史书。《通鉴》即《资治通鉴》，是北宋司马光著的史书。

〔46〕 演义——根据历史事实，加插民间传说，编成通俗易懂的历史小说，叫做演义，如《三国演义》《隋唐演义》都是。

〔47〕 盲词——一种民间的说唱文学。

〔48〕 "问余何事栖碧山"四句——这四句是李白《山中问答》的诗。在说书开场时，往往借古诗成句来引起下面的话头。

〔49〕 醒木——是民间说唱艺人的道具，用以警醒听众的。

〔50〕 鲁三家——即春秋时鲁国仲孙、叔孙、季孙三家。是当时鲁国最有权势的公族。——柳敬亭说的这一节书是根据《论语·微子》篇"太师挚适齐"全章演说的。太师，古代乐官名。

〔51〕 僭窃——古代社会里的等级限制很严，僭窃是指等级低的家族私自采用比他们等级高一些的家族的礼仪。如鲁国三家本是公族，却采用了诸侯或天子的礼仪。

〔52〕 "自卫反鲁"二句——《论语·子罕》篇记孔子的一段话："吾自卫反鲁，然后乐正，雅、颂各得其所。"反，与返字通用。

〔53〕 弄的他精打精——弄得他精光的意思。

〔54〕 景阳钟——景阳钟是南齐武帝置于景阳楼的钟，当时是用以报更的。一般说书人引用典故，并不严格依照历史时代来引用，这里不过借来指鲁三家的乐器。

〔55〕 敬仲老先——敬仲即田敬仲，是战国时齐国国君田氏的祖先。老先是一种对长辈的俗称。

〔56〕 管喜的孔子三月忘肉味——相传孔子在齐国听到了韶乐，一连三个月忘了肉味。管喜的，是包管高兴得的意思。

〔57〕 姜太公家里——即指齐国。

〔58〕 熊绎(yì)——周成王时人，是楚国的开国君主。

〔59〕抓响筝——意即弹筝。筝是流行于秦国的乐器。

〔60〕塞门——屏。上古统治者规定：天子设屏在路门以外，诸侯设屏在门内，大夫只能挂帘，士人只能挂帷。《论语•八佾》篇，孔子说管仲的不知礼，有"邦君树塞门，管氏亦树塞门"的话。这里借用来讽刺鲁三家的僭窃。

〔61〕鞉（táo）——古代乐器。是一种持柄而摇的小鼓。播鞉，即摇鼓。

〔62〕"少师名阳"二句——少师，古代乐官名。磬，用玉或石制成的古代乐器。

〔63〕江湖满地，几个渔翁——杜甫《秋兴》诗："江湖满地一渔翁。"这里借用它来表现他们所追求的比较自由的生活。

〔64〕凤箫象管龙吟细——凤箫，即凤凰箫，是在箫的山口处有节的。象管，指用象牙装饰的管乐器。龙吟，形容箫管的声音。

〔65〕可教——意即却叫。

〔66〕俺那老师父只管矇瞪着两眼定六经——意说那孔子只管两眼矇瞪地去删定那六经。矇瞪，形容老眼昏花的样子。——上面从"是申鲁三家欺君之罪"……至本句，除少数字句外，均引自贾凫西《木皮散人鼓词》。

〔67〕应制讲义——封建时代凡是根据皇帝的旨意来写的作品都叫做应制。讲义，即讲解经义的著作。

〔68〕现身说法——本来是佛家语，后来凡是用自身的经验来教育别人的都叫做现身说法。

〔69〕暗红尘霎时雪亮——红尘指富贵繁华的地方。霎时，即片刻。

〔70〕跌宕——放荡不受拘束的意思。

〔71〕三下渔阳慨以慷——汉末，曹操为了屈辱祢衡，叫他作鼓吏。试鼓时，祢衡击渔阳掺挝，声音悲壮，听者都受到感动。后人把它谱成《渔阳三弄曲》。这里是借来形容柳敬亭说书的慷慨动人的。

〔72〕"但是桃花误处"二句——这里借用陶渊明《桃花源记》故事。

〔73〕讴——即是歌唱。

第二齣 传 歌

癸未二月

【秋夜月】(小旦倩妆扮鸨妓李贞丽上[1])深画眉,不把红楼[2]闭;长板桥[3]头垂杨细,丝丝牵惹游人骑。将筝弦紧系,把笙囊巧制。

梨花似雪草如烟,春在秦淮两岸边;一带妆楼临水盖,家家分影照婵娟[4]。妾身姓李,表字贞丽,烟花妙部[5],风月名班;生长旧院[6]之中,迎送长桥之上,铅华未谢[7],丰韵犹存。养成一个假女[8],温柔纤小[9],才陪玳瑁之筵;宛转娇羞,未入芙蓉之帐。这里有位罢职县令,叫做杨龙友[10],乃凤阳督抚马士英[11]的妹夫,原做光禄阮大铖的盟弟,常到院中夸俺孩儿,要替他招客梳栊[12]。今日春光明媚,敢待好来也[13]。(叫介)丫鬟,卷帘扫地,伺候客来。(内应介)晓得!(末扮杨文骢上)三山景色供图画[14],六代风流入品题[15]。下官杨文骢,表字龙友,乙榜县令[16],罢职闲居。这秦淮名妓李贞丽,是俺旧好,趁此春光,访他闲话。来此已是,不免竟入。(入介)贞娘那里?(见介)好呀!你看梅钱[17]已落,柳线才黄,软软浓浓,一院春色,叫俺如何消遣也。(小旦)正是。请到小楼焚香煮茗,赏鉴诗篇罢。(末)极妙了。(登楼介)帘纹笼架鸟[18],花影护盆鱼。(看介)这是令爱[19]妆楼,他往那里去了?(小旦)晓妆未竟,尚在卧房。(末)请他出来。(小旦唤介)孩儿出来,杨老爷在此。
(末看四壁上诗篇介)都是些名公题赠,却也难得。(背手吟哦介)

【前腔】(旦艳妆上)香梦回,才褪红鸳被。重点檀唇[20]胭脂腻,匆匆挽个抛家髻[21]。这春愁怎替,那新词且记。

(见介)老爷万福[22]!(末)几日不见,益发标致[23]了。这些诗篇赞的不差。(又看惊介)呀呀!张天如、夏彝仲[24]这班大名公,都有题赠,下官也少不的和韵一首。(小旦送笔砚介)(末把笔久吟介)做他不过,索性藏拙,聊写墨兰数笔,点缀素壁罢。(小旦)更妙。(末看壁介)这是蓝田叔[25]画的拳石[26]。呀!就写兰于石旁,借他的衬贴也好。(画介)

【梧桐树】绫纹素壁辉[27],写出骚人致。嫩叶香苞[28],雨困烟痕醉。一拳宣石墨花碎[29],几点苍苔乱染砌。(远看介)也还将就得去;怎比元人潇洒墨兰意[30],名姬恰好湘兰佩[31]。

(小旦)真真名笔,替俺妆楼生色多矣。(末)见笑。(向旦介)请教尊号,就此落款。(旦)年幼无号。(小旦)就求老爷赏他二字罢。(末思介)《左传》云:"兰有国香,人服媚之"[32],就叫他香君何如。(小旦)甚妙!香君过来谢了。(旦拜介)多谢老爷。(末笑介)连楼名都有了。(落款介)崇祯癸未[33]仲春,偶写墨兰于媚香楼,博香君一笑。贵筑[34]杨文骢。(小旦)写画俱佳,可称双绝。多谢了!(俱坐介)(末)我看香君国色[35]第一,只不知技艺若何?(小旦)一向娇养惯了,不曾学习。前日才请一位清客[36],传他词曲。(末)是那个?(小旦)就叫甚么苏昆生[37]。(末)苏昆生,本姓周,是河南人,寄居无锡。一向相熟的,果然是个名手。(问介)传的那套词曲?(小

17

旦)就是玉茗堂四梦[38]。(末)学会多少了?(小旦)才将《牡丹亭》学了半本。(唤介)孩儿,杨老爷不是外人,取出曲本快快温习。待你师父对过,好上新腔。(旦皱眉介)有客在坐,只是学歌怎的。(小旦)好傻话,我们门户人家[39],舞袖歌裙[40],吃饭庄屯。你不肯学歌,闲着做甚。(旦看曲本介)

【前腔】(小旦)生来粉黛围,跳入莺花队[41],一串歌喉,是俺金钱地。莫将红豆轻抛弃[42],学就晓风残月坠[43];缓拍红牙,夺了宜春翠[44],门前系住王孙辔。

(净扁巾、褶子[45],扮苏昆生上)闲来翠馆[46]调鹦鹉,懒去朱门[47]看牡丹。在下固始苏昆生是也,自出阮衙,便投妓院,做这美人的教习,不强似做那义子的帮闲么。(竟入见介)杨老爷在此,久违了。(末)昆老恭喜,收了一个绝代的门生。(小旦)苏师父来了,孩儿见礼。(旦拜介)(净)免劳罢。(问介)昨日学的曲子,可曾记熟了?(旦)记熟了。(净)趁着杨老爷在坐,随我对来,好求指示。(末)正要领教。(净、旦对坐唱介)

[皂罗袍][48]原来姹紫嫣红开遍,似这般都付与断井颓垣。良辰美景奈何天,(净)错了错了,美字一板,奈字一板,不可连下去。另来另来!良辰美景奈何天,赏心乐事谁家院。朝飞暮卷,云霞翠轩;雨丝风片,(净)又不是了,丝字是务头[49],要在嗓子内唱。雨丝风片,烟波画船,锦屏人忒看得这韶光贱。(净)妙妙!是的狠了,往下来。

[好姐姐]遍青山啼红了杜鹃,荼蘼外烟丝醉软。牡丹虽好,他春归怎占得先。(净)这句略生些,再来一遍。牡丹虽好,他春归怎占得先。闲凝盼,生生燕

语明如蔫,呖呖莺声溜的圆。

(净)好好!又完一折了。(末对小旦介)可喜令爱聪明的紧,不愁不是一个名妓哩。(向净介)昨日会着侯司徒的公子侯朝宗,客囊颇富,又有才名,正在这里物色[50]名姝。昆老知道么?(净)他是敝乡世家,果然大才。(末)这段姻缘,不可错过的。

【琐窗寒】破瓜碧玉[51]佳期,唱娇歌,细马骑。缠头掷锦[52],携手倾杯;催妆艳句[53],迎婚油壁[54]。配他公子千金体,年年不放阮郎归[55],买宅桃叶春水[56]。

(小旦)这样公子肯来梳栊,好的紧了。只求杨老爷极力帮衬,成此好事。(末)自然在心的。

【尾声】(小旦)掌中女好珠难比[57],学得新莺恰恰啼,春锁重门人未知。

如此春光,不可虚度,我们楼下小酌罢。(末)有趣。(同行介)

(末)苏小[58]帘前花满畦,(小旦)莺酣燕懒隔春堤;

(旦)红绡[59]裹下樱桃颗,(净)好待潘车[60]过巷西。

注　释

〔1〕　小旦倩妆扮鸨妓李贞丽上——倩妆,即靓妆,是华丽而别致的装扮。鸨妓一般指妓女的假母。李贞丽,字淡如,明末秦淮名妓,是李香君的假母。她和复社著名人物陈贞慧最要好。

〔2〕　红楼——一般指妇女居住的地方。

〔3〕　长板桥——即长桥,在南京旧院墙外不远的地方,两岸种着许多柳树,环境很幽雅。

〔4〕　婵娟——本是色态美好的意思,这里用以称一般美好的女子。

〔5〕　"烟花妙部"二句——我国宋元以来文学作品中,习惯称艺妓

作烟花或风月。部、班是她们演出时的组织。这里两句是李贞丽自叙她的出身。

〔6〕 旧院——是南京秦淮歌妓聚居的地方,前面对着武定桥,后门在钞库街,和贡院隔江相对。

〔7〕 铅华未谢——铅华本是妇女用的铅粉,这里借指妇女的容貌、年华。铅华未谢,容貌、年华尚未衰老之意。

〔8〕 假女——义女,养女。

〔9〕 "温柔纤小"四句——这四句是说李香君长得娇小温柔,已经出来陪客饮宴,还没有开始接客。玳瑁筵是名贵的筵席。

〔10〕 杨龙友——即杨文骢,龙友是他的别字,贵州贵阳人。福王时他曾任常、镇二府的巡抚。清兵渡江南下后,他到处州去,从明宗室唐王起兵援衢州,兵败被杀。事迹见《明史》卷二百七十七。

〔11〕 马士英——字瑶草,贵州贵阳人,曾任凤阳督抚。李自成攻陷北京后,他在南京迎立福王,升任东阁大学士,恃宠专权。清兵攻破南京,他跑到严州去,后来为清兵所杀。事迹见《明史》卷三百零八。

〔12〕 梳栊——娼家处女头一次接客叫梳栊,也叫上头。

〔13〕 敢待好来也——意即恐怕要来了吧。

〔14〕 三山景色供图画——三山在南京西南,长江的南岸。李白《登金陵凤凰台》诗:"三山半落青天外,二水中分白鹭洲。"就是描写这里的景色的。杨龙友是当时著名的画家,因此借三山景色点出他这一方面的才能。

〔15〕 六代风流入品题——六代指历史上先后在建康(南京)建都的吴、东晋、宋、齐、梁、陈这六代。六代风流指六代的流风馀韵。品题,本是对人物的评品,这里意指诗篇题咏。

〔16〕 乙榜县令——科举时代称进士为甲榜,举人为乙榜。乙榜县令是以举人起家作县令的。

〔17〕 梅钱——梅花的花瓣。

〔18〕 "帘纹笼架鸟"二句——隔着帘纹看见架上的鸟,好像它在笼子里一样。花影遮着盆子里养的鱼,好像保护着它一样。

〔19〕 令爱——对人家的女儿的敬称。

〔20〕 檀唇——即檀口,淡红色的嘴唇。韩偓诗:"檀口消来薄薄红。"

〔21〕 抛家髻——是唐朝末年京都(洛阳)妇女流行的一种头发式样,样子像椎髻(髻似椎),但两鬓拖面。

〔22〕 万福——古代妇女见客行礼时口称万福,表示祝福之意。

〔23〕 标致——美好意。

〔24〕 张天如、夏彝仲——张溥字天如(1602—1641),太仓人;夏允彝字彝仲,华亭(今松江)人,是明末复社、几社的领袖人物。

〔25〕 蓝田叔——蓝瑛字田叔(1585—1664),号蝶叟,钱塘人,是当时浙派最出色的画家。

〔26〕 拳石——画家称陈设用的小块岩山作拳石。

〔27〕 "绫纹素壁辉"二句——意说这绫纹似的白壁发出光辉,因为在它上面写出了骚人的风致。骚人的风致,意即指墨兰,因为我国文学上习惯于以兰花比骚人的。(屈原作长诗《离骚》来抒发自己的情感,后人因此往往即称诗人作骚人。)

〔28〕 "嫩叶香苞"二句——形容他画的墨兰,像是在烟雨之中,含苞待放。

〔29〕 "一拳宣石墨花碎"二句——形容蓝田叔画的拳石,点染着苍苔。宣石,指宣州出产的拳石。

〔30〕 怎比元人潇洒墨兰意——意说那里比得元人画的墨兰,有着潇洒的意态。

〔31〕 名姬恰好湘兰佩——意说美人正好用湘兰来作佩的。

〔32〕 兰有国香,人服媚之——这两句见《左传》宣公三年文内。服媚,爱用的意思。

〔33〕 崇祯癸未——即公元1643年,第二年李自成破北京,清兵入关,明亡。

〔34〕 贵筑——即贵阳。

〔35〕 国色——国内特出的美色。

〔36〕 清客——指一些在豪门大姓门下寄食的文人。在《桃花扇》里,是指那些教妓女吹弹歌唱的艺人。

〔37〕 苏昆生——原名周如松,河南固始人,是明末清初著名的唱曲家。

〔38〕 玉茗堂四梦——是明代大戏剧家汤显祖(若士)所撰的四种传奇:《牡丹亭》、《邯郸记》、《南柯记》、《紫钗记》。

〔39〕 门户人家——即指妓家。

〔40〕 "舞袖歌裙"二句——意即说靠歌舞吃饭。

〔41〕 粉黛围、莺花队——都是妓院的代用辞。

〔42〕 莫将红豆轻抛弃——红豆一名相思子,中国古典文学作品里习惯用它来象征青年男女之间的恋情。莫将红豆轻抛弃,意思是不要轻易的将爱情许人,宜有所等待。

〔43〕 学就晓风残月坠——学会歌唱词曲的意思。"杨柳岸晓风残月"是宋代词人柳永《雨霖铃》中的名句。

〔44〕 缓拍红牙,夺了宜春翠——红牙是用象牙制的或镶的红色的拍板。宜春是指宜春宫,唐玄宗时叫后宫的女子几百人学习歌舞,称做梨园弟子,她们都住在宜春宫里面。这句是李贞丽表示她希望李香君的色艺能够超群出众。

〔45〕 净扁巾、褶子——净,我国戏剧角色名,大略跟现在京剧里的花脸相当。扁巾,普通人戴的头巾。褶(xué)子,是戏装里的一种便服。

〔46〕 翠馆——指妓院。

〔47〕 朱门——指权贵豪富之家。

〔48〕 《皂罗袍》、《好姐姐》二曲——是《牡丹亭·惊梦》齣内的曲文,在《牡丹亭》里是女主角杜丽娘与婢女春香在私游后花园时唱的。

〔49〕 务头——是曲词中声腔特别动听、唱时要特别注意的地方,优伶习惯把这些地方称作做腔处。

〔50〕 物色——寻访意。

〔51〕 破瓜碧玉——碧玉是南朝宋汝南王的爱妾,汝南王为她作了

一首碧玉歌,有"碧玉破瓜时"一句。女子十六岁时称为破瓜,因为瓜字拆开来成二个八字,二八就是十六。

〔52〕 缠头掷锦——缠头是客人给妓女的赏赐。从前多用锦,后来以钱物代替。

〔53〕 催妆艳句——古时男女成婚的晚上,宾客们写诗来祝贺,这种诗就叫催妆诗。

〔54〕 油壁——即油壁车,是古代妇女坐的一种轻便的车子,车壁上以油漆作装饰的。

〔55〕 年年不放阮郎归——阮郎指阮肇。相传东汉永平年中,剡人刘晨、阮肇到天台山采药,跟山上的两个仙女成婚。过了半年多,仙女才放他们回去,到了家里一看,他们第七代的子孙都已经长大了。

〔56〕 桃叶春水——即桃叶渡,在秦淮河和青溪合流处。桃叶是晋代王献之的爱妾的名字,传说她曾经在这里渡河,后人因此称它作桃叶渡。

〔57〕 掌中女好珠难比——我国古典文学里习惯称父母所心爱的女儿作掌上明珠。这里深一层说,说她的好女儿连掌上明珠都不容易跟她相比的。

〔58〕 苏小——即苏小小,南齐时钱塘名妓。

〔59〕 红绡——红色的丝汗巾。

〔60〕 潘车——是指潘安仁(岳)所坐的车子。相传潘安仁貌美,每次上街,妇女们都围着他的车子,用果子掷他,表示对他的爱慕。

第三齣 哄 丁[1]

癸未三月

(副净、丑扮二坛户[2]上)(副净)俎豆传家铺排户[3],(丑)祖父。

（副净）各坛祭器有号簿，（丑）查数。（副净）朔望开门点蜡炬[4]，（丑）扫路。（副净）跪迎祭酒[5]早进署，（丑）休误。（丑）怎么只说这样没体面的话。（副净）你会说，让你说来。（丑）四季关粮[6]进户部，（副净）夸富。（丑）红墙绿瓦阖家住，（副净）娶妇。（丑）干柴只靠一把锯，（副净）偷树。（丑）一年到头不吃素，（副净）醃胙[7]。（丑）啐！你接得不好，倒底露出脚色[8]来。（同笑介）咱们南京国子监铺排户，苦熬六个月，今日又是仲春丁期[9]。太常寺[10]早已送到祭品，待俺摆设起来。（排桌介）（副净）栗、枣、芡、菱、榛。（丑）牛、羊、猪、兔、鹿。（副净）鱼、芹、菁、笋、韭。（丑）盐、酒、香、帛、烛。（副净）一件也不少，仔细看着，不要叫赞礼们偷吃，寻我们的晦气呀。（副末扮老赞礼暗上）啐！你坛户不偷就够了，倒赖我们。（副净拱[11]介）得罪得罪！我说的是那没体面的相公们，老先生是正人君子，岂有偷嘴之理。（副末）闲话少说，天已发亮，是时候了，各处快点香烛。（丑）是。（同混下）

【粉蝶儿】（外[12]冠带执笏，扮祭酒上）松柏笼烟，两阶蜡红初蒇[13]。排笙歌，堂上宫悬[14]。捧爵帛，供牲醴，香芹[15]早荐。（末冠带执笏，扮司业[16]上）列班联，敬陪南雍释奠[17]。

（外）下官南京国子监祭酒是也。（末）下官司业是也。今值文庙[18]丁期，礼当释奠。（分立介）

【四园春】（小生衣巾，扮吴应箕上）楹鼓逢逢[19]将曙天，诸生接武杏坛前[20]。（杂扮监生四人上[21]）济济礼乐绕三千[22]，万仞门墙瞻圣贤。（副净满髯冠带，扮阮大铖上）净洗含羞面，混入几筵边。

（小生）小生吴应箕，约同杨维斗、刘伯宗、沈昆铜、沈眉生[23]众社兄，同来与祭。（杂四人）次尾社兄到的久了，大家依次排起班来。（副净掩面介）下官阮大铖，闲住南京，来观盛典。（立前列介）（副末上，唱礼介）排班，班齐。鞠躬，俯伏、兴[24]，俯伏、兴，俯伏、兴，俯伏、兴。（众依礼各四拜介）

【泣颜回】（合）百尺翠云巅[25]，仰见宸题金匾，素王端拱[26]，颜曾四座[27]冠冕。迎神乐奏，拜彤墀[28]齐把袍笏展。读诗书不愧胶庠[29]，畏先圣洋洋[30]灵显。

（拜完立介）（唱礼介）焚帛，礼毕。（众相见揖介）

【前腔】（外、末）北面并臣肩，共事春丁荣典[31]；趋跄环佩[32]，鹓班鹭序[33]旋转。（小生等）司笾执豆[34]，鲁诸生尽是瑚琏[35]选。（副净）喜留都[36]、散职逍遥，叹投闲、名流谪贬[37]。

（外、末下）（副净拱介）（小生惊看，问介）你是阮胡子，如何也来与祭？唐突[38]先师，玷辱斯文。（喝介）快快出去！（副净气介）我乃堂堂进士，表表名家，有何罪过，不容与祭。（小生）你的罪过，朝野俱知，蒙面丧心[39]，还敢入庙。难道前日防乱揭帖，不曾说着你病根么！（副净）我正为暴白心迹，故来与祭。（小生）你的心迹，待我替你说来：

【千秋岁】魏家干，又是客家干[40]，一处处儿字难免。同气崔田[41]，同气崔田，热兄弟粪争尝，痛同吮[42]。东林里丢飞箭[43]，西厂里牵长线，怎掩旁人眼。（合）笑冰山[44]消化，铁柱翻掀。

（副净）诸兄不谅苦衷，横加辱骂，那知俺阮圆海原是赵忠毅[45]先生的门人。魏党暴横之时，我丁艰[46]未起，何曾伤害一人,这些话都从何处说起。

【前腔】飞霜冤,不比黑盆冤[47],一件件风影敷衍[48]。初识忠贤,初识忠贤,救周魏[49],把好身名,甘心贬。前辈康对山[50],为救李空同,曾入刘瑾之门。我前日屈节,也只为着东林诸君子,怎么倒责起我来。春灯谜谁不见[51],十错认无人辩,个个将咱谴。(指介)恨轻薄新进,也放屁狂言!

(小生)好骂好骂!(众)你这等人,敢在文庙之中公然骂人,真是反了。(副末亦喊介)反了反了!让我老赞礼,打这个奸党。

(打介)(小生)掌他的嘴,捋[52]他的毛。(众乱采须,指骂介)

【越恁好】阉儿玙子[53],阉儿玙子,那许你拜文宣[54]。辱人贱行,玷庠序[55],愧班联。急将吾党鸣鼓传[56],攻之必远;屏荒服[57]不与同州县,投豺虎只当闲猪犬。

(副净)好打好打!(指副末介)连你这老赞礼,都打起我来了。

(副末)我这老赞礼,才打你个知和而和[58]的。(副净看须介)把胡须都采落了,如何见人,可恼之极。(急跑介)

【红绣鞋】难当鸡肋拳揎[59],拳揎。无端臂折腰撅[60],腰撅。忙躲去,莫流连。(下)(小生)(众)分邪正,辨奸贤,党人逆案铁同坚。

【尾声】当年势焰掀天转,今日奔逃亦可怜。儒冠打扁,归家应自焚笔砚。

(小生)今日此举,替东林雪愤,为南监[61]生光,好不爽快。以后大家努力,莫容此辈再出头来。(众)是是!

(众)堂堂义举圣门前,(小生)黑白须争一着先[62];

（众）只恐输赢无定局，（小生）治由人事乱由天。

注　释

〔1〕 哄丁——哄是吵闹的意思。丁即丁祭，古代纪年纪日，都用干支，逢丁的日子，叫作"丁日"。封建时代，每年遇到二月、八月的第一个丁日，举行春秋二祭来祭孔子，叫做丁祭。

〔2〕 坛户——管理庙产及照料庙宇的人家。

〔3〕 俎豆传家铺排户——俎、豆，祭器，祭祀时用来装盛祭品的。铺排户即坛户，铺排指摆设祭品。

〔4〕 朔望开门点蜡炬——旧历每月初一日叫做"朔"，十五日叫做"望"。过去风俗这两天要烧香拜神，所以说"朔望开门点蜡炬"。

〔5〕 祭酒——即国子监祭酒，国子监是封建王朝培养人才的最高机构。祭酒是国子监的负责人。

〔6〕 关粮——我国旧时官府发放粮饷叫做关粮。关是支发的意思。

〔7〕 胙（zuò）——祭祀时所供的肉。

〔8〕 脚色——本来是履历，这里意指本来面目。

〔9〕 仲春丁期——即每年二月第一个丁日的祭期。

〔10〕 太常寺——是中国古代主管宗庙礼仪的官署。

〔11〕 拱——即拱手。

〔12〕 外——戏曲中角色名，一般扮年纪较大的正派男子，大略跟现在京戏里的须生相当。

〔13〕 蜡红初翦——即刚剪去烛中灰烬，意指烛光明亮。蜡红是刚烧去的烛芯，宇文虚中诗："堂中蜡炬红生花。"

〔14〕 宫悬——上古统治阶级悬乐的制度："王宫悬，诸侯轩悬，卿大夫判悬。"见《周礼·春官·小胥》。

〔15〕 爵、帛、牲、醴、香、芹——都是祭品。

〔16〕 司业——即国子监司业，是国子监的次要负责人。

〔17〕 南雍释奠——明朝南京国子监也叫南雍。释奠,这里指用酒菜祭奠孔子。

〔18〕 文庙——即孔子庙。

〔19〕 楹鼓逢逢——楹鼓即建鼓,是用木柱从鼓中穿过,使它可以竖立的鼓。逢逢,鼓声。

〔20〕 诸生接武杏坛前——诸生指参加丁祭的儒生。接武是脚步紧接着脚步,跟着走的意思。杏坛本在山东孔子庙的殿前,是孔子讲授堂的遗址。这里借指南京孔庙。

〔21〕 杂扮监生四人上——杂是生、旦、净、丑等角色以外的杂色,一般是扮剧中各种临时上场,无关重要的人物。监生是在国子监学习的儒生。

〔22〕 "济济礼乐绕三千"二句——济济,人才很多的意思。三千本指孔子的弟子,这里借指参加祭礼的许多儒生。古时八尺为一仞,万仞门墙向来是形容孔子的道德很高,弟子不容易企及的。这两句总的意思是形容丁祭孔子时的盛况。

〔23〕 杨维斗、刘伯宗、沈昆铜、沈眉生——都是当时的文士,连同吴应箕被称为复社五秀才。

〔24〕 兴——起来的意思。

〔25〕 "百尺翠云巅"二句——这二句是形容诸生在阶下祭拜时见到的孔庙的崇高。宸题金匾,指孔庙里皇帝题字的金匾。

〔26〕 素王端拱——素王,指有王者的道,但没有得到王者的位。齐太史子与见孔子后认为他是素王,后人因尊称孔子为素王。端拱即拱手端坐的样子。

〔27〕 颜曾四座——指配祀孔子的颜子、曾子、子思、孟子四人。

〔28〕 彤墀——指殿前的赤色阶石。

〔29〕 胶庠——即学宫,是古时士子学习的地方。

〔30〕 洋洋——形容祭祀时人们对于神灵的仿佛想象。用《中庸》的"洋洋乎如在其上,如在其左右"的语意。

〔31〕春丁荣典——即仲春丁祭。

〔32〕趋跄环佩——趋跄是走得快的样子。环佩即佩带的玉器,步行时会发出声音。

〔33〕鹓班鹭序——本来指朝臣的行列,这里指参加祭礼的人的行列。

〔34〕司笾(biān)执豆——笾、豆都是祭器。笾是用竹编成,祭祀时用来装载果品的。豆用木制,祭祀时用来装载酒肉的。

〔35〕瑚琏——《论语·公冶长》篇,孔子称子贡为"瑚琏"。瑚琏原是宗庙里珍贵的礼器,这里引伸来指国家珍贵的人才。

〔36〕留都——过去王朝迁都后将旧都称做留都。明成祖从南京迁都北京后,称南京作留都。

〔37〕叹投闲、名流谪贬——古时做官的被放置在闲散的地方,叫作投闲。名流,阮大铖自称。

〔38〕唐突——冒犯的意思。

〔39〕蒙面丧心——意说虽然蒙着人的面皮,却丧失了人的良心。

〔40〕客家干——客氏是明熹宗的乳母,与魏忠贤朋比为奸。阮大铖趋炎附势,曾做她的干儿,因此这里骂他"客家干"。

〔41〕崔田——即崔呈秀、田尔耕,都是阉党的骨干。

〔42〕粪争尝、痈同吮——尝粪本是战国时越王句践对吴王夫差的故事。吮痈本是汉朝邓通对汉文帝的故事。这里借用以形容阮大铖对奸臣的趋炎附势,无耻奉承。

〔43〕"东林里丢飞箭"二句——东林即东林党,丢飞箭是暗箭害人的意思。西厂是明代由宦官掌握的官署,也是当时陷害忠良,无恶不作的特务机构。牵长线意说有紧密的联系。这两句是指阮大铖一向亲近魏忠贤,陷害东林党。

〔44〕冰山——唐代宰相杨国忠权倾天下,有人劝告张彖去巴结他,张彖说:"你们把杨国忠当作泰山一样来倚靠,可是我却把他看作冰山;只等太阳一出来,你们就没有靠山了。"后人因把冰山当作不能持久的权势。

〔45〕 赵忠毅——赵南星(1550—1627),字梦白,号侪鹤,明末高邑人,因得罪魏忠贤,被贬到代州而死,谥称忠毅。

〔46〕 丁艰——即丁忧。封建时代遭遇父母的丧事,在三年内,官员例须停职守制,读书人不能参加考试,一般还要停止婚嫁筵宴,这叫做丁艰。

〔47〕 飞霜冤,不比黑盆冤——传说春秋时燕惠王听信左右的谗言,逮捕邹衍下狱。邹衍仰天大哭,感动天地,六月飞霜。黑盆冤,是把沉冤不得昭雪的人比喻被盖在盆下的东西,即有太阳光也照不到的。整句是阮大铖替自己罪恶辩护的话。

〔48〕 风影敷衍——即捕风捉影,没有根据来诬赖人的意思。

〔49〕 周魏——即周朝瑞、魏大中,都是明末天启的谏官,因为揭发魏忠贤和客氏的罪恶被害死。

〔50〕 "前辈康对山"三句——康对山即康海,李空同即李梦阳,都是明中叶时人。李梦阳曾因反对当时当权的宦官刘瑾被捕入狱,写信要求康海营救。康海曾向刘瑾求情。后来刘瑾奸情败露,牵连到康海,李梦阳并不替他辩白。这里表现阮大铖想借这件事来替自己狡辩。

〔51〕 "春灯谜谁不见"二句——《春灯谜》、《十错认》,见《桃花扇序》注〔2〕、〔3〕。

〔52〕 捋——扯、拔的意思。

〔53〕 珰子——珰本是宦官的冠饰,这里用来称宦官。珰子是骂阮大铖拜宦官魏忠贤作义父。

〔54〕 文宣——即孔子,唐开元二十七年(739)封孔子作文宣王。

〔55〕 庠序——过去的地方学校。

〔56〕 吾党鸣鼓传——春秋时孔子的门人冉求作鲁卿季氏的家臣,替季氏聚敛财货,孔子号召他的门弟子,要鸣鼓而攻之。这里借来表示他们要号召大众齐心攻击阮大铖。

〔57〕 屏荒服——古时称离京师二千里至二千五百里的边远地方作荒服。屏,斥逐意。

〔58〕 知和而和——这本是《论语·学而》篇里的一句,根据《桃花扇》本龥原批,是当时山东曲阜一带的俗语,但语意还不清楚。

〔59〕 鸡肋拳揎——鸡肋是用来比喻身体的孱弱。晋朝刘伶喝醉了酒,和别人吵架,那个人挦袖揎露拳要打他。刘伶慢慢地说:"鸡肋那里顶得住你的尊拳?"那人觉得很好笑,就罢手了。

〔60〕 腰擞——跌坏腰的意思。

〔61〕 南监——即南京国子监。

〔62〕 黑白须争一着先——这里用围棋来比喻政治上的双方斗争。黑白,指围棋的黑子与白子。

第四龥　侦　戏

癸未三月

【双劝酒】(副净扮阮大铖忧容上)前局[1]尽翻,旧人皆散,飘零鬓斑,牢骚歌懒。又遭时流欺谩[2],怎能得高卧加餐。

下官阮大铖,别号圆海。词章才子,科第名家;正做着光禄吟诗[3],恰合着步兵爱酒[4]。黄金肝胆,指顾中原;白雪声名[5],驱驰上国。可恨身家念重,势利情多;偶投客魏之门,便入儿孙之列。那时权飞烈焰,用着他当道豺狼[6];今日势败寒灰,剩了俺枯林鸦鸟[7]。人人唾骂,处处击攻。细想起来,俺阮大铖也是读破万卷[8]之人,什么忠佞贤奸,不能辨别?彼时既无失心之疯,又非汗邪[9]之病,怎的主意一错,竟做了一个魏党?(跌足介)才题旧事,愧悔交加。罢了罢了!幸这京城宽广,容的杂人,新在这裤子裆[10]里买了一所大宅,巧盖园亭,精教歌舞,但有当事[11]朝绅,肯来纳交的,不惜物力,加倍趋迎。倘遇正人君子,怜而收之,也还不失为改过之鬼。(悄语介)若是天道好还,死灰有复燃[12]之日。我阮胡子呵!也顾不得名节,索性要倒行逆施[13]了。这都不在话下。昨日文庙丁祭,受了复社少年一场痛辱,虽是他们孟浪[14],也是我自己多事。但不知有何法儿,可以结识这般轻薄[15]。(搔首寻思介)

【步步娇】小子翩翩皆狂简[16],结党欺名宦,风波动几番。捋落吟须,捶折书腕。无计雪深怨,叫俺闭户空羞赧。

(丑扮家人持帖上)地僻疏冠盖,门深隔燕莺。禀老爷,有帖借戏。(副净看帖介)通家[17]教弟陈贞慧拜。(惊介)呵呀!这是宜兴陈定生,声名赫赫,是个了不得的公子,他怎肯向我借戏?(问介)那来人如何说来?(丑)来人说,还有两位公子,叫什么方密之、冒辟疆[18],都在鸡鸣埭[19]上吃酒,要看老爷新编的《燕子笺》[20],特来相借。(副净盼咐介)速速上楼,发出那一副上好行头[21];盼咐班里人梳头洗脸,随箱快走。你也拿帖跟去,俱要仔细着。(丑应下)(杂抬箱,众戏子绕场下)(副净唤丑介)转来。(悄语介)你到他席上,听他看戏之时,议论什么,速来报我。(丑)是。(下)(副净笑介)哈哈!竟不知他们目中还有下官,有趣有趣!且坐书斋,静听回话。(虚下)(末巾服扮杨文骢上)周郎[22]扇底听新曲,米老船[23]中访故人。下官杨文骢,与圆海笔砚至交,彼之曲词,我之书画,两家绝技,一代传人。今日无事,来听他燕子新词,不免竟入。(进介)这是石巢园[24],你看山石花木,位置不俗,一定是华亭

张南垣[25]的手笔了。(指介)

【风入松】花林疏落石斑斓,收入倪黄[26]画眼。(仰看,读介)"咏怀堂[27],孟津王铎[28]书"。(赞介)写的有力量。(下看介)一片红毹铺地,此乃顾曲之所。草堂图里乌巾岸[29],好指点银筝红板。(指介)那边是百花深处了,为甚的萧条闭关,敢是新词改,旧稿删。

(立听介)隐隐有吟哦之声,圆老在内读书。(呼介)圆兄,略歇一歇,性命要紧呀!(副净出见,大笑介)我道是谁,原来是龙友。请坐,请坐!(坐介)(末)如此春光,为何闭户?(副净)只因传奇四种,目下发刻[30];恐有错字,在此对阅。(末)正是,闻得《燕子笺》已授梨园[31],特来领略。(副净)恰好今日全班不在。(末)那里去了?(副净)有几位公子借去游山。(末)且把钞本赐教,权当《汉书》下酒[32]罢。(副净唤介)叫家僮安排酒酌,我要和杨老爷在此小饮。(内)晓得。(杂上排酒果介)(末、副净同饮,看书介)

【前腔】(末)新词细写乌丝阑[33],都是金淘沙拣[34]。簪花美女[35]心情慢,又逗出烟慵云懒[36]。看到此处,令人一往情深。这燕子衔春[37]未残,怕的杨花白,人鬓斑。

(副净)芜词俚曲,见笑大方。(让介)请干一杯。(同饮介)(丑急上)传将随口话,报与有心人。禀老爷,小人到鸡鸣埭上,看着酒斟十巡,戏演三折,忙来回话。(副净)那公子们怎么样来?(丑)那公子们看老爷新戏,大加称赞。

【急三枪】点头听,击节赏,停杯看。(副净喜介)妙妙!他竟知道赏鉴哩。(问介)可曾说些什么?(丑)他说真才子,笔不凡。(副净惊介)阿呀呀!这样倾倒,却也难得。(问介)再说什么来？(丑)论文采,天仙吏,谪人间。好教执牛耳,主骚坛[38]。

(副净佯恐介)太过誉了,叫我难当,越往后看,还不知怎么样哩。(吩咐介)再去打听,速来回话。(丑急下)(副净大笑介)不料这班公子,倒是知己。(让介)请干一杯。

【风入松】俺呵！南朝看足古江山,翻阅风流旧案,花楼雨榭灯窗晚,呕吐了心血无限。每日价琴对墙弹[39],知音赏,这一番。

(末)请问借戏的是那班公子？(副净)宜兴陈定生、桐城方密之、如皋冒辟疆,都是了不得学问,他竟服了小弟。(末)他们是不轻许可人的,这本《燕子笺》词曲原好,有什么说处。(丑急上)去如走兔,来似飞鸟。禀老爷,小的又到鸡鸣埭,看着戏演半本,酒席将完,忙来回话。(副净)那公子又讲些什么？(丑)他说老爷呵！

【急三枪】是南国秀,东林彦,玉堂班[40]。(副净佯惊介)句句是赞俺,益发惶恐。(问介)还说些什么？(丑)他说为何投崔魏,自摧残。(副净皱眉、拍案恼介)只有这点点不才,如今也不必说了。(问介)还讲些什么？(丑)话多着哩,小人也不敢说了。(副净)但说无妨。(丑)他说老爷呼亲父,称干子,忝羞颜,也不过仗人势,狗一般。

(副净怒介)阿呀呀！了不得,竟骂起来了。气死我也！

【风入松】平章风月有何关[41],助你看花对盏,新声一部空劳赞。不把俺心情剖辩,偏加些恶谑毒讪[42],这欺侮受应难。

(末)请问这是为何骂起？(副净)连小弟也不解,前日好好拜庙,受了五个秀才一顿狠打。今日好好借戏,又受这三个公子一顿狠骂。此后若不设个法子,如何出门。(愁介)(末)长兄不必吃恼,小弟倒有个法儿,未知肯依否?(副净喜介)这等绝妙了,怎肯不依。(末)兄可知道,吴次尾是秀才领袖,陈定生是公子班头,两将罢兵,千军解甲矣。(副净拍案介)是呀!(问介)但不知谁可解劝?(末)别个没用,只有河南侯朝宗,与两君文酒至交,言无不听。昨闻侯生闲居无聊,欲寻一秦淮佳丽。小弟已替他物色一人,名唤香君,色艺皆精,料中其意。长兄肯为出梳栊之资,结其欢心,然后托他两处分解,包管一举双擒。(副净拍手,笑介)妙妙!好个计策。(想介)这侯朝宗原是敝年侄〔43〕,应该料理的。(问介)但不知应用若干。(末)妆奁酒席,约费二百馀金,也就丰盛了。(副净)这不难,就送三百金到尊府,凭君区处便了。(末)那消许多。

(末)白门弱柳〔44〕许谁攀,(副净)文酒笙歌俱等闲〔45〕;

(末)惟有美人称妙计,　　(副净)凭君买黛画春山〔46〕。

注　释

〔1〕　前局——指阉党当权时的政治局面。

〔2〕　时流欺谩——时流指当时名士。欺谩,欺负、谩骂。

〔3〕　光禄吟诗——光禄本官名,管理皇帝膳食的。南朝颜延之,是和谢灵运齐名的诗人,他曾官至金紫光禄大夫,所以也称颜光禄。阮大铖曾做过光禄卿,因此在剧中引用颜光禄的典故来自比。

〔4〕　步兵爱酒——三国时阮籍曾任过步兵校尉,因此后人称他作

阮步兵。他不满当时现实,经常借醉酒来避免祸害。阮大铖和他同姓,因此在剧中引他来自比。

〔5〕 白雪声名——白雪即《阳春白雪》,是古时一种高雅的乐曲,懂得的人很少。阮大铖擅长词曲,因此自称白雪声名。

〔6〕 当道豺狼——比喻狠毒残暴的执政者。

〔7〕 鸮(xiāo)鸟——也叫枭,是一种恶鸟,传说它是吃母鸟的。通常用它来比喻凶恶、忘恩的人。

〔8〕 读破万卷——杜甫《奉赠韦左丞丈二十二韵》诗:"读书破万卷,下笔如有神。"读破万卷表示知识广博、学问深厚的意思。

〔9〕 汗邪——以前人发高热不能出汗因而神志昏迷或语言错乱,往往说他是中了邪气。汗邪疑即指这种病理状态。

〔10〕 裤子裆——南京地名,当时阮大铖在这里住过。

〔11〕 当事——即当权之意。

〔12〕 死灰复燃——成语,初见于《史记·韩长孺列传》,比喻失势的人重新得势。

〔13〕 倒行逆施——成语,初见于《史记·伍子胥列传》,意指违反常情的颠倒行为。

〔14〕 孟浪——卤莽、冒昧的意思。

〔15〕 这般轻薄——即这班轻薄少年。

〔16〕 狂简——见《论语·公冶长》篇,一般指勇于进取而不很切实的人。

〔17〕 通家——指世代有交情的朋友。

〔18〕 方密之、冒辟疆——都是明末清初人。与侯方域、陈贞慧同时被称为"四公子"。

〔19〕 鸡鸣埭——即今鸡鸣寺,南京名胜之一。

〔20〕 《燕子笺》——阮大铖所著的《石巢传奇四种》之一,并且是四种中最好的一种。

〔21〕 行头——演戏所用的衣物。

〔22〕 周郎——即三国周瑜。周瑜精通音律,在听音乐时能发现演奏中的错误而加以纠正。当时有这样的谚语:"曲有误,周郎顾。"这里借用以比喻精通音律的阮大铖。

〔23〕 米老船——用北宋著名书画家米芾的典故。米芾经常载书画于船中,在江湖游览,人们称它作米家书画船。

〔24〕 石巢园——阮大铖住的园子。

〔25〕 张南垣——明末人,善于设计亭园,尤其擅长于堆叠石假山。

〔26〕 倪黄——倪即倪瓒,黄即黄公望,都是元代有名的画家。

〔27〕 咏怀堂——阮大铖的书斋名。

〔28〕 孟津王铎——孟津即今河南孟津县。王铎,明末清初人,是弘光时的大学士,当时有名的书法家。

〔29〕 草堂图里乌巾岸——古时隐居的人喜欢称自己住的地方作草堂,如杜甫的浣花草堂,白居易的庐山草堂都是。乌巾即乌角巾,过去隐士的帽子。岸是高挺的样子。"草堂图里乌巾岸"是写杨文骢所想象的阮大铖。

〔30〕 发刻——付印的意思。当时出版书籍多用木刻,故称发刻。

〔31〕 梨园——唐玄宗精通音律,选出坐部伎弟子三百人在梨园教授歌舞。凡有错误,经玄宗发觉,往往加以指正。这些人当时被称作皇帝梨园弟子,后来人因此称戏班作梨园。

〔32〕 《汉书》下酒——是北宋诗人苏舜钦的故事,参看《桃花扇本末》注〔25〕。

〔33〕 乌丝阑——阑同栏,乌丝栏即是印有或画有黑条格的笺纸。

〔34〕 金淘沙拣——即披沙拣金。这里是借来赞美阮大铖的词曲的。

〔35〕 簪花美女——比喻书法的娟秀。梁武帝评卫恒书法的风格说:"如插花美女,援镜笑春。"

〔36〕 烟慵云懒——《燕子笺》演书生霍都梁与妓女华行云及女子郦

〔37〕 燕子衔春——《燕子笺》中有燕子衔诗笺情节。

〔38〕 执牛耳,主骚坛——古代结盟时要割牛耳取血来涂受盟者的口旁,而由主盟的人执牛耳,所以后来把主持某件事情的人叫作执牛耳。骚坛即诗坛。执牛耳、主骚坛,是作诗坛领袖的意思。

〔39〕 每日价琴对墙弹——表示没有知音。价,语助词。

〔40〕 东林彦,玉堂班——彦是优秀人才。玉堂即翰林院。阮大铖早年曾靠拢左光斗,又有才名,所以称他"东林彦,玉堂班"。

〔41〕 平章风月有何关——意说品评风月,不应该牵连到那些政治问题。平章是品评的意思。

〔42〕 讪——讥讽之意。

〔43〕 年侄——古时同榜考取的士子称作同年,彼此用年兄年弟相称。对同年兄弟的儿子称作年侄。

〔44〕 白门弱柳——白门是南朝时建康城门名,建康即今南京,后人也称南京作白门。又古典文学中习惯用花、柳比喻妓女,这里白门弱柳即指香君。

〔45〕 文酒笙歌俱等闲——等闲,轻易、无关紧要之意。文酒笙歌俱等闲,意说文酒笙歌都不容易起作用。

〔46〕 春山——指女子的双眉。

第五龄　访　翠

癸未三月

【缑山月】(生丽服上)金粉未消亡[1],闻得六朝香,满天涯烟草断人肠。怕催花信紧[2],风风雨雨,误了春光。

小生侯方域,书剑飘零,归家无日。对三月艳阳[3]之节,住六朝佳丽之场,虽是客况不堪,却也春情难按。昨日会着杨龙友,盛夸李香君妙龄绝色,平康[4]第一。现在苏昆生教他吹歌,也来劝俺梳栊;争奈萧索奚囊[5],难成好事。今日清明佳节,独坐无聊,不免借步踏青[6],竟到旧院一访,有何不可。(行介)

【锦缠道】望平康,凤城[7]东、千门绿杨。一路紫丝韁,引游郎,谁家乳燕双双。(丑扮柳敬亭上)黄莺惊晓梦,白发动春愁。(唤介)侯相公何处闲游?(生回头见介)原来是敬亭,来的好也;俺去城东踏青,正苦无伴哩。(丑)老汉无事,便好奉陪。(同行介)(丑指介)那是秦淮水榭。(生)隔春波[8],碧烟染窗;倚晴天,红杏窥墙。(丑指介)这是长桥,我们慢慢的走。(生)一带板桥长,闲指点茶寮酒舫。(丑)不觉来到旧院了。(生)听声声卖花忙,穿过了条条深巷。(丑指介)这一条巷里,都是有名姊妹家。(生)果然不同,你看黑漆双门之上,插一枝带露柳娇黄。

(丑指介)这个高门儿,便是李贞丽家。(生)我问你,李香君住在那个门里?(丑)香君就是贞丽的女儿。(生)妙妙!俺正要访他,恰好到此。(丑)待我敲门。(敲介)(内问介)那个?(丑)常来走动的老柳,陪着贵客来拜。(内)贞娘、香姐,都不在家。(丑)那里去了?(内)在卞姨娘家做盒子会哩。(丑)正是,我竟忘了,今日是盛会。(生)为何今日做会?(丑拍腿介)老腿走乏了,且在这石磴上略歇一歇,从容告你。(同坐介)(丑)相公不知,这院中名妓,结为手帕姊妹[9],就像香火兄弟[10]一般,每遇时节,便做盛会。

【朱奴剔银灯】结罗帕,烟花雁行[11];逢令节,齐斗新妆。(生)是了,今日清明佳节,故此皆去赴会,但不知怎么叫做盒子会。(丑)赴会之日,各携一副盒儿,都是鲜物异品,有海错、江瑶、玉液浆[12]。(生)会期做些什么?(丑)大家比较技艺,拨琴阮[13],笙箫嘹亮。(生)这样有趣,也许子弟[14]入会么?(丑摇手介)不许不许!最怕的是子弟混闹,深深锁住楼门,只许楼下赏鉴。(生)赏鉴中意的如何会面?(丑)若中了意,便把物事抛上楼头,他楼上也便抛下果子来。相当,竟飞来捧觞,密约在芙蓉锦帐。

(生)既然如此,小生也好走走了。(丑)走走何妨。(生)只不知卞家住在那厢?(丑)住在暖翠楼,离此不远,即便同行。(行介)(生)扫墓家家柳。(丑)吹饧处处箫[15]。(生)莺花三里巷。(丑)烟水两条桥。(指介)此间便是,相公请进。(同入介)(末扮杨文骢、净扮苏昆生迎上)(末)闲陪簇簇莺花队,(净)同望迢迢粉黛围。(见介)(末)侯世兄怎肯到此,难得难得!(生)闻杨兄今日去看阮胡子,不想这里遇着。(净)特为侯相公喜事而来。(丑)请坐。(俱坐)(生望介)好个暖翠楼!

【雁过声】端详,窗明院敞,早来到温柔睡乡。(问介)李香君为何不见?(末)现在楼头。(净指介)你看,楼头奏技了。(内吹笙、笛介)(生听介)鸾笙凤管云中响,(内弹琵琶、筝介)(生听介)弦悠扬,(内打云锣[16]介)(生听介)玉玎珰,一声声乱我柔肠。(内吹箫介)(生听介)翱翔双凤凰。(大叫介)这几声箫,吹的我消魂,小生忍不住要打采了。(取扇坠抛上楼介)海南异品[17]风飘荡,要打着美人心上痒!

(内将白汗巾包樱桃抛下介)(丑)有趣有趣!掷下果子来了。(净解汗巾,倾樱桃盘内介)好奇怪,如今竟有樱桃了。(生)不知是那个掷来的,若是香君,岂不可喜。(末取汗巾看介)看这一条冰绡[18]汗巾,有九分是他了。(小旦扮李贞丽捧茶壶,领香君捧花瓶上)(小旦)香草偏随蝴蝶扇[19],美人又下凤凰台。(净惊指介)都看天人下界了。(丑合掌介)阿弥陀佛。(众起介)(末拉生介)世兄认认,这是贞丽,这是香君。(生见小旦介)小生河南侯朝宗,一向渴慕,今才遂愿。(见旦介)果然妙龄绝色,龙老赏鉴,真是法眼[20]。(坐介)(小旦)虎丘[21]新茶,泡来奉敬。(斟茶)(众饮介)(旦)绿杨红杏,点缀新节。(众赞介)有趣有趣!煮茗看花,可称雅集矣。(末)如此雅集,不可无酒。(小旦)酒已备下,玉京主会,不得下楼奉陪,贱妾代东[22]罢。(唤介)保儿[23]烫酒来!(杂提酒上)(小旦)何不行个令儿,大家欢饮?(丑)敬候主人发挥。(小旦)怎敢僭越[24]。(净)这是院中旧例。(小旦取骰盆介)得罪了。(唤介)香君把盏,待我掷色[25]奉敬。(众)遵令。(小旦宣令介)酒要依次流饮[26],每一杯干,各献所长,便是酒底。么为樱桃,二为茶,三为柳,四为杏花,五为香扇坠,六为冰绡汗巾。(唤介)香君敬候相公酒。(旦斟生饮介)(小旦掷色介)是香扇坠。(让介)侯相公速干此杯,请说酒底。(生告干介)小生做首诗罢。(吟介)南国佳人佩,休教袖里藏;随郎团扇影,摇动一身香。(末)好诗,好诗!(丑)好个香扇坠,只怕摇摆坏了。(小旦)该奉杨老爷酒了。(旦斟、末饮介)(小旦掷介)是冰绡汗巾。(末)我也做诗了。(小旦)不许雷同[27]。(末)也罢,下官做个破承题[28]罢。(念介)睹拭汗之物而春色撩人矣。夫汗之沾巾,必由于春之生面也。伊何人之面,而以冰绡拭之;红素相著之际,不亦深可爱也耶?(生)绝妙佳章。(丑)这样好文彩,还该中两榜[29]才是。(旦斟丑酒介)柳师父请酒。(小旦掷色介)是茶。(丑饮酒介)我道恁薄[30]。(小旦笑介)非也,你的酒底是茶。(丑)待我说个张三郎吃茶[31]罢。(小旦)说书太长,说个笑话更好。(丑)就说笑话。(说介)苏东坡同黄山谷访佛印禅师[32],东坡送了一把定瓷壶,山谷送了一斤阳羡茶[33]。三人松下品茶,佛印说:"黄秀才茶癖天下闻名,但不知苏胡子的茶量何如;今日何不斗一斗,分个谁大谁小。"东坡说:"如何斗来?"佛印说:"你问一机锋[34],叫黄秀才答。他若答不来,吃你一棒,我便记一笔:胡子打了秀才了。你若答不来,也吃黄秀才一棒,我便记一笔:秀才打了胡子了。末后总算,打一下吃一碗。"东坡说:"就依你说。"东坡先问:"没鼻针如何穿线?"山谷答:"把针尖磨去。"佛印说:"答的好。"山谷问:"没把葫芦怎生拿?"东坡答:"抛在水中。"佛印说:"答的也不错。"东坡又问:"虱在裤中,有见无见?"山谷未及答,东坡持棒就打。山谷正拿壶子斟茶,失手落地,打个粉碎。东坡大叫道:"和尚记着,胡子打了秀才了。"佛印笑道:"你听哄啷一声,胡子没打着秀才,秀才倒打了壶子了。"(众笑介)(丑)众位休笑,秀才利害多着哩。(弹壶介)这样硬壶子都打坏,何况软壶子[35]。(生)敬老妙人,随口诙谐,都是机锋。(小旦)香君,敬你师父。(旦斟、净饮介)(小旦掷介)是杏花。(净唱介)"晚妆楼上杏花残[36],犹自怯衣单。"(旦向小旦介)孩儿敬妈妈酒了。(小旦饮干,掷介)是樱桃。(净)让我代唱罢。(唱介)"樱桃红绽[37],玉粳白露,半晌恰方言。"(丑)昆生该罚了,唱的唇上樱桃,不是盘中樱桃。(净)领罚。(自斟,饮介)(小旦)香君该自斟自饮了。(生)待小生奉敬。(生斟、旦饮介)(小旦掷介)不消猜,是柳了,香君唱来。(旦羞介)(小旦)孩儿腼腆[38],请个代笔相公罢。(掷介)三点,是柳师父。(净)好好!今日是他当值之日。(丑)我老汉姓柳,飘零半世,最怕的是"柳"字。今日清明佳节,偏把个柳圈儿[39]套住我老狗头。(众大笑介)(净)算了你的笑话罢。(生)酒已有了,大家别过。(丑)才子佳人,难得聚会。(拉生、旦介)你们一对儿,吃个交心酒何如。(旦羞,遮袖下)(净)香君面嫩,当面不好讲得;前日所订梳栊之事,相公意下允否?(生笑介)秀才中状元,有什么不肯处。(小旦)既蒙不弃,择定吉期,贱妾就要奉攀了。(末)这三月十五日,花月良辰,便好成亲。(生)只是一件,客囊羞涩,恐难备礼。(末)这不须愁,妆奁酒席,待小弟备来。(生)怎好相累。(末)当得效力。(生)多谢了。

【小桃红】误走到巫峰[40]上,添了些行云想,匆匆忘却仙模样。春宵花月休成谎,良缘到手难推让,准备着身赴高唐。

(作辞介)(小旦)也不再留了。择定十五日,请下清客,邀下姊妹,奏乐迎亲罢。(小旦下)(丑向净介)阿呀!忘了,忘了,咱两个不得奉陪了。(末)为何?(净)黄将军船泊水西门[41],也是十五日祭旗,约下我们吃酒的。(生)这等怎处?(末)还有丁继之、沈公宪、张燕筑[42],都是大清客,借重他们陪陪罢。

  (净)暖翠楼前粉黛香,(末)六朝风致说平康;
  (丑)踏青归去春犹浅,(生)明日重来花满床。

注 释

  〔1〕"金粉未消亡"二句——隋唐以来称南朝贵族的豪华生活作六朝金粉。二句意说当时的南都,还有南朝君臣追逐豪华的习气。

〔2〕 催花信紧——意即催花风紧。信,指花信风。

〔3〕 艳阳——指风日佳丽的春天。

〔4〕 平康——唐朝长安的一个里名,是妓女聚居的地方。后人用来泛指妓院。

〔5〕 萧索奚囊——据说唐诗人李贺经常带着背锦囊的小奚奴(僮仆)出游,每写好了诗,就投入囊中,后人称这个囊作奚囊。这里萧索奚囊,是手头拮据的意思。

〔6〕 踏青——中国过去风俗,每逢清明节,大家都出郊外扫墓或游玩,叫做踏青。

〔7〕 凤城——即禁城。南京曾一度是明朝的都城,因此称它凤城。

〔8〕 "隔春波"四句——形容秦淮水榭景色。碧烟指水气;宋叶绍翁《游园不值》诗:"春色满园关不住,一枝红杏出墙来。"红杏窥墙,暗用这诗意。

〔9〕 手帕姊妹——即结拜姊妹。清周亮工《书影》:"南京旧院有色艺俱优者,或二十、三十姓,结为手帕姊妹,每上元节,以春擎(盛酒食的盒子)具肴核相赛,名盒子会。"

〔10〕 香火兄弟——古人盟誓多用香火,因此称结拜兄弟作香火兄弟。

〔11〕 烟花雁行——烟花指妓女。雁行本指齐整的行列,如雁飞成行一样,这里指结成姊妹的妓女们。

〔12〕 海错、江瑶、玉液浆——海错指各种海味;江瑶是一种海蚌,它的肉柱是一种名贵的食品,称作江瑶柱;玉液浆,指酒。

〔13〕 阮——即阮咸,乐器名,和琵琶很相近,有长颈十三柱,相传是晋朝阮咸创制的。

〔14〕 子弟——宋元俗语,指嫖客,与一般指青年后辈的子弟不同。

〔15〕 吹饧(xíng)处处箫——饧即是饴糖,如麦芽糖等是。吹饧处处箫意说处处都听到卖饧人吹的箫声。

〔16〕 云锣——乐器名,是用十面大小相同、厚薄不同的小铜锣挂在

一个木器上,敲打时能发出清浊不同的声音。

〔17〕 海南异品——指扇坠,因用海南檀香制造,故称海南异品。

〔18〕 冰绡——绡是一种用生丝织的绸,冰绡,形容绡的洁白。

〔19〕 香草偏随蝴蝶扇——意即蝴蝶偏随香草扇,为了跟下句对得工整,把句子倒装过来的。

〔20〕 法眼——佛家有五眼,是肉眼、天眼、慧眼、法眼、佛眼。这里借来指有高度鉴别能力的眼光。

〔21〕 虎丘——地名,在江苏吴县西北七里,是苏州的名胜。

〔22〕 代东——代作主人。

〔23〕 保儿——妓院里供使唤的男子。

〔24〕 僭越——意是说在礼数上超过了个人的本分。

〔25〕 掷色——即掷骰子。

〔26〕 流饮——轮流饮。

〔27〕 雷同——抄袭、摹仿的意思。

〔28〕 破承题——即破题与承题。八股文的开头一节叫作破题,继承破题的一节叫作承题。下文杨文骢念的"睹拭汗之物而春色撩人矣"一句即破题,下面几句即承题。

〔29〕 两榜——古时乡试叫乙榜,会试叫甲榜,合称两榜。

〔30〕 我道恁薄——这是柳敬亭故意引人发笑的话,意即:"我的运道这样差,你们饮酒,我只能饮茶。"

〔31〕 张三郎吃茶——即阎婆惜留张三郎吃茶,见《水浒传》第二十回。

〔32〕 佛印——宋代名僧,名了元,与苏轼黄庭坚相善,能诗。黄庭坚,字鲁直,号山谷道人,宋代著名诗人,为江西诗派的创始人。

〔33〕 定瓷——是中国一种著名的瓷器,在定州出产。阳羡茶,阳羡在今江苏宜兴县南五里,从唐以来,以产茶著名。

〔34〕 机锋——我国古代禅宗和尚们彼此用语言互相启发,叫做机锋。这是用弩箭的触机而发,比喻那能使人触机而有所启发的问话的。

又禅宗和尚彼此用含有机锋的语言问答时,如对方不能领悟,往往喝他一声,或用棒打他一下,叫作棒喝。这里苏黄问答,即采取这种形式进行。

〔35〕 软壶子——阮胡子的谐音,即阮大铖。

〔36〕 "晚妆楼上杏花残"二句——这是王实甫《西厢记》第三本第二折里的两句曲文。

〔37〕 "樱桃红绽"二句——樱桃比喻嘴唇,玉粳比喻牙齿,这两句诗是形容一个唇红齿白的美女的形象。原文引自《西厢记》第一本第一折。

〔38〕 腼腆——害羞的意思。

〔39〕 柳圈儿——江南一带风俗,清明时节用柳条编成圈儿,戴在小孩子的头上,叫作"狗头圈"。

〔40〕 巫峰——传说楚襄王到高唐游玩,梦见一个女子愿和他合欢。临别时,她说:"妾在巫山之阳,高丘之阻。朝为行云,暮为行雨,朝朝暮暮,阳台之下。"(见宋玉《高唐赋》)后人因用巫山、云雨、高唐、阳台等来形容男女性爱。

〔41〕 黄将军船泊水西门——黄将军即黄得功。得功字虎山,辽宁开原卫人,以武功任总兵官,崇祯十七年,进封靖南伯。水西门,南京城门名。

〔42〕 丁继之、沈公宪、张燕筑——都是明末有名的戏曲演员。据余怀《板桥杂记》:"丁继之扮张驴儿,张燕筑扮宾头卢,皆妙绝一世。"又说:"沈公宪以串戏擅长,当时推第一。"

第六龄　眠　香

癸未三月

【临江仙】(小旦艳妆上)短短春衫双卷袖,调筝花里迷楼[1]。今朝全把绣帘钩,不教金线柳[2],遮断木兰舟。

　　妾身李贞丽,只因孩儿香君,年及破瓜,梳栊无人,日夜放心不下。幸亏杨龙友,替俺招了一位世家公子,就是前日饮酒的侯朝宗,家道才名,皆称第一。今乃上头[3]吉日,大排筵席,广列笙歌,清客俱到,姊妹全来,好不费事。(唤介)保儿那里。(杂扮保儿搦扇慢上)席前搀趣话,花里听情声。妈妈唤保儿那处送衾枕[4]么?(小旦怒介)啐!今日香姐上头,贵人将到,你还做梦哩。快快卷帘扫地,安排桌椅。(杂)是了。(小旦指点排席介)

【一枝花】(末新服上)园桃红似绣,艳覆文君酒[5];屏开金孔雀[6],围春昼。涤了金瓯,点着喷香兽[7]。这当垆红袖[8],谁最温柔,拉与相如消受。

　　下官杨文骢,受圆海嘱托,来送梳栊之物。(唤介)贞娘那里?(小旦见介)多谢作伐,喜筵俱已齐备。(问介)怎么官人还不见到?(末)想必就来。(笑介)下官备有箱笼数件,为香君助妆,教人搬来。(杂抬箱笼、首饰、衣物上)(末吩咐介)抬入洞房,铺陈齐整着!(杂应下)(小旦喜谢介)如何这般破费,多谢老爷!(末袖出银介)还有备席银三十两,交与厨房;一应酒殽,俱要丰盛。(小旦)益发当不起了。(唤介)香君快来!(旦盛妆上)(小旦)杨老爷赏了许多东西,上前拜谢。(旦拜谢介)(末)些须薄意,何敢当谢,请回,请回。(旦即入介)(杂急上报介)新官人到门了。(生盛服从人上)虽非科第天边客[9],也是嫦娥月里人。(末、小旦迎见介)(末)恭喜世兄,得了平康佳丽;小弟无以为敬,草办妆奁,粗陈筵席,聊助一宵之乐。(生揖介)过承周旋,何以克当。(小旦)请坐,献茶。(俱坐)(杂捧茶上,饮介)(末)一应喜筵,

47

安排齐备了么？（小旦）托赖老爷，件件完全。（末向生拱介）今日吉席，小弟不敢搀越，竟此告别，明日早来道喜罢。（生）同坐何妨。（末）不便，不便。（别下）（杂）请新官人更衣。（生更衣介）（小旦）妾身不得奉陪，替官人打扮新妇，撺掇[10]喜酒罢。（别下）（副净、外、净扮三清客上）一生花月张三影[11]，五字宫商李二红[12]。（副净）在下丁继之。（外）在下沈公宪。（净）在下张燕筑。（副净）今日吃侯公子喜酒，只得早到。（净）不知请那几位贤歌[13]来陪俺哩。（外）说是旧院几个老在行[14]。（净）这等都是我梳栊的了。（副净）你有多大家私，梳栊许多。（净）各人有帮手，你看今日侯公子，何曾费了分文。（外）不要多话，侯公子堂上更衣，大家前去作揖。（众与生揖介）（众）恭喜，恭喜！（生）今日借光。（小旦、老旦、丑扮三妓女上）情如芳草连天醉，身似杨花尽日忙。（见介）（净）唤的那一部歌妓，都报名来。（丑）你是教坊司[15]么，叫俺报名。（生笑介）正要请教大号。（老旦）贱妾卞玉京[16]。（生）果然玉京仙子。（小旦）贱妾寇白门。（生）果然白门柳色[17]。（丑）奴家郑妥娘。（生沉吟介）果然妥当不过。（净）不妥，不妥！（外）怎么不妥？（净）好偷汉子。（丑）呸！我不偷汉，你如何吃得恁胖。（众哄笑[18]介）（老旦）官人在此，快请香君出来罢。（小旦、丑扶香君上）（外）我们做乐迎接。（副净、净、外吹打十番[19]介）（生、旦见介）（丑）俺院中规矩，不兴[20]拜堂，就吃喜酒罢。（生、旦上坐）（副净、外、净坐左边介）（小旦、老旦、丑坐右边介）（杂执壶上）（左边奉酒，右边吹弹介）

【梁州序】（生）齐梁词赋[21]，陈隋花柳，日日芳情迤逗[22]。青衫偎倚，今番小杜扬州[23]。寻思描黛[24]，指点吹箫，从此春入手。秀才渴病急须救，偏是斜阳迟下楼,刚饮得一杯酒。

（右边奉酒,左边吹弹介）

【前腔】（旦）楼台花颤,帘栊风抖,倚着雄姿英秀。春情无限[25],金钗肯与梳头。闲花添艳[26],野草生香,消得夫人做。今宵灯影纱红透,见惯司空[27]也应羞,破题儿真难就。

（副净）你看红日衔山,乌鸦选树,快送新人回房罢。（外）且不要忙,侯官人当今才子,梳栊了绝代佳人,合欢有酒,岂可定情无诗乎？（净）说的有理,待我磨墨拂笺,伺候挥毫。（生）不消诗笺,小生带有宫扇一柄,就题赠香君,永为订盟之物罢。（丑）妙,妙！我来捧砚。（小旦）看你这嘴脸,只好脱靴罢了。（老旦）这个砚儿,倒该借重香君。（众）是呀！（旦捧砚,生书扇介）（众念介）夹道朱楼一径斜[28],王孙初御富平车。青溪尽是辛夷树,不及东风桃李花。（众）好诗,好诗！香君收了。（旦收扇袖中介）（丑）俺们不及桃李花罢了,怎的便是辛夷树？（净）辛夷树者,枯木逢春也。（丑）如今枯木逢春,也曾鲜花着雨来。（杂持诗笺上）杨老爷送诗来了。（生接读介）生小倾城是李香[29],怀中婀娜袖中藏;缘何十二巫峰女,梦里偏来见楚王。（生笑介）此老多情,送来一首催妆诗,妙绝,妙绝！（净）"怀中婀娜袖中藏",说的香君一搦身材,竟是个香扇坠儿。（丑）他那香扇坠,能值几文,怎比得我这琥珀猫儿坠[30]。（众笑介）（副净）大家吹弹起来,劝新人多饮几杯。

（丑）正是带些酒兴,好入洞房。（左右吹弹,生、旦交让酒介）

【节节高】（生、旦）金樽佐酒筹,劝不休,沉沉玉倒[31]黄昏后。私携手,眉黛愁,香肌瘦。春宵一刻天长久,人前怎解芙蓉扣。盼到灯昏玳筵收,宫壶滴尽莲花漏[32]。

（副净）你听谯楼二鼓[33],天气太晚,撤了席罢。（净）这样好席,不曾吃净就撤去了,岂不可惜。（丑）我没吃够哩,众位略等一等儿。（老旦）休得胡缠,大家奏乐,送新人入房罢。

（众起吹打十番,送生、旦介）

【前腔】（合）笙箫下画楼,度清讴[34],迷离灯火如春昼。天台岫,逢阮刘[35],真佳偶。重重锦帐香薰透,旁人妒得眉头皱。酒态扶人太风流,贪花福分生来有。

（杂执灯、生、旦携手下）（净）我们都配成对儿,也去睡罢。（丑）老张休得妄想,我老妥是要现钱的。（净数与十文钱,拉介）（丑接钱再数,换低钱[36],浑下）

【尾声】（合）秦淮烟月无新旧,脂香粉腻满东流,夜夜春情散不收。

　　（副净）江南花发水悠悠,（小旦）人到秦淮解尽愁;
　　（外）不管烽烟家万里,（老旦）五更怀里啭歌喉。

注　释

〔1〕迷楼——隋炀帝兴建一座宫殿,建成以后,炀帝看了说:"这样华丽,就是仙人也要着迷的。"因此称它作迷楼。这里借指媚香楼。

〔2〕"不教金线柳"二句——表示对新郎君的盼望。木兰舟,指用木兰树做成的舟。

〔3〕上头——即梳栊。参看第二齣注〔12〕。

〔4〕送衾枕——妓女被客人叫去宿夜,要送衾枕去。

〔5〕文君酒——相传卓文君私奔司马相如以后,曾在临邛市上当垆卖酒。

〔6〕屏开金孔雀——传说隋朝窦毅在挑选女婿时,画了两个孔雀

在屏风上,要那些求婚的人用箭来射它们。他暗中约定,凡是射中孔雀眼睛的,就把女儿嫁给他。后来给唐高祖李渊射中了,窦毅就把女儿嫁给他。这里屏开金孔雀,暗用这个故事。

〔7〕 喷香兽——指制成兽形、香气从兽口中喷出的香炉。

〔8〕 "这当垆红袖"三句——当垆红袖,即指卓文君。相如,即司马相如,汉代著名的辞赋家。这支〔一枝花〕即用文君当垆卖酒的故事来表现侯、李两人婚姻的美满。

〔9〕 "虽非科第天边客"一句——我国从宋朝以来,一般读书人认"洞房花烛夜,金榜题名时"为人生最大的幸福。又有"自古嫦娥爱少年"的成语,表现一个青年书生在科举考取时往往成为高门贵族选择女婿的对象。侯方域跟香君结合正在他科举落第的时候,因此借这些话来表达他的心情。

〔10〕 撺(cuān)掇(duō)——本是怂恿的意思,这里作催促、准备解。

〔11〕 张三影——即北宋著名词人张先,他写的词中有三句名句:"云破月来花弄影","娇柔懒起,帘压卷花影","柳径无人,堕风絮无影"。这三句里都有影字,人们因此称他作张三影。

〔12〕 五字宫商李二红——疑是指元代的曲家红字李二,他曾与马致远合编《黄粱梦》杂剧。五字宫商,即宫、商、角、徵(zhǐ)、羽五音。

〔13〕 贤歌——歌即歌妓,贤是宋元以来对下辈人称呼时一种表示尊敬的语词。

〔14〕 在行(háng)——意即内行。

〔15〕 教坊司——是隋唐以来管理乐舞和乐户承应事宜的机关。

〔16〕 卞玉京、寇白门、郑妥娘——都是明末清初南京著名的妓女。

〔17〕 白门柳色——古乐府《杨叛儿》:"暂出白门前,杨柳可藏乌。"白门本是六朝时建康城的西门,后人往往即以白门指建康。建康从明代永乐以后,改称南京。

〔18〕 诨笑——诨即打诨,是我国戏剧里属于开玩笑性质的情节。参考《桃花扇凡例》注〔10〕。

〔19〕 十番——是一种音乐合奏,所用乐器随时间、地点而变更,也不限于十种,又有粗细之分。常用的是唢呐、笙、海笛、星堂、小锣、齐钹、胡琴、怀鼓等等。现在流行的十番锣鼓,不再用管弦乐器,而专用锣、钹、堂鼓、木鱼等几种打击乐器。

〔20〕 不兴——即不许,是不时兴、不习惯的意思。

〔21〕 "齐梁词赋"二句——暗指封建没落王朝的文章风气与荒淫生活。

〔22〕 迤(tuó)逗——勾引、撩拨的意思。

〔23〕 小杜扬州——小杜即唐末诗人杜牧,与李商隐齐名,因别于杜甫,故称小杜。牛僧孺出镇扬州时,杜牧掌节度书记,当时扬州娼楼林立,杜牧经常在那里出入。这里作者用杜牧在扬州的生活来形容侯方域的年少风流。

〔24〕 描黛——即画眉。

〔25〕 "春情无限"二句——凡诗词中用肯字,一般有"那肯"语气。白居易《酬思黯戏赠同用狂字》诗:"金钗十二行",金钗即指侍妾,又古代贵族男子每由婢妾替他梳头。这二句疑是说侯方域对她无限爱情,那肯把她当作一般侍妾看待的意思。

〔26〕 "闲花添艳"三句——李香君因出身低微,自比闲花、野草。"消得夫人做",暗用《西厢记》第二本第三折莺莺唱词"我做一个夫人也做得过"的语意。

〔27〕 见惯司空——即司空见惯。唐诗人刘禹锡任苏州刺史时,司空李绅罢镇回扬州,设宴请他,并命家妓出来劝酒。刘禹锡爱上了劝酒的歌妓,在席上写了《赠李司空妓》诗:"高髻云鬟宫样妆,春风一曲杜韦娘。司空见惯浑闲事,断尽苏州刺史肠。"后人因此把常见的东西叫作司空见惯。

〔28〕 "夹道朱楼一径斜"四句——这四句诗原见侯方域《四忆堂诗集》卷二,题作"赠人"。富平车指豪家贵族的车子,西汉时张安世封富平侯,子孙继承封爵,是当时著名的贵族。原诗三四两句作"青溪尽种辛夷树,不数东风桃李花"。以辛夷树较桃李花为可贵,跟这里引用的意思正

相反，疑作者因香君姓李，因此以桃李比香君，说它为辛夷树所不及。辛夷树，树高数丈，春初开花；因开花最早，江南人又称它为迎春。青溪在今江苏江宁县东北。

〔29〕 "生小倾城是李香"四句——这四句诗本是余怀赠给香君的，见《板桥杂记》。香君浑名小扇坠，"怀中婀娜袖中藏"，语意双关。十二巫峰，指巫山十二峰。"缘何十二巫峰女，梦里偏来见楚王"，用宋玉《高唐赋》故事，可参看第五龄注〔40〕。

〔30〕 琥珀猫儿坠——指用琥珀色猫儿眼宝石做成的扇坠。

〔31〕 玉倒——玉即玉山，用来比喻人的身材。玉倒即醉倒，李白《襄阳歌》："玉山自倒非人推。"

〔32〕 宫壶滴尽莲花漏——莲花漏是铜壶滴漏的一种，古人没有钟表，宫禁里用铜壶滴漏来计时。宫壶滴尽莲花漏，表示夜深。

〔33〕 谯楼二鼓——谯楼即城上鼓楼，二鼓是二更时候。

〔34〕 度清讴——即唱清歌。

〔35〕 天台岫，逢阮刘——即阮肇、刘晨到天台山上采药遇到仙女的故事。参看第二龄注〔55〕。

〔36〕 换低钱——意是把成色差一些的钱换过。

第七龄　却　奁

癸未三月

(杂扮保儿掇马桶上)龟尿龟尿，撒出小龟；鳖血鳖血，变成小鳖。龟尿鳖血，看不分别；鳖血龟尿，说不清白。看不分别，混了亲爹；说不清白，混了亲伯。(笑介)胡闹，胡闹！昨日香姐上头，乱了半夜；今日早起，又要刷马桶，倒溺壶，忙个不了。

那些孤老、表子[1]，还不知搂到几时哩。(刷马桶介)

【夜行船】(末)人宿平康深柳巷,惊好梦门外花郎[2]。绣户未开,帘钩才响,春阻十层纱帐。

下官杨文骢,早来与侯兄道喜。你看院门深闭,侍婢无声,想是高眠未起。(唤介)保儿,你到新人窗外,说我早来道喜。(杂)昨夜睡迟了,今日未必起来哩。老爷请回,明日再来罢。(末笑介)胡说！快快去问。(小旦内问介)保儿！来的是那一个？(杂)是杨老爷道喜来了。(小旦忙上)倚枕春宵短,敲门好事多。(见介)多谢老爷,成了孩儿一世姻缘。(末)好说。(问介)新人起来不曾？(小旦)昨晚睡迟,都还未起哩。(让坐介)老爷请坐,待我去催他。(末)不必,不必。(小旦下)

【步步娇】(末)儿女浓情如花酿,美满无他想,黑甜共一乡[3]。可也亏了俺帮衬,珠翠辉煌,罗绮飘荡,件件助新妆,悬出风流榜。

(小旦上)好笑,好笑！两个在那里交扣丁香[4],并照菱花[5],梳洗才完,穿戴未毕。请老爷同到洞房,唤他出来,好饮扶头卯酒[6]。(末)惊却好梦,得罪不浅。(同下)(生、旦艳妆上)

【沉醉东风】(生、旦)这云情接着雨况[7],刚搔了心窝奇痒,谁搅起睡鸳鸯。被翻红浪,喜匆匆满怀欢畅。枕上馀香,帕上馀香,消魂滋味,才从梦里尝。

(末、小旦上)(末)果然起来了,恭喜,恭喜！(一揖,坐介)(末)昨晚催妆拙句,可还说的入情么。(生揖介)多谢！(笑介)妙是妙极了,只有一件。(末)那一件？(生)香君虽小,还该藏之金屋[8]。(看袖介)小生衫袖,如何着得下？(俱笑介)(末)夜来定情,必有佳作。(生)草草塞责,不敢请教。(末)诗在那里？(旦)诗在扇头。(旦向袖中取出扇介)(末接看介)是一柄白纱宫扇。(嗅介)香的有趣。(吟诗介)妙,妙! 只有香君不愧此诗。(付旦介)还收好了。(旦收扇介)

【园林好】(末)正芬芳桃香李香,都题在宫纱扇上;怕遇着狂风吹荡,须紧紧袖中藏,须紧紧袖中藏。

(末看旦介)你看香君上头之后,更觉艳丽了。(向生介)世兄有福,消此尤物[9]。(生)香君天姿国色,今日插了几朵珠翠,穿了一套绮罗,十分花貌,又添二分,果然可爱。(小旦)这都亏了杨老爷帮衬哩。

【江儿水】送到缠头锦,百宝箱,珠围翠绕流苏帐[10],银烛笼纱通宵亮,金杯劝酒合席唱。今日又早早来看,恰似亲生自养,赔了妆奁,又早敲门来望。

(旦)俺看杨老爷,虽是马督抚[11]至亲,却也拮据作客,为何轻掷金钱,来填烟花之窟? 在奴家受之有愧,在老爷施之无名;今日问个明白,以便图报。(生)香君问得有理,小弟与杨兄萍水相交[12],昨日承情太厚,也觉不安。(末)既蒙问及,小弟只得实告了。这些妆奁酒席,约费二百馀金,皆出怀宁[13]之手。(生)那个怀宁?(末)曾做过光禄的阮圆海。(生)是那皖人阮大铖么?(末)正是。(生)他为何这样周旋?(末)不过欲纳交足下之意。

【五供养】(末)羡你风流雅望,东洛才名[14],西汉文章。逢迎随处有,争看坐车郎[15]。秦淮妙处,暂寻个佳人相傍,也要些鸳鸯被、芙蓉妆;你道是谁的,是那南邻大阮嫁衣全忙[16]。

(生)阮圆老原是敝年伯,小弟鄙其为人,绝之已久。他今日无故用情,令人不解。(末)圆老有一段苦衷,欲见白于足下。(生)请教。(末)圆老当日曾游赵梦白[17]之门,原是吾辈。后来结交魏党,只为救护东林,不料魏党一败,东林反与之水火[18]。近日复社诸生,倡论攻击,大肆殴辱,岂非操同室之戈[19]乎?圆老故交虽多,因其形迹可疑,亦无人代为分辩。每日向天大哭,说道:"同类相残,伤心惨目,非河南侯君,不能救我。"所以今日谆谆纳交。(生)原来如此,俺看圆海情辞迫切,亦觉可怜。就便真是魏党,悔过来归,亦不可绝之太甚,况罪有可原乎。定生、次尾,皆我至交,明日相见,即为分解。(末)果然如此,吾党之幸也。(旦怒介)官人是何说话,阮大铖趋附权奸,廉耻丧尽;妇人女子,无不唾骂。他人攻之,官人救之,官人自处于何等也?

【川拨棹】不思想,把话儿轻易讲。要与他消释灾殃,要与他消释灾殃,也隄防旁人短长[20]。官人之意,不过因他助俺妆奁,便要徇私废公;那知道这几件钗钏衣裙,原放不到我香君眼里。(拔簪脱衣介)脱裙衫,穷不妨;布荆[21]人,名自香。

(末)阿呀!香君气性,忒也刚烈[22]。(小旦)把好好东西,都丢一地,可惜,可惜!(拾介)(生)好,好,好!这等见识,我倒不如,真乃侯生畏友[23]也。(向末介)老兄休怪,弟非不领教,但恐为女子所笑耳。

【前腔】(生)平康巷,他能将名节讲;偏是咱学校朝堂,偏是咱学校朝堂,混贤奸不问青黄[24]。那些社友平日重俺侯生者,也只为这点义气;我若依附奸邪,那时群起来攻,自救不暇,焉能救人乎。节和名,非泛常;重和轻,须审详。

(末)圆老一段好意,也还不可激烈。(生)我虽至愚,亦不肯从井救人[25]。(末)既然如此,小弟告辞了。(生)这些箱笼,原是阮家之物,香君不用,留之无益,还求取去罢。(末)正是"多情反被无情恼[26],乘兴而来兴尽还"。(下)(旦恼介)(生看旦介)俺看香君天姿国色,摘了几朵珠翠,脱去一套绮罗,十分容貌,又添十分,更觉可爱。(小旦)虽如此说,舍了许多东西,倒底可惜。

【尾声】金珠到手轻轻放,惯成了娇痴模样,辜负俺辛勤做老娘。

(生)些须东西,何足挂念,小生照样赔来。(小旦)这等才好。

(小旦)花钱粉钞[27]费商量,(旦)裙布钗荆也不妨;
(生)　只有湘君能解佩[28],(旦)风标不学世时妆。

注　释

〔1〕　孤老、表子——妓女称长期固定的客人作孤老。表子即妓女。

〔2〕　花郎——指卖花人。

〔3〕　黑甜共一乡——一齐睡熟。苏轼《发广州》诗"一枕黑甜馀",自注:"俗称睡是黑甜。"

〔4〕　丁香——即丁香结,本是丁香的花蕾,这里指衣服的纽扣。

〔5〕　菱花——镜子。古代的镜子是铜的,一面磨光,另一面铸成各种图案。最普通的图案是菱花,因此往往以菱花作为镜子的别称。

〔6〕　扶头卯酒——卯酒是早晨卯时前后饮的酒。扶头,姚合《答友人招游》诗:"赌棋招敌手,沽酒自扶头。"王禹偁《回襄阳周奉礼同年因题纸尾》诗:"扶头酒好无辞醉,缩项鱼多且放嚵。"所以扶头有两个解释:一是振奋头脑的意思;一是酒名。

〔7〕　云情雨况——指男女交欢时的情况。

〔8〕　金屋——意指极华贵的房子。相传汉武帝作太子时,长公主(武帝的姑母)想将女儿阿娇嫁给他,问他的意思怎样。武帝答道:"若得阿娇,我要造一所金屋给她住。"

　　〔9〕　尤物——本指特殊的人物,一般用以称有特殊姿色的美人。

　　〔10〕　流苏帐——流苏是和丝绦类似的一种装饰品。流苏帐是用流苏装饰四周的帐子。

　　〔11〕　马督抚——即马士英,当时任凤阳督抚。

　　〔12〕　萍水相交——以浮萍在水面漂流,比喻偶然相遇、交情短浅的朋友。

　　〔13〕　怀宁——即称阮大铖;大铖,怀宁人。

　　〔14〕　"东洛才名"二句——这是比喻侯方域的才名大,文章写得好。东洛才名暗用晋代左思写《三都赋》的故事,可参考《桃花扇本末》注〔19〕。西汉文章是指西汉时代一些伟大作家,如司马迁、司马相如等人的作品。

　　〔15〕　争看坐车郎——相传潘岳貌美,每坐车出游,妇女争看他。

　　〔16〕　南邻大阮——晋代有南北阮,南阮指阮籍、阮咸等。大阮即阮籍,这里借指阮大铖。嫁衣全忙,暗用秦韬玉《贫女》"为他人作嫁衣裳"诗意。

　　〔17〕　赵梦白——即赵南星,可参考第三龄注〔45〕。

　　〔18〕　水火——表示彼此不相容之意。

　　〔19〕　操同室之戈——同室操戈本指兄弟间自相残杀,这里意指同类人自相攻击。

　　〔20〕　旁人短长——意指旁人评论。

　　〔21〕　布荆——即布衣、荆钗。

　　〔22〕　忒也刚烈——过于刚烈。忒,义同太。

　　〔23〕　畏友——指方正刚直,能够严格要求别人、敢于当面批评朋友的人;因被朋友所敬畏,故称畏友。

　　〔24〕　不问青黄——不管是非黑白的意思。

　　〔25〕　从井救人——意说不能救起别人,却害了自己。

　　〔26〕　"多情反被无情恼"二句——上句是宋苏轼《蝶恋花》词句,下

句是东晋王子猷访问戴安道时说的话,原文是"乘兴而来,兴尽而返"。详请参考第二十四齣注〔29〕。

〔27〕 花钱粉钞——指花费在花粉装饰等上面的钱钞。

〔28〕 湘君解佩——《楚辞·九歌·湘君》篇:"遗余佩兮澧浦。"这里借来形容香君的却奁。

第八齣 闹 榭

癸未五月

【金鸡叫】(末、小生扮陈贞慧、吴应箕上)(末)贡院秦淮近[1],赛青衿,剩金零粉。(小生)节闹端阳只一瞬,满眼繁华,王谢少人问[2]。

(末唤小生介)次尾兄,我和你旅邸抑郁,特到秦淮赏节,怎的不见同社一人?(小生)想都在灯船之上。(指介)这是丁继之水榭,正好登眺。(场上搭河房一座,悬灯垂帘)(同登介)(末唤介)丁继老在家么?(杂扮小僮上)榴花红似火,艾叶碧如烟。(见介)原来是陈、吴二位相公,我家主人赴灯船会去了。家中备下酒席,但有客来,随便留坐的。(末)这样有趣,(小生)可称主人好事[3]矣。(末)我们在此雅集,恐有俗子阑入[4],不免设法拒绝他。(唤介)童子取个灯笼来。(杂应下)(取灯笼上)(末写介)"复社会文,闲人免进。"(杂挂灯笼介)(小生)若同社朋友到此,便该请他入会了。(末)正是。(杂指介)你听鼓吹之声,灯船早已来了。(末、小生凭栏望介)(生、旦雅妆同丑扮柳敬亭、净扮苏昆生,吹弹鼓板坐船上)

【八声甘州】(末)丝竹隐隐,载将来一队乌帽红裙。天然风韵,映着柳陌斜曛[5]。名姝也须名士衬,画舫偏宜画阁邻。(小生)消魂,趁晚凉仙侣同群。

(末指介)那灯船上,好似侯朝宗。(小生)侯朝宗是我们同社,该请入会的。(末指介)那个女客便是李香君,也好请他么?(小生)李香君不受阮胡子妆奁,竟是复社的朋友,请来何妨。(末)这等说来,(指介)那两个吹歌的柳敬亭、苏昆生,不肯做阮胡子门客,都是复社朋友了。请上楼来,更是有趣。(小生)待我唤他。(唤介)侯社兄,侯社兄!(生望见介)那水榭之上,高声唤我的,是陈定生、吴次尾。(拱介)请了。(末招手介)这是丁继之水榭,备有酒席,侯兄同香君、敬亭、昆生都上楼来,大家赏节罢。(生)最妙了。(向丑、净、旦介)我们同上楼去。(吹弹上介)

【排歌】(生、旦)龙舟并,画桨分,葵花蒲叶泛金樽。朱楼密,紫障匀[6],吹箫打鼓入层云。

(见介)(末)四位到来,果然成了个"复社文会"了。(生)如何是"复社文会"?(小生指灯介)请看。(生看灯笼介)不知今日会文,小弟来的恰好。(丑)"闲人免进",我们未免唐突了。(小生)你们不肯做阮家门客的,那个不是复社朋友?(生)难道香君也是复社朋友么?(小生)香君却奁一事,只怕复社朋友还让一等[7]哩。(末)已后竟该称他老社嫂了。(旦笑介)岂敢。(末唤介)童子把酒来斟,我们赏节。(末、小生、生坐一边,丑、净、旦坐一边。饮酒介)

【八声甘州】(末、小生)相亲,风流俊品,满座上都是语笑春温[8]。(丑、净)梁愁隋恨[9],凭他燕恼莺嗔。(生、旦)榴花照楼如火喷,暑汗难沾白玉人[10]。(杂报介)灯船来了,灯船来了。(指介)你看人山人海,围着一条烛龙,快快看来!(众起凭栏看介)(扮出灯船,悬五色角灯,大鼓大吹绕场数回下)(丑)你看这般富丽,都是公侯勋卫[11]之家。(又扮灯船悬五色纱灯,打粗十番,绕场数回下)(净)这是些富商大贾,衙门书办[12],却也闹热。(又扮灯船悬五色纸灯,打细十番,绕场数回下)(末)你看船上吃酒的,都是些翰林部院[13]老先生们。(小生)我辈的施为,倒底有些"郊寒岛瘦"[14]。(众笑介)(合)纷纭,望金波天汉迷津[15]。

(生)夜阑更深,灯船过尽了,我们做篇诗赋,也不负会文之约。(末)是,是,但不知做何题目?(小生)做一篇哀湘赋,倒有意思的。(生)依小弟愚见,不如即景联句[16],更觉畅怀。(末)妙,妙!(问介)我三人谁起谁结?(生)自然让定生兄起结了。(丑问介)三位相公联句消夜,我们三个陪着打盹么?(末)也有个借重之处。(净)有何使唤?(末)俺们每成四韵,饮酒一杯,你们便吹弹一回。(生)有趣,有趣!真是文酒笙歌之会。(末拱介)小弟竟僭了。(吟介)赏节秦淮榭[17],论心剧孟家。(小生)黄开金裹叶[18],红绽火烧花。(生)蒲剑何须试[19],葵心未肯差。(末)辟兵逢彩缕[20],却鬼得丹砂[21]。(末、小生、生饮酒,丑击云锣,净弹月琴[22],旦吹箫一回介)(小生)蜃市[23]楼缥缈,虹桥[24]洞曲斜。(生)灯疑羲氏驭[25],舟是豢龙拿[26]。(末)星宿才离海[27],玻璃更炼娲[28]。(小生)光流银汉水[29],影动赤城霞[30]。(照前介)(生)玉树难谐拍[31],渔阳不辨挝。(末)龟年[32]喧笛管,中散[33]闹筝琶。(小生)系缆千条锦[34],连窗万眼纱[35]。(生)楸枰停斗子[36],瓷注[37]屡呼茶。(照前介)(末)焰比焚椒[38]列,声同对垒[39]哗。(小生)电雷争此夜[40],珠翠剩谁家[41]。(生)萤照无人苑[42],乌啼有树衙。

(末)凭栏人散后,作赋吊长沙。(照前介)(众起介)(末)有趣,有趣!竟联成一十六韵,明日可以发刻了。(小生)我们倡和得许多感慨,他们吹弹出无限凄凉,楼下船中,料无解人也。(净向丑介)闲话且休讲,自古道良宵苦短,胜事难逢。我两个一边唱曲,陈、吴二位相公一边劝酒,让他名士、美人,另做一个风流佳会何如。(丑)使得,这是我们帮闲本等[43]也。(末)我与次兄原有主道[44],正该少申敬意。(小生)就请依次坐来。(生、旦正坐,末、小生坐左,丑、净坐右介)(生向旦介)承众位雅意,让我两个并坐牙床,又吃一回合卺[45]双杯,倒也有趣。(旦微笑介)(末、小生劝酒,净、丑唱介)

【排歌】歌才发,灯未昏,佳人重抖玉精神。诗题壁,酒沾唇,才郎偏会语温存[46]。

(杂报介)灯船又来了。(末)夜已三更,怎的还有灯船?(俱起凭栏看介)(副净扮阮大铖,坐灯船。杂扮优人,细吹细唱缓缓上)(净)这船上像些老白相[47],大家洗耳,细细领略。(副净立船头自语介)我阮大铖买舟载歌,原要早出游赏;只恐遇着轻薄厮闹,故此半夜才来,好恼人也!(指介)那丁家河房,尚有灯火。(唤介)小厮,看有何人在上?(杂上岸看,回报介)灯笼上写着"复社会文,闲人免进"。(副净惊介)了不得,了不得!(摇袖介)快歇笙歌,快灭灯火。(灭灯、止吹,悄悄撑船下)(末)好好一只灯船,为何歇了笙歌,灭了灯火,悄然而去?(小生)这也奇怪,快着人看来。(丑)不必去看,我老眼虽昏,早已看真了。那个胡子,便是阮圆海。(净)我道吹歌那样不同。(末怒介)好大胆老奴才,这贡院之前,也许他来游耍么!(小生)待我走去,采掉他胡子。(欲下介)(生拦介)罢,罢!他既回避,我们也不必为已甚之行。(末)侯兄,不知我不已甚[48],他便已甚了。

(丑)船已去远,丢开手罢。(小生)便益[49]了这胡子,(旦)夜色已深,大家散罢。(丑)香姐想妈妈了,我们送他回去。(末、小生)我二人不回寓,就下榻此间了。(生)两兄既不回寓,我们过船的,就此作别罢。请了。(末、小生)请了。(先下)(生、旦、丑、净下船,杂摇船行介)

【馀文】下楼台,游人尽;小舟留得一家春,只怕花底难敲深夜门。

(生)月落烟浓路不真,(旦)小楼红处是东邻;

(丑)秦淮一里盈盈水,(净)夜半春帆送美人。

注　释

〔1〕 "贡院秦淮近"三句——贡院是明代考试的地方。南京贡院在秦淮河边,和旧院隔河相对。青衿,青色的衣领,本是古代青年士子穿的一种服装,这里即借指青年士子。剩金零粉,指秦淮一带歌妓。贡院是青年士子考试的场所,正好与歌妓所集中的秦淮相近,因此青年士子与秦淮名妓便在这里竞逐豪华。

〔2〕 王谢少人问——指无人关心国家的衰亡。王、谢两姓是南朝时金陵(南京)著名的大贵族。隋唐以后,由于政治中心转到北方,这王、谢两族也就跟着衰微了。

〔3〕 好事——好字念去声,爱好之意。好事,是爱好做一些人们认为不必要的事情。

〔4〕 阑入——乱闯进来。

〔5〕 斜曛——即斜阳。

〔6〕 紫障匀——障,屏障。匀,停匀相称之意。

〔7〕 让一筹——筹是古代计算钱物的筹码,比赛或赌博时往往用它。让一筹,意即差他一分。

〔8〕 语笑春温——形容谈笑的融洽,像春天一样的温暖。

〔9〕 "梁愁隋恨"二句——梁愁隋恨,意指亡国危机。凭他燕恼莺嗔,意说凭那燕恼莺嗔来消遣。

〔10〕 暑汗难沾白玉人——白玉人形容美好的女子。苏轼《洞仙歌》:"冰肌玉骨,自清凉无汗。"这里暗用他的词意。

〔11〕 勋卫——勋是功臣;卫是宿卫,这里指皇帝的侍从官员。

〔12〕 书办——是衙门里办文书的吏员。

〔13〕 翰林部院——指在留都南京的高级官员。明代在迁都北京后,在南京仍设有吏、户、礼、兵、刑、工六部及翰林院、都察院,各有长官。

〔14〕 郊寒岛瘦——郊指孟郊,岛指贾岛,都是唐朝有名的诗人。他们的诗以清刻瘦硬著称,所以苏轼评他们:"郊寒岛瘦"。这里表现陈贞慧这些人的作为,比之翰林部院的老先生们未免显得寒酸。

〔15〕 望金波天汉迷津——金波,指水面上闪动的灯光;天汉即银河;津是河的渡口。天汉迷津,形容秦淮赏灯船的热闹情景。

〔16〕 即景联句——几个人就眼前的风景作诗,每人吟一联,联成一首诗。

〔17〕 "赏节秦淮榭"二句——剧孟是汉朝雒阳人,当时有名的游侠人物。这里说他们在秦淮的水榭过节,像在剧孟家里畅谈一般。

〔18〕 "黄开金裹叶"二句——上句指萱草,下句指榴花,都是端午节前后开放的花草。绽,作开、裂解。

〔19〕 "蒲剑何须试"二句——蒲剑即蒲叶,形状似剑。我国古代习俗,认为在端午节用蒲叶做成的剑插在门口,可以辟邪。葵,即向日葵。葵花从早到晚都向着太阳。古人经常拿它比喻臣子对国君的忠心。

〔20〕 辟兵逢彩缕——我国古代习俗,在端午节要用五彩线系在手臂上,说是可以预防兵灾的。辟,防避意。

〔21〕 却鬼得丹砂——我国古代习俗,在端午节用朱砂画符或画钟馗像,贴在门上,说是可以驱鬼的。

〔22〕 月琴——乐器名,与阮咸形制相近,古人多用为阮咸的异名,参看《访翠》龅注〔13〕。

〔23〕 蜃市——即海市蜃楼。这里用以形容秦淮两岸河楼奇丽的夜景。

〔24〕 虹桥——形容像彩虹一样的长桥。

〔25〕 灯疑羲氏驭——羲氏即羲和,是我国神话传说里的太阳神。相传他每天驾御着前有六条龙的车,在天上环行。驭,同御,驾御车马之意。灯疑羲氏驭,形容秦淮河上的灯船像羲和在天上驾车巡行一般。

〔26〕 舟是豢(huàn)龙拿——豢龙氏是古代传说中的人物,相传他是会养龙的。拿舟,意即撑船。这句也是形容河上的龙舟的。

〔27〕 星宿才离海——古人以星宿海为黄河发源处,那里有一百多眼泉水,从高山上看下来好像许多星一样,因此称作星宿海。这句是形容河上灯火移动的景象。

〔28〕 玻璃更炼娲——我国神话中的女娲氏,曾经炼五色石来补天。全句形容秦淮河面的光彩,像是女娲氏炼的五色玻璃铺成的。

〔29〕 银汉水——即天河水。

〔30〕 赤城霞——赤城,山名,在浙江天台县。山上的泥土是赤色的,远看像云霞一样。

〔31〕 "玉树难谐拍"二句——玉树,即《玉树后庭花》,古歌曲名。渔阳,即《渔阳掺挝》,鼓曲名。掺挝,是击鼓的手法。二句形容河上歌曲音乐的嘈杂喧闹。

〔32〕 龟年——指李龟年,是唐玄宗时有名的乐师。

〔33〕 中散——指嵇康,嵇康曾在魏朝作中散大夫的官,后人往往称他为嵇中散。他十分爱好音乐,弹琴尤其有名。

〔34〕 系缆千条锦——隋炀帝开通运河之后,坐大龙船出游江南。他的船用锦作缆,叫许多宫女在岸上拉纤。这里借来形容河上灯船的富丽。

〔35〕 万眼纱——古时江浙一带节日用的纱灯。范成大《上元纪吴中节物俳谐体三十二韵》:"万窗花眼密",自注:"万眼灯,以碎罗红白相间砌成,工夫妙天下,多至万眼。"姜夔《观灯口号》:"游人总戴孟家蝉,争诧星球万眼圆。"也指万眼灯。

〔36〕 楸枰停斗子——楸枰是棋局,子是棋子。

〔37〕 瓷注——即瓷的茶壶。

〔38〕 焚椒——古代宫庭、贵族家往往焚烧椒、兰等香料,取它们的香气。

〔39〕 对垒——指两军对垒作战。

〔40〕 电雷争此夜——形容河上闪烁的灯光以及各种喧嚷的声音。

〔41〕 珠翠剩谁家——意即说在这欢乐的晚上,秦淮两岸歌妓都无例外地盛装出来了。

〔42〕 "萤照无人苑"四句——这四句写灯阑人散后的凄凉情景。作赋吊长沙,用贾谊在长沙作赋吊屈原的故事。

〔43〕 本等——本分之意。

〔44〕 原有主道——主道即东道,意是说原该作主人来请客。

〔45〕 合卺(jǐn)——古时婚礼中的一种仪式,通俗称作交杯酒。卺是古代盛酒的瓢,合卺时夫妇各拿一个对饮。

〔46〕 温存——原是亲切慰问之意,这里作为温柔体贴的形容词。

〔47〕 老白相——苏州话,白相是嬉游的意思。老白相,指惯于寻欢作乐的人。

〔48〕 已甚——太过之意。

〔49〕 便益——即便宜。

第九齣　抚　兵

癸未七月

【点绛唇】(副净、末扮二将官,杂扮四小卒上)旗卷军牙[1],射潮弩发鲸鲵怕[2]。操弓试马,鼓角斜阳下。

俺们镇守武昌兵马大元帅宁南侯麾下[3]将士是也。今日

抚　　兵

点卯[4]日期,元帅升帐,只得在此伺候。(吹打开门介)

【粉蝶儿】(小生戎装,扮左良玉上)七尺昂藏[5],虎头燕颔[6]如画,莽男儿走遍天涯。活骑人,飞食肉,风云叱咤[7]。报国恩,一腔热血挥洒。

建牙吹角不闻喧[8],三十登坛众所尊;家散万金酬士死,身留一剑答君恩。咱家左良玉,表字昆山,家住辽阳[9],世为都司[10],只因得罪罢职[11],补粮昌平。幸遇军门侯恂,拔于走卒,命为战将,不到一年,又拜总兵之官。北讨南征,功加侯伯;强兵劲马,列镇荆襄[12]。(作势介)看俺左良玉,自幼习学武艺,能挽五石之弓,善为左右之射;那李自成、张献忠几个毛贼,何难剿灭。只可恨督师无人,机宜错过,熊文灿、杨嗣昌既以偏私而败绩,丁启睿、吕大器[13]又因急玩而无功。只有俺恩帅侯公,智勇兼全,尽能经理中原;不意奸人忌功[14],才用即休,叫俺一腔热血,报主无期,好不恨也!(顿足介)罢,罢,罢!这湖南、湖北,也还可战可守,且观成败,再定行藏[15]。(坐介)(内作众兵喊叫,小生惊问介)辕门之外,何人喧哗?(副净、末禀介)禀上元帅,辕门肃静,谁敢喧哗。(小生怒介)现在喧哗,怎报没有!(副净、末)那是饥兵讨饷,并非喧哗。(小生)咦!前自湖南借粮三十船,不到一月,难道支完了。(副净、末)禀元帅,本镇人马已足三十万了,些须粮草,那够支销。(小生拍案介)呵呀!这等却也难处哩。(立起,唱介)

【北石榴花】你看中原豺虎乱如麻,都窥伺龙楼凤阙帝王家;有何人勤王[16]报主,肯把义旗拿。那督师无老将,选士皆娇娃[17];却教俺自撑达[18],却教俺自撑达。

67

正腾腾杀气,这军粮又早缺乏。一阵阵拍手喧哗,一阵阵拍手喧哗,百忙中教我如何答话,好一似薨薨白昼闹蜂衙[19]。

(坐介)(内又喊介)(小生)你听外边将士,益发鼓噪,好像要反的光景,左右听俺吩咐。(立起,唱介)

【上小楼】您不要错怨咱家,您不要错怨咱家。谁不是天朝犬马[20],他三百年养士不差,三百年养士不差。都要把良心拍打,为甚么击鼓敲门闹转加[21],敢则要劫库抢官衙。俺这里望眼巴巴,俺这里望眼巴巴,候江州军粮飞下。

(坐介)(抽令箭掷地介)(副净、末拾箭,向内吩咐介)元帅有令,三军听者:目下军饷缺乏,乃人马归附之多,非粮草屯积之少。朝廷深恩,不可不报;将军严令,不可不遵。况江西助饷,指日到辕[22],各宜静听,勿得喧哗。(副净、末回话介)奉元帅军令,俱已晓谕三军了。(内又喊叫介)(小生)怎么鼓噪之声,渐入辕门,你再去吩咐。(立起,唱介)

【黄龙犯】您且忍枵腹[23]这一宵,盼江西那几艘[24]。俺待要飞檄金陵,俺待要飞檄金陵,告兵曹转达车驾[25],许咱们迁镇移家,许咱们迁镇移家。就粮东去,安营歇马,驾楼船到燕子矶边要[26]。

(副净、末持令箭向内吩咐介)元帅有令,三军听者:粮船一到,即便支发。仍恐转运维艰,枵腹难待;不日撤兵汉口,就食[27]南京;永无缺乏之虞,同享饱腾[28]之乐。各宜静听,勿再喧哗!(内欢呼介)好,好,好!大家收拾行装,豫备东去呀。(副净、末回生介)禀上元帅,三军闻令,俱各欢呼散去了。

（小生）事已如此，无可奈何，只得择期移镇，暂慰军心。（想介）且住，未奉明旨，辄自前行，虽圣恩宽大，未必加诛；只恐形迹之间，难免天下之议。事非小可[29]，再作商量。

【尾声】慰三军没别法，许就粮喧声才罢，谁知俺一片葵倾向日花[30]。

（下）（内作吹打掩门、四卒下）（副净向末）老哥，咱弟兄们商量，天下强兵勇将，让俺武昌。明日顺流东下，料知没人抵当。大家拥着元帅爷，一直抢了南京，就扯起黄旗，往北京进取，有何不可。（末摇手介）我们左爷爷忠义之人，这样风话[31]，且不要题。依着我说，还是移家就粮，且吃饱饭为妙。（副净）你还不知，一移南京，人心惊慌，就不取北京，这个恶名也免不得了。

（末）纷纷将士愿移家，（副净）细柳营[32]中起暮笳；
（末）千古英雄须打算，（副净）楼船东下一生差。

注　释

〔1〕　旗卷军牙——牙即牙旗，是军前大旗。旗卷军牙，形容军前大旗在风中卷动。

〔2〕　射潮弩发鲸鲵怕——传说五代时吴越王钱镠曾经率领五千弓弩手，射退海潮。这里借来形容左良玉军队的威武。

〔3〕　麾下——意即部下。

〔4〕　点卯——古时官府办公从卯时开始，吏役都要在这时按名册点验，称作点卯。这里指军队里的点名报到。

〔5〕　左良玉——明末临清人，字昆山。早年在辽东与清军作战，以骁勇得侯恂所识拔。后与李自成、张献忠等起义军多年作战，被李自成大败于朱仙镇。福王立于南京进封宁南侯，后起兵讨马士英，军至九江病

死。昂藏,气宇高昂的样子。

〔6〕 虎头燕颔——旧时相家以为贵相。《后汉书·班超传》:"相者曰(班超):生燕颔虎颈,飞而食肉,此万里侯相也。"

〔7〕 风云叱咤——叱咤,怒声。传说项羽发怒时,叱咤一声,风云变色。这里借来形容左良玉的英勇。

〔8〕 "建牙吹角不闻喧"四句——借用唐刘长卿《献淮宁军节度使李相公》诗句。建牙即武将出镇,登坛即拜帅。汉高祖为了提高韩信的威信,曾特地筑坛拜他为帅。左良玉三十二岁就官拜总兵,所以称三十登坛。

〔9〕 辽阳——今辽宁省辽阳县。

〔10〕 都司——官名,它在明初职权很大,掌握一省的军政大权。后来职权逐渐削弱,明末清初仅是四品的武官。侯方域著的《宁南侯(即左良玉)传》云:"少起军校,以斩级功官辽东都司。"

〔11〕 "只因得罪罢职"七句——昌平即今北京市昌平区。补粮,指在部队里补一名粮额,也就是投军吃粮的意思。军门,统兵官的尊称;明代文官总督军务、或提督军务叫军门。据《宁南侯传》载:左良玉在辽东任都司时,因为贫穷,去抢劫,而错劫了锦州的军装。本来罪当斩首,幸有同犯丘磊独自承担,得以免死。后来他因失了官职,到昌平军门投靠侯恂。侯恂很赏识他,不断提升,直至总兵官。总兵是掌握一省兵权的武官,或统率出征军队的主将。

〔12〕 荆襄——即今湖北省一带。

〔13〕 熊文灿、杨嗣昌、丁启睿、吕大器——都是明末人,曾担任较高军职,并都统率过左良玉。但左良玉掌握实际军权,不服他们的领导。

〔14〕 "奸人忌功"二句——根据侯方域《宁南侯传》,崇祯时,朝廷曾命侯恂督师,后因有人从中挑拨,不久即免官。

〔15〕 行藏——意即出处。

〔16〕 勤王——即以兵救援王室。

〔17〕 选士皆娇娃——意说挑选的兵士都像娇弱的女子,不能作战。

〔18〕 撑达——元明方言，本是漂亮、老练的意思，这里作支持解。

〔19〕 好一似薨薨白昼闹蜂衙——薨薨成群的虫飞声。蜂衙即蜂房，全句是形容士兵的鼓噪声的。

〔20〕 犬马——封建时代臣对君的卑称。

〔21〕 闹转加——闹得更厉害。

〔22〕 辕——即辕门，是军营的大门。

〔23〕 枵(xiāo)腹——即空腹。

〔24〕 艇——小船。

〔25〕 告兵曹转达车驾——兵曹即兵部，车驾代指皇帝。

〔26〕 驾楼船到燕子矶边要——意即乘战船到南京去。楼船是古代的战船。燕子矶在南京市北观音山，因山上有石俯临长江，形似燕子，故名燕子矶。

〔27〕 就食——即移兵到屯粮的地方去吃粮。

〔28〕 饱腾——即士饱马腾，形容军队供应充足，士气高扬的气象。

〔29〕 小可——轻易意。

〔30〕 葵倾向日花——即葵花向日，用来比喻臣子对君主的忠心的。可参看第八齣注〔19〕。

〔31〕 风话——即疯话。

〔32〕 细柳营——汉文帝时，宗正刘礼守霸上，将军徐厉守棘门，河内守周亚夫守细柳。汉文帝去劳军，到霸上和棘门，都可自由出入；但到细柳营时，却被阻不能入内。文帝看见细柳营的纪律这样严明，感动地说："这才是真正的将军，棘门和霸上不过儿戏罢了！"后人因此称纪律严明的军营作细柳营。

桃花扇卷二

第十齣　修　札

癸未八月

(丑扮柳敬亭上)老子江湖漫自夸,收今贩古是生涯[1]。年来怕作朱门客,闲坐街坊吃冷茶。(笑介)在下柳敬亭,自幼无藉[2],流落江湖,虽则为谈词之辈,却不是饮食之人[3]。(拱介)列位看我像个甚的,好像一位阎罗王,掌着这本大帐簿,点了没数的鬼魂名姓[4];又像一尊弥勒佛,腆[5]着这副大肚皮,装了无限的世态炎凉。鼓板轻敲,便有风雷雨露;舌唇才动,也成月旦春秋[6]。这些含冤的孝子忠臣,少不得还他个扬眉吐气;那班得意的奸雄邪党,免不了加他些人祸天诛;此乃补救[7]之微权,亦是褒讥[8]之妙用。(笑介)俺柳麻子信口胡谈,却也燥脾[9]。昨日河南侯公子,送到茶资,约定今日午后来听平话[10],且把鼓板取出,打个招客的利市。(取出鼓板敲唱介)无事消闲扯淡[11],就中滋味酸甜;古来十万八千年,一霎飞鸿去远。几阵狂风暴雨,各家虎帐龙船,争名夺利片时喧,让他陈抟睡扁[12]。(生上)芳草烟中寻粉黛[13],斜阳影里说英雄。今日来听老柳平话,里面鼓板铿锵,早已有人领教。(相见大笑介)看官俱未到,独自在此,说与谁听。(丑)这说书是老汉的本业,譬如相公闲坐书斋,弹琴吟诗,都要人听么?(生笑介)讲的有理。(丑)请问今日要听那一朝故事?(生)不拘何朝,你只拣着热闹爽快的说一回罢。(丑)相公不知,那热闹局就是冷淡的根芽,爽快事就是牵缠的枝叶;倒不如把些剩水残山,孤臣孽子[14],讲他几句,大家滴些眼泪罢。(生叹介)咳!不料敬老你也看到这个田地,真可虑也!(末扮杨文骢急上)休教铁锁沉江底[15],怕有降旗出石头。下官杨文骢,有紧急大事,要寻侯兄计议;一路问来,知在此处,不免竟入。(见介)(生)来的正好,大家听敬老平话。(末急介)目下何等时候,还听平话。(生)龙老为何这样惊慌。(末)兄还不知么,左良玉领兵东下,要抢南京,且有窥伺北京之意。本兵熊明遇[16]束手无策,故此托弟前来,恳求妙计。(生)小弟有何计策。(末)久闻尊翁老先生乃宁南之恩帅,若肯发一手谕,必能退却。不知足下主意若何?(生)这样好事,怎肯不做;但家父罢政林居[17],纵肯发书,未必有济。且往返三千里,何以解目前之危?(末)吾兄素称豪侠,当此国家大事,岂忍坐视。何不代写一书,且救目前;另日禀明尊翁,料不见责也。(生)应急权变,倒也可行;待我回寓起稿,大家商量。(末)事不宜迟,即刻发书,还恐无及,那里等的商量。(生)既是如此,就此修书便了。(写书介)

【一封书】老夫愚不揣[18],劝将军自忖裁,旌旗且慢来,兵出无名道路猜。高帝留都陵树在,谁敢轻将马足躧[19];乏粮柴,善安排,一片忠心穹莫改。

(写完,末看介)妙妙!写的激切婉转,有情有理,叫他不好不依,又不敢不依,足见世兄经济[20]。(生)虽如此说,还该送与熊大司马,细加改正,方为万妥。(末)不必烦扰,待小弟说与他便了。(愁介)只是一件,书虽有了,须差一的当家人早寄为妙。(生)小弟轻装薄游,只带两个童子,那能下的书来。(末)这样密书,岂是生人可以去得。(生)这却没法了。(丑)不必着忙,让我老柳走一遭何如。(末)敬老肯去,妙的狠了;只是一路盘诘,也不是当要的。(丑)不瞒老爷说,我柳麻子本姓曹[21],虽则身长九尺,却不肯食粟而已。那些随机应变的口头,左冲右挡的膂力,都还有些儿。(生)闻得左良玉军门严肃,山人[22]游客,一概不容擅入。你这般老态,如何去的?(丑)相公又来激俺了,这是俺说书的熟套子。我老汉要去就行,不去就止,那在乎一激之力。(起问介)

【北斗鹌鹑】你那里笔下诒文[23],我这里胸中画策[24]。舌战群雄[25],让俺不才;柳毅传书[26],何妨下海。丢却俺的痴骏,用着俺的诙谐,悄去明来,万人喝采。

(末)果然好个本领,只是书中意思,还要你明白解说,才能有济。

【紫花儿序】(丑)书中意不须细解,何用明白,费俺唇腮。一双空手,也去当差,也会挏乖[27]。凭着俺舌尖儿把他的人马骂开,仍倒回八百里外。(生)你怎的骂他?(丑)则问他防贼自作贼,该也不该。

(生)好,好,好!比俺的书字还说得明白。(末)你快进去收拾行李,俺替你送盘缠来,今夜务必出城才好。(丑)晓得,晓得!(拱手介)不得奉陪了。(竟下)(末)竟不知柳敬亭是个有用之才。(生)我常夸他是我辈中人,说书乃其馀技耳。

【尾声】一封书信权宜代,仗柳生舌尖口快,阻回那莽元帅万马晨霜,保住这好江城三山暮霭[28]。

(末)一纸贤于汗马才[29],(生)荆州无复战船开;

(末)从来名士夸江左[30],(生)挥麈今登拜将台[31]。

注　释

〔1〕　收今贩古是生涯——意即以演说古今故事过生活。

〔2〕　无藉——没有依靠的意思。

〔3〕　饮食之人——意指只知吃喝,毫无用处的人。

〔4〕　没数的鬼魂名姓——指他话本里记载着的许多古今人姓名。

〔5〕　腆——突出。

〔6〕　月旦春秋——汉朝的许劭和他的从兄许靖,经常评论当时乡里人物的长短,每个月更换一次题目。后人因此把品评人物称作"月旦"。《春秋》,鲁国编年史的名称。相传孔子曾经通过这一部历史文献,对春秋二百四十年间人物和他们的行为进行批评。这里借来说明柳敬亭说书时对历史人物有正确的评价。

〔7〕　补救——指对世道人心的补救。

〔8〕　褒讥——褒,表扬;讥,讽刺。

〔9〕　燥脾——快意、开心之意。

〔10〕　平话——即说书。

〔11〕　扯淡——即扯一些无关紧要的话。

〔12〕　陈抟(tuán)睡扁——陈抟,宋初真源人,字图南,自号扶摇子。五代时,隐居华山。相传他经常睡大觉,一睡就百多天。从"无事消闲扯淡"起到这句止,是一首《西江月》词。

〔13〕　粉黛——本是妇女的化妆品,这里借指美女。

〔14〕　孽子——在封建社会,凡不是正妻生的儿子都称作孽子,他在家庭里一般是受到歧视的。

〔15〕　"休教铁锁沉江底"二句——此引用王濬的故事。晋朝太康

初年,王濬带兵攻打吴国,吴国人在长江险要的地方,用铁锁横江拦截。王濬叫人烧断铁锁,攻到石头城下,吴王孙皓无法抵挡,便出城投降了。石头城即吴国都城秣陵,故城在今南京市西石头山后。唐刘禹锡《西塞山怀古》诗:"千寻铁锁沉江底,一片降幡出石头。"西塞山在今湖北大冶东。

〔16〕 本兵熊明遇——熊明遇(1579—1649),字良孺,江西进贤人,是当时东林党里的重要人物。这时他正当兵部尚书,因此杨龙友称他本兵。

〔17〕 林居——退隐林下。

〔18〕 "老夫愚不揣"二句——这支《一封书》曲是表白侯方域代他父亲侯恂写给左良玉的信的主要内容。"老夫愚不揣",是侯恂谦虚地说,自己愚不自量。揣,量度之意。"劝将军自忖裁",是劝左良玉自己斟酌决定。

〔19〕 躧(xǐ)——践踏。

〔20〕 经济——古时称有应付政治上的实际才能的作经济之才。这经济是经世济民的意思,跟现代所说的经济,含义不同。

〔21〕 "我柳麻子本姓曹"三句——《孟子·告子》下,说当时有名叫曹交的,自称身长九尺四寸多,却只能食粟而已(意即光会吃饭)。柳敬亭原也姓曹,又身躯高大,因此自比曹交。

〔22〕 山人——是当时社会上的人物名色。他们大都是读书人,没有功名官职,靠着书画鉴赏或其它属于"雅道"的玩艺儿来流浪江湖混饭吃的。

〔23〕 你那里笔下诌文——指上文侯方域代侯恂写的信。诌文,意即弄文。

〔24〕 画策——即划策。

〔25〕 舌战群雄——有名三国故事之一。曹操得荆州后,和孙吴对峙,吴国以谋士张昭为首的主和派,以为曹操方面兵势强大,纷纷主张投降。当时诸葛亮奉刘备的命令去说服孙权,在孙权帐前和这批主和派展开辩论。习惯称这节故事作"舌战群雄"。戏中柳敬亭是借用这个故事来夸张他的辩才的。

〔26〕 柳毅传书——《异闻录》说唐朝士子柳毅,落弟之后回家;经过湖滨,碰见一个女人在路边放羊,自说是洞庭龙君的小女儿,想托他带一封信给她的父亲。柳毅答应了,拿着她的信下洞庭湖去见龙君。这里柳敬亭是借柳毅自比的。

〔27〕 挝(zhuā)乖——乖字在俗语里一般含有机灵之意。挝乖,挝住窍门。

〔28〕 好江城三山暮霭——即指南京,参看第二齣注〔14〕。

〔29〕 一纸贤于汗马才——意说这封信的力量胜过战场上立的功。汗马是指打仗时战马跑出了汗。

〔30〕 从来名士夸江左——历史上所称江左,指长江下游金陵一带地方。五胡之乱,北方许多名士纷纷渡江南来,集中金陵一带,建立东晋王朝。"从来名士夸江左",即指东晋说的。

〔31〕 挥麈(zhǔ)今登拜将台——麈,状如树叶,近柄处则平实。陈代徐陵《麈尾铭》:"员上天形,平下地势。"日本正仓院,今尚存唐代实物。南朝所谓名士都喜欢手执麈尾,进行清谈。拜将台是汉高祖刘邦拜韩信作大将的将台。这句诗的意思是侯朝宗说自己过去只会挥麈清谈,现在已经登台拜将了。

第十一齣　投　　辕[1]

癸未九月

(净、副净扮二卒上)(净)杀贼拾贼囊,救民占民房,当官领官仓,一兵吃三粮。(副净)如今不是这样唱了。(净)你唱来!(副净)贼凶少弃囊,民逃剩空房,官穷不开仓,千兵无一粮。(净)这等说,我们这穷兵当真要饿死了。(副净)也差不多哩。(净)前日鼓噪之时,元帅着忙,许俺们就粮南京,这几日不见动静,想又变卦了。(副净)他变了卦,俺们依旧鼓噪,有何难哉。(净)闲话少说,且到辕门点卯,再作商量。正是"不怕饿杀,谁肯犯法"。(俱下)

【北新水令】(丑扮柳敬亭,背包裹上)走出了空林落叶响萧萧,一丛丛芦花红蓼。倒戴着接䍦帽[2],横跨着湛卢刀[3],白髯儿飘飘,谁认的诙谐玩世东方老[4]。

俺柳敬亭冲风冒雨,沿江行来,并不见乱兵抢粮,想是讹传了。且喜已到武昌城外,不免在这草地下打开包裹,换了靴帽,好去投书。(坐地换靴帽介)

【南步步娇】(副净、净上)晓雨城边饥乌叫,来往荒烟道,军营半里遥。(指介)风卷旌旗,鼓角缥缈,前面是辕门了,大家趱行[5]几步。饿腹好难熬,还点三八卯[6]。

(丑起拱介)两位将爷,借问一声,那是将军辕门?(净向副净私语介)这个老儿是江北语音,不是逃兵,就是流贼。(副净)何不收拾起来,诈他几文,且买饭吃。(净)妙!(副净问介)你寻将军衙门么?(丑)正是。(净)待我送你去。(丢绳套住丑介)(丑)呵呀!怎么拿起我来了?(副净)俺们是武昌营专管巡逻的弓兵,不拿你,拿谁呀。(丑推二净倒地,指笑介)两个没眼色的花子,怪不得饿的东倒西歪的。(净)你怎晓得我们捱饿。(丑)不为你们捱饿,我为何到此?(副净)这等说来,你敢是解粮来的么?(丑)不是解粮的,是做甚的。(净)啐!我们瞎眼了,快搬行李,送老哥辕门去。(副净、净同丑行介)

【北折桂令】(丑)你看城枕着江水滔滔,鹦鹉洲阔,黄鹤楼高[7]。鸡犬寂寥,人烟惨淡,市井萧条。都只把豺狼喂饱,好江城画破图抛。满耳呼号,鼙鼓声雄,铁马嘶骄[8]。

(副净指介)这是帅府辕门了。(唤介)老哥在此等候,待我传鼓。(击鼓介)(末扮中军官[9]上)封拜惟知元帅大,征诛不让帝王尊。(问介)门外击鼓,有何军情,速速报来。(净)适在汛地[10]捉了一个面生可疑之人,口称解粮到此,未知真假,拿赴辕门,听候发落。(末问丑介)你称解粮到此,有何公文?(丑)没有公文,止有书函。(末)这就可疑了。

【南江儿水】你的北来意费推敲[11],一封书信无名号,荒唐言语多虚冒,凭空何处军粮到。无端左支右调,看他神情,大抵非逃即盗。

(丑)此话差矣,若是逃、盗,为何自寻辕门。(末)说的也是。既有书函,待我替你传进。(丑)这是一封密书,要当面交与元帅的。(末)这话益发可疑了。你且外边伺候,待我禀过元帅,传你进见。(净、副净、丑俱下)(内吹打开门,杂扮军卒六人各执械对立介)(小生扮左良玉戎服上)荆襄雄镇大江滨,四海安危七尺身[12]。日日军储[13]劳计画,那能谈笑净烟尘[14]。(升坐,盼咐介)昨因饥兵鼓噪,本帅诈他就粮南京;后来细想:兵去就粮,何如粮来就兵。闻得九江助饷,不日就到,今日暂免点卯,各回汛地,静候关粮。(末)得令。(虚下[15],即上)奉元帅军令,挂牌免卯,三军各回汛地了。(小生)有甚军情,早早报来。(末)别无军情,只有差役一名,口称解粮到此,要见元帅。(小生喜介)果然粮船到了,可喜,可喜!(问介)所赍[16]文书,系何衙门?(末)并无文书,止有私书,要当堂投递。(小生)这话就奇了,或是流贼细作[17],亦未可定。(盼咐介)左右军牢[18],小心防备,着他膝行而进。(众)是!(末唤丑进介)(左右交执器械,丑钻入见介)(揖介)元帅在上,晚生拜揖了。(小生)咦!你是何等样人,敢到此处放肆。(丑)晚生一介平民,怎敢放肆。

【北雁儿落带得胜令】俺是个不出山老渔樵,那晓得王侯大宾客小。看这长枪大剑列门旗,只当深林密树穿荒草。尽着[19]狐狸纵横虎咆哮,这威风何须要。偏吓俺孤身客无门跑,便作个长揖儿不是骄。(拱介)求饶,军中礼原不晓。(笑介)气也么[20]消,有书函将军仔细瞧。

(小生问介)有谁的书函?(丑)归德侯老先生寄来奉候的。(小生)侯司徒是俺的恩帅,你如何认得?(丑)晚生现在侯府。(小生拱介)这等失敬了。(问介)书在那里?(丑送上书介)(小生)吩咐掩门。(内吹打掩门,众下)(小生)尊客请坐。(丑傍坐介)(小生看书介)

【南侥侥令】看他谆谆情意好,不啻[21]教儿曹。这书中文理,一时也看不透彻,无非劝俺镇守边方,不可移兵内地。(叹介)恩帅,恩帅!那知俺左良玉,一片忠心天可告,怎肯背深恩,辱荐保[22]。

(问丑介)足下尊姓大号?(丑)不敢,晚生姓柳,草号敬亭。(杂捧茶上)(小生)敬亭请茶。(丑接茶介)(小生)你可知这座武昌城,自经张献忠一番焚掠,十室九空。俺虽镇守在此,缺草乏粮,日日鼓噪,连俺也做不得主了。(丑气介)元帅说那里话,自古道"兵随将转",再没个将逐兵移的。

【北收江南】你坐在细柳营,手握着虎龙韬[23],管千军山可动,令不摇。饥兵鼓噪犯天朝,将军无计,从他去自逍遥。这恶名怎逃,这恶名怎逃。说不起三军权柄帅难操。

(摔茶钟于地下介)(小生怒介)呵呀!这等无礼,竟把茶杯掷地。(丑笑介)晚生怎敢无礼,一时说的高兴,顺手摔去了。(小生)

顺手摔去,难道你的心做不得主么。(丑)心若做得主呵,也不叫手下乱动了。(小生笑介)敬亭讲的有理。只因兵丁饿的急了,许他就粮内里。亦是无可奈何之一着。(丑)晚生远来,也饿急了,元帅竟不问一声儿。(小生)我倒忘了,叫左右快摆饭来。(丑摩腹介)好饿,好饿!(小生催介)可恶奴才,还不快摆!(丑起介)等不得了,竟往内里吃去罢。(向内行介)(小生怒介)如何进我内里?(丑回顾介)饿的急了。(小生)饿的急了,就许你进内里么?(丑笑介)饿的急了,也不许进内里,元帅竟也晓得哩。(小生大笑介)句句讥诮俺的错处,好个舌辩之士。俺这帐下倒少不得你这个人哩。

【南园林好】俺虽是江湖泛交,认得出滑稽曼老[24];这胸次包罗不少,能直谏,会旁嘲。

(丑)那里,那里!只不过游戏江湖,图铺啜耳。(小生问介)俺看敬亭,既与缙绅[25]往来,必有绝技,正要请教。(丑)晚生自幼失学,有何技艺。偶读几句野史,信口演说,曾蒙吴桥范大司马、桐城何老相国,谬加赏赞,因而得交缙绅,实堪惭愧。

【北沽美酒带太平令】俺读些稗官词[26],寄牢骚,稗官词,寄牢骚,对江山吃一斗苦松醪[27],小鼓儿颤杖[28]轻敲,寸板儿软手频摇;一字字臣忠子孝,一声声龙吟虎啸;快舌尖钢刀出鞘,响喉咙轰雷烈炮。呀!似这般冷嘲、热挑[29],用不着笔抄,墨描。劝英豪,一盘错帐速勾了。

(小生)说的爽快,竟不知敬亭有此绝技,就留下榻筲斋,早晚领教罢。

【清江引】从此谈今论古日倾倒,风雨开怀抱。你那苏张[30]舌辩高,我的巧射惊羿彄[31],只愁那匝地烟尘[32]何日扫。

（丑）闲话多时,到底不知元帅向内移兵,有何主见？（小生）耿耿[33]臣心,惟天可表,不须口劝,何用书责。

（小生）臣心如水照清霄,（丑）咫尺天颜路不遥；

（小生）要与西南撑半壁,（丑）不须东看海门潮[34]。

注　释

〔1〕　投辕——辕即辕门。投辕是指柳敬亭到辕门去见左良玉。

〔2〕　接䍦帽——即白接䍦,头巾的一种,因为用白鹭的羽毛来装饰,故称白接䍦。

〔3〕　湛(zhàn)卢刀——古代著名的剑,传说是春秋战国时的著名铸剑师欧冶子制造的。

〔4〕　东方老——即东方朔,是汉代著名的滑稽人物。

〔5〕　趱行——快行。

〔6〕　三八卯——卯即点卯,点名的意思。三八卯是逢三、八（如三日、八日、十三日、十八日）日的例期点名。

〔7〕　鹦鹉洲、黄鹤楼——鹦鹉洲在今武昌西南江中；黄鹤楼在武昌西南江边,都是武昌的名胜。

〔8〕　铁马嘶骄——意说战马鸣声的雄壮。

〔9〕　中军官——明清时代,凡在统军将领本营里管理营务的首领官称作中军官。

〔10〕　汛地——军队防守的地方。

〔11〕　费推敲——推敲是商量、斟酌的意思,费推敲意即值得商量。唐诗人贾岛到京师应考时,在马上想到二句诗："鸟宿池中树,僧推月下门。"想将"推"改为"敲",犹疑不决,冲犯了大尹韩愈的仪仗队。韩愈问明了情由以后对他说："还是敲字好。"后人称斟酌文字或商量事情作推敲,是从这故事来的。

〔12〕 四海安危七尺身——意说他的七尺之身关系着四海安危。

〔13〕 军储——即军需,包括军队的服装、器械、粮饷等。

〔14〕 谈笑净烟尘——意即在谈笑之中平靖了战乱。用苏轼《念奴娇·赤壁怀古》"谈笑间、强虏灰飞烟灭"词意。

〔15〕 虚下——戏曲演出时的术语,指演员到了舞台左边入口又即上来,表示他已经离开了刚才演出的现场,到另一个场合来了。

〔16〕 赍(jī)——携带意。

〔17〕 细作——军事上的侦探。

〔18〕 军牢——指卫兵。

〔19〕 尽着——任由着之意。

〔20〕 也么——只是帮助腔调的两个音,没有什么意义的。

〔21〕 不啻——不止。

〔22〕 辱荐保——荐保即推荐保举,辱是玷辱,亏负之意。侯恂曾提拔过左良玉,故左良玉说那肯亏负他的荐保。

〔23〕 手握着虎龙韬——意即手握兵权。我国古代有称作《六韬》的兵书,里面包括着"龙韬"与"虎韬"。

〔24〕 滑稽曼老——即东方朔,他字曼倩。

〔25〕 缙绅——指一般官僚绅士。

〔26〕 稗官词——即稗史,可参考第一齣注〔1〕。

〔27〕 松醪——酒名,苏轼守定州时,在曲阳用松膏酿酒,作《松醪赋》。

〔28〕 颤杖——抖动着小鼓棰。杖,指小鼓棰。

〔29〕 "似这般冷嘲热挑"二句——意说这些冷嘲热挑的话,比笔抄墨描的文章更有效。

〔30〕 苏张——即苏秦、张仪。都是春秋战国时的著名说客。

〔31〕 羿(yì)奡(áo)——羿是夏时有穷的君主,也是我国神话传说里的有名射手。奡是夏时寒促的儿子,相传他能陆地行舟。

〔32〕 匝地烟尘——即遍地烟尘,指兵乱。

〔33〕 耿耿——光明正直之意。

〔34〕不须东看海门潮——意即不须引兵东下。

第十二齣　辞　院

癸未十月

【西地锦】(末扮杨文骢冠带上)锦绣东南列郡，英雄割据纷纷；而今还起周郎恨〔1〕，江水向东奔。

下官杨文骢，昨奉熊司马〔2〕之命，托侯兄发书宁南，阻其北上，已遣柳敬亭连夜寄去。还怕投书未稳，一面奏闻朝廷，加他官爵，荫他子侄；又一面知会各处督抚，及在城大小文武，齐集清议堂〔3〕，公同计议，助他粮饷，这也是不得已调停之法。下官与阮圆海虽罢闲流寓，都有传单，只得早到。(副净扮阮大铖冠带上)黑白看成棋里事，须眉扮作戏中人。(见介)龙友请了，今日会议军情，既传我们到此，也不可默默无言。(末)事体重大，我们废员闲宦，立不得主意，身到就是了。(副净)说那里话。

【啄木儿】朝廷事，须认真，太祖神京今未稳，莫漫愁铁锁船开〔4〕，只怕有萧墙人引〔5〕。角声鼓音城楼震，帆扬帜飞江风顺，明取金陵，有人私启门。

(末)这话未确，且莫轻言。(副净)小弟实有所闻，岂可不说。(丑扮长班〔6〕上)处处军情紧，朝朝会议多。禀老爷，淮安漕抚史可法〔7〕老爷，凤阳督抚马士英老爷俱到了。(末、副净出候介)(外白须扮史可法，净秃须扮马士英，各冠带上)(外)天下军储一线漕〔8〕，无能空佩吕虔刀〔9〕。(净)长陵抔土关龙脉[10],愁绝烽烟搔二毛。(末、副净见各揖介)(外问介)本兵熊老先生为何不到?(丑禀介)今日有旨,往江上点兵去了。(净)这等又会议不成,如何是好?

【前腔】(外)黄尘起[11],王气昏,羽扇难挥建业军[12];幕府山蜡橄星驰[13],五马渡[14]楼船飞滚。江东应须夷吾镇[15],清谈怎消南朝恨[16],少不得努力同捐衰病身。

(末)老先生不必深忧,左良玉系侯司徒旧卒,昨已发书劝止,料无不从者。(外)学生亦闻此举虽出熊司马之意,实皆年兄之功也。(副净)这倒不知;只闻左兵之来,实有暗里勾之者。(外)是那个?(副净)就是敝同年侯恂之子侯方域。(外)他也是敝世兄,在复社中铮铮[17]有声,岂肯为此?(副净)老公祖[18]不知,他与左良玉相交最密,常有私书往来;若不早除此人,将来必为内应。(净)说的有理,何惜一人,致陷满城之命乎?(外)这也是莫须有之事[19],况阮老先生罢闲之人,国家大事也不可乱讲。(别介)请了,正是"邪人无正论,公议总私情"。(下)(副净指恨介)(向净介)怎么史道邻就拂衣而去,小弟之言凿凿有据;闻得前日还托柳麻子去下私书的。(末)这太屈他了,敬亭之去,小弟所使,写书之时,小弟在傍;倒亏他写的恳切,怎反疑起他来?(副净)龙友不知,那书中都有字眼暗号,人那里晓得?(净点头介)是呀,这样人该杀的,小弟回去,即着人访拿。(向末介)老妹丈,就此同行罢。(末)请舅翁先行一步,小弟随后就来。(副净向净介)小弟与令妹丈不啻同胞,常道及老公祖垂念,难得今日会着。小弟有许多心事,要为竟夕之谈。不知可否?(净)久荷高雅,正要请教。(同下)(末)这是那里说起!侯兄之素行虽未深知,只论写书一事呵——

【三段子】这冤怎伸,硬叠成曾参杀人[20];这恨怎吞,强书为陈恒弑君[21]。不免报他一信,叫他趁早躲避。(行介)眠香占花风流阵,今宵正倚薰笼[22]困,那知打散鸳鸯金弹狠。

来此是李家别院,不免叫门。(敲门介)(内吹唱介)(净扮苏昆生上)是那个?(末)快快开门!(净开门见介)原来是杨老爷,天色已晚,还来闲游。(末认介)你是苏昆老。(问介)侯兄在那里?(净)今日香君学完一套新曲,都在楼上听他演腔。(末)快请下楼!(净入唤介)(小旦、生、旦出介)(生)浓情人带酒,寒夜帐笼花。杨兄高兴,也来消夜。(末)兄还不知,有天大祸事来寻你了。(生)有何祸事,如此相吓?(末)今日清议堂议事,阮圆海对着大众,说你与宁南有旧,常通私书,将为内应。那些当事诸公,俱有拿你之意。(生惊介)我与阮圆海素无深仇,为何下这毒手。(末)想因却奁一事,太激烈了,故此老羞变怒耳。(小旦)事不宜迟,趁早高飞远遁,不要连累别人。(生)说的有理。(愁介)只是燕尔[23]新婚,如何舍得。(旦正色介)官人素以豪杰自命,为何学儿女子态。(生)是,是,但不知那里去好?

【滴溜子】双亲在,双亲在,信音未准;烽烟起,烽烟起,梓桑[24]半损。欲归,归途难问。天涯到处迷,将身怎隐。歧路穷途,天暗地昏。

(末)不必着慌,小弟倒有个算计。(生)请教!(末)会议之时,漕抚史可法、凤抚马舅俱在坐。舅舅语言甚不相为[25],全亏史公一力分豁[26],且说与尊府原有世谊的。(生想介)是,是,史道邻是家父门生。(末)这等何不随他到淮,再候家信。(生)妙,妙!多谢指引了。(旦)待奴家收拾

行装。(旦束装介)

【前腔】欢娱事,欢娱事,两心自忖;生离苦,生离苦,且将恨忍,结成眉峰一寸。香沾翠被池,重重束紧。药裹巾箱[27],都带泪痕。

(丑上挑行李介)(生别旦介)暂此分别,后会不远。(旦弹泪介)满地烟尘,重来亦未可必也。

【哭相思】离合悲欢分一瞬,后会期无凭准。(小旦)怕有巡兵踪迹,快行一步罢。(生)吹散俺西风太紧,停一刻无人肯。

(生)但不知史漕抚寓在那厢。(净)闻他来京公干,常寓市隐园,待我送官人去。(生)这等多谢。(生、净、丑急下)(小旦)这桩祸事,都从杨老爷起的,也还求杨老爷归结。明日果来拿人,作何计较?(末)贞娘放心,侯郎既去,都与你无干了。

(末)人生聚散事难论, (旦)酒尽歌终被尚温。

(小旦)独照花枝眠不稳, (末)来朝风雨俺重门。

注　释

〔1〕 "而今还起周郎恨"二句——周郎即周瑜,周瑜为吴将时,曹操自荆州顺流东下,引起赤壁之战。江水向东奔,暗指左兵的东下。

〔2〕 熊司马——即兵部尚书熊明遇。参看第十龅注〔16〕。

〔3〕 清议堂——是当时朝廷大臣商议军政大事的地方。

〔4〕 铁锁船开——参看第十龅注〔15〕。

〔5〕 只怕有萧墙人引——意说怕内部有人勾引左良玉兵来。《论语·季氏》篇:"吾恐季孙之忧,不在颛臾,而在萧墙之内也。"当时季氏要讨伐颛臾,孔子以为季氏之忧是在内而不是在外。后来凡是祸起于内部的往往叫作祸起萧墙。

〔6〕 长班——官僚的仆从。

〔7〕 史可法——字宪之(1601—1645),号道邻,河南祥符人,崇祯进士,曾任南京兵部尚书。福王即位后,升英武殿大学士,驻守扬州。清兵南下,攻陷扬州,他壮烈殉国。事迹见《明史》第二百七十四卷。

〔8〕 天下军储一线漕——意说天下的军需靠一线漕河来运输。

〔9〕 吕虔刀——吕虔,三国魏人,他有一把宝刀,铸工说:"要位登三公的人才可佩带它。"史可法在上场诗里用这典故,表示他才德不称官位。

〔10〕 "长陵抔(póu)土关龙脉"二句——汉高祖的坟称作长陵,这里借指朱元璋先世在凤阳的皇陵。当时在李自成、张献忠等影响之下的各地农民起义军,已经威胁到皖北凤阳附近各地;马士英任凤阳总督,如果凤阳失守,皇陵被侵,他将受到严厉的处分,因此他说为有关龙脉的长陵抔土将受到烽烟而愁得只有搔头。二毛指花白的头发。

〔11〕 "黄尘起"二句——我国古时传说,认为金陵有王者之气。"黄尘起,王气昏",暗示兵乱已起,朝政不明之意。

〔12〕 羽扇难挥建业军——《晋书·顾荣传》,说陈敏在江南作乱时,顾荣以羽扇指挥三军,与他交战,陈敏的兵纷纷溃散。这里借用这故事。建业即南京。

〔13〕 幕府山蜡檄星驰——幕府山在南京西北,长江南岸,相传东晋王导曾经在这里设立幕府。古代秘密的军事情报往往用薄纸搓成一小粒,封在蜡丸里传递。蜡檄,即指封在蜡丸里的檄文。星驰,形容传递的快速,像流星一样。

〔14〕 五马渡——南京地名,在旧上元县西北二十三里,相传晋元帝与彭城等五王是从这里渡江的。

〔15〕 江东应须夷吾镇——江东即江左。夷吾是春秋齐国名相管仲的字。东晋的温峤曾称当时名相王导为"江左夷吾"。江东应须夷吾镇,即说当时的江东要有管仲、王导这样的人来镇守。

〔16〕 清谈怎消南朝恨——南朝士大夫往往排弃世务,从事清谈;南朝各代国力不振,和这种风尚有关。

〔17〕 铮铮——形容一个人的刚正。

〔18〕 老公祖——明清时绅士称地方官作公祖。阮大铖,怀宁人;马士英任凤阳督抚,怀宁属他管辖,因此阮大铖称他为老公祖。

〔19〕 莫须有之事——秦桧陷害岳飞,韩世忠不平,去质问他有什么事实,秦桧回答说:"这事体莫须有。"因此后来往往用"莫须有之事"来指凭空诬陷的冤狱。

〔20〕 曾参杀人——费地有个跟孔子的弟子曾参同名的人,他杀了人,人来告诉曾参的母亲,她一点也不相信。可是第二、第三个人接连地来告诉她同样的消息,使她终于动摇起来。因此后来把诬指别人的事叫做曾参杀人。

〔21〕 强书为陈恒弑君——陈恒是春秋时齐国的执政大臣,春秋鲁哀公十四年,陈恒杀齐简公。"陈恒弑君",本属历史事实,但据《史记·田敬仲世家》,他杀君是被迫的,可能作者因此认为《左传》的"陈恒弑其君"的记载是勉强的(相传是孔子手订的《春秋》,只记"齐人弑其君",没有指明陈恒)。

〔22〕 薰笼——就是有笼子罩着的薰炉。

〔23〕 燕尔——安乐意。

〔24〕 梓桑——即桑梓,故乡。

〔25〕 不相为——不相助。

〔26〕 分豁(huò)——开脱意。

〔27〕 巾箱——指放头巾的箱。

第十三龊　哭　主

甲申三月

(副净扮旗牌官〔1〕上)汉阳烟树隔江滨,影里青山画里人,可惜城西佳绝处,朝朝遮断马头尘。在下宁南帅府一个旗牌官的便是,俺元帅收复武昌,功封侯爵。昨日又奉新恩,加了太傅[2]之衔;小爷左梦庚[3],亦挂总兵之印,特差巡按御史黄澍[4]老爷到府宣旨。今日九江督抚袁继咸[5]老爷,又解粮三十船,亲来给发。元帅大喜,命俺设宴黄鹤楼,请两位老爷饮酒看江。(望介)遥见晴川树底[6],芳草洲边,万姓欢歌,三军嬉笑,好一段太平景象也。远远喝道[7]之声,元帅将到,不免设起席来。(台上挂黄鹤楼圖)(副净设席安座介)(杂扮军校旗仗鼓吹引导)(小生扮左良玉戎装上)

【声声慢】逐人春色,入眼晴光,连江芳草青青。百尺楼高,吹笛落梅风景[8]。领着花间小乘[9],载行厨,带缓衣轻;便笑咱将军好武,也爱儒生。

咱家左良玉,今日设宴黄鹤楼,请袁、黄两公饮酒看江,只得早候。(盼咐介)大小军卒楼下伺候。(众应下)(作登楼介)三春云物归胸次[10],万里风烟到眼中。(望介)你看浩浩洞庭,苍苍云梦[11],控西南之险,当江汉之冲[12];俺左良玉镇此名邦,好不壮哉!(坐呼介)旗牌官何在?(副净跪介)有。(小生)酒席齐备不曾?(副净)齐备多时了。(小生)怎么两位老爷还不见到?(副净)连请数次,袁老爷正在江岸盘粮,黄老爷又往龙华寺[13]拜客,大约傍晚才来。(小生)在此久候,岂不困倦。叫左右速接柳相公上楼,闲谈拨闷。(杂跪禀介)柳相公现在楼下。(小生)快请。(杂请介)(丑扮柳敬亭上)气吞云梦泽[14],声撼岳阳楼。(见介)(小生)敬亭为何早来了。(丑)晚生知道元帅闷坐,特来奉陪的。(小生)这也奇了,你如何晓得。(丑)常言"秀才会课[15],点灯告坐"。天生文官,再不能爽快的。(小生笑介)说的有理。(指介)你看天才午转,几时等到点灯也。(丑)若不嫌聒噪呵,把昨晚说的"秦叔宝见姑娘"[16],再接上一回罢。(小生)极妙了。(问介)带有鼓板么?(丑)自古"官不离印,货不离身",老汉管着做甚的。(取出鼓板介)(小生)叫左右泡开芥片[17],安下胡床。咱要纱帽隐囊[18],清谈消遣哩。(杂设床、泡茶,小生更衣坐,杂搥背搔痒介)(丑旁坐敲鼓板说书介)大江滚滚浪东流,淘尽兴亡古渡头;屈指英雄无半个,从来遗恨是荆州。按下新诗,还提旧话。且说人生最难得的是乱离之后,骨肉重逢。总是地北天南,时移物换,经几番凶荒战斗,怎免得梗泛萍漂[19]。可喜秦叔宝解到罗公帅府,枷锁连身,正在候审;遇着嫡亲姑娘,卷帘下阶,抱头大哭。当时换了新衣,设席款待,一个候死的囚徒,登时上了青天。这叫做"运去黄金减价,时来顽铁生光"。(拍醒木介)(小生掩泪介)咱家也都经过了。(丑)再说那罗公问及叔宝的武艺,满心欢喜,特地要夸其本领,即日放炮传操。下了教场,雄兵十万,雁翅排开。罗公独坐当中,一呼百诺,掌着生杀之权。秦叔宝站在旁边,点头赞叹,口里不言,心中暗道:大丈夫定当如此!(拍醒木介)(小生作骄态,笑介)俺左良玉也不枉为人一世矣。(丑)那罗公眼看叔宝,高声问道:"秦琼,看你身材高大,可曾学些武艺么?"叔宝慌忙跪下,应答如流:"小人会使双锏[20]。"罗公即命家人,将自己用的两条银锏,抬将下来。那两条银锏,共重六十八斤,比叔宝所用铁锏,轻了一半。叔宝是用过重锏的人,接在手中,如同无物。跳下阶来,使尽身法,左轮右舞,恰似玉蟒缠身,银龙护体。玉蟒缠身,万道毫光台下落;银龙护体,一轮月影面前悬。罗公在中军帐里,大声喝采道:"好呀!"那十万雄兵,一齐答应。(作喊介)如同山崩雷响,十里皆闻。(拍醒木介)(小生照镜镊鬚介)俺左良玉立功边塞,万夫不当,也是天下一个好健儿。如今白发渐生,杀贼未尽,好不恨也。(副净上)禀元帅爷,两位老爷俱到楼了。(丑暗下)(小生换冠带、杂撤床排席介)(外扮袁继咸,末扮黄澍,冠带喝道上)(外)长湖落日气苍茫,黄鹤楼高望故乡。(末)吹笛仙人[21]称地主,临风把酒喜洋洋。(小生迎揖介)二位老先生俯临敝镇,曷胜光荣。聊设杯酒,同看春江。(外、末)久钦威望,喜近节麾,高楼盛设,大快生平。(安席坐,斟酒欲饮介)(净扮塘报人[22]急上)忙将覆地翻天事,报与勤王救主人。禀元帅爷,不好了,不好了!(众惊起介)有甚么紧急军情,这等喊叫?(净急白介)禀元帅爷:大夥流贼[23]北犯,层层围住神京[24];三天不见救援兵,暗把城门开禁。放火焚烧宫阙,持刀杀害生灵。(拍地介)可怜圣主好崇祯[25],(哭说介)缢死煤山树顶。(众惊问介)有这等事,是那一日来?(净喘介)就是这、这、这三月十九日。(众望北叩头,大哭介)(小生起,搓手跳哭介)我的圣上呀!我的崇祯主子呀!我的大行皇帝[26]呀!孤臣左良玉,远在边方,不能一旅勤王,罪该万死了。

【胜如花】高皇帝在九层[27],不管亡家破鼎[28],那知他圣子神孙,反不如飘蓬断梗。十七年忧国如病,呼不应天灵祖灵,调不来亲兵救兵;白练无情,送君王一命。伤心煞煤山私幸[29],独殉了社稷苍生[30],独殉了社稷苍生!

(众又大哭介)(外摇手喊介)且莫举哀,还有大事相商。(小生)有何大事?(外)既失北京,江山无主,将军若不早建义旗,顷刻乱生,如何安抚。(末)正是。(指介)这江汉荆襄,亦是西南半壁,万一失守,恢复无及矣。(小生)小弟滥握兵权,实难辞责,也须两公努力,共保边疆。(外、末)敢不从事。(小

(生)既然如此,大家换了白衣,对着大行皇帝在天之灵,恸哭拜盟一番。(唤介)左右可曾备下缞衣[31]么?(副净)一时不能备及,暂借附近民家素衣三领,白布三条。(小生)也罢,且穿戴起来。(盼咐介)大小三军,亦各随拜。(小生、外、末穿衣裹布介)(领众齐拜,举哀介)我那先帝呀,

【前腔】(合)宫车出[32],庙社倾,破碎中原费整。养文臣帷幄无谋[33],豢武夫疆场不猛;到今日山残水剩,对大江月明浪明,满楼头呼声哭声。(又哭介)这恨怎平,有皇天作证:从今后戮力奔命[34],报国仇早复神京,报国仇早复神京。

(小生)我等拜盟之后,义同兄弟;临侯督师,仲霖监军,我左昆山操兵练马,死守边方。倘有太子诸王,中兴定鼎[35],那时勤王北上,恢复中原,也不负今日一番义举。(外、末)领教了。(副净禀介)禀元帅,满城喧哗,似有变动之意,快请下楼,安抚民心。(俱下楼介)(小生)二位要向那里去?(外)小弟还回九江。(末)小弟要到襄阳。(小生)这等且各分手,请了。(别介)(小生呼介)转来,若有国家要事,还望到此公议。(外、末)但寄片纸,无不奔赴。请了。(外、末下)(小生)呵呀呀!不料今日天翻地覆,吓死俺也!

飞花送酒不曾擎,片语传来满座惊。
黄鹤楼中人哭罢,江昏月暗夜三更。

注　释

〔1〕 旗牌官——替主将掌管令旗、令牌的官,地位跟中军官相近。
〔2〕 太傅——明代称太师、太傅、太保做三公。是官阶的极品。

〔3〕 左梦庚——左良玉的儿子。左良玉死后,部下推他做统帅,后投降清朝。

〔4〕 巡按御史黄澍——明朝制度,每省派御史巡察,叫做巡按御史。巡按御史三年更换一次,职务是监察地方官吏,检举不法。黄澍字仲霖,曾被派到湖广任巡按御史,监左良玉的军队。清兵渡江时,他和左梦庚一起投降清兵。

〔5〕 督抚袁继咸——督抚即总督。明朝初年碰到战事,皇帝就派京官总督军务,当时的总督并不是常设的官职。以后各省事务增多,才把它变成固定的官职。袁继咸(1593—1646),字临侯,明末人,崇祯十二年以兵部侍郎总督江、楚、赣、皖等地,曾代吕大器督左良玉军队。左梦庚降清时,他不屈而死。

〔6〕 "晴川树底"二句——唐人崔颢《黄鹤楼》诗:"晴川历历汉阳树,芳草萋萋鹦鹉洲。"芳草洲即指在汉阳西南长江中的鹦鹉洲。

〔7〕 喝道——过去官僚出行时,前列仪仗及卫士高声呵喝,禁止行人,叫做喝道。

〔8〕 吹笛落梅风景——落梅风景本指五月风景。据《风俗通》记载:五月有落梅风。这里借用李白《与史郎中钦听黄鹤楼上吹笛》诗:"黄鹤楼中吹玉笛,江城五月落梅花",来形容黄鹤楼风景的美好。

〔9〕 小乘——即小车。

〔10〕 胸次——即胸中。

〔11〕 云梦——泽名,在今湖北安陆县内。

〔12〕 冲——指险要的地方。

〔13〕 龙华寺——在武昌宾阳门内。

〔14〕 "气吞云梦泽"二句——唐人孟浩然《洞庭》诗:"气吞云梦泽,波撼岳阳城。"

〔15〕 "秀才会课"二句——意说秀才们约会作功课,往往要到点灯时才齐的。

〔16〕 秦叔宝见姑娘——是民间流行的一段说唐故事,现在收在《隋

唐演义》第十三、十四回中。相传柳敬亭最擅长讲这段故事。

〔17〕 岕(jiè)片——即岕茶,产于浙江长兴县境罗岕山,故此得名。明代嗜茶的人,最重这种茶。

〔18〕 隐囊——即靠褥。

〔19〕 梗泛萍漂——意指断梗、浮萍似的在水面上东漂西泛。

〔20〕 锏——通简,是一种鞭类的兵器。

〔21〕 吹笛仙人——黄鹤楼的传说:有辛氏卖酒,一个道人经常去饮酒,辛氏都不讨他的酒钱。后来道人临走时,用橘皮画了一个鹤在墙上,告诉辛氏说:"有客人来,你拍手招呼,它就会飞舞起来,替客人劝酒。"辛氏因此而致富。一天道人再来,用所佩的铁笛吹了数弄,乘着鹤飞去了。

〔22〕 塘报——即提塘邸报,是由都城发出的一种情报。明时各省督抚,选派武职一人驻京,专门管理投递本省与在京城衙门的往来文报的,称作提塘。

〔23〕 流贼——是当时对李自成等起义军诬蔑的称呼。

〔24〕 神京——即京师,这里指北京。

〔25〕 崇祯——即明思宗朱由检。李自成、张献忠等农民起义军攻破北京时,他在煤山自缢而死。从"大夥流贼北犯"到"缢死煤山树顶",是一首《西江月》词。

〔26〕 大行皇帝——古时称刚死而未有谥号的天子作大行皇帝。

〔27〕 九层——即九重,指天。在九重,即"升遐",皇帝死。

〔28〕 破鼎——亡国的意思。

〔29〕 煤山私幸——古时天子出行叫巡幸。煤山私幸,就是说崇祯皇帝私下跑到煤山去。

〔30〕 社稷苍生——社稷意即国家,苍生即老百姓。

〔31〕 缞(cuī)衣——丧服。

〔32〕 宫车出——古时为了忌讳,一般称皇帝死为"宫车晏出",即宫车迟出的意思。

〔33〕 帷幄无谋——帷幄,军中的帐幕。过去认为一个有才能的谋

95

士在帷幄中计划,可以决定千里外的胜负。帷幄无谋是指谋士无用。

〔34〕 奔命——意说哪里有使命就赶到哪里。

〔35〕 中兴定鼎——即使国家衰而复兴,把局面重新安定下来。

第十四龂　阻　奸

甲申四月

【绕地游】(生上)飘飘家舍,怎把平安[1]写,哭苍天满喉新血。国仇未雪,乡心难说,把闲情丢开些。

小生侯方域,自去冬仓皇避祸,夜投史公,随到淮安漕署[2],不觉半载。昨因南大司马熊公内召[3],史公即补其缺,小生又随渡江。亏他重俺才学,待同骨肉。正思移家金陵,不料南北隔绝。目今议立纷纷,尚无定局,好生愁闷。且候史公回衙,一问消息。(暂下)

【三台令】(外扮史可法忧容,丑扮长班随上)山河今日崩竭,白面谈兵掉舌[4];弈局[5]事堪嗟,望长安谁家传舍[6]。

下官史可法,表字道邻,本贯河南,寄籍燕京。自崇祯辛未,叨[7]中进士,便值中原多故,内为曹郎[8],外作监司[9],敭历[10]十年,不曾一日安枕。今由淮安漕抚升补南京兵部尚书。那知到任一月,遭此大变;万死无裨,一筹莫展。幸亏长江天险,护此留都。但一月无君,人心皇皇,每日议立议迎,全无成说。今早操兵江上,探得北信,不免请出侯兄,大家快谈。(丑)侯爷,有请。(生上见介)请问老先生,北信若何?(外)今日得一喜信,说北京虽失,圣上无恙,早已航海而南；太子亦间道[11]东奔，未知果否？(生)果然如此，苍生之福也。(小生扮差役上)朝廷无诏旨，将相有传闻。(到门介)门上有人么？(丑问介)那里来的？(小生)是凤抚衙门来的，有马老爷候札[12]，即讨回书。(丑)待我传上去。(入见介)禀老爷，凤抚马老爷差人投书。(外拆看，皱眉介)这个马瑶草，又讲甚么迎立之事了。

【高阳台】清议堂中，三番公会，攒眉仰屋蹴靴；相对长吁，低头不语如呆。堪嗟！军国大事非轻举，俺纵有庙谟[13]难说。这来书谋迎议立，邀功情切。

(向生介)看他书中意思，属意福王。又说圣上确确缢死煤山，太子奔逃无踪。若果如此，俺纵不依，他也竟自举行了。况且昭穆伦次[14]，立福王亦无大差。罢，罢，罢！答他回书，明日会稿，一同列名便了。(生)老先生所言差矣。福王分藩敝乡[15]，晚生知之最详，断断立不得。(外)如何立不得？(生)他有三大罪，人人俱知。(外)那三大罪？(生)待晚生数来：

【前腔】福邸藩王[16]，神宗骄子，母妃郑氏淫邪。当日谋害太子，欲行自立，若无调护良臣，几将神器夺窃。(外)此一罪却也不小。(问介)还有哪一罪？(生)骄奢，盈装满载分封去[17]，把内府金钱偷竭。昨日寇逼河南，竟不舍一文助饷；以致国破身亡，满宫财宝，徒饱贼囊。(外)这也算的一大罪。(问介)那第三大罪呢？(生)这一大罪，就是现今世子德昌王[18]，父死贼手，暴尸未葬，竟忍心远避。还乘离乱之时，纳民妻女。这君德全亏尽丧，怎图皇业。

(外)说的一些不差，果然是三大罪。(生)不特此也，还有五不可立。(外)怎么又有五不可立?

【前腔】(生)第一件,车驾存亡,传闻不一,天无二日同协[19]。第二件,圣上果殉社稷,尚有太子监国,为何明弃储君[20],翻寻枝叶旁牒[21]。第三件,这中兴之主,原不必拘定伦次的分别,中兴定霸如光武[22],要访取出群英杰。第四件,怕强藩乘机保立。第五件,又恐小人呵,将拥戴功挟[23]。

(外)是,是,世兄高见,虑的深远。前日见副使雷縯祚、礼部周镳[24],都有此论,但不及这番透彻耳。就烦世兄把这三大罪、五不可立之论,写书回他便了。(生)遵命。(点烛写书介)(副净扮阮大铖,杂扮家僮提灯上)须将奇货[25]归吾手,莫把新功让别人。下官阮大铖,潜往江浦,寻着福王,连夜回来,与马士英倡议迎立。只怕兵部史可法临时掣肘。今日修书相商,还恐不妥,故此昏夜叩门,与他细讲。(见小生介)你早来下书,如何还不回去?(小生)等候回书,不见发出。(喜介)阮老爷来的正好,替小人催一催。(杂)门上大叔那里?(丑)是那个?(副净见,作足恭[26]介)烦位下[27]通报一声,说裤子裆里阮,求见老爷。(丑浑介)裤子裆里软,这可未必。常言"十个胡子九个骚",待我摸一摸,果然软不软。(副净)休得取笑,快些方便罢。(丑)天色已晚,老爷安歇了,怎敢乱传。(副净)有要话商议,定求一见的。(丑)待我传上去。(进禀介)禀老爷,有裤子裆里阮,到门求见。(外)是那个姓阮的?(生)在裤子裆里住,自然是阮胡子了。(外)如此昏夜,他来何干?(生)不消说,又是讲迎立之事了。(外)去年在清议堂诬害世兄的便是他。这人原是魏党,真正小人,不必理他,叫长班回他罢了。(丑出,怒介)我说夜晚了,不便相会,果然惹个没趣。请回罢!(副净拍丑肩介)位下是极在行的,怎不晓得。夜晚来会,才说的是极有趣的话哩;那青天白日,都是些扫帐儿[28]。(丑)你老说的有理,事成之后,随封[29]都要双分的。(副净)不消说,还要加厚些。(丑)既是这等,待我再传。(进禀介)禀老爷,姓阮的定求一见,要说极有趣的话。(外)嗐,放屁!国破家亡之时,还有甚么趣话说!快快赶出,闭上宅门。(丑)风抚回书尚未打发哩。(生)书已写就,求老先生过目。(外读介)

【前腔】二祖列宗[30],经营垂创[31],吾皇辛苦力竭。一旦倾移,谁能重续灭绝[32]。详列:福藩罪案三桩大,五不可、势局当歇。再寻求贤宗雅望[33],去留先决。

(外)写的明白,料他也不敢妄动了。(吩咐介)就交与凤抚家人,早闭宅门,不许再来啰唣。(起介)正是江上孤臣生白发,(生)灯前旅客罢冰弦[34]。(外、生下)(丑出呼介)马老爷差人呢?(小生)有。(丑)领了回书,快快出去,我要闭门哩。(小生接书介)还有阮老爷要见,怎么就闭门?(副净向丑介)正是,我方才央过求见老爷的,难道忘了。(丑佯问介)你是谁呀?(副净)我便是裤子裆里阮哪。(丑)啐!半夜三更,只管软里硬里,奈何的人不得睡。(推介)好好的去罢。(竟闭门入介)(小生)得了回书,我先去了。(下)(副净恼介)好可恶也,竟自闭门不纳了。(呆介)罢了!俺老阮十年之前,这样气儿也不知受过多少,且自耐他。(搓手介)只是当前机会,不可错过。这史可法现掌着本兵之印,如此执拗起来,目下迎立之事,便行不去了,这怎么处?(想介)呸!我到呆气了,如今皇帝玉玺且无下落,你那一颗部印有何用处。(指介)

老史,老史,一盘好肉包掇上门来,你不会吃,反去让了别人,日后不要见怪。正是:

穷途才解阮生嗟[35],无主江山信手拿;
奇货居[36]来随处赠,不知福分在谁家。

注　释

〔1〕 平安——即家信。

〔2〕 淮安漕署——明代于江苏淮安设漕抚,总督漕运。漕署即漕抚的官署。

〔3〕 南大司马熊公内召——熊公即熊明遇。内召指被召到北京任官。

〔4〕 白面谈兵掉舌——说那些白面书生,对军事轻发议论。

〔5〕 弈局——即指时局。

〔6〕 望长安谁家传舍——传舍是驿站供应过路客人住的房舍。长安是历代的帝都,这里借指北京。望长安谁家传舍,意说不知北京又换了谁作主人。

〔7〕 叨——表示谦虚语气的副词。

〔8〕 曹郎——即部曹,是部属各司的官。

〔9〕 监司——是监察州郡的官,如按察使之类。

〔10〕 歘(yáng)历——指仕宦的经历。

〔11〕 间道——偏僻的路径。间,读去声。

〔12〕 候札——指立等回信的书札。

〔13〕 庙谟——指大臣为朝廷计议的谋划。

〔14〕 昭穆伦次——宗庙的次序。古代宗庙的制度,始祖的庙在中间,以下按次序,父为昭,子为穆,昭在左面,穆在右面。这里指宗族里的辈分排行。

〔15〕 分藩敝乡——福王分封河南,是侯方域的故乡。

〔16〕"福邸藩王"七句——福恭王常洵是明神宗的儿子,母亲郑贵妃,很得神宗宠幸。她为使常洵能够继承帝位,搞出"梃击"、"移宫"、"红丸"三大案件。东林名士对这几件事攻击的很厉害。神器指帝位。整段意思是说福邸藩王想谋夺帝位,如果不是良臣护卫,几乎得手。

〔17〕"盈装满载分封去"二句——神宗宠爱常洵,凡是进贡来的好东西都分赐给他。当常洵分封去河南的时候,又给他好几万顷的赐田,让他掌握税收,控制食盐市场。他的收入超过皇帝,使内府(国库)为之空虚。

〔18〕德昌王——即福王由崧(1607—1646),初封德昌王,进封福王世子。崇祯十四年正月(公元1641年)李自成攻陷洛阳,常洵被杀,由崧跑到怀庆去躲避,到七月继承了福王的封爵。

〔19〕天无二日同协——意说一个国家不能有两个皇帝。

〔20〕储君——太子。

〔21〕枝叶旁牒——牒指封建时代宗族里的谱牒。枝叶旁牒,意说福王在皇族里是旁枝侧叶,不是嫡派子孙。

〔22〕"中兴定霸如光武"二句——意说如要立中兴之主,就应去访取像汉光武这样的英雄人物。光武即刘秀,是汉高祖的九世孙,王莽篡汉之后,光武起兵舂陵,打败王莽的军队,自立为帝。

〔23〕将拥戴功挟——意说凭拥戴天子的功来要挟朝廷。

〔24〕雷縯(yǎn)祚、周镳——雷縯祚(?—1645),字介之,太湖人。周镳字仲驭,号鹿溪,金坛人,都是东林党的健将,后来被马士英、阮大铖害死。雷縯祚曾官山东按察使佥事,因此剧中称他副使;周镳曾官礼部员外郎,因此剧中称他礼部。

〔25〕奇货——战国时秦国的大商人吕不韦在赵国遇见秦国抵押在赵国的公子,认为他是可以屯积的奇货。这里奇货即指福王。

〔26〕足恭——过分谦卑地诌媚人的样子。

〔27〕位下——对门下人的敬称。

〔28〕扫帐儿——犹言"零头数"。商业或债务上结算时的零数,往

往可以免除,俗语叫"扫帐儿"。阮大铖这类邪派小人,惯于暗地勾串,阴谋活动,把一切公开的言论都看作不作数的门面话。

〔29〕 随封——即封包、赏钱。

〔30〕 二祖列宗——二祖指明太祖与明成祖,列宗指明仁宗以后的列朝皇帝。

〔31〕 垂创——把创业流传下去。

〔32〕 重续灭绝——意说把已经灭绝的国家重新继承下来。

〔33〕 贤宗雅望——宗室里贤德而有名望的。

〔34〕 冰弦——弦指琴瑟一类的弦乐器;冰字形容音调的凄清。

〔35〕 穷途才解阮生嗟——阮生指魏诗人阮籍。阮籍愤司马氏专政,有时独自驾车出游,每到车辙不通的地方,即痛哭而归。

〔36〕 居——积贮意,就是把货物积存起来,等价格高时出售。

第十五龂　迎　　驾

甲申四月

【番卜算】(净扮马士英冠带上)一旦神京失守,看中原逐鹿交走[1]。捷足争先,拜相与封侯,凭着这拥立功大权归手。

下官马士英,别字瑶草,贵州贵阳卫人也,起家万历己未[2]进士,现任凤阳督抚。幸遇国家多故,正我辈得意之秋。前日发书约会史可法,同迎福王。他回书中有"三大罪、五不可立"之言。阮大铖走去面商,他又闭门不纳。看来是不肯行的了。但他现握着兵权,一倡此论,那九卿[3]班里,如高弘图、姜曰广、吕大器、张国维[4]等,谁敢竟行。

这迎立之事，便有几分不妥了。没奈何，又托阮大铖约会四镇武臣[5]，及勋戚内侍，未知如何，好生焦躁。(副净扮阮大铖急上)胸有已成之竹[6]，山无难劈之柴。此是马公书房，不免竟入。(净见问介)圆老回来了，大事如何？(副净)四镇武臣见了书函，欣然许诺，约定四月念八，全备仪仗，齐赴江浦矣。(净)妙，妙！那高黄二刘，如何说来？(坐介)

【催拍】(副净)他说受君恩爵封列侯，镇江淮千里借筹[7]；神京未收，神京未收，似我辈滥功糜饷，建牙堪羞。江浦迎銮[8]，愿领貔貅[9]，扶新主持节[10]复仇。临大事，敢夷犹[11]。

(净)此外还有何人肯去？(副净)还有魏国公徐鸿基[12]，司礼监韩赞周[13]，吏科给事李沾[14]，监察御史朱国昌。(净)勋、卫、科、道[15]，都有个把，也就好了。他们都怎么说来？

【前腔】(副净)他说马中丞当先出头，众公卿谁肯逗留。职名[16]早投，职名早投，大家去上书陈表，拥入皇州。新主中兴，拜舞龙楼，将今日劳苦功酬，迁旧秩[17]，壮新猷。

(净)果然如此，妙的狠了。只是一件，我是一个外吏，那几个武臣勋卫，也算不得部院卿僚，目下写表如何列名？(副净)这有甚么考证，取本缙绅便览[18]来，从头抄写便了。(净)虽如此说，万一驾到，没有百官迎接，我们三五个官，如何引进朝去？(副净)我看满朝诸公，那个是有定见的。乘舆一到，只怕递职名的还挨挤不上哩。(净)是，是！表已写就，只空衔名[19]，取本缙绅来，快快开列。(外扮书办取缙绅

103

上)西河沿洪家高头便览[20]在此。(下)(副净)待我抄起来。(偏头远视介)表上字体,俱要细楷的,目昏难写,这怎么处?(想介)有了。(腰内取出眼镜戴,抄介)"吏部尚书臣高弘图"。(作手颤介)这手又颤起来了,目下等着起身。一时写不出,急杀人也。(净)还叫书办写去罢。(副净)这姓名里面都有去取,他如何写得。(净)你指示明白,自然不错了。(叫介)书办快来。(外上)(副净照缙绅指点向外介)(外下)(净)自古道:"中原逐鹿,捷足先得",我们不可落他人之后。快整衣冠,收拾箱包,今日务要出城。(丑扮长班收拾介)(副净问介)请问老公祖,小弟怎生打扮?(净)迎驾大典,比不得寻常私谒,俱要冠带才是。(副净)小弟原是废员,如何冠带?(净)正是。(想介)没奈何,你且权充个赍表官罢,只是屈尊些儿。(副净)说那里话,大丈夫要立功业,何所不可,到这时候还讲刚方么。(净笑介)妙,妙,才是个软圆老[21]。(副净换差吏服色介)

【前腔】拚馀生寒灰已休,喜今朝涸海更流;金鳌上钩,金鳌上钩,好似太公一钓[22],享国千秋。牛马风尘[23],暂屈何忧,刀笔吏丞相根由[24];人笑骂,我不羞[25]。

(外上)表已列名,老爷过目。(副净看介)果然一些不差,就包裹好了,装入箱中。(外包裹装箱内介)(副净)下官只得背起来了。(外、丑与副净绑箱背上介)(净看,笑介)圆老这件功劳却也不小哩。(副净正色介)不要取笑,日后画在凌烟阁[26]上,倒有些神气的。(丑牵马介)天色将晚,请老爷上马。(净吩咐介)这迎驾大事,带不的多人,只你两个跟去罢。(副净)便益你们,后日都要议叙[27]的。(俱上马,急走绕场介)

【前腔】(合)趁斜阳南山雨收,控青骢烟驿水邮[28],金鞭急抽,金鞭急抽,早见浦江[29]云气,楚尾吴头[30]。应运英雄,虎赴龙投,恨不的双翅飕飕,银烛下,拜冕旒[31]。

(净)叫左右早去寻下店房。(副净)阿呀!我们做的何事,今日还想安歇,快跑快跑!(加鞭跑介)

(净)江云山气晚悠悠, (副净)马走平川[32]似水流。

(净)莫学防风随后到[33], (副净)涂山明日会诸侯。

注 释

〔1〕 看中原逐鹿交走——中原即中国。鹿是用来比喻统治权的,中原逐鹿意即争夺中国的统治权。当时明思宗已死,继承帝位的人尚未决定,很多人都想借这机会来争夺权利,故说:看中原逐鹿交走。

〔2〕 万历己未——万历是明神宗的年号,万历己未即公元1619年。

〔3〕 九卿——三代已有九卿,是中央政府的各主要部门,明代以六部尚书(即吏、户、礼、兵、刑、工六部)、都察院都御史、通政司使、大理寺卿为九卿。

〔4〕 高弘图、姜曰广、张国维——都是明末人。姜曰广在崇祯初年掌南京翰林院,福王立,拜礼部尚书兼东阁大学士。高弘图崇祯时官至工部右侍郎,福王立,拜户部尚书、文渊阁大学士,和姜曰广共辅政;后来都因跟马士英不合而退休。张国维崇祯间累擢右佥都御史,巡按应天、安庆等十府。鲁王时封少傅、兵部尚书、武英殿大学士,督师江上,因兵力不支而死。

〔5〕 四镇武臣——这里指刘泽清、黄得功、刘良佐、高杰四人。下文的高、黄、二刘也是指这四人。

〔6〕 胸有已成之竹——苏轼《筼筜谷偃竹记》："画竹必先得成竹于胸中。"因此后人说胸中已有确定计划的作"胸有成竹"。

〔7〕 借箸——即借箸以筹，替人谋划的意思。楚汉交争时，张良去见汉王刘邦，汉王正在吃饭，就将郦食其替他想的计划告诉张良。张良说："假如听他的话就糟了，请借箸（筷子）给我，我筹划给你看。"

〔8〕 迎銮——即迎接天子的车驾。

〔9〕 貔（pí）貅（xiū）——本是猛兽名，后人用来比喻军队。

〔10〕 持节——古代奉命出使的人，要持符节作凭证，这里意即奉命。

〔11〕 夷犹——迟疑不进的意思。

〔12〕 魏国公徐鸿基——徐鸿基，明太祖功臣徐达的第九世孙，官南京守备，袭封魏国公。

〔13〕 司礼监韩赞周——司礼监是明朝设置的内监办事机关之一，掌管宫廷礼仪，后来成为内监中最接近皇帝的一个有权势的职位。韩赞周，崇祯时为司礼大珰，附见《明史·宦官·高起潜传》。

〔14〕 吏科给事李沾——吏科给事即吏科给事中，是明代专掌吏科谏诤纠弹的官职。李沾在崇祯末年官吏科给事中，和凤阳督抚马士英相勾结，迎立福王。

〔15〕 科、道——科指吏、户、礼、兵、刑、工六科给事中，道指各道监察御史。

〔16〕 职名——官员的履历。

〔17〕 "迁旧秩"二句——秩是官职的品级。猷是功绩。这二句意说为了表扬他们的功绩而升迁他们的官阶。

〔18〕 缙绅便览——缙绅指官员，缙绅便览即是职官录。

〔19〕 衔名——官衔、姓名。

〔20〕 西河沿洪家高头便览——西河沿、北京地名。西河沿洪家是当时北京一家书铺。高头便览是每页上头有比较详细说明的缙绅便览。

〔21〕 才是个软圆老——软圆老与阮圆老同音，这里拿软圆与刚方

相对来打趣。

〔22〕 "好似太公一钓"二句——太公即吕尚,他曾在渭水钓鱼,碰到周文王,文王很赏识他,拜他为师。后来他协助武王灭商,分封齐国,传国将近千年。这里表示阮大铖对升官发财的痴心妄想。

〔23〕 牛马风尘——拿牛马在风尘里比喻一个人不得志的时候。

〔24〕 刀笔吏丞相根由——刀笔吏是办文书的吏员。汉丞相萧何在秦朝本是个刀笔吏,后来协助汉高祖统一天下,屡建大功,是汉朝的开国丞相。

〔25〕 "人笑骂"二句——刻画阮大铖的无耻嘴脸。宋代邓绾为了升官,不择手段,不顾时论谴责,曾说:"笑骂从汝,好官须我为之。"

〔26〕 凌烟阁——纪念功臣的地方。唐太宗曾画功臣像在凌烟阁上。

〔27〕 议叙——论功叙官之意。

〔28〕 烟驿水邮——形容江南一带道路景象,驿是驿站,邮是邮亭。

〔29〕 浦江——指长江浦口,当时福王避难至淮安,被四镇迎接到浦口。

〔30〕 楚尾吴头——本指江西省一带地方,因它在江苏的上流,湖北的下流,所以叫做楚尾吴头。这里泛指长江中下游一带地方。

〔31〕 冕旒——古代的皇冠,这里指福王。

〔32〕 平川——平原。

〔33〕 防风随后到——传说禹在涂山集合众诸侯,防风氏最后到,被禹杀掉。

第十六齣 设 朝

甲申五月

【念奴娇】(小生扮弘光衮冕[1],小旦、老旦扮二监引上)高皇旧宇[2],看宫门殿阁,重重初敞[3]。满目飞腾新紫气[4],倚着钟山[5]千丈。祖德重光,民心合仰,迎俺青天上。云消帘卷,东南烟景雄壮。

一朵黄云捧御床,醒来魂梦自徬徨;中兴不用亲征战,才洗尘颜着衮裳[6]。寡人乃神宗皇帝之孙,福邸亲王之子,自幼封为德昌郡王。去年贼陷河南,父王殉国,寡人逃避江浦,九死馀生;不料北京失守,先帝升遐[7],南京臣民推俺为监国之主。今乃甲申年[8]五月初一日,早谒孝陵[9]回宫,暂御偏殿,看百官有何章奏。(外扮史可法,净扮马士英,末扮黄得功,丑扮刘泽清,文武袍笏上)再见冠裳盛,重瞻殿阁高;金瓯仍未缺[10],玉烛[11]又新调。我等文武百官,昨日迎銮江浦,今早陪位孝陵;虽投职名,未称[12]朝贺,礼当恭上表文,请登大宝[13]。(众前跪上表介)南京吏部尚书臣高弘图等,恭请陛下早正大位,改元[14]听政,以慰臣民之望。恭惟陛下呵,

【本序】潜龙福邸[15],望扬扬,貌似神宗,嫡派天潢[16]。久著仁贤声誉重,中外推戴陶唐[17]。瞻仰,牒出金枝[18],系连花萼,宜承大统诸宗长[19]。臣伏愿登庸御宇[20],早继高皇。

(四拜介)(小生)寡人外藩衰宗,才德凉薄,俯顺臣民之请,来守高帝之宫。君父含冤,大仇未报,有何面颜,忝然[21]正位。今暂以藩王监国,仍称崇祯十七年,一切政务,照常办理。诸卿勿得谆请,以重寡人之罪。

【前腔】休强[22],中原板荡[23],叹王孙乞食江头[24],栖止榛莽。回首尘沙何处去,洛下名园花放。盼望,兵燹[25]难消,松楸[26]多恙,鼎湖弓剑无人葬[27];吾怎忍

垂旒[28]正冕,受贺当阳[29]。

(众跪呼介)万岁,万万岁!真仁君圣主之言,臣等敢不遵旨。但大仇不当迟报,中原不可久失,将相不宜缓设,谨具题本,伏候裁决。(上本介)

【前腔】开朗,中兴气象,见罘罳[30]瑞霭祥云,王业重创。不共天仇[31],从此后尝胆眠薪[32]休忘。参想,收复中原[33],调燮黄阁,急须封拜卜忠亮;还缺少百官庶士[34],乞选才良。

(小生)览卿题本,汲汲以报仇复国为请,俱见忠悃。至于设立将相,寡人已有成议,众卿听着:

【前腔】职掌,先设将相,论麒麟画阁[35]功劳,迎立为上。捧表江头,星夜去拥着乘舆仪仗。寻访,加体黄袍[36],嵩呼拜舞[37],百忙难把玺符[38]让。今日里论功叙赏,文武谁当。

众卿且退,午门[39]候旨。(小生、内官随下)(外、净、末、丑退班立介)(外)若论迎立之功,今日大拜,自然让马老先生了。(净)下官风尘外吏,焉能越次而升。若论国家用武之际,史老先生现居本兵,理当大拜。(向末、丑介)四镇实有护驾之劳,加封公侯,只在目下。(末、丑)皆赖恩帅提拔。(老旦扮内监捧旨上)圣旨下:凤阳督抚马士英,倡议迎立,功居第一,即升补内阁大学士,兼兵部尚书,入阁办事。吏部尚书高弘图、礼部尚书姜曰广、兵部尚书史可法,亦皆升补大学士,各兼本衔。高弘图、姜曰广入阁办事,史可法着督师江北。其馀部院大小官员,现任者,各加三级;缺员者,将迎驾人员,论功选补。又四镇武臣,靖南伯黄得功,兴平伯高杰,东平伯刘泽清,广昌伯刘良佐,俱进封侯爵,各归汛地。谢恩!(众谢恩介)万岁,万万岁!(起介)(外向末、丑介)老夫职居本兵,每以不能克复中原为耻,圣上命俺督师江北,正好戮力报效。今与列侯约定,于五月初十日,齐集扬州,共商复仇之事。各须努力,勿得迟延。(末、丑)是。(外)老夫走马到任去也。正是:重兴东汉逢明主,收复中原任老臣。(别众下)(末、丑欲下介)(净唤介)将军转来。(拉手话介)圣上录咱迎立之功,拜相封侯。我等皆系勋旧大臣,比不得别个。此后内外消息,须要两相照应,千秋富贵,可以常保矣。(末、丑)蒙恩携带,得有今日,敢不遵谕。(末、丑急下)(净笑介)不料今日做了堂堂首相,好快活也。(副净扮阮大铖探头瞧介)(净欲下介)且住,立国之初,诸事未定,不要叫高、姜二相夺了俺的大权。且慢回家,竟自入阁办事便了。(欲入介)(副净悄上作揖介)恭喜老公祖,果然大拜了。(净惊问介)你从那里来?(副净)晚生在朝房藏着,打听新闻来。(净)此系禁地,今日立法之始,你青衣小帽,在此不便,请出去罢。(副净)晚生有要紧话说。(附耳介)老师相叙迎立之功,获此大位;晚生赍表前往,亦有微劳,如何不见提起?(净)方才宣旨,各部院缺员,许将迎驾之人叙功选补矣。(副净喜介)好,好! 还求老师相荐拔。(净)你的事何待谆嘱。(欲入介)(副净)事不宜迟,晚生权当班役,跟进内阁,看看机会何如。(净)学生初入内阁,未谙机务;你来帮一帮,也不妨事,只要小心着。(副净)晓得。(替净拿笏板随行介)

【赛观音】(净)旧黄扉[40],新丞相,喜一旦趾高气扬[41],廿四考中书模样[42]。(副净)莫忘辛勤老陪堂[43]。

(净)殿阁东偏晓雾黄, (副净)新参知政[44]气昂昂；

（净）过江同是从龙彦[45]，（副净）也步金阶抱笏囊。

注　释

〔1〕 小生扮弘光衮冕——福王由崧在南京即位后，改元弘光。这里弘光即指福王。衮冕是我国古代皇帝的冠服。

〔2〕 高皇旧宇——高皇即明太祖。南京明宫殿系明太祖所建，后明太宗迁都北京，因此称它为"高皇旧宇"。

〔3〕 初敞——初开。

〔4〕 紫气——古人认为有一种祥瑞之气，称作紫气。

〔5〕 钟山——即紫金山，在南京城东。

〔6〕 衮裳——皇帝穿的礼服。

〔7〕 先帝升遐——古时称皇帝死了作升遐。先帝指崇祯皇帝。

〔8〕 甲申年——即公元1644年。这一年李自成攻陷北京，明思宗（崇祯）在煤山自缢死，福王即位于南京。

〔9〕 孝陵——明太祖的陵墓，在南京城东北。

〔10〕 金瓯仍未缺——意说国家兴盛、巩固，像金瓯一样完美。

〔11〕 玉烛——意是像玉一样美好，像烛一样光明，是古代赞扬皇帝的话。

〔12〕 未称——未举，未行。

〔13〕 大宝——帝位。

〔14〕 改元——旧时新君继承旧君的帝位，不再使用旧君纪年的年号，而以新君即位的第二年为元年，所以叫改元。

〔15〕 潜龙福邸——龙指皇帝，意说朱由崧是潜藏在福王邸第里的皇帝。

〔16〕 天潢——皇族。

〔17〕 陶唐——唐尧。

〔18〕 "牒出金枝"二句——意说朱由崧是皇家的亲族。

〔19〕 诸宗长——在各派宗族里地位最高。长,上声。

〔20〕 登庸御宇——登帝位,治天下。

〔21〕 忝然——惭愧意。

〔22〕 休强——强,勉强意。

〔23〕 板荡——形容乱世。《板》、《荡》都是《诗经·大雅》里的篇名,是写周厉王无道,引起国内变乱的诗。

〔24〕 "叹王孙乞食江头"二句——杜甫有《哀王孙》诗,描写安史乱时,京城失陷,王孙在荆棘底下东西逃窜,无家可归的情景。这里借用他的诗意,形容明朝皇族在当时的狼狈处境。

〔25〕 兵燹(xiǎn)——兵灾。

〔26〕 松楸——本是种植在坟上的树木,这里即指陵园。

〔27〕 鼎湖弓剑无人葬——指崇祯皇帝自杀后,没有人去埋葬他。鼎湖,传说是黄帝铸鼎的地方。黄帝把鼎铸好之后,便乘龙上天去。所以后人往往拿鼎湖来形容帝王驾崩。

〔28〕 垂旒——旒是垂在皇冕前后的玉饰。

〔29〕 当阳——南面。皇帝坐朝是面向南的。

〔30〕 罘(fú)罳(sī)——宫殿里的门屏。相传罘罳是取复思的意思,因为臣子来朝见皇帝,行到门屏外,便应反复思维,考虑一下怎样应对。

〔31〕 不共天仇——指不共戴天的君父之仇。

〔32〕 尝胆眠薪——眠薪表示不敢安眠,尝胆表示不敢甘味,都是刻苦自励的意思。相传越王句践被吴王夫差打败之后,刻苦图强,尝胆自励,终于报仇雪耻,灭了吴国。

〔33〕 "收复中原"三句——黄阁是宰相办事的地方。卜,选择之意。收复中原要有好的将帅,调燮黄阁要有好的宰相。三句意说,要选择忠正的人物封拜他作将帅、宰相,来收复中原,整顿内政。

〔34〕 庶士——众士。

〔35〕 麒麟画阁——汉宣帝将功臣霍光、苏武等十一人的画像挂在麒麟阁上,表示对他们的尊崇,这里借指当时为国立功的大臣。

〔36〕 加体黄袍——指拥立皇帝。宋太祖赵匡胤,本来是五代时后周的太尉,陈桥兵变时,他手下的将领们把黄袍披在他身上,捧他出来做皇帝。

〔37〕 嵩呼拜舞——是朝见皇帝时的仪式,三呼万岁,叩头拜舞。

〔38〕 玺符——皇帝的印信。

〔39〕 午门——京师旧紫禁城正门,是群臣待朝或候旨的地方。

〔40〕 黄扉——即黄阁,宰相办事的地方。

〔41〕 趾高气扬——形容得意时的骄傲神态。

〔42〕 廿四考中书模样——廿四考中书指郭子仪,考是指朝廷对职官功绩的考核。《旧唐书·郭子仪传》:"校中书令,考二十有四,权倾天下。"这里马士英借他来自比。

〔43〕 陪堂——俗语称帮闲、狎客为陪堂。下第十七齣又有"院里常留老白相,朝中新聘大陪堂"语,以妓院比拟朝廷,都是对腐朽政局和阮大铖之流的无情鞭挞。

〔44〕 新参知政——新参,指新入阁拜相;知政,意即执政。这里新参知政即指马士英新从凤阳督抚入阁拜相。侯方域《四忆堂诗集》卷三有《甲申闻新参相公口号》诗,内容即是讽刺马士英的。

〔45〕 过江同是从龙彦——东晋元帝在江南建国时,中原名士纷纷过江相从。马士英借用这历史事实,表示他和阮大铖都是拥立弘光的人。彦,有才能的人。

第十七齣 拒 媒

甲申五月

【燕归梁】(末扮杨文骢冠带上)南朝领略风流尽,新立个妙龄君;清江[1]隔断浊烟尘,兰署[2]里买香薰。

下官杨文骢,因叙迎驾之功,补了礼部主事[3]。盟兄阮大铖,仍以光禄起用。又有同乡越其杰、田仰[4]等,亦皆补官,同日命下,可称一时之盛。目下漕抚缺人,该推升田仰。适才送到聘金三百,托俺寻一美妓,要带往任所。我想青楼色艺之精,无过香君,不免替他去问。(唤介)长班走来。(杂扮长班上)胸中一部缙绅,脚下千条衢衕。(见介)老爷有何使唤?(末)你快请清客丁继之,女客卞玉京,到我书房说话。(杂)禀老爷,小人是长班,只认的各位官府,那些串客[5]、表子,没处寻觅。(末)听我吩咐:

【渔灯儿】闹端阳,正纷纭,水阁含春,便有那乌衣子弟[6]伴红裙,难道是织女牵牛天汉津[7]。(杂)就在那秦淮河房么,小人晓得了。(末指介)你望着枣花帘影杏纱纹,那壁厢款问殷勤。

(副净扮丁继之,外扮沈公宪,净扮张燕筑上)院里常留老白相,朝中新聘大陪堂。(副净)来此是杨老爷私宅,待我叫门。(叫介)位下那里?(杂出见介)众位何来?(副净)老汉是丁继之,同这沈、张两敝友,求见杨老爷;烦位下通报一声。(杂喜介)正要去请,来的凑巧,待我通报。(欲入介)(老旦扮卞玉京,小旦扮寇白门,丑扮郑妥娘上)紫燕来何早,黄莺到已迟。(小旦叫介)三位略等一等,同进去罢。(副净)原来是你姊妹们。(净)你们来此何干?(丑)大家是一样病根,你们怕做师父,我们怕做徒弟的。(俱入介)(末喜介)如何来的恰好。(众)无事不敢轻造,今日特来恳恩,尚容拜见。(俱叩介)(末拉起介)请坐,有何见教?(副净问介)新补光禄阮老爷是杨老爷至交么?(末)正是。(副

（净）闻得新主登极，阮老爷献了四种传奇，圣心大悦，把《燕子笺》钞发总纲[8]，要选我们入内教演，有这话么？（末）果然有此盛举。（净）不瞒老爷说，我们两片唇，养着八张嘴。这一入内庭[9]，岂不"灭门绝户了一家儿"[10]？（丑）我们也是八张嘴，靠着两片皮哩。（末笑介）不必着忙，当差承应[11]，自有一班教坊男女；你们都算名士数里的，谁好拿你。（众）只求老爷护庇则个[12]。（末）明日开列姓名，送与阮圆海，叫他一概免拿便了。（众）多谢老爷。

【前腔】看一片秣陵春，烟水消魂，借着些笙歌裙屐[13]醉斜曛。若把俺尽数选入呵，从此后江潮暮雨掩柴门，再休想白舫青帘载酒樽。老爷果肯见怜，这功德不小，保秦淮水软山温。

（末）下官也有一事借重。（副净）老爷有何见教？（末）舍亲田仰，不日就升漕抚，适才送到聘金三百，托俺寻一小宠[14]。（丑）让我去罢。（净）你去不得，你去了，这院中便散了板儿了。（丑）怎的便散了板儿？（净）没人和我打钉了。（丑）啐！（副净）老爷意中可有一个人儿么？（末）人是有一个在这里，只要你去作伐。（老旦）是那个？（末）便是李家的香君。（副净摇头介）这使不得。（末）如何使不得？（副净）他是侯公子梳栊过的。

【锦渔灯】现有个秦楼上吹箫旧人[15]，何处去觅封侯柳老三春，留着他燕子楼中昼闭门[16]，怎教学改嫁的卓文君。

（末）侯公子一时高兴，如今避祸远去，那里还想着香君哩。但去无妨。（老旦）香君自侯郎去后，立志守节，不肯下楼，岂有嫁人之理,去也无益。

【锦上花】似一只雁失群,单宿水,独叫云,每夜里月明楼上度黄昏。洗粉黛,抛扇裙,罢笛管,歇喉唇,竟是长斋绣佛女尼身,怕落了风尘。

(末)虽如此说,但有强如侯郎的,他自然肯嫁。(副净)香君之母,原是老爷厚人,倒是老爷面讲更好。(末)你是知道的,侯郎梳栊香君,原是下官作伐。今日觌面,如何讲说,还烦二位走走,自有重谢。(净、外)这等我们也去走走。(小旦、丑)呸!皮肉行里经纪[17],只许你们做么,俺也同去。(末)不必争闹,待他二位说不来时,你们再去。(众)是,是!辞过老爷罢。(末)也不远送了。狎客满堂消我闷,嫁衣终日与人忙[18]。(下)(副净、老旦)杨老爷免了咱们差事,莫大的恩典哩。(外、净)正是。(副净)你四位先回,俺要到香君那边,替杨老爷说事去了。(丑)赚了钱不可偏背,大家八刀[19]才好。(众诨下)(副净、老旦同行介)(副净)记得侯公子梳栊香君,也是我们帮衬来。

【锦中拍】想当初华筵盛陈,配才子佳人,排列着花林粉阵[20],逐趁着筝声笛韵。如今又去帮衬别家,好不赧颜,似邮亭马厮[21],迎官送宾。(老旦)我们不去何如。(副净)俺若不去呵,又怕他新铮铮春官匦印[22],硬选入秋宫院门。(老旦)这等如之奈何?(副净)俺自有个两全之法,到那边款语[23]商量,柔情索问,做一个闲蜂蝶[24]花里混。

(老旦)妙,妙!(副净)来此已是,不免竟进。(唤介)贞娘出来。(旦上)空楼寂寂含愁坐,长日恹恹带病眠。(问介)楼下那个?(老旦)丁相公来了。(旦望介)原来是卞姨娘同丁大爷光降,请上楼来。(副净、老旦见介)令堂怎的不见?(旦)往盒子会里去了。(让介)请坐,献茶。(同坐介)(老旦)香君闲坐楼窗,和那个顽耍?(旦)姨娘不知:

【锦后拍】俺独自守空楼,望残春,白头吟[25]罢泪沾巾。(老旦)何不招一新婿?(旦)奴家已嫁侯郎,岂肯改志。(副净)我们晓你苦心。今日礼部杨老爷说,有一位大老田仰,肯输三百金,娶你作妾,托俺来问一声。(旦)这题目错认,这题目错认,可知定情诗红丝拴紧[26],抵过他万两雪花银。(老旦)这事凭你裁酌,你既不肯,另问别家。(旦)卖笑哂[27],有勾栏[28]艳品。奴是薄福人,不愿入朱门。

(老旦)既如此说,回他便了。(副净)令堂回家,不要见钱眼开。(旦)妈妈疼奴,亦不肯相强的。(副净)如此甚好,可敬,可敬!(起介)别过了。(外、净、小旦、丑急上)两处红丝千里系[29],一条黑路六人忙。(净)快去,快去!他二人说成,便偏背我们了。(丑)我就不依他,饶他吃到口里,还倒出脏来。(进介)(净)香君恭喜了。(旦)喜从何来?(小旦)双双媒人来你家,还不喜哩。(旦)敢也说田仰的事么?(净)便是。(旦)方才奴已拒绝了。(外)杨老爷的好意,如何拒得。

【北骂玉郎带上小楼】他为你生小绿珠花月身[30],寻一个金谷绮罗里石季伦。(旦)奴家不图富贵,这话休和我讲。(副净、老旦)我二人在此劝了半日,他决不肯嫁人的。(小旦)他不嫁人,明日拿去学戏,要见个男子的面,也不能够哩。歌残舞罢锁长门[31],卧甀甂夜夜伤神。(旦)奴便终身守寡,有何难哉,只不嫁人。(丑)难道三百两花银,买不去你这黄毛丫头么?(旦)你要银子,你便嫁他,不要管人家闲事。(丑怒介)好丫头,抢白起姨娘来了,我就死在你家。(撒泼介)小私窠[32]贱根,小私窠贱根,掉巧舌讪谤尊亲。(净发威介)好大胆奴才!杨老爷新做了礼部,连你们官儿都管的着[33],明日拿去拶[34]掉你指头。管烟花要津[35],管烟花要津;触恼他风狂雨迅,准备着桃伤柳损。(旦)尽你吓唬,奴的主意已定了。(老旦)看他小小年纪,倒有志气。(副净)吓他不动,走罢,走罢。(丑)我这里撒泼,没个人来拉拉,气死我也。他不嫁人,我扭也扭他下楼。硬推来门外双轮,硬推来门外双轮;兜折[36]宝钏,扯断湘裙[37]。(副净)自古有钱难买不卖货,撒了赖当不的,大家散罢。(外、小旦)我两个原要不来,吃亏老燕、老妥强拉到此[38],惹了这场没趣。走,走,走! 快出门,掩羞面,气忍声吞。(净、丑)我们也走罢,干发虚[39],没钞分,遗臊撒粪。

(外、净、小旦、丑俱诨下)(副净、老旦)香君放心,我们回绝杨老爷,再不来缠你便了。(旦拜介)这等多谢二位。(作别介)

(副净)蜂媒蝶使闹纷纷,(旦)阑入红窗搅梦魂。

(老旦)一点芳心采不去,(旦)朝朝楼上望夫君。

注　释

〔1〕　清江——地名,即江苏的清江浦。

〔2〕　兰署——即兰台。兰台是汉代宫中藏书的地方,有兰台令史,管理图书。这里借指礼部衙门。

〔3〕　礼部主事——明代中央政府六部,于所属各司置主事官,职位次于员外郎。

〔4〕　越其杰、田仰——越其杰,贵阳人,擅长诗文,善于骑射,官至河南巡抚。田仰,是马士英的亲戚,弘光时奉命巡抚淮扬。

〔5〕 串客——即清客。串,指串戏。

〔6〕 乌衣子弟——富贵人家的子弟。晋时王导、谢安诸贵族都住在南京乌衣巷,他们的子弟被称作乌衣子弟。

〔7〕 难道是织女牵牛天汉津——天汉即天河。中国神话,天河的东边有织女,嫁给河西的牵牛郎,他们一年才会见一次。全句意说那些妓女清客不是天上的牵牛、织女,不难找到的。

〔8〕 总纲——戏曲术语,也称总讲,即脚本。过去演员把自己演法记录下来,有唱词、科白、脚色齐全的,称为总纲,仅个人饰角色的部分唱词科白的,则称片,或单篇。

〔9〕 内庭——即皇宫。

〔10〕 岂不灭门绝户了一家儿——这句话引自《西厢记》第三本第一折。这里意说岂不断绝了一家人的生活。

〔11〕 当差承应——过去封建社会的妓女要承应官差,凡是官府举行什么宴会,或长官私人有什么喜庆事,都要她们去歌舞或劝酒。

〔12〕 则个——语助词,在这里表示祈求的语气。

〔13〕 笙歌裙屐——即指擅长笙歌的清客与歌妓。

〔14〕 小宠——即侍妾。

〔15〕 "现有个秦楼上吹箫旧人"二句——传说春秋时的萧史擅长吹箫,秦穆公把女儿弄玉嫁给他。秦楼上吹箫旧人,即指侯方域。唐王昌龄《闺怨》诗:"忽见陌头杨柳色,悔教夫婿觅封侯。"何处去觅封侯柳老三春,意说侯方域不知到何处去求功名,现已三春柳老,都没有回来。

〔16〕 燕子楼中昼闭门——燕子楼在江苏铜山县西北。唐尚书张建封镇守徐州,建燕子楼给爱妾关盼盼居住,张死后,关盼盼在这楼上守节。

〔17〕 皮肉行里经纪——即指妓馆里的交易。

〔18〕 嫁衣终日为人忙——唐秦韬玉《贫女》诗:"苦恨年年压金线,为他人作嫁衣裳。"即是替人辛苦,自己得不到享受的意思。

〔19〕 八刀——拆"分"字。

〔20〕 花林粉阵——指成群结队的歌妓。

〔21〕 马厮——指管马的人。

〔22〕 "又怕他新铮铮春官匣印"二句——春官即礼部，杨文骢新任礼部主事。明朝教坊司是归礼部管辖的，因此说怕他新任春官把她们硬选入内庭去。

〔23〕 款语——软语。

〔24〕 闲蜂蝶——金元曲中习惯指帮衬风月的人物作蜂媒蝶使。

〔25〕 白头吟——相传汉司马相如和卓文君结婚后不久，相如又爱上了另一个人。卓文君写了一首《白头吟》，表示她的怨恨。

〔26〕 定情诗红丝拴紧——意说侯方域的定情诗像红丝一样把他俩紧紧地拴在一起。红丝，暗用月下老人赤绳系足的传说，详本龄注〔29〕。

〔27〕 卖笑哂(shěn)——意指妓女出卖色相。

〔28〕 勾栏——即妓馆。

〔29〕 两处红丝千里系——意指相互间有婚姻的因缘。传说有个月下老人，他有一条赤绳，假如将这条赤绳系住男女双方的脚，那末他们虽是仇敌，或相隔很远都会结成婚姻的。

〔30〕 "他为你生小绿珠花月身"二句——石季伦即石崇，晋朝人。石崇曾在洛阳西北建筑一座很奢华的金谷园，给他的爱妾绿珠居住。这里借绿珠比喻香君，石崇比喻田仰，即是说杨文骢要替她找一个富贵的丈夫。

〔31〕 长门——汉宫名，陈皇后失宠后曾在长门宫居住。

〔32〕 私窠——元明人称私娼为私窠。

〔33〕 连你们官儿都管的着——你们官儿即指教坊司，它是属礼部管的。

〔34〕 拶(zǎn)——夹手指的一种刑法。

〔35〕 要津——津本是渡口。要津，一般人用来比喻官居显要的地位。

〔36〕 兜折——拗折之意。

〔37〕 湘裙——即缃裙。缃，浅黄色。

〔38〕 吃亏老燕、老妾强拉到此——吃亏意本是受损，这里作副词用，表示因下文所说的人事而受损之意。

〔39〕干发虚——疑是空费力气之意。

第十八齣 争　　位

甲申五月

(生上)无定输赢似弈棋,书空殷浩〔1〕欲何为?长江不限天南北,击楫中流〔2〕看誓师。小生侯方域,前日替史公修书,一时激烈,有"三大罪、五不可立"之议。不料福王今已登极〔3〕,马士英竟入阁办事,把那些迎驾之臣,皆录功补用。史公虽亦入阁,又令督师江北,这分明有外之之意了。史公却全不介意,反以操兵勦贼为喜,如此忠肝义胆,人所难能也。现在开府〔4〕扬州,命俺参其军事;约定今日齐集四镇,共商防河之计,不免上前一问。(作至书房介)管家那里?(小生扮书童上)侯爷来了,待我通报。(小生请外介)

【北点绛唇】(外上)持节江皋〔5〕,龙骧虎啸〔6〕,忧国事,不顾残躯,双鬓苍白了。

(见生介)世兄可知今日四镇齐集,共商大事;不日整师誓旅,雪君父之仇了。(生)如此甚妙。只有一件,高杰镇守扬、通〔7〕,兵骄将傲,那黄、刘三镇,每发不平之恨。今日相见,大费调停,万一兄弟不和,岂不为敌人之利乎。(外)所说极是。今日相见,俺自有一番劝慰之言。(小生报介)辕门传鼓,说四镇到齐,伺候参谒。(生下)(外升帐吹打开门,杂排左右仪卫介)(副净扮高杰,末扮黄得功,丑扮刘泽清,净扮刘良佐,俱介胄〔8〕上)只恨燕京无乐毅〔9〕,谁知江左有夷吾〔10〕。(入见,禀介)

四镇小将,叩谒阁部大元帅。(拜介)(外拱手立介)列侯请起。(副净等俱排立介)听候元帅将令。(外)本帅以阁部督师,君命隆重,大小将士俱在指挥之下。(众)是。(外)四镇乃堂堂列侯,不比寻常武弁。(举手介)屈尊侍坐,共议军情。(众)岂敢。(外)本帅命坐,便如军令一般,不可推辞。(众)是。(揖介)告坐了。(副净首坐,末、丑、净依次坐介)(末怒视副净介)

【混江龙】(外)淮南险要,江河保障势滔滔,一带奇云结阵,满目细柳垂条。铁马嘶风先突塞[11],犀军放弩早惊潮。说甚么徐、常、沐、邓[12],比得上绛、灌、萧、曹[13]。同心共把乾坤造,看古来功臣阁丹青图画[14],似今日列侯会剑佩弓刀。

(末怒介)元帅在上,小将本不该争论。(指介)这高杰乃投诚草寇[15],有何战功,今日公然坐俺三镇之上。(副净)我投诚最早,年齿又尊,岂肯居尔等之下。(丑)此处是你汛地,我们都是客兵,连一个宾主之礼不晓得,还要统兵。(净)他在扬州享受繁华,尊大惯了;今日也该让咱们来享享。(副净)你们敢来,我就奉让。(末)那个是不敢来的。(起介)两位刘兄同我出来,即该见个强弱。(怒下)(外向副净介)他讲的有理,你还该谦逊才是。(副净)小将宁死不在他们之下。(外)你这就大错了。

【油葫芦】四镇堂堂气象豪,倚仗着恢复北朝。看您挨肩雁序[16],恰似好同胞,为甚的争坐位失了同心好,斗齿牙变了协恭貌[17]。一个眼睁睁同室操戈盾,一个怒冲冲平地起波涛。没见阵上逞威风,早已窝里相争闹,笑中兴封了一夥(指介)小儿曹。

不料四镇英雄,可笑如此;老夫一天高兴,却早灰冷一半也。没奈何,且出张告示,晓谕三镇,叫他各回汛地,听候调遣。(向副净介)你既驻札本境,就在本帅标下做个先锋,各有执掌,他们也不敢来争闹了。(副净)多谢元帅。(外)待老夫写起告示来。(写介)(内呐喊介)(副净不辞,出介)(末、丑、净持刀上)高杰快快出来!(副净出见介)你青天白日,持刀呐喊,竟是反了。(末)我们为甚么反,只要杀你这个无礼贼子。(副净)你们敢在帅府门前如此放肆,难道不是无礼贼子么?(末、丑、净赶杀副净介)(副净入辕门叫介)阁部大老爷救命呀,黄、刘三贼杀入帅府来了。(末、丑、净门外喊骂介)(外惊立介)

【天下乐】俺只道塞马南来把战挑,杀声渐高,却是咱兵自鏖[18]。这时候协力同雠[19]还愁少,怎当的阋墙[20]鼓噪,起了个离间根苗。这才是将难调,北贼易讨。

(盼咐介)快请侯相公出来。(杂向内介)侯爷有请。(生急上)晚生已听的明白了。(外)借重高才,传俺帅令,安抚乱军。(生)如何安抚?(外)老夫有告示一纸,快去晓谕他们便了。(生)遵命。(接告示出见介)列侯请了!小弟乃本府参谋,奉阁部大元帅之命,晓谕三镇知悉:恭逢新主中兴,闯贼未讨,正我辈枕戈待旦[21]、立功报效之时;不宜怀挟小忿,致乱大谋。俟收复中原,太平赐宴,论功叙坐,自有朝仪。目下军容匆遽[22],凡事权宜,皆当相谅,无失旧好。兴平侯高,原镇扬、通,今即留在本帅标下,委作先锋。靖南侯黄,仍回庐、和[23]。东平侯刘,仍回淮、徐。广昌侯刘,仍回凤、泗[24]。静听调遣,勿得抗违。军法懔然,本帅不能容情也。特谕。(末)我们只要杀无礼贼子,怎敢犯元帅军法。(生)目今辕门截杀,这就是军法难容的了。(丑)既是这等,不要惊着元帅,大家且散。(净)明日杀到高杰家里去罢。
正是"国仇犹可恕,私恨最难消"。(下)(生入见介)三镇闻令,
暂且散去,明日还要厮杀哩。(外)这却怎处?(指副净介)

【后庭花】高将军,你横将仇衅招,为甚的不谦恭,妄自
骄;坐了个首席乡三老[25],惹动他诸侯五路刀。凭仪
秦[26]一番舌战巧,也不过息兵半晌饶[27]。费调停,干
焦躁;难消释,空懊恼。这情形何待瞧,那事业全去了。

(副净)元帅不必着急,明日和他见个输赢,把三镇人马并俺
一处,随着元帅恢复中原,却亦不难也。(外)你说的是那里
话。现今流寇北来,将渡黄河,总兵许定国[28]不能阻当,
连夜告急;正要与四镇商议,发兵防河。今日一动争端,
偾[29]俺大事,岂不可忧!(副净)他三镇也不为别的,只因
扬州繁华,要来夺取,俺怎肯让他。(外)这话益发可笑了。

【煞尾】领着一枝兵[30],和他三家傲,似垒卵泰山压倒。
你占住繁华廿四桥[31],竹西明月夜吹箫;他也想隋堤柳
下安营巢[32],不教你蓄蓊观独夸琼花少[33]。谁不羡
扬州鹤背飘[34],妒杀你腰缠十万好,怕明日杀声咽断广
陵[35]涛。

罢,罢,罢!老夫已拚一死,更无他法;侯兄长才,只索[36]
凭你筹画了。(生)且看局势,再做商量。(外、生下)(吹打掩门,
杂俱下)(副净吊场[37]介)俺高杰也是一条好汉,难道坐以待毙
不成。明早黄金坝上,点齐人马,排下阵势,等他来时,迎敌
便了。正是:

龙争虎斗逞雄豪,　　杯酒筵边动剑刀;
刘项[38]何须成败论,将军头断不降曹[39]。

注　释

〔1〕　书空殷浩——书空就是用手指在空中写字。殷浩是东晋长平人,曾经都督扬、豫、徐、兖、青五州的军事,出征姚襄。兵败后,在家整日用手指在空中写"咄咄怪事"四个字。

〔2〕　击楫中流——这是祖逖的故事。晋元帝时,祖逖统兵北伐,渡江,击楫宣誓,一定要收复中原。

〔3〕　登极——皇帝登位。极,最高的地位。

〔4〕　开府——即开建府署。汉朝时只有三公(大司马、大司徒、大司空)才得开府,设置官属。后来多以将军开府,都督军事。

〔5〕　持节江皋——督军镇守江边。

〔6〕　龙骧虎啸——形容将帅的威武。骧是马昂头奔跑时的神态。

〔7〕　扬、通——即扬州、通州。

〔8〕　介胄——即甲胄,武将的衣甲头盔。

〔9〕　燕京无乐毅——乐毅是战国时有名的军事家。燕昭王时,他曾率领燕、赵、楚、韩、魏五国军队,攻下齐国七十多城。

〔10〕　江左有夷吾——参看第十二齣注〔15〕。

〔11〕　"铁马嘶风先突塞"二句——意说这淮南一带是南北用兵必争之地。铁马嘶风句是说铁骑嘶风南下要先从这里突破边防。犀军放弩句,意说水师要在这里射退潮头,防守长江。射潮事,可参看第九齣注〔2〕。

〔12〕　徐、常、沐、邓——就是徐达、常遇春、沐英、邓愈,他们都是明太祖朱元璋的功臣。

〔13〕　绛、灌、萧、曹——就是绛侯周勃、灌婴、萧何、曹参,他们都是汉高祖刘邦的功臣。

〔14〕　功臣阁丹青图画——这里引用凌烟阁的典故。参看第十五齣注〔25〕。

〔15〕　高杰乃投诚草寇——草寇是对李自成农民起义军的污蔑。高杰原属李自成部下,后来投降官兵。

〔16〕挨肩雁序——挨次排立之意。

〔17〕斗齿牙变了协恭貌——说他们争吵起来,改变了和洽、恭敬的样子。

〔18〕自鏖(áo)——自相厮杀。

〔19〕同雠——即同仇,共同报仇之意。

〔20〕阋(xì)墙——指兄弟间发生争执,形容内部冲突。

〔21〕枕戈待旦——晋朝刘琨曾经说:"吾枕戈待旦,志枭逆虏。"表现他一心要为国杀敌,片刻不敢松懈。

〔22〕匆遽——匆促,紧急。

〔23〕庐、和——庐州、和州。

〔24〕凤、泗——凤阳、泗州。

〔25〕乡三老——秦汉时在乡里推选出五十岁以上的老人,执掌一乡的教化,称作三老。

〔26〕仪秦——即张仪、苏秦,都是战国时有名的说客。

〔27〕息兵半晌饶——停战半晌多。

〔28〕许定国——河南太康人,明末由行伍出身,官至河南总兵。清兵南下时,他杀高杰迎降。详情见本书第二十六齣。

〔29〕偾(fèn)——败坏。

〔30〕"领着一枝兵"三句——泰山压卵,形容以强摧弱。这里是说高杰领着一支兵来傲视三镇,简直像以累卵来压倒泰山一样。

〔31〕"你占住繁华廿四桥"二句——说高杰占领扬州,享尽繁华。杜牧《扬州》诗:"二十四桥明月夜,玉人何处教吹箫。"竹西,即竹西亭,在扬州北门外五里。

〔32〕他也想隋堤柳下安营巢——意即说他们也想占住扬州。隋堤在扬州,据《扬州府志》记载:"隋开邗沟入(长)江,旁筑御堤,树以杨柳。"

〔33〕不教你蕃釐观独夸琼花少——意即不让高杰独占扬州。蕃釐观在旧扬州府城外,汉代元延年间建筑,本名琼花观,宋改蕃釐观。琼花是一种非常珍贵的植物,从前只有蕃釐观有一株,到元时枯死。

〔34〕 "谁不羡扬州鹤背飘"二句——殷芸《小说》:从前有几个人围在一起谈自己的志愿,第一个要做扬州刺史官,第二个希望有许多钱,第三个想骑鹤上天。其中有一个人说:"我愿腰缠十万贯,骑鹤上扬州。"这里暗用这故事表现高杰在扬州的贪横,也表示三镇对高杰的嫉妒。

〔35〕 广陵——即扬州。

〔36〕 只索——只得。

〔37〕 吊场——我国戏曲中术语,凡场上其他角色都已下场,独留一人再作一番表白后下场,叫作吊场。

〔38〕 刘项——刘邦、项羽,都是秦末农民起义军的头领。

〔39〕 将军头断不降曹——意即死也不向三镇妥协。将军头断,用严颜的故事。严颜是后汉刘璋的将官,驻守巴郡。他被张飞擒获后,张飞要他投降,他说:"我们这里只有断头的将军,没有投降的将军。"

第十九龂　和　　战

甲申五月

(末、净、丑扮黄得功、刘良佐、刘泽清戎装,杂扮军校执旗帜器械呐喊上)(末)兄弟们俱要小心着,闻得高杰点齐人马,在黄金坝上伺候迎敌。我们分作三队,依次而进。(净)我带的人马原少,让我挑战,两兄迎敌便了。(末)我的田雄[1]不曾来,我作第二队,总叫河洲[2]哥哥压哨罢。(丑)就是如此,大家杀向前去。(摇旗呐喊急下)(副净扮高杰戎装,军校执械随上)大小三军排开阵势,伺候迎敌。(杂扮探卒上)报,报,报!三家贼兵摇旗呐喊,将次到营了。(净持大刀上)老高快快出马,今日和你争个谁大谁小。(副净持枪骂上)你花马刘[3],是咱家小兄弟,那个怕你!(内击鼓,净、副净厮杀介)(副净叫介)三军齐上,活捉了这个刘贼。(杂上乱战介)(净败下)(末持双鞭上)我黄闯子[4]的本领你是晓得的,快快磕头,饶你一死。(副净)我高老爷不稀罕你这活头,要取你那颗死头的。(内击鼓,末、副净厮杀介)(副净叫介)三军再来。(杂上乱战介)(末急介)从来将对将,兵对兵,如何这样混战。到底是个无礼贼子,今日且输与你。(败下)(丑持双刀领众喊上介)高杰,你不要逞强,我刘河洲也带着些人马哩,咱就混战一场,有何不可。(副净)我翻天鹞子[5]不怕人的,凭你竖战也可,横战也可。杀,杀,杀!(两队领众混战介)(生持令箭立高台,小兵持锣敲介)(众止杀,仰看介)(生摇令箭介)阁部大元帅有令:四镇作反,皆督师之过。请先到帅府,杀了元帅,次到南京,抢了宫阙;不必在此混战,骚害平民。(丑)我们并不曾作反,只因高杰无礼,混乱坐次,我们争个明白,日后好参谒元帅。(副净)我高杰乃本标[6]先锋,怎敢作反;他们领兵来杀,只得迎敌。(生)不奉军令,妄行厮杀,都是反贼。明日奏闻朝廷,你们自去分辩罢。(丑)朝廷是我们迎立的,元帅是朝廷差来的,我们违了军令,便是叛了朝廷,如何使得。情愿束身待罪,只求元帅饶恕。(生)高将军,你如何说?(副净)我高杰是元帅犬马,犯了军法,只听元帅处分。(生)既如此说,速传黄、刘二镇,同赴辕门,央求元帅。(丑)二镇败走,各回汛地去了。(生)你淮、扬两镇,唇齿之邦[7],又无宿嫌[8],为何听人指使。快快前去,候元帅发落。(众兵下)(生下台)(丑、副净同行,到介)(生)已到辕门了,两位将军在外等候,待俺传进去。(稍迟即出介)元帅有令:四镇擅相争夺,皆当军法从事;但高将军不知礼体,挑嫌起衅[9],罪有所归,着与三镇服礼。俟解和之日,再行处分。

【香柳娘】劝将军自思,劝将军自思,祸来难救,负荆[10]早向辕门叩。(副净恼介)我高杰乃元帅标下先锋,元帅不加护庇,倒叫与三镇服礼,可不羞死人也。罢,罢,罢!看来元帅也不能用俺了,不免领兵渡江,另做事业去。这屈辱怎当,这屈辱怎当,渡过大江头,事业从新做。(唤介)三军快来,随俺前去。(众兵上,呐喊摇旗随下)(丑望介)呀,呀,呀!高杰竟要过江了,想江南有他的党与,不日要领来与俺厮闹;俺也早去约会黄、刘二镇,多带人马,到此迎敌。笑力穷远走,笑力穷远走,长江洗羞,防他重来作寇。

(丑下)(生呆介)不料局势如此,叫俺怎生收救。

【前腔】恨山河半倾,恨山河半倾,怎能重搆[11];人心瓦解[12]忘恩旧。(南望介)那高杰竟是反了。看扬扬渡江,看扬扬渡江,旗帜乱中流,直入南徐[13]口。(北望介)那刘泽清也急忙北去,要约会三镇人马,同来迎敌。这烟尘遍有,这烟尘遍有,好叫俺元帅搔头,参谋搓手。

(行介)且去回覆了阁部,再作计较。正是:

堂堂开府辖通侯[14],江北淮南数上游[15];
只恐楼船与铁马, 一时都羡好扬州。

注　释

〔1〕 田雄——明朝总兵,是黄得功的部将。清兵下江南时,雄缚福王投降。

〔2〕 河洲——是刘泽清的别号。

〔3〕 花马刘——是刘良佐的绰号。

〔4〕 黄闯子——是黄得功的绰号。

〔5〕 翻天鹞子——是高杰的绰号。

〔6〕 本标——即元帅的本部。

〔7〕 唇齿之邦——据《左传》记载,晋侯向虞借路去伐虢。宫之奇谏虞说,虞、虢有着唇齿相依的关系,唇亡而齿寒,不能同意假道。这里指刘、高两家有着密切的利害关系。

〔8〕 宿嫌——旧怨。

〔9〕 起衅——惹起争端。

〔10〕 负荆——即肉袒负荆,谢罪的意思。战国时,赵将廉颇不服相国蔺相如的官位比自己高,屡次要侮辱他。蔺相如为了顾全国家利益,避免冲突,总是主动的躲开。后来廉颇深受感动,肉袒负荆,亲自向相如请罪。

〔11〕 重搆——重新建造的意思。

〔12〕 人心瓦解——人心离散的意思。

〔13〕 南徐——今江苏镇江。

〔14〕 开府辖通侯——开府见第十八龄注〔4〕。通侯是汉代武将的爵位。开府辖通侯,指史可法统率四镇。

〔15〕 江北淮南数上游——意说史可法统辖的江北淮南一带,算是上游形势的地方。

第二十龄 移 防

甲申六月

【锦上花】(副净扮高杰领众执械上)策马欲何之?策马欲何之?江锁坚城[1],弩射雄师。且收兵,且收兵,占住这扬州市。

俺高杰领兵渡江,要抢苏、杭,不料巡抚郑瑄[2],操舟架炮,堵住江口,没奈何又回扬州;但不知黄、刘三镇,此时何往。(杂扮报卒上)报上将军,黄、刘三镇会齐人马,南来迎敌,前哨已到高邮了。(副净)阿呀!不好了!南下不得,北上又不能,好叫俺进退两难。(想介)罢,罢!还到史阁部辕门,央他的老体面,替俺解救罢。(行介)

【前腔】速去乞恩慈,速去乞恩慈,空忝羞颜,答对何辞。这才是,这才是,自作孽,天教死。

(内喊介)(副净领众走下)

【捣练子】(外扮史可法从人上)局已变,势难支,踌躇中夜少眠时。(生上)自叹经纶[3]空满纸。

(外向生介)世兄,你看高杰不辞而去,三镇又不遵军法;俺本标人马,为数无几,怎能守得住江北。眼看大事已去,奈何,奈何!(生)闻得巡抚郑瑄,堵住江口,高杰不能南下,又回扬州来了。(外)那三镇如何?(生)三镇知他退回,会齐人马,又来迎敌,前哨已到高邮了。(外愁介)目前局势更难处矣。

【玉抱肚】三百年事,是何人掀翻到此;只手儿怎擎青天,却莱兵[四]总仗虚词。(合)烟尘满眼野横尸,只倚扬州兵一枝。

(丑扮中军官传鼓介)(杂问介)门外击鼓,有何军情?(丑)将军高杰,领兵到辕,求见元帅。(外)他果然来了。传他进来,看他有何话说。(外升帐,开门,左右排列介)(副净急跑上介)小将高杰,擅离汛地,罪该万死。求元帅开恩饶恕!(外)你原是一介乱民,朝廷许你投诚,加封侯爵,不曾薄待了你。为何一言不合,竟自反去;及至渡江不得,又投辕门。忽而作反,忽而投诚,把个作反投诚,当做儿戏,岂不可恨!本该军法从事,姑念你悔罪之速,暂且饶恕。(副净叩头起介)(外问介)你还有何说？(副净又跪介)前日擅离汛地,只为不肯服礼。今三镇知俺回来,又要交战,小将虽强,独力怎支,还望元帅解救。(向生央介)侯先生替俺美言一句。(生)你不肯服礼,叫元帅如何处断？(外)正是,事到今日,本帅也不能偏护了。

【前腔】争论坐次,动干戈不知进止。他三家鼎足称雄,你孤军危命如丝。(合前)〔5〕

(副净)元帅不肯解救,小将宁可碎首辕门,断不拜他下风。(生)你那黄金坝上威风那里去了？(副净)那时他没带人马,俺用全军混战,因而取胜。今日三家卷土齐来[6],小将不得不临事而惧[7]矣。(生)小生倒有个妙计,只怕你不肯依从。(副净)除了服礼,都依都依。(生)目今流贼南下,将渡黄河,许定国不能阻当,连夜告急。元帅正要发兵防河,你何不奉命前往,坐镇开、洛[8];既解目前之围,又立将来之功。他三镇知你远去,也不能兴无名之师了。将军以为何如？(副净低头思介)待我商量。(内呐喊介)(外)城外杀声震天,是何处兵马？(丑报介)黄、刘三镇,领兵到城,要与高将军厮杀哩。(副净惧介)这怎么处,只得听元帅调遣了。(外)既然肯去,速传军令,晓谕三镇。(拔令箭丢地介)(丑拾令箭跪介)(外)高杰无礼,本当军法从事,但时值用人之际,又念迎驾之功,暂且饶恕,罚往开、洛防河,将功赎罪,今日已离扬州。三镇各释小嫌,共图大事,速速回汛,听候调遣。(丑)得令。(下)(外指高杰介)高将军,高将军,只怕你的性气,到处不能相安哩。

【前腔】黄河难恃,劝将军谋终虑始。那许定国也不是个安静的。须提防酒前茶后,软刀枪怎斗雄雌。(合前)

(向生介)防河一事,乃国家要着,我看高将军勇多谋少,倘有疏虞[9]，罪坐老夫。仔细想来，河南原是贵乡，吾兄日图归计，路阻难行，何不随营前往；既遂还乡之愿，又好监军防河，且为桑梓造福，岂非一举而三得乎。(生)多谢美意，就此辞过元帅，收拾行装，即刻起程便了。(副净)一同告辞罢。(拜别介)(外向生介)参谋此去，便如老夫亲身防河一般；只恐势局叵测[10]，须要十分小心，老夫专听好音也。正是：人事无常争胜负，天心有定管兴亡。(下)(吹打掩门)(生、副净出介)(副净)侯先生，你听杀声未息，只怕他们前面截杀。(生)尤妨也，他们知你移防，怒气已消，自然散去的。况且三镇之兵，俱走东路，我们点齐人马，直出北门，从天长、六合[11]，竟奔河南，有何阻当。(众兵旗仗伺候介)(副净)就此起程。(行介)

【朝元令】(生)乡园系思，久断平安字；乌栖一枝，郁郁难居此。结伴还乡，白云如驶，遂了三年归志。(副净)统着全师，烟城柳驿行参差；莫逞旧雄姿，函关偷度[12]时。(合)扬州倒指，看不见平山萧寺[13]，平山萧寺。

(副净)落日林梢照大旗，　(生)从军北去慰乡思。

(副净)黄河曲里防秋[14]将，(生)好似英雄末路时。

注　释

〔1〕"江锁坚城"二句——意即说巡抚郑瑄凭长江的形势，坚守苏州，并架炮防守江口。

〔2〕郑瑄——当时江南巡抚。据《明季南略》卷之一，江南巡抚郑瑄奏报："江北泽清兵连骑数万，欲渡江，三吴百姓呼吸变乱。臣驻师于江，遗书于高、刘，二帅不肯止兵，请敕操江武臣速援京口。"可见《桃花扇》这情节，有历史根据。

〔3〕经纶——指政治上的规划。

〔4〕 莱兵——春秋时孔子跟鲁定公和齐侯在夹谷相会,齐侯使莱人以兵劫鲁侯,赖孔子的一番话把莱兵退去。却莱兵总仗虚词是借用这故事说的。

〔5〕 合前——指合唱的二句,跟前调里"烟尘满眼野横尸,只倚扬州兵一枝"二句一样。

〔6〕 卷土齐来——意即把他们根据地上所有的力量都动员来。

〔7〕 临事而惧——这句话本见《论语》,是说在临到有事的时候,要小心戒惧。这里高杰把它错解了。

〔8〕 开、洛——开封、洛阳。

〔9〕 疏虞——疏忽,失误。

〔10〕 叵(pǒ)测——不可测。

〔11〕 天长、六合——天长,安徽县名;六合,江苏县名。

〔12〕 函关偷度——函关即函谷关,在河南省灵宝县西南。函关偷度,用战国时齐孟尝君田文偷度秦函谷关的故事,表示偷越敌人的防线。

〔13〕 平山萧寺——即平山堂,在江苏江都西北蜀冈上,是宋朝欧阳修盖的。萧寺即佛寺,相传梁武帝萧衍造了许多佛寺,因此后人有称佛寺作萧寺的。

〔14〕 防秋——古时西北各游牧部族,往往趁秋高马肥时南侵,因此中国也要在这时候加强边防力量,这叫作防秋。

闰二十齣　闲　话

甲申七月

(内鸣金擂鼓呐喊介)(外扮老官人,白巾麻衣背包裹急上)戎马[1]消何日,乾坤剩此身;白头江上客,红泪自沾巾。(立住大哭介)(小

(生扮山人背行李上)日淡村烟起,江寒雨气来。(丑扮贾客背行李上)年年经过路,离乱使人猜。(小生见丑介)请了,我们都是上南京的,天色将晚,快些趱行。(丑)正是兵荒马乱,江路难行,大家作伴才好。(指外介)那个老者为何立住了脚,只顾啼哭?(小生问外介)老兄想是走错了路,失迷什么亲人了。(外摇手介)不是,不是。俺是从北京下来的,行到河南,遇着高杰兵马,受了无限惊恐。刚得逃生,渡过江来,看见满路都是逃生奔命之人,不觉伤心恸哭几声。(掩泪介)(小生)原来如此,可怜,可叹!(丑)既是北京下来的,俺正要问问近日的消息,何不同宿村店,大家谈谈。(外)甚妙,我老腿无力,也要早歇哩。(小生指介)这座村店稍有墙壁,就此同宿了罢。(让介)请进。(同入介)(外仰看介)好一架荳棚。(小生)大家放下行李,便坐这荳棚之下,促膝闲话也好。(同放行李,坐介)(副净扮店主人上)村店新泥壁,田家老瓦盆。(问介)众位客官,还用晚饭么?(众)不消了。(小生)烦你买壶酒来,削瓜剥荳,我与二位解解困乏罢。(外向小生介)怎好取扰?(丑向外介)四海兄弟[2],却也无妨;待用完此酒,咱两个再回敬他。(副净取酒、菜上)(三人对饮介)(外问介)方才都是路遇,不曾请教尊姓大号,要到南京有何贵干?(小生)在下姓蓝名瑛,字田叔,是西湖画士,特到南京访友的。(丑)在下是蔡益所,世代南京书客,才从江浦索债回来的。(问外介)老兄是从北京下来的了;敢问高姓大名,有甚急事,这等狼狈?(外)不瞒二位说,下官姓张名薇[3],原是锦衣卫堂官。(丑惊介)原来是位老爷,失敬了。(小生问介)为何南来?(外)三月十九日,流贼攻破北京,崇祯先帝缢死煤山,周皇后也殉难自尽。下官走下城头,领了些本管校尉,寻着尸骸,抬到东华门[4]外,买棺收殓,独自一个戴孝守灵。(小生)那旧日的文武百官,那里去了?(外)何曾看见一人。那时闯贼搜查朝官,逼索兵饷,将我监禁夹打。我把家财尽数与他,才放我守灵戴孝。别个官儿走的走,藏的藏,或被杀,或下狱,或一身殉难,或阖门死节。(小生)有这样忠臣,可敬,可敬。(外)还有进朝称贺,做闯贼伪官的哩。(丑)有这样狗彘,该杀,该杀。(外掩泪介)可怜皇帝、皇后两位梓宫[5],丢在路旁,竟没人揪睬。(小生、丑俱掩泪介)(外)直到四月初三日,礼部奉了伪旨,将梓宫抬送皇陵。我执绋送殡,走到昌平州[6];亏了一个赵吏目[7],纠合义民,捐钱三百串,掘开田皇妃[8]旧坟,安葬当中。下官就看守陵旁,早晚上香。谁想五月初旬,大兵进关[9],杀退流贼,安了百姓,替明朝报了大仇;特差工部查宝泉局[10]内铸的崇祯遗钱,发买工料,从新修造享殿[11]碑亭,门墙桥道,与十二陵[12]一般规模。真是亘古希有的事。下官也没等工完,亲手题了神牌,写了墓碑,连夜走来,报与南京臣民知道,所以这般狼狈。(小生)难得,难得!若非老先生在京,崇祯先帝竟无守灵之人。(丑问介)但不知太子二王[13],今在何处?(外)定、永两王,并无消息;闻太子渡海南来,恐亦为乱兵所害矣。(掩泪介)(小生问介)闻得北京发书一封与阁部史可法[14],责备亡国将相,不去奔丧哭主,又不请兵报仇。史公答了回书,特着左懋第[15]披麻扶杖,前去哭临,老先生可晓得么?(外)下官半路相遇,还执手恸哭了一场的。(内作大风雷声介)(副净掌灯急上)大雨来了,快些进房罢。(众起,以袖遮头入房介)好雨,好雨。(外)天色已晚,下官该行香了。(丑问介)替那个行香?(外)大行皇帝未满周年,下官现穿孝服,每早每晚要行香哭拜的。(取包裹出

（香炉、香盒，设几上介）（洗手介）（望北两拜介）（跪上香介）大行皇帝呀，大行皇帝呀！今日七月十五，孤臣张薇，叩头上香了。（内作大风雷不止介）（外伏地放声大哭介）（小生呼丑介）过来，过来，我两个草莽之臣[16]，也该随拜举哀的。（小生、丑同跪，陪哭介）（哭毕，俱叩头起，又两拜介）（小生）老先生远路疲倦，早早安歇了罢。（外）正是，各人自便了。（各解行李卧倒介）（小生）窗外风雨益发不住，明早如何登程？（外）老天的阴晴，人也料他不定。（丑问介）请问老爷，方才说的那些殉节文武，都有姓名么？（外）问他怎的？（丑）我小铺中要编成唱本，传示四方，叫万人景仰他哩。（外）好，好！下官写有手折，明日取出奉送罢。（丑）多谢！（小生）那些投顺闯贼，不忠不义的姓名，也该流传，叫人唾骂。（外）都有抄本，一总奉上。（丑）更妙。（俱作睡熟介）（内作众鬼号呼介）（外惊听介）奇怪，奇怪！窗外风雨声中，又有哀苦号呼之声，是何物类？（杂扮阵亡厉鬼，跳叫上）（外隔窗看介）怕人，怕人！都是些没头折足阵亡厉鬼，为何到此？（众鬼下）（外睡倒介）（内作细乐警跸[17]声介）（外惊听介）窗外又有人马鼓乐声，待我开门看来。（起看介）（杂扮文武冠带骑马，黼幰细乐引导，扮帝后乘舆上）（外惊出跪迎介）万岁，万岁，万万岁！孤臣张薇恭迎圣驾。（众下）（外起呼介）皇帝，皇后，何处巡游，我孤臣张薇不能随驾了。（又拜哭介）（小生、丑醒介）天已发亮，老爷怎的又哭起来，想是该上早香了。（外掩泪介）奇事，奇事！方才睡去，听得许多号呼之声，隔窗张看，都是些阵亡厉鬼。（小生）是了，昨夜乃中元[18]赦罪之期，想是赴盂兰会[19]的。（外）这也没相干，还有奇事哩。（丑）还有什么奇事？（外）后来又听的人马鼓吹之声，我便开门出看，明明见崇祯先帝同着周皇后乘舆东行，引导的文武官员，都是殉难忠臣；前面奏着细乐，排着仪仗,像个要升天的光景。我伏俯路旁,送驾过去,不觉失声大哭起来。(小生)有这等异事。先皇帝、先皇后自然是超升天界的,也还是张老爷一片至诚,故此特特显圣。(外)下官今日发一愿心,要到明年七月十五日,在南京胜境,募建水陆道场[20],修斋追荐,并脱度一切冤魂,二位也肯随喜[21]么?(丑)老爷果能做此好事,俺们情愿搭醮[22]。(外)好人,好人。到南京时,或买书,或求画,不时要相会的。(丑)正是。(小生)大家收拾行李作别罢。(各背行李下)

雨洗鸡笼[23]翠,江行趁晓凉。
乌啼荒冢树,　槐落废宫墙。
帝子魂何弱,　将军气不扬。
中原垂老别[24],恸哭过沙场。

注　释

〔1〕　戎马——兵马。

〔2〕　四海兄弟——意说四海之内的人都是兄弟。

〔3〕　张薇——字瑶星,上元人,明末任锦衣卫千户官。明亡隐居南京城外栖霞山中,著有《玉气剑光集》。

〔4〕　东华门——北京紫禁城城门名。

〔5〕　梓宫——皇帝或皇后的棺材。

〔6〕　昌平州——即北京昌平区。明朝升为州,属顺天府。明朝从成祖以下的皇帝陵墓都在那里。

〔7〕　赵吏目——名一桂,任昌平州吏目。崇祯帝、后自杀后,他把他们埋葬在田皇妃的坟圹里。见《旷园杂志》。

〔8〕　田皇妃——明思宗的妃子,死于崇祯十五年五月,葬昌平州。

〔9〕　大兵进关——指清兵入关。

〔10〕 宝泉局——明代国家铸钱的机关。

〔11〕 享殿——祭殿。

〔12〕 十二陵——明代从成祖到熹宗十二朝皇帝的陵,都在昌平州。

〔13〕 太子二王——即明思宗的太子朱慈烺及永王慈炤、定王慈炯。

〔14〕 "北京发书一封与阁部史可法"五句——清兵入关后,清摄政王多尔衮写信给史可法,指责南明不当自立称帝。史可法回信要求双方通好。相传这是侯方域代笔的。

〔15〕 左懋第——明末莱阳人,字梦石,崇祯进士。福王时,曾任应天、徽州府的巡抚。清兵连破李自成军队,他被派去跟清兵议和,被清兵扣留。南京失陷后,他不屈而死。

〔16〕 草莽之臣——不在朝任官的臣子。

〔17〕 警跸——由侍卫呼喝,禁止行人在车驾前后往来,叫做警跸。

〔18〕 中元——道家以阴历七月十五日为中元。

〔19〕 盂兰会——即放焰口。世俗在七月十五日,邀请和尚结盂兰会,诵经,说是可以对鬼魂施舍。

〔20〕 水陆道场——世俗延僧徒念经拜佛,超度水陆一切鬼魂,叫作水陆道场。

〔21〕 随喜——佛家语,本取见人行善事,随之而生欢喜心之意。一般用作布施的代语。

〔22〕 搭醮——参加一份斋醮。

〔23〕 鸡笼——山名,即鸡鸣山,在江苏省南京市江宁区北。

〔24〕 垂老别——杜甫诗篇名,这里借用。

桃花扇卷三

加二十一龄　孤　吟

康熙甲子八月

【天下乐】(副末毡巾道袍,扮老赞礼上)雨洗秋街不动尘,青山红树满城新;谁家剩有闲金粉[1],撒与歌楼照镜人?

老客无家恋,名园杯自劝,朝朝贺太平,看演《桃花扇》。(内问)老相公又往太平园,看演《桃花扇》么?(答)正是。(内问)昨日看完上本,演的何如?(答)演的快意,演的伤心,无端笑哈哈,不觉泪纷纷。司马迁作史笔[2],东方朔上场人。只怕世事含糊八九件[3],人情遮盖两三分。(行唱介)

【甘州歌】流光箭紧[4],正柳林蝉噪,荷沼香喷。轻衫凉笠,行到水边人困;西窗乍惊连夜雨,北里[5]重消一枕魂。梧桐院,砧杵村[6],青苔虫语不堪闻。闲携杖,漫出门,宫槐满路叶纷纷。

【前腔】鸡皮[7]瘦损,看饱经霜雪,丝鬓如银。伤秋扶病,偏带旅愁客闷;欢场那知还剩我,老境翻嫌多此身。儿孙累,名利奔[8],一般流水付行云。诸侯怒[9],丞相嗔,无边衰草对斜曛。

【前腔】(换头)望春不见春,想汉宫图画[10],风飘灰烬。

棋枰客散,黑白胜负难分;南朝古寺王谢坟[11],江上残山花柳阵。人不见,烟已昏,击筑弹铗与谁论[12]。黄尘变,红日滚,一篇诗话易沉沦。

【前腔】(换头)难寻吴宫旧舞茵[13],问开元遗事[14],白头人尽。云亭词客,阁笔几度酸辛;声传皓齿曲未终,泪[15]滴红盘蜡已寸。袍笏样[16],墨粉痕,一番妆点一番新。文章假[17],功业诨,逢场只合酒沾唇。

【馀文】老不羞,偏风韵,偷将拄杖拨红裙。那管他扇底桃花解笑人。

当年真是戏,　今日戏如真;
两度旁观者[18],天留冷眼人。

那马士英又早登场,列位请看。(拱下)

注　释

〔1〕"谁家剩有闲金粉"二句——谁家是估量词,含有怎能的意思。闲即多馀。金粉即铅粉,妇女的化妆品。歌楼照镜人即歌妓,这里指演唱《桃花扇》的优伶。这二句连上文看,意说这时满城秋光无限美好,谁能有闲情到歌楼看戏呢?

〔2〕"司马迁作史笔"二句——司马迁见《桃花扇序》注〔15〕,东方朔见第十一齣注〔4〕。这两句意说,《桃花扇》和当时一般戏剧不同,它是一部历史剧,而且还含有讽刺性质的。

〔3〕"世事含糊八九件"二句——八九件,两三分并不是实数,只是表示大多数、小部分。这两句是说世事每多含糊,人情不免遮盖。

〔4〕流光箭紧——即光阴似箭。

〔5〕北里——一般指妓女聚居的地方,这里疑别有所指。

〔6〕砧杵村——砧是捣衣石,杵是捣衣的木槌。砧杵村表现秋天

乡村的景象，因为天气凉了，妇女捣衣的多了。

〔7〕 鸡皮——即指老人的皮肤，因为它皱纹多，跟鸡皮相似。

〔8〕 名利奔——意即为名利奔走。

〔9〕 "诸侯怒"三句——意说那些骄横的将军，弄权的宰相，到头只落得一片凄凉。杜甫《丽人行》："炙手可热势绝伦，慎莫近前丞相嗔。"原指杨国忠的弄权，这里借用。

〔10〕 "想汉宫图画"二句——意说繁华的汉宫，已成了灰烬。

〔11〕 南朝古寺王谢坟——南朝王、谢两姓贵族的坟墓已改成了僧寺。

〔12〕 击筑弹铗与谁论——筑是一种像筝的乐器，用竹来敲击发声的。击筑是战国高渐离送荆轲的故事。燕太子丹派荆轲去刺秦王，在易水送别时，荆轲的朋友高渐离击筑，荆轲引歌而和，左右的人都感动得流泪。铗即剑柄，弹铗是战国冯谖的故事。冯谖在孟尝君家作客，他三次弹铗而歌，提出各种要求，左右的人都不满意他，但孟尝君却满足了他的要求。击筑弹铗与谁论，是表示怀才不遇的意思。

〔13〕 吴宫旧舞茵——暗用吴王宠西施的故事。

〔14〕 "问开元遗事"二句——开元遗事即唐玄宗遗事。元稹《宫词》："寥落古行宫，宫花寂寞红；白头宫女在，闲坐说玄宗。"这里用开元遗事比喻南明遗事，但用意比元稹《宫词》更深一层，即是说要问南明遗事，连白头宫女也找不到了。

〔15〕 泪——指蜡泪，是蜡烛上溶化下来的油脂。

〔16〕 "袍笏样"二句——袍笏是古代大臣上朝时的朝服和手板。墨粉是化妆用的颜料。这两句指戏曲演出时的打扮与化装。

〔17〕 "文章假"三句——意说人世间的文章功业，都是假的，只有逢场行乐最合算。这是一种寓于旷达之中的牢骚话。

〔18〕 两度旁观者——指老赞礼曾亲自看见南明的亡国，现在又看见《桃花扇》里演出南明亡国的故事。

第二十一齣　媚　座

甲申十月

【菊花新】(净冠带扮马士英,外扮长班从人喝道上)调和鼎鼐[1]费心机,别户分门[2]恩济威;钻火燃寒灰[3],这燮理阴阳[4]非细。

下官马士英,官居首辅,权握中枢。天子无为,从他闭目拱手;相公养体[5],尽咱吐气扬眉。那朱紫半朝[6],只不过呼朋引党;这经纶满腹,也无非报怨施恩。人都说养马成群[7],滚尘不定;他怎知立君由我,杀人何妨。(笑介)这几日太平无事,又且早放红梅,设席万玉园中,会些亲戚故旧,但看他趋奉之多,越显俺尊荣之至。人生行乐耳[8],须富贵此时。(叫介)长班,今日下的是那几位请帖?(外)都是老爷同乡。有兵部主事杨文聪,佥都御史越其杰,新推漕抚田仰,光禄寺卿阮大铖,这几位老爷。(净疑介)那阮大铖不是同乡呀。(外)他常对人说是老爷至亲。(净笑介)相与[9]不同,也算的个至亲了。(吩咐介)今日不是外客,就在这梅花书屋设席罢。(外)是!(净)天已过午,快去请客。(外)不用去请,俱在门房候着哩。只传他一声,便齐齐进来了。(传介)老爷有请!(末、副净忙上)阍人[10]片语千钧重,相府重门万里深。(进见足恭介)(净)我道是谁。(向末介)杨妹丈是咱内亲,为何也不竟进?(末)如今亲不敌贵了。(净)说那里话。

143

(向副净介)圆老一向来熟了的,为何也等人传?(副净)府体尊严,岂敢冒昧。(净)这就见外了。(让净告坐,打恭介)

【好事近】(净)吾辈得施为,正好谈心花底;兰友瓜戚[11],门外不须倒屣。休疑,总是一班桃李[12],相逢处把臂倾杯,何必拘冠裳套礼[13]。俺肯堂堂相府,宾从疏稀。

(茶到让净先取,打恭介)(净)今日天气微寒,正宜小饮。(副净、末打恭介)正是。(净)才下朝来,日已过午;昼短夜长,差了三个时辰了。(副净、末打恭介)是是!皆老师相调燮[14]之功也。(吃茶完,让净先放茶杯,打恭介)(净问外介)怎么越、田二位还不见到?(外)越老爷痔漏发了,早有辞帖;田老爷明日起身,打发家眷上船,夜间才来辞行。(净)罢了,吩咐排席。(吹打,排三席,安座介)(副净、末谦恭告坐介)(入座饮介)

【泣颜回】(净)朝罢袖香微,换了轻裘朱履;阳春十月[15],梅花早破红蕊。南朝雅客,半闲堂[16]且说风流嘴;拚长宵读画评诗,叹吾党知心有几。

(副净问介)相府连日宴客,都是那几位年翁?(净)总是吾党,但不如两公风雅耳(末问介)是谁?(净唤介)长班拿客单来看。(外)客单在此。(副净接看介)张孙振、袁宏勋、黄鼎、张捷、杨维垣[17]。(末)果然都是大有经济的。(净)个个是学生提拔,如今皆成大僚了。(副净打恭介)晚生等已废之员,还蒙起用;老师相为国吐握[18],真不啻周公矣。(净)岂敢。(拱介)二位不比他人,明日嘱托吏部,还要破格超升。(末打恭介)(副净跪介)多谢提拔。(净拉起介)

【前腔】(副净、末)提携,铩羽忽高飞[19],剑出丰城狱底。随朝待漏[20],犹如狗续貂尾[21]。华筵一饮,出公门,满面春风[22]起;这恩荣锡衮封圭[23],不比那登龙御李。

(起介)(净)撤了大席,安排小酌,我们促膝谈心。(设一席,更衣围坐介)(净)也不再把盏了。(副净、末)岂敢重劳。(杂扮二价献赏封介[24])(净摇手介)不必不必!花间雅集,又无梨园,怎么行这官席之礼。(副净)舍下小班,日日得闲,为何不唤来承应。(净)圆老见惯的,另请别客,借来领教罢。

【太平令】妙部[25]新奇,见惯司空自品题[26]。(副净)是是!名园山水清音美,又何用丝竹随。

(末笑介)从来名花倾国[27],缺一不可。今日红梅之下,梨园可省,倒少不了一声"晓风残月"[28]哩。

【前腔】半放红梅,只少韦娘一曲催。(净大笑介)妹丈多情,竟要做个苏州刺史了。苏州刺史[29]魂消矣,想一个丽人陪。

(净)这也容易。(盼咐介)叫长班传几名歌妓,快来伺候。(外)禀老爷,要旧院的,要珠市[30]的?(净向末介)请教杨姑老爷。(末)小弟物色已多,总无佳者;只有旧院李香君,新学《牡丹亭》,倒还唱得出。(净盼咐介)长班快去唤来!(外应下)(副净问末介)前日田百源[31]用三百金,要娶做妾的,想是他了?(末)正是。(净问末介)为何不娶去?(末)可笑这个呆丫头,要与侯朝宗守节,断断不从。俺往说数次,竟不下楼,令我扫兴而回。(净怒介)有这样大胆奴才。

【风入松】不知开府爪牙威,杀人如同虱虮。笑他命薄烟花鬼,好一似蛾扑灯蕊[32]。(副净)这都是侯朝宗教坏的,前番辱的晚生也不浅。(净大怒介)了不得,了不得!一位新任漕

145

抚,拿银三百,买不去一个妓女。岂有此理! 难道是珍珠一斛[33],偏不能换蛾眉。

(副净)田漕台是老师相的乡亲,被他羞辱,所关不小。(净)正是,等他来时,自有处法。(外上)禀老爷,小人走到旧院,寻着香君,他推托有病,不肯下楼。(净寻思介)也罢! 叫长班家人,拿着衣服财礼,竟去娶他。

【前腔】不须月老[34]几番催,一霎红丝联喜,花花彩轿门前挤,不少欠分毫茶礼。莫管他鸭子肯不肯,竟将香君拉上轿子,今夜还送到田漕抚船上。惊的他迷离似痴,只当烟波上遇湘妃。

(外等急应下)(副净喜介)妙妙! 这才燥脾。(末)天色太晚,我们告辞罢。(净)正好快谈,为何就去?(副净)动劳久陪,晚生不安。(俱起打恭介)(净)还该远送一步。(副净、末)不敢。(连打三恭)(净先入内介)(副净)难得令舅老师相在乡亲面上,动此义举;龙老也该去帮一帮。(末)如何去帮?(副净)旧院是你熟游之处,竟去拉下楼来,打发起身便了。(末)也不可太难为他。(副净怒介)这还便益了他。想起前番,就处死这奴才,难泄我恨。

【尾声】当年旧恨重提起,便折花损柳心无悔。那侯朝宗空梳栊了一番。看今日琵琶抱向阿谁[35]。

(副净)封侯夫婿[36]几时归, (末)独守妆楼掩翠帏;
(副净)不解巫山风力猛,   (末)三更即换雨云衣。

注 释

〔1〕 调和鼎鼐——鼎鼐是古代二种烹调饮食的铜器。我国古典文学里习惯用和羹来比喻执政大臣在政治上的调和,因此马士英也用调和

鼎鼐来自比。

〔2〕 别户分门——指在政治上分成门户、宗派。

〔3〕 钻火燃寒灰——钻火，即钻木取火。燃寒灰，即死灰复燃。这里借马士英的自白，说他要使魏阉馀党死灰复燃。

〔4〕 燮理阴阳——即调和阴阳，我国古代以调和阴阳为宰相的职责。阴阳主要指天时气象说。

〔5〕 相公养体——相公即宰相。养体，见《孟子·告子》上，本是养其大体的意思，这大体指一个人的心志。这里讽刺马士英把它误解，以为由他吐气扬眉，便是养体。

〔6〕 朱紫半朝——朱紫是贵官的服色，唐制度五品以上始准服朱紫。朱紫半朝即指朝廷上的大半贵官。

〔7〕 "养马成群"二句——这是南明的谚语，讽刺马士英结党成群，混乱朝局。滚尘是说马在尘中翻滚。

〔8〕 "人生行乐耳"二句——汉杨恽《答孙会宗书》："人生行乐耳，须富贵何时。"这里翻用它的意思，是说人生在世不过为了享乐，必须抓紧这个时机。

〔9〕 相与——相待。

〔10〕 阍人——守门人。

〔11〕 "兰友瓜戚"二句——兰友指知心的朋友，瓜戚指有瓜葛关系的亲戚。倒屣表示对宾客的欢迎。古人脱屣席地而坐，当好朋友来时，急起迎接，有时连屣都倒穿了。二句的意思是，彼此都是至亲好友，用不着出门迎接的。

〔12〕 桃李——本指门生，这里指在他门下栽培起来的人。

〔13〕 冠裳套礼——官场里习惯用的礼节。

〔14〕 调燮——即调和，这里指调和阴阳。

〔15〕 阳春十月——我国习俗称十月为小阳春。

〔16〕 半闲堂——南宋末年，宰相贾似道在杭州西湖葛岭建筑半闲堂，并在其中塑自己的像，大小朝政都在那里决定。

147

〔17〕 张孙振、袁宏勋、黄鼎、张捷、杨维垣——这几个人都是马士英、阮大铖的私党,附见《明史》第二百七十五卷《解学龙传》,及三百零八卷《马士英传》。

〔18〕 "为国吐握"二句——吐握即吐哺握发。周公对伯禽说:"我为了及时接待贤士,洗一回头要握发三次;吃一顿饭要吐哺三次。"阮大铖借此奉承马士英,说他比周公还重视贤才。不啻即不止。

〔19〕 "铩(shā)羽忽高飞"二句——铩羽是羽毛摧落,不能高飞;一般用来比喻失志。剑出丰城狱底是雷焕的故事。传说晋朝雷焕为丰城县令,在丰城狱底掘出龙泉、太阿两柄宝剑。这两句意说失志的人又得到高升,埋没了的贤才重新被发掘出来。

〔20〕 待漏——封建时代大臣们入朝以前要在待漏院等待。

〔21〕 狗续貂尾——即狗尾续貂,不相称的意思。

〔22〕 满面春风——很高兴的神色。

〔23〕 "这恩荣锡衮封圭"二句——锡即赐。衮在这里指古代上公的礼服;圭是古代诸侯(公、侯、伯、子、男)所执的玉。锡衮封圭意即受封很高的爵位。登龙即登龙门,东汉的李膺有贤名,士大夫被他接见的,身价即大大提高,因此被称作登龙门。荀爽去拜候他,并为他驾御车马,回家后对人说:"今日得御(驾御车马)李君矣!"御李就指这个故事。这两句意说他们这种封官拜爵的恩荣,不是那登龙御李的光荣所可比的。

〔24〕 杂扮二价献赏封介——这二价是杨文骢、阮大铖的仆从,赏封是他们准备献给马士英家里的戏班或伎乐的。

〔25〕 妙部——部即菊部,也是乐部。妙部是很好的戏班。

〔26〕 品题——这里是欣赏的意思。

〔27〕 名花倾国——李白《清平调》:"名花倾国两相欢。"名花指芍药,倾国指杨贵妃,这里泛指好花美女。

〔28〕 晓风残月——《吹剑录》引苏轼幕下士的话说:"柳郎中(即柳永)词须十七八女郎,执红牙拍板,低唱'杨柳岸晓风残月'。""杨柳岸,晓风残月"是柳永《雨霖铃》词里的名句。这里借指歌妓的清唱。

〔29〕 韦娘一曲、苏州刺史——都是用刘禹锡司空见惯的故事。参考第六龅注〔27〕。

〔30〕 珠市——是南京另一个妓馆集中的地方,在南京内桥旁。

〔31〕 田百源——即田仰。

〔32〕 蛾扑灯蕊——即飞蛾赴火,自取灭亡的意思。

〔33〕 "难道是珍珠一斛"二句——蛾眉是美人的代词。据说石崇曾用珍珠三斛买美女绿珠为妾,这里借用他的故事。

〔34〕 月老——即月下老人,是传说中替男女双方作媒的仙人。可参阅第十七龅注〔29〕。

〔35〕 看今日琵琶抱向阿谁——琵琶别抱本指妇女再嫁,这句是看今日香君再嫁给谁的意思。

〔36〕 封侯夫婿——指远出的丈夫,这里指侯方域。

第二十二龅 守　楼

甲申十月

(外、小生拿内阁灯笼、衣、银跟轿上)天上从无差月老,人间竟有错花星[1]。(外)我们奉老爷之命,硬娶香君,只得快走。(小生)旧院李家母子两个,知他谁是香君。(末急上呼介)转来同我去罢。(外见介)杨姑老爷肯去,定娶不错了。(同行介)月照青溪水,霜沾长板桥。来此已是,快快叫门。(叫门介)(杂扮保儿上)才关后户,又开前庭;迎官接客,卑职驿丞[2]。(问介)那个叫门?(外)快开门来。(杂开门惊介)呵呀!灯笼火把,轿马人夫,杨老爷来夸官[3]了。(末)哄!快唤贞娘出来。(杂大叫介)妈妈出来,杨老爷到门了。(小旦急上问介)老爷从那里

赴席回来么?(末)适在马舅爷相府,特来报喜。(小旦)有什么喜?(末)有个大老官来娶你令爱哩。(指介)

【渔家傲】你看这彩轿青衣[4]门外催,你看这三百花银,一套绣衣。(小旦惊介)是那家来娶,怎不早说?(末)你看灯笼大字成双对,是中堂[5]阁内。(小旦)就是内阁老爷自己娶么?(末)非也。漕抚田公,同乡至戚,赠个佳人捧玉杯。

(小旦)田家亲事,久已回断,如何又来歪缠[6]?(小生拿银交介)你就是香君么,请受财礼。(小旦)待我进去商量。(外)相府要人,还等你商量;快快收了银子,出来上轿罢。(末)他怎敢不去,你们在外伺候,待我拿银进去,催他梳洗。(末接银,杂接衣,同小旦作进介)(小生、外)我们且寻个老表子燥脾去。(俱暂下)(小旦、末、杂作上楼介)(末唤介)香君睡下不曾?(旦上)有甚紧事,一片吵闹。(小旦)你还不知么?(旦见末介)想是杨老爷要来听歌。(小旦)还说甚么歌不歌哩。

【剔银灯】忙忙的来交聘礼,凶凶的强夺歌妓;对着面一时难回避,执着名别人谁替。(旦惊介)唬杀奴也!又是那个天杀的?(小旦)还是田仰,又借着相府的势力,硬来娶你。堪悲,青楼薄命,一霎时杨花乱吹。

(小旦向末介)杨老爷从来疼俺母子,为何下这毒手?(末)不干我事,那马瑶草知你拒绝田仰,动了大怒,差一班恶仆登门强娶。下官怕你受气,特为护你而来。(小旦)这等多谢了,还求老爷始终救解。(末)依我说三百财礼,也不算吃亏;香君嫁个漕抚,也不算失所;你有多大本事,能敌他两家势力?(小旦思介)杨老爷说的有理,看这局面,拗不去了。孩儿趁早收拾下楼罢!(旦怒介)妈妈说那里话来!当日杨老爷作媒,妈妈主婚,把奴嫁与侯郎,满堂宾客,谁没看见。现收着定盟之物。(急向内取出扇介)这首定情诗,杨老爷都看过,难道忘了不成?
【摊破锦地花】案齐眉[7],他是我终身倚,盟誓怎移。宫纱扇现有诗题,万种恩情,一夜夫妻。(末)那侯郎避祸逃走,不知去向;设若三年不归,你也只顾等他么?(旦)便等他三年;便等他十年;便等他一百年;只不嫁田仰。(末)呵呀!好性气,又像摘翠脱衣骂阮圆海的那番光景了。(旦)可又来,阮、田同是魏党,阮家妆奁尚且不受,倒去跟着田仰么?(内喊介)夜已深了,快些上轿,还要赶到船上去哩。(小旦劝介)傻丫头!嫁到田府,少不了你的吃穿哩。(旦)呸!我立志守节,岂在温饱。忍寒饥,决不下这翠楼梯。

(小旦)事到今日,也顾不得他了。(叫介)杨老爷放下财礼,大家帮他梳头穿衣。(小旦替梳头,末替穿衣介)(旦持扇前后乱打介)(末)好利害,一柄诗扇,倒像一把防身的利剑。(小旦)草草妆完,抱他下楼罢。(末抱介)(旦哭介)奴家就死不下此楼。(倒地撞头晕卧介)(小旦惊介)呵呀!我儿苏醒,竟把花容,碰了个稀烂。(末指扇介)你看血喷满地,连这诗扇都溅坏了。(拾扇付杂介)(小旦唤介)保儿,扶起香君,且到卧房安歇罢。(杂扶旦下)(内喊介)夜已三更了,诓[8]去银子,不打发上轿;我们要上楼拿人哩。(末向楼下介)管家略等一等;他母子难舍,其实可怜的。(小旦急介)孩儿碰坏,外边声声要人,这怎么处?(末)那宰相势力,你是知道的,这番羞了他去,你母子不要性命了。(小旦怕介)求杨老爷救俺则个。(末)没奈何,且寻个权宜之法罢!(小旦)有何权宜之法?(末)娼家从良[9],原是好事,况且嫁与田府,不少吃穿,香君既没造化[10],你倒替他享受去罢。(小旦急介)这断不能。一时一霎,叫我如何舍得。(末怒介)明日早来拿人,看你舍得舍不得。(小旦呆介)也罢!叫香君守着楼,我去走一遭儿。(想介)不好,不好,只怕有人认得。(末)我说你是香君,谁能辨别。(小旦)既是这等,少不得又妆新人了。(忙打扮完介)(向内叫介)香君我儿,好好将息,我替你去了。(又嘱介)三百两银子,替我收好,不要花费了。(末扶小旦下楼介)

【麻婆子】(小旦)下楼下楼三更夜,红灯满路辉;出户出户寒风起,看花未必归。(小生、外打灯抬轿上)好,好,新人出来了,快请上轿。(小旦别末介)别过杨老爷罢。(末)前途保重,后会有期。(小旦)老爷今晚且宿院中,照管孩儿。(末)自然。(小旦上轿介)萧郎从此路人窥[11],侯门再出岂容易。(行介)舍了笙歌队,今夜伴阿谁。

(俱下)(末笑介)贞丽从良,香君守节,雪了阮兄之恨,全了马舅之威!将李代桃[12],一举四得,倒也是个妙计。(叹介)只是母子分别,未免伤心。

　　匆匆夜去替蛾眉,一曲歌同易水悲[13];
　　燕子楼中人卧病,灯昏被冷有谁知。

注　释

　　〔1〕　花星——《帝京景物略》:"女怕花星照。"花星是古代江湖术士推算星命时的一种术语。本是表示婚姻的征兆,对妇女说主有男女风情的纠葛。

　　〔2〕　驿丞——是掌管驿站的官,经常要迎官接客,因此保儿拿他来自比。

　　〔3〕　夸官——士子考中进士或官员升迁时,排列鼓乐仪仗游街,叫

作夸官。

〔4〕 青衣——指奴仆。古时奴婢一般是穿青衣的。

〔5〕 中堂——唐代在中书省设政事堂,是宰相办事的地方,后人因此称宰相作中堂。

〔6〕 歪缠——胡缠。

〔7〕 案齐眉——形容夫妻相敬。案即古时的"椀"字,是一种食具,东汉时梁鸿的妻子孟光每次吃饭都举案齐眉,表示对梁鸿的尊敬。

〔8〕 诓——骗。

〔9〕 从良——妓女嫁人叫从良。

〔10〕 造化——幸福,运气。

〔11〕 "萧郎从此路人窥"二句——这两句是李贞丽引崔郊的故事来说明自己这一入田府,恐怕再难出来。崔郊是唐元和间秀才,他将一个长得漂亮的婢女卖给连帅,临别时写了一首《赠去婢》诗,末了二句是:"侯门一入深如海,从此萧郎是路人。"见《唐诗纪事》卷五十六《崔郊》。萧郎是唐代一般美好的男子的通称。

〔12〕 将李代桃——乐府《鸡鸣》篇:"桃生露井上,李树生桃傍。虫来啮桃根,李树代桃僵。"后人因此用李代桃僵,表示代人受罪或彼此顶替的意思。

〔13〕 一曲歌同易水悲——借用战国荆轲与燕太子丹在易水分别的故事来形容李香君母子的分别。

第二十三齣 寄 扇

甲申十一月

【醉桃源】(旦包帕病容上)寒风料峭[1]透冰绡,香炉懒去烧。

血痕一缕在眉梢,胭脂红让娇[2]。孤影怯,弱魂飘,春丝命一条[3]。满楼霜月夜迢迢,天明恨不消。

(坐介)奴家香君,一时无奈,用了苦肉之计,得遂全身之节。只是孤身只影,卧病空楼,冷帐寒衾,无人作伴,好生凄凉。

【北新水令】冻云残雪阻长桥,闭红楼冶游人少。栏杆低雁字[4],帘幞挂冰条;炭冷香消,人瘦晚风峭。

奴家虽在青楼,那些花月欢场,从今罢却了。

【驻马听】绣户萧萧,鹦鹉呼茶声自巧;香闺悄悄,雪狸[5]偎枕睡偏牢。榴裙裂破舞风腰[6],鸾鞯剪碎凌波勒;愁多病转饶[7],这妆楼再不许风情闹。

想起侯郎匆匆避祸,不知流落何所;怎知奴家独住空楼,替他守节也。(起唱介)

【沉醉东风】记得一霎时娇歌兴扫,半夜里浓雨情抛;从桃叶渡头寻,向燕子矶边找,乱云山风高雁杳。那知道梅开有信,人去越遥;凭栏凝眺,把盈盈秋水[8],酸风冻了。

可恨恶仆盈门,硬来娶俺;俺怎肯负了侯郎。

【雁儿落】欺负俺贱烟花薄命飘摇,倚着那丞相府忒骄傲。得保住这无瑕白玉身,免不得揉碎如花貌。

最可怜妈妈替奴当灾,飘然竟去。(指介)你看床榻依然,归来何日。

【得胜令】恰便似桃片逐雪涛,柳絮儿随风飘;袖掩春风面[9],黄昏出汉朝。萧条,满被尘无人扫;寂寥,花开了独自瞧。

说到这里，不觉一阵酸心。（掩泪坐介）

【乔牌儿】这肝肠似搅，泪点儿滴多少。也没个姊妹闲相邀，听那挂帘栊的钩自敲。

独坐无聊，不免取出侯郎诗扇，展看一回。（取扇介）嗳呀！都被血点儿污坏了，这怎么处。

【甜水令】你看疏疏密密，浓浓淡淡，鲜血乱蘸[10]。不是杜鹃抛[11]；是脸上桃花做红雨儿飞落，一点点溅上冰绡。

侯郎侯郎！这都是为你来。

【折桂令】叫奴家揉开云髻，折损宫腰；睡昏昏似妃葬坡平[12]，血淋淋似妾堕楼高。怕旁人呼号[13]，舍着俺软丢答的魂灵没人招。银镜里朱霞残照[14]，鸳枕上红泪春潮。恨在心苗，愁在眉梢，洗了胭脂，浣了鲛绡[15]。

一时困倦起来，且在妆台盹睡片时。（压扇睡介）（末扮杨文骢便服上）认得红楼水面斜，一行衰柳带残鸦。（净扮苏昆生上）银筝象板佳人院，风雪今同处士家。（末回头见介）呀！苏昆老也来了。（净）贞丽从良，香君独住，放心不下，故此常来走走。（末）下官自那日打发贞丽起身，守了香君一夜，这几日衙门有事，不能脱身；方才城东拜客，便道一瞧。（入介）（净）香君不肯下楼，我们上去一谈罢。（末）甚好。（登楼介）（末指介）你看香君抑郁病损，困睡妆台，且不必唤他。（净看介）这柄扇儿展在面前，怎么有许多红点儿？（末）此乃侯兄定情之物，一向珍藏不肯示人，想因面血溅污，晾在此间。（抽扇看介）几点血痕，红艳非常，不免添些枝叶，替他点缀起来。（想介）没有绿色怎好？（净）待我采摘盆草，扭取鲜汁，权当颜色罢。

（末）妙极！（净取草汁上）（末画介）叶分芳草绿，花借美人红。（画完介）（净看喜介）妙妙！竟是几笔折枝桃花。（末大笑指介）真乃桃花扇也。（旦惊醒见介）杨老爷、苏师父都来了，奴家得罪。（让坐介）（末）几日不曾来看，额角伤痕渐已平复了。（笑介）下官有画扇一柄，奉赠妆台。（付旦扇介）（旦接看介）这是奴的旧扇，血迹腌臜[16]，看他怎的。（入袖介）（净）扇头妙染，怎不赏鉴。（旦）几时画的？（末）得罪得罪！方才点坏了。（旦看扇叹介）咳！桃花薄命，扇底飘零。多谢杨老爷替奴写照了。

【锦上花】一朵朵伤情[17]，春风懒笑；一片片消魂，流水愁漂。摘的下娇色[18]，天然蘸好；便妙手徐熙[19]，怎能画到。樱唇上调朱，莲腮上临稿，写意儿[20]几笔红桃。补衬些翠枝青叶，分外夭夭[21]，薄命人写了一幅桃花照。

（末）你有这柄桃花扇，少不得个顾曲周郎；难道青春守寡，竟做个入月嫦娥不成。（旦）说那里话，那关盼盼也是烟花，何尝不在燕子楼中，关门到老。（净）明日侯郎重到，你也不下楼么？（旦）那时锦片前程，尽俺受用，何处不许游耍，岂但下楼。（末）香君这段苦节，今世少有。（向净介）昆老看师弟之情，寻着侯郎，将他送去，也省俺一番悬挂。（净）是是！一向留心访问，知他随任史公，住淮半载。自淮来京，自京到扬，今又同着高兵防河去了。晚生不日还乡，顺便找寻。（向旦介）须得香君一书才好。（旦向末介）奴家言出无文，求杨老爷代写罢。（末）你的心事，叫俺如何写得出。（旦寻思介）罢罢！奴的千愁万苦，俱在扇头，就把这扇儿寄去罢。（净喜介）这封家书，倒也新样。（旦）待奴封他起来。（封扇介）

【碧玉箫】挥洒银毫[22],旧句他知道;点染红幺[23],新画你收着。便面小[24],血心肠一万条;手帕儿包,头绳儿绕,抵过锦字书[25]多少。

(净接扇介)待我收好了,替你寄去。(旦)师父几时起身?(净)不日束装了。(旦)只望早行一步。(净)晓得。(末)我们下楼罢。(向旦介)香君保重。你这段苦节,说与侯郎,自然来娶你的。(净)我也不再来别了。正是:新书远寄桃花扇。(末)旧院常关燕子楼。(下)(旦掩泪介)妈妈不归,师父又去,妆楼独闭,益发凄凉了。

【鸳鸯煞】莺喉歇了南北套[26],冰弦住了陈隋调[27];唇底罢吹箫,笛儿丢,笙儿坏,板儿掠[28]。只愿扇儿寄去的速,师父束装得早;三月三刘郎到了[29],携手儿下妆楼,桃花粥[30]吃个饱。

　　　　书到梁园[31]雪未消,青溪一道阻春潮;
　　　　桃根桃叶无人问[32],丁字帘前[33]是断桥。

注　释

〔1〕 料峭——形容风的寒冷,尖锐。
〔2〕 胭脂红让娇——意说胭脂样的鲜红,也比不上她眉梢血痕的娇。
〔3〕 春丝命一条——即生命好像春丝一样的柔弱。
〔4〕 栏杆低雁字——意说望到栏杆外低低的雁行。
〔5〕 雪狸——白猫。
〔6〕 "榴裙裂破舞风腰"二句——这两句依一般文法本作裂破舞风榴裙腰,剪碎凌波鸾鞾勒,因歌曲声调的关系,把它改写成倒装句。舞风榴裙是红色的舞裙,腰是舞裙的束腰部分。凌波鸾鞾是一种舞靴,勒即靴筒。这两句是撕破了舞裙,剪碎了舞靴,不再干歌舞生涯的意思。

〔7〕 转饶——更多的意思。

〔8〕 "把盈盈秋水"二句——盈盈是美好的样子,秋水即眼波。这两句形容她临风凝望很久。

〔9〕 "袖掩春风面"二句——这两句暗用汉昭君和番的故事,来比喻李贞丽被迫远嫁田仰。春风,形容面容的美好。

〔10〕 蘸——沾染意。

〔11〕 "不是杜鹃抛"二句——传说杜鹃的啼声很凄苦,甚至啼到口里流出血来。李贺《将进酒》诗:"桃花乱落如红雨。"这里借来形容她的头破血流。

〔12〕 "睡昏昏似妃葬坡平"二句——唐安禄山之乱,玄宗与杨贵妃出奔,到了马嵬坡,六军不发,贵妃被杀,即葬在马嵬坡,这里借用它来形容香君的卧病。晋石崇的爱妾绿珠,不从孙秀,跳楼而死,这里借用它来形容香君的被逼毁容。

〔13〕 "怕旁人呼号"二句——意即怕旁人声张(因为贞丽代香君出嫁是瞒着人的),因此拚着她软弱的身体,没人招呼。软丢答形容软得厉害,丢答是加强语势的副状词。

〔14〕 银镜里朱霞残照——形容脸上血痕。

〔15〕 鲛绡——即鲛人所织的绡。传说有鲛人从海中来,寄居人家,每日织绡出卖,这里指丝巾。

〔16〕 腌(ā)臢(zā)——即肮脏。

〔17〕 "一朵朵伤情"四句——这四句都是形容扇上桃花的娇艳的,上句暗用崔护"桃花依旧笑春风"诗意,下句暗用杜甫"轻薄桃花逐水流"诗意。

〔18〕 摘的下娇色——意说扇上桃花颜色的娇鲜,像摘得下来似的。

〔19〕 徐熙——南唐画家,善画花树竹木之类,尤擅长画花果。

〔20〕 写意儿——写意是中国画法的一派,用笔求神似而不求形似。儿字,这里是词尾。

〔21〕 分外夭夭——特别美好的样子。

〔22〕 银毫——笔。

〔23〕 红幺——幺是骰子的一点,红色,故称红幺,这里即指扇上桃花。

〔24〕 "便面小"二句——意说这扇子虽小,却寄托着万种心情。便面,即团扇,因便于遮面,所以叫作便面。

〔25〕 锦字书——指前秦苏蕙寄给丈夫的织锦回文诗。苏蕙因丈夫窦滔做官时爱上了别人,心里很难过,就将自己所写的二百多首回文诗织成锦寄给他。

〔26〕 南北套——即南北曲,是中国歌曲的两种主要流派。一般说,北曲字多而调促,风格比较豪放;南曲字少而调缓,风格比较婉弱。

〔27〕 陈隋调——即指陈隋时所流行的《玉树后庭花》、《春江花月夜》等曲调。

〔28〕 板儿掠——板儿即拍板,掠,抛弃意。

〔29〕 刘郎到了——疑借用刘晨在天台山遇仙女的故事。可参考第二齣注〔55〕。

〔30〕 桃花粥——过去洛阳一带的风俗,寒食节煮桃花粥吃。

〔31〕 梁园——本是西汉时梁孝王的兔园,这里借指侯方域的家乡中州归德。

〔32〕 桃根、桃叶——桃叶是晋王献之爱妾,桃根是桃叶妹,可参阅第二齣注〔56〕。

〔33〕 丁字帘前——地名,在南京市利涉桥畔,明时为妓女聚居的地方。此句中"前"字,兼作副词用。

第二十四齣　骂　筵

乙酉正月

【缕缕金】(副净扮阮大铖吉服上)风流代,又遭逢,六朝金粉样,我偏通。管领烟花,衔名供奉[1]。簇新新帽乌衬袍红,皂皮靴绿缝,皂皮靴绿缝。

(笑介)我阮大铖,亏了贵阳相公破格提挈,又取在内庭供奉;今日到任回来,好不荣耀。且喜今上性喜文墨,把王铎补了内阁大学士,钱谦益补了礼部尚书[2]。区区不才,同在文学侍从之班;天颜日近,知无不言。前日进了四种传奇,圣心大悦;立刻传旨,命礼部采选宫人,要将《燕子笺》被之声歌,为中兴一代之乐。我想这本传奇,精深奥妙,倘被俗手教坏,岂不损我文名。因而乘机启奏:"生口不如熟口,清客强似教手。"圣上从谏如流,就命广搜旧院,大罗秦淮,拿了清客妓女数十馀人,交与礼部拣选。前日验他色艺,都只平常;还有几个有名的,都是杨龙友旧交,求情免选,下官只得勾去。昨见贵阳相公说道:"教演新戏是圣上心事,难道不选好的,倒选坏的不成。"只得又去传他,尚未到来。今乃乙酉新年人日[3]佳节,下官约同龙友,移樽赏心亭[4];邀俺贵阳师相,饮酒看雪。早已吩咐把新选的妓女,带到席前验看。正是:花柳笙歌隋事业,谈谐裙屐晋风流。(下)

【黄莺儿】(老旦扮卞玉京道妆背包急上)家住蕊珠宫[5],恨无端业海风[6],把人轻向烟花送。喉尖唱肿,裙腰舞松,一生魂在巫山洞[7]。俺卞玉京,今日为何这般打扮,只因朝廷搜拿歌妓,逼俺断了尘心。昨夜别过姊妹,换上道妆,飘然出院,但不知那里好去投师。望城东云山满眼,仙界路无穷。

(飘摇下)(副净、外、净扮丁继之、沈公宪、张燕筑三清客上)

【皂罗袍】(副净)正把秦淮箫弄,看名花好月,乱上帘栊。凤纸[8]签名唤乐工,南朝天子春心动。我丁继之年过六旬,歌板久抛;前日托过杨老爷,免我前往,怎的今日又传起来了。(外、净)俺两个也都是免过的,不知又传,有何话说。(副净拱介)两位老弟,大家商量,我们一班清客,感动皇爷,召去教歌,也不是容易的。(外、净)正是。(副净)二位青年上进,该去走走,我老汉多病年衰,也不望甚么际遇[9]了。今日我要躲过,求二位遮盖一二。(外)这有何妨,太公钓鱼[10],愿者上钩。(净)是是!难道你犯了王法,定要拿去审问不成。(副净)既然如此,我老汉就回去了。(回行介)急忙回首,青青远峰;逍遥寻路,森森乱松。(顿足介)若不离了尘埃,怎能免得牵绊。(袖出道巾、黄绦换介)(转头呼介)二位看俺打扮罢,道人醒了扬州梦[11]。

(摇摆下)(外)咦!他竟出家去了,好狠心也。(净)我们且坐廊下晒暖,待他姊妹到来,同去礼部过堂。(坐地介)(小旦扮寇白门,丑扮郑妥娘,杂扮差役跟上)(小旦)桃片随风不结子。(丑)柳绵浮水又成萍[12]。(望介)你看老沈老张不约俺一声儿,先到廊下向暖,我们走去,打他个耳刮子。(相见,诨介)(外问杂介)又传我们到那里去?(杂)传你们到礼部过堂,送入内庭教戏。(外)前日免过俺们了。(杂)内阁大老爷不依,定要借重你们几个老清客哩。(净)是那几个?(杂)待我瞧瞧票子。(取票看介)丁继之、沈公宪、张燕筑。(问介)那姓丁的如何不见?(外)他出家去了。(杂)既出了家,没处寻他,待我回官罢!(向净、外介)你们到了的,竟往礼部过堂去。(净)等他姊妹到齐着。(杂)今日老爷们秦淮赏雪,盼咐带着女客,席上验看哩。(外、净)既是这等,我们先去了。正是:传歌留乐府,抿笛傍宫墙[13]。(下)(杂看票问小旦介)你是寇白门么?(小旦)是。(杂问丑介)你是卞玉京么?(丑)不是,我是老妥。

（杂）是郑妥娘了。（问介）那卞玉京呢？（丑）他出家去了。（杂）咦！怎么出家的都配成对儿。（问介）后边还有一个脚小走不上来的，想是李贞丽了？（小旦）不是，李贞丽从良去了！（杂）我方才拉他下楼，他说是李贞丽，怎的又不是？（丑）想是他女儿顶名替来的。（杂）母子总是一般，只少不了数儿就好了。（望介）他早赶上来也。

【忒忒令】（旦）下红楼残腊雪浓，过紫陌早春泥冻；不惯行走，脚儿十分痛。传凤诏，选蛾眉，把丝鞭，骑骄马；催花使乱拥。

奴家香君，被捉下楼，叫去学歌，是俺烟花本等，只有这点志气，就死不磨。（杂喊介）快些走动！（旦到介）（小旦）你也下楼了，屈尊，屈尊。（丑）我们造化，就得服侍皇帝了。（旦）情愿奉让罢。（同行介）（杂）前面是赏心亭了，内阁马老爷，光禄阮老爷，兵部杨老爷，少刻即到。你们各人整理伺候。（杂同小旦、丑下）（旦私语介）难得他们凑来一处，正好吐俺胸中之气。

【前腔】赵文华陪着严嵩[14]，抹粉脸席前趋奉；丑腔恶态，演出真鸣凤[15]。俺做个女祢衡[16]，挝渔阳，声声骂；看他懂不懂。

（净扮马士英，副净扮阮大铖，末扮杨文聪，外、小生扮从人喝道上）（旦避下）（副净）琼瑶楼阁朱微抹[17]。（末）金碧峰峦粉细勾。（净）好一派雪景也。（副净）这座赏心亭，原是看雪之所。（净）怎么原是看雪之所？（副净）宋真宗曾出周昉雪图，赐与丁谓[18]。说道："卿到金陵，可选一绝景处张之。"因建此亭。（净看壁介）这壁上单条，想是周昉雪图了。（末）非也。这是画友蓝瑛新来见赠的。（净）妙妙！你看雪压钟山，正对图画，赏心胜地,无过此亭矣。(末盼咐介)就把炉、槛、游具,摆设起来。(外、小生设席坐介)(副净向净介)荒亭草具,恃爱高攀,着实得罪了。(净)说那里话。可笑一班小人,奉承权贵,费千金盛设,十分丑态,一无所取,徒传笑柄。(副净)晚生今日埽雪烹茶,清谈攀教,显得老师相高怀雅量,晚生辈也免了几笔粉抹。(净)呵呀! 那戏场粉笔,最是利害[19],一抹上脸,再洗不掉;虽有孝子慈孙,都不肯认做祖父的。(末)虽然利害,却也公道,原以儆戒无忌惮之小人,非为我辈而设。(净)据学生看来,都吃了奉承的亏。(末)为何?(净)你看前辈分宜相公严嵩,何尝不是一个文人,现今《鸣凤记》里抹了花脸,着实丑看。岂非赵文华辈奉承坏了。(副净打恭介)是是! 老师相是不喜奉承的,晚生惟有心悦诚服而已。(末)请酒! (同举杯介)(副净问外介)选的妓女,可曾叫到了么?(外禀介)叫到了。(杂领众妓叩头介)(净细看介)(盼咐介)今日雅集,用不着他们,叫他礼部过堂去罢。(副净)特令到此伺候酒席的。(净)留下那个年小的罢。(众下)(净问介)他唤什么名字?(杂禀介)李贞丽。(净笑介)丽而未必贞也。(笑向副净介)我们扮过陶学士了[20],再扮一折党太尉何如?(副净)妙妙! (唤介)贞丽过来斟酒唱曲。(旦摇头介)(净)为何摇头?(旦)不会。(净)呵呀! 样样不会,怎称名妓。(旦)原非名妓。(掩泪介)(净)你有甚心事,容你说来。

【江儿水】(旦)妾的心中事,乱似蓬,几番要向君王控。拆散夫妻惊魂迸,割开母子鲜血涌,比那流贼还猛。做哑装聋,骂着不知惶恐。

(净)原来有这些心事。(副净)这个女子却也苦了。(末)今日老爷们在此行乐,不必只是诉冤了。(旦)杨老爷知道的,奴家冤苦,也值当不的[21]一诉。

【五供养】堂堂列公,半边南朝,望你峥嵘[22]。出身希贵宠,创业选声容,后庭花[23]又添几种。把俺胡撮弄[24],对寒风雪海冰山,苦陪觞咏[25]。

(净怒介)嗳！这妮子胡言乱道,该打嘴了。(副净)闻得李贞丽,原是张天如、夏彝仲辈品题之妓,自然是放肆的。该打该打！(末)看他年纪甚小,未必是那个李贞丽。(旦恨介)便是他待怎的！

【玉交枝】东林伯仲[26],俺青楼皆知敬重。干儿义子从新用,绝不了魏家种。(副净)好大胆,骂的是那个,快快采去丢在雪中。(外采旦推倒介)(旦)冰肌雪肠原自同,铁心石腹何愁冻。(副净)这奴才,当着内阁大老爷,这般放肆,叫我们都开罪了。可恨可恨！(下席踢旦介)(末起拉介)(净)罢罢！这样奴才,何难处死,只怕妨了俺宰相之度。(末)是是！丞相之尊,娼女之贱,天地悬绝,何足介意。(副净)也罢！启过老师相,送入内庭,拣着极苦的脚色,叫他去当。(净)这也该的。(末)着人拉去罢！(杂拉旦介)(旦)奴家已拚一死。吐不尽鹃血[27]满胸,吐不尽鹃血满胸。

(拉旦下)(净)好好一个雅集,被这奴才搅乱坏了。可笑,可笑！(副净、末连三揖介)得罪,得罪！望乞海涵[28],另日竭诚罢。(净)兴尽宜回春雪棹[29]。(副净)客羞应斩美人头[30]。(净、副净从人喝道下)(末吊场介)可笑香君才下楼来,偏撞两个冤对[31],这场是非免不了的；若无下官遮盖,香君性命也有些不妥哩。罢罢！选入内庭,倒也省了几日悬卦；只是媚香楼无人看守,如何是好？(想介)有了,画友蓝瑛托俺寻寓,就接他暂住楼上；待香君出来，再作商量。

赏心亭上雪初融，煮鹤烧琴宴钜公[32]；

恼杀秦淮歌舞伴，不同西子[33]入吴宫。

注　释

〔1〕　衔名供奉——供奉是指以文学、技艺供奉内庭的官。衔指官衔。

〔2〕　王铎——字觉斯（1592—1652），孟津（今河南孟县）人。书法名家，明弘光元年（1644）补大学士，后降清。钱谦益，字受之，号牧斋，常熟人。弘光时官礼部尚书。南京陷，他投降了清朝。

〔3〕　乙酉新年人日——乙酉为南明弘光二年，即公元1645年。人日是阴历正月初七日。

〔4〕　赏心亭——在江苏南京江宁区西，下水城门上，下临秦淮。是北宋丁谓出镇金陵时建造的。

〔5〕　家住蕊珠宫——意说她本与神仙有缘，表现她这时要出家入道的心情。蕊珠宫，神仙居住的地方。《黄庭内景经》："太上大道玉晨君，闲居蕊珠作七宫。"原注：蕊珠，上清宫阙名。

〔6〕　业海风——业海是佛经上的话，意说世人造成种种罪业，无量无边，有如大海。业海风指从业海吹来的风。

〔7〕　一生魂在巫山洞——巫山可参阅第五齣注〔40〕。这里是卞玉京自怨一生过着娼妓的生活。

〔8〕　凤纸——即凤诏，皇帝的诏书。

〔9〕　际遇——机遇。

〔10〕　"太公钓鱼"二句——相传姜太公（吕望）曾在渭水边用无饵的直钩钓鱼，说"负命者上钩来"。见《武王伐纣平话》。

〔11〕　道人醒了扬州梦——意说他已从歌舞繁华中清醒过来。唐杜牧《遣怀》诗："十年一觉扬州梦，赢得青楼薄倖名。"

〔12〕 柳绵浮水又成萍——我国古来传说,以为浮萍是柳绵入水所化的。

〔13〕 挹(yè)笛傍宫墙——这用唐李謩的故事。李謩爱好音乐,唐玄宗在宫里奏乐时,他拿笛子在宫墙外偷听,把曲调都记回来了。挹笛,即用手指按笛子。

〔14〕 "赵文华陪着严嵩"四句——以《鸣凤记》的赵文华、严嵩故事比喻阮大铖阿谀奉承马士英,丑态百出。《鸣凤记》写嘉靖中夏言、杨继盛等双忠八义对权奸严嵩的斗争。剧中写赵文华卖身投靠严嵩,认严嵩为干爷,尽极阿谀奉承之能事。严嵩,明朝分宜人,弘治进士,累官至太子太师,和儿子严世蕃、私党赵文华等怙宠揽权。

〔15〕 鸣凤——即《鸣凤记》,相传是明朝王世贞撰的。

〔16〕 祢衡——参阅第一龃注〔71〕。

〔17〕 "琼瑶楼阁朱微抹"二句——琼瑶是美玉,琼瑶楼阁形容雪后楼台。金碧是金黄、碧绿两种颜色。抹、勾都是画家的笔法。这两句是赞美雪后的楼台、山景像图画一样。

〔18〕 宋真宗曾出周昉雪图,赐与丁谓——这故事见《渑水燕谈录》及《湘山野录》。真宗赐给丁谓的是周昉画的《袁安卧雪图》。周昉,唐京兆人,以善画人物著名。

〔19〕 那戏场粉笔,最是利害——我国戏曲里演曹操、严嵩等奸臣的,要用粉笔开大白脸,因此马士英说它利害。

〔20〕 "我们扮过陶学士了"两句——陶学士即陶谷,字秀实,历仕晋、汉,至周为翰林学士。入宋历任礼、刑、户三部尚书。他曾得宋太尉党进的家姬,一天陶谷掬雪水烹茶,问那姬说:"党家有这样的风味吗?"那家姬答道:"他是粗人,只知道在销金帐下浅斟低唱,饮羊羔美酒,那有这种风味。"这里引用这个典故,拿陶学士和党太尉代表雅、俗不同的两种生活。

〔21〕 值当不的——即值不得。

〔22〕 峥嵘——强盛、振作之意。

〔23〕 后庭花——歌曲名,陈后主所作。陈后主经常和贵妃、学士、狎客

写诗听曲,不理国事,以至亡国。因此后人一般以《后庭花》指亡国之音。

〔24〕　胡撮弄——任意摆布玩弄之意。

〔25〕　觞咏——饮酒赋诗。

〔26〕　伯仲——本指兄弟,这里意指朋党。

〔27〕　鹃血——参看第二十三齣注〔11〕。

〔28〕　海涵——即海量包涵。

〔29〕　兴尽宜回春雪棹——东晋时,王子猷在雪夜乘船到剡溪访问戴安道,船将要到时,他忽然又叫船夫把船开回去。船夫问他,他说:"乘兴而来,兴尽而返。"

〔30〕　客羞应斩美人头——《史记·平原君列传》:平原君的美人在楼上看见一个跛子,不觉大笑,跛子告诉了平原君,平原君没有理他,门下食客以为他"爱色而贱士",稍稍散去,平原君为此斩了美人的头,送给那跛子谢罪。

〔31〕　冤对——冤家对头。

〔32〕　煮鹤烧琴宴钜公——煮鹤烧琴指杀风景的事情。钜公指大官。

〔33〕　西子——即西施。

第二十五齣　选　优

乙酉正月

(场上正中悬一扁,书"薰风殿",两旁悬联,书"万事无如杯在手,百年几见月当头"。款书"东阁大学士臣王铎奉勅书")(外扮沈公宪,净扮张燕筑,小旦扮寇白门,丑扮郑妥娘同上)(外)天子多情爱沈郎〔1〕。(净)当年也是画眉张〔2〕。(小旦)可怜一树白门柳。(丑)让我风流郑妥娘。(外)我们被选入宫,伺候两日,怎么还不见动静。(净仰看介)此处是薰风殿,乃奏乐之所;闻得圣驾将到,选定脚色,就叫串戏哩。(外)如何名薰风殿?(净)你不晓得,琴曲里有一句:"南风之薰兮"[3],取这个意思。(丑)呸!你们男风兴头,要我们女客何用。(小旦)我们女客得了宠眷,做个大嫔妃,还强如他男风哩。(丑)正是,他男风得了宠眷,到底是个小兄弟。(净)好徒弟,骂及师父来了。(外)咱们掌了班时,不要饶他。(净)谁肯饶他。明日教动戏,叫老妥试试我的鼓槌子罢。(丑嗤笑,指介)你老张的鼓槌子,我曾试过,没相干的。(众笑介)(副净冠带扮阮大铖上)

【绕地游】汉宫如画,春晓珠帘挂,待粉蝶黄莺打。歌舞西施,文章司马[4],厮混了红袖乌纱。

(见介)你们俱已在此,怎的不见李贞丽?(小旦)他从雪中一跌,至今忍痛,还卧在廊下哩。(副净)圣驾将到,选定脚色,就要串戏;怎么由得他的性儿。(众)是,是,俺们拉他过来。(同下)(副净自语介)李贞丽这个奴才,如此可恶,今日净、丑脚色,一定借重他了。(杂扮二内监执龙扇前引,小生扮弘光帝,又扮二监提壶捧盒,随上)(小生)满城烟树间梁陈,高下楼台望不真;原是洛阳花里客[5],偏来管领秣陵春。(坐介)寡人登极御宇,将近一年,幸亏四镇阻当,流贼不能南下;虽有叛臣倡议欲立潞藩[6],昨已捕拿下狱。目今外侮不来,内患不生,正在采选淑女,册立正宫,这也都算小事;只是朕独享帝王之尊,无有声色[7]之奉,端居高拱[8],好不闷也。(副净跪介)光禄寺卿臣阮大铖恭请万安。(小生)平身。(副净起介)

【掉角儿】(小生)看阳春残雪早花,蹙愁眉慵游倦耍。(副净)圣上安享太平,正宜及时行乐;慵游倦耍,却是为何?(小生)朕有一桩心事,料你也应晓得。(副净)想怕流贼南犯?(小生)非也。阻隔着黄河雪浪,那怕他天汉浮槎[9]。(副净)想愁兵弱粮少?(小生)也不是。俺有那镇淮阴诸猛将[10],转江陵大粮艘,有甚争差。(副净)既不为内外兵马,想是正宫未立,配德无人?(小生)也不为此。那礼部钱谦益[11],采选淑女,不日册立。有三妃九嫔,教国宜家。(副净)又不为此,臣晓得了。(私奏介)想因叛臣周镳、雷缜祚,倡造邪谋,欲迎立潞王耳。(小生)益发说错了。那奸人倡言惑众,久已搜拿。

(副净低头沉吟介)却是为何?(小生)卿供奉内庭,乃朕心腹之臣,怎不晓得朕的心事。(副净跪介)圣虑高深,臣衷愚昧,其实不能窥测。伏望明白宣示,以便分忧。(小生)朕谕你知道罢,朕贵为天子,何求不遂。只因你所献《燕子笺》,乃中兴一代之乐,点缀太平,第一要事;今日正月初九,脚色尚未选定,万一误了灯节[12],岂不可恼。(指介)你看阁学王铎书的对联道:"万事无如杯在手,百年几见月当头"。一年能有几个元宵,故此日夜踌躇,饮膳俱减耳。(副净)原来为此,巴里之曲[13],有厪[14]圣怀,皆微臣之罪也。(叩头介)臣敢不鞠躬尽瘁[15],以报主知。(起唱介)

【前腔】忝卿僚填词辨拙[16],备供奉诙谐风雅。恨不能腮描粉墨,也情愿怀抱琵琶。但博得歌筵前垂一顾,舞裀边受寸赏[17],御酒龙茶,三生侥幸,万世荣华。这便是为臣经济,报主功阀[18]。

(前问介)但不知内庭女乐,少何脚色?(小生)别样脚色,都还将就得过,只有生、旦、小丑不惬朕意。(副净)这也容易,礼部送到清客、歌妓,现在外厢,听候拣选。(小生)传他进来。

(副净)领旨。(急入领外、净、旦、小旦、丑上)(俱跪介)(小生问外、净介)你二人是串戏清客么?(外、净)不敢,小民串戏为生。(小生)既会串戏,新出传奇也曾串过么?(外、净)新出的《牡丹亭》、《燕子笺》、《西楼记》[19],都曾串过。(小生)既会《燕子笺》,就做了内庭教习[20]罢。(外、净叩头介)(小生问介)那三个歌妓,也会《燕子笺》么?(小旦、丑)也曾学过。(小生喜介)益发妙了。(问旦介)这个年小的,怎不答应?(旦)没学。(副净跪介)臣启圣上,那两个学过的,例应派做生、旦。这一个没学的,例应派做丑脚。(小生)既有定例,依卿所奏。(小旦、丑、旦叩头介)(小生)俱着起来,伺候串戏。(俱起介)(丑背喜介)还是我老妥做了天下第一个正旦。(小生向副净介)卿把《燕子笺》摘出一曲,叫他串来,当面指点。(外、净、小旦、丑随意演《燕子笺》一曲,副净作态指点介)(小生喜介)有趣,有趣! 都是熟口,不愁扮演了。(唤介)长侍斟酒,庆贺三杯。(杂进酒,小生饮介)(小生起介)我们君臣同乐,打一回十番何如?(副净)领旨。(小生)寡人善于打鼓,你们各认乐器。(众打雨夹雪一套,完介)(小生大笑介)十分忧愁消去九分了。(唤介)长侍斟酒,再庆三杯。(杂进酒,小生饮介)

【前腔】旧吴宫重开馆娃[21],新扬州初教瘦马[22]。淮阳鼓昆山弦索[23],无锡口姑苏娇娃。一件件闹春风,吹暖响,斗晴烟,飘冷袖,宫女如麻。红楼翠殿,景美天佳。都奉俺无愁天子[24],语笑喧哗。

(看旦介)那个年小歌妓,美丽非常,派做丑脚,太屈他了。(问介)你这个年小歌妓,既没学《燕子笺》,可曾学些别的么?(旦)学过《牡丹亭》。(小生)这也好了,你便唱来。(旦羞不唱介)(小生)看他粉面发红,像是腼腆;赏他一柄桃花宫扇,遮

掩春色。(杂掷红扇与旦介)(旦持扇唱介)

[懒画眉][25]为甚的玉真重溯武陵源,也只为水点花飞在眼前。是他天公不费买花钱,则咱人心上有啼红怨。咳!辜负了春三二月天。

(小生喜介)妙绝,妙绝!长侍斟酒,再庆三杯。(杂进酒,小生饮介)(指旦介)看此歌妓,声容俱佳,岂可长材短用;还派做正旦罢。(指丑介)那个黑色的,倒该做丑脚。(副净)领旨。(丑撅嘴介)我老妥又不妥了。(小生向副净介)你把生、丑二脚,领去入班;就叫清客二名,用心教习,你也不时指点。(副净跪应介)是,此乃微臣之专责,岂敢辞劳。(急领外、净、小旦、丑下)(小生向旦介)你就在这薰风殿中,把《燕子笺》脚本,三日念会,好去入班。(旦)念会不难,只是没有脚本。(小生唤介)长侍,你把王铎抄的楷字脚本,赏与此旦。(杂取脚本付旦、跪接介)(小生)千年只有歌场乐,万事何须酒国愁。(杂引下)(旦掩泪介)罢了,罢了!已入深宫,那有出头之日。

【前腔】锁重门垂杨暮鸦,映疏帘苍松碧瓦。凉飕飕风吹罗袖,乱纷纷梅落宫髻[26]。想起那拆鸳鸯,离魂惨,隔云山,相思苦,会期难拿。倩人寄扇,擦损桃花。到今日情丝割断,芳草天涯。

(叹介)没奈何,且去念会脚本;或者天恩见怜,放奴出宫,再会侯郎一面,亦未可知。

【尾声】从此后入骨髓愁根难拔,真个是广寒宫姮娥守寡[27]。只这两日呵!瘦损宫腰剩一把。

  曲终人散日西斜,殿角凄凉自一家;
  纵有春风无路入,长门关住碧桃花。

注　释

〔１〕　沈郎——古曲戏曲中凡称沈郎，一般系指梁尚书令沈约，这里沈公宪引以自比。

〔２〕　画眉张——即汉张敞，他曾替妻子画眉。

〔３〕　南风之薰兮——琴曲《南风歌》："南风之薰兮，可以解吾民之愠兮。"相传是虞舜作的。

〔４〕　文章司马——即汉代文学家司马相如，剧中阮大铖引他自比。

〔５〕　原是洛阳花里客——福王原封在洛阳。

〔６〕　潞藩——指朱常淓，是潞简王翊镠的嗣子，袭封潞王。

〔７〕　声色——音乐女色等。

〔８〕　端居高拱——即端居而高拱双手，形容帝王的清静无事。

〔９〕　那怕他天汉浮槎——天汉即天河，槎是水中的浮木。传说天河与海通，有人在海边住，每年八月都乘浮槎到天河。那怕他天汉浮槎，意即说不怕他从天河上乘槎飞渡。

〔10〕　镇淮阴诸猛将——指江北四镇。

〔11〕　"那礼部钱谦益"三句——据记载，公元1644年六月初九日，钱谦益任礼部尚书，同日即奏请立东宫。当时弘光帝没有同意。十月，弘光帝下令要他在杭州选淑女，次年二月，又要他在嘉兴、绍兴两个地方选淑女。四月，弘光帝又亲自在元辉殿选淑女。

〔12〕　灯节——即元宵，旧历正月十五日。

〔13〕　巴里之曲——"下里巴人"之曲，意即俚俗的歌曲。

〔14〕　厪——少的意思，这里应解作损。

〔15〕　鞠躬尽瘁——这是诸葛亮《后出师表》里的句子，表示为国尽力，不辞劳瘁的意思。

〔16〕　忝卿僚填词挝挝——意说自己惭愧地列在大臣里面，能够填词奏乐。挝，这里指击鼓的音节。

〔17〕　舞裀边受寸赏——舞裀是供舞蹈的地毯，寸赏，指极微的奖赏。

〔18〕 功阀——阀即阀阅，就是挂在门上记载功劳的榜，挂在左门叫阀，右门叫阅。功阀意即功劳。

〔19〕 《西楼记》——剧曲名，明末袁于令撰，演于鹃和妓女木素徽的故事。

〔20〕 内庭教习——即宫内的歌舞教师。

〔21〕 旧吴宫重开馆娃——馆娃即馆娃宫，是吴王夫差建筑给西施住的地方。这句话暗中讽刺弘光帝又走上了吴王宠西施的亡国道路。

〔22〕 新扬州初教瘦马——明中期后，江南江北收养贫家幼女教之行貌才艺，卖富家为妾，馀者为歌伎，俗称瘦马，扬州最盛。

〔23〕 "淮阳鼓昆山弦索"二句——这二句是当时吴中俗谚。淮阳的鼓，昆山的弦索，无锡的唱口，苏州的美女都是当时著名的。

〔24〕 无愁天子——北齐后主作《无愁曲》，自弹琵琶而唱，有数百侍者和。民间因称无愁天子。

〔25〕 懒画眉全曲——这是汤显祖《牡丹亭·寻梦》中的一支曲文。玉真本是传说中仙女的名字，《牡丹亭》中女主角杜丽娘在这里借以自称。武陵源，即桃源。

〔26〕 宫髽(zhuā)——髽本是妇女的丧髻，这里宫髽指一般宫女的髻子。

〔27〕 广寒宫姮娥守寡——广寒宫即月宫。姮娥即嫦娥，本是羿的妻子。传说羿在西王母处得了不死的药，姮娥把它偷吃了，奔到月中去。

第二十六龅　赚　将

乙酉正月

【破阵子】(生上)水驿山城烟霭，花村酒肆尘埋。百里白云亲舍近[1],不得斑衣效老莱,从军心事乖。

小生侯方域奉史公之命,监军防河。争奈[2]主将高杰,性气乖张[3],将总兵许定国当面责骂;只恐挑起争端,难于收救,不免到中军帐内,劝谏一番。(入介)(副净扮高杰上)一声叱退黄河浪,两手推开紫塞烟[4]。(相见坐介)先生入帐,有何见教。(生)小生千里相随,只为防河大事。今到睢州[5]呵!

【四边静】威名震,人人惊魄,家尽移宅。鸡犬不留群,军民少宁刻。营中一吓,帐中一责;敌国在萧墙,祸事恐难测。

(副净)那许定国拥兵十万,夸胜争强,昨日教场点卯,一个个老弱不堪。欺君糜饷[6],本当军法从事[7],责骂几声,也算从轻发放了。(生)元帅差矣。

【福马郎】此时山河一半改,倚着忠良帅,速奏凯[8]。收拾人心,招纳英才,莫将衅端开。成功业,只在将和谐。

(副净)虽如此说,那许定国托病不来,倒请俺入城饮酒,总是十分惧怕了。俺看睢州城外,四面皆水,只有单桥小路,也是可守之邦。明日叫他让出营房,留俺歇马。他若依时便罢,若不依时,俺便夺他印牌,另委别将,却也容易。(生摇手介)这事万万行不得,昨日教场一骂,争端已起。自古道:"强龙不压地头蛇"[9],他在唇齿肘臂之间,早晚[10]生心,如何防备。(副净指生介)书生之见,益发可笑。俺高杰威名盖世,便是黄、刘三镇,也拜下风;这许定国不过走狗小将,有何本领,俺倒防备起他来。(生打恭介)是,是,是!元帅既有高见,小生何用多言。就此辞归,竟在乡园中,打听元帅喜信罢。(副净拱介)但凭尊意。(生冷笑拂袖下)(副净起唤介)叫左右。(净、丑扮二将上)元帅呼唤,有何军令?(副净)你二将各领数骑,随我入城饮酒顽耍。这大营人马,不许擅动。(净、丑)得令。(即下)(领四卒上)(副净)就此前行。(骑马绕场介)

【划锹儿】南朝划就黄河界,东流把住白云隑[11];飞鸟不能来,强弓何用买。(合)望荒城柳栽,上危桥板坏;按辔徐行,军容潇洒。

(暂下)(外扮家将捧印牌上)杀人不用将军印,奏凯全凭娘子军[12]。咱乃睢州许总兵的家将,俺总爷被高杰一骂,吓得水泻不止。亏了夫人侯氏,有胆有谋,昨夜画定计策;差俺捧着牌印,前来送交,就请他进城筵宴。约定饮酒中间,放炮为号,如此如此,这般这般。倒也是条妙计,只不知天意若何,好怕人也。(望介)远望高杰前来,不免在桥头跪接。(副净等唱前合[13]上)(外跪接介)(副净问介)你是何处差官?(外)小的是总兵许定国家将,叩接元帅大老爷。(副净)那许总兵为何不接?(外)许总兵卧病难起,特差小的送到牌印,就请元帅爷进城筵宴,点查兵马。(副净)席设何处?(外)设在察院[14]公署。(副净)左右收了牌印。(净、丑收介)(副净笑介)妙,妙,牌印果然送到,明日安营歇马,任俺区处[15]了。(吩咐外介)你便引马前行。(外前引,唱前合,行介)(外跪禀介)已到察院,请元帅爷入席。(副净下马入坐介)(吩咐介)军卒外面伺候。(向净、丑介)你二将不同别个,便坐下席,陪俺欢乐。(净、丑安放牌印,叩头介)告坐了。(就地列坐介)(外斟副净酒介)(末、小生扮二将斟净、丑酒介)(又副净、净、丑身旁各立一杂摆菜介)(外)请酒。(副净怒介)这样薄酒,拿来灌俺。(摔杯介)(外急换酒介)(外)请菜。(副净怒介)这样冷菜,如何下筯。(摔筯介)(外急换菜介)(副

（净）今日正月初十，预赏元宵，怎的花灯优人[16]，全不预备。（外跪禀介）禀元帅爷，这睢州偏僻之所，没处买灯叫戏。且把衙门灯笼悬掛起来，军中鼓角吹打一通罢。（挂灯吹打介）（副净向净、丑介）我们多饮几杯。

【普天乐】镇河南，威风大，柳营列，星旗摆。灯筵上，灯筵上，将印兵牌。（净、丑起奉副净酒介）行军令，酒似官差。（副净与净、丑猜拳介）任哗拳叫彩[17]，三家拇阵排。（外、末、小生）这八卦图中新势[18]，只怕鬼谷难猜。

（净、丑）小的酒都有了，今日还要伺候元帅爷点查兵马哩。（副净）天色已晚，明日点查罢，大家再饮几杯。（又斟酒饮介）（内放纸炮介）（杂急拿副净手，外拔刀欲杀，副净挣脱跳梁上介）（一杂急拿净手，末杀死净介）（一杂急拿丑手，小生杀死丑介）（闻炮声拿杀要一齐介）（外喊介）高杰走脱了，快寻，快寻。（杂点火把各处寻介）（外仰视介）顶破椽瓦，想是爬房走了。（杂又寻介）（外指介）那楼脊兽头边，闪闪绰绰，似有人影。快快放箭！（末、小生放箭介）（副净跳下介）（杂拿住副净手介）（外认介）果然是老高哩。（副净呵介）好反贼，俺是皇帝差来防河大帅，你敢害我？（外）俺只认的许总爷，不认的甚么黄的黑的，快伸头来。（副净跳介）罢了，罢了！俺高杰有勇无谋，竟被许定国赚了。（顿足介）咳！悔不听侯生之言，致有今日。（伸脖介）取我头去。（外指介）老高果然是条好汉。（割副净头[19]，手提介）（唤介）两个兄弟快捧牌印，大家回报总爷去。（末、小生捧牌印介）（末）且莫慌张，三将虽死，还有小卒在外哩。（外）久已杀得干净了。（小生）还有一件，城外大营，明日知道，必来报仇。快去回了总爷，求侯夫人妙计。（外）侯夫人妙计，早已领来了。今夜悄悄出城，带着高杰首级献与北朝[20]，就引着北朝人马，连夜踏冰渡河,杀退高兵。算我们下江南第一功了。

宛马嘶风缓辔来[21],黄河冰上北门开;

南朝正赏春灯夜, 让我当筵杀将才。

注　释

〔1〕"百里白云亲舍近"二句——白云亲舍是唐朝狄仁杰的故事:狄仁杰做并州法曹参军时,他的双亲都在河阳。一天,他登太行山,眺望河阳,只见一片白云飘动;不觉对左右说:"我的父母,就在那白云底下居住。"后人往往用这故事表示思亲之意。这里白云亲舍指父母住的地方。老莱,即老莱子,是春秋楚国人。他年纪七十多岁,还经常穿着五色的彩衣,表演各种婴孩的动作,来娱乐父母。这两句话意说已经临近了家乡,却不能亲自去侍奉父母。

〔2〕 争奈——怎奈。

〔3〕 乖张——意即执拗。

〔4〕 紫塞烟——紫塞即边塞,过去的具体解释不很一致,有说秦的长城和汉的边塞都用紫色的泥土建筑,因称紫塞。又有人认为雁门关的草都是紫色的,所以称为紫塞。紫塞烟,意指外族的侵略。

〔5〕 睢州——即今河南省睢县。

〔6〕 糜饷——浪费国家的军粮。

〔7〕 军法从事——即依军法处理。

〔8〕 奏凯——凯是军队作战胜利归来时唱的歌。奏凯意即取得军事上的胜利。

〔9〕 强龙不压地头蛇——比喻外来很有本领的人,也敌不过本地有势力的人。

〔10〕 早晚——迟早。

〔11〕 白云隘——在山西阳城县南,与河南济源县接壤,形势很险要,两崖夹峙,中间只有狭径通过。

〔12〕 娘子军——唐朝李渊的女儿平阳公主,带了一支兵马,帮助李渊建立唐朝,人们称这支军队作娘子军。这里娘子军指许定国的妻子侯氏。

〔13〕 唱前合——即指唱前支曲子里合唱的部分"望荒城柳栽"等四句。

〔14〕 察院——官署名,明代都察院的简称。

〔15〕 区处——分别处理。

〔16〕 优人——演员。

〔17〕 "任哗拳叫彩"二句——哗拳、叫彩都是拇战的动作。拇阵排就是拇战,俗称猜拳。这二句意思是说三人可以任意猜拳取乐。

〔18〕 "这八卦图中新势"二句——八卦图即诸葛亮按八卦原理创造的八阵图,阵势变化很多,不易识破。鬼谷子是传说中的神仙,张仪、苏秦的师父,善占卜,能料事。这两句是说他们新排的八卦阵势,恐怕鬼谷子也难以料到。

〔19〕 割副净头——据《明季南略·许定国杀高杰》:"定国招杰饮……杰醉,……夜半帐外伏兵四起,……定国持枪入刺杰,杰虽短小,而勇悍绝人,连折二枪,定国持短刀杀之。"此史实可与剧本参看。

〔20〕 "带着高杰首级"四句——与史实相符。《明季南略·许定国杀高杰》:"定国遂以众降清,清封为平南侯。既而引清兵入仪封。"

〔21〕 宛马嘶风缓辔来——宛马即大宛马,是西域大宛所产的名马。嘶风,指马迎风而鸣,表示胜利。辔是马缰。这句话的意思是说清兵可以悠然南渡。

第二十七齣　逢　舟

乙酉二月

【水底鱼】(净扮苏昆生背包裹骑驴急上)戎马纷纷,烟尘一望昏;

魂惊心震,长亭[1]连远村。(丑扮执鞭人赶呼介)客官慢走,你看黄河堤上,逃兵乱跑,不要被他夺了驴去。(净不听,急走介)(杂扮乱兵三人迎上)弃甲掠盾[2],抱头如鼠奔;无暇笑哂,大家皆败军,大家皆败军。(遇净,推下河,夺驴跑下)(丑赶下)(净立水中,头顶包裹高叫介)救人呀,救人呀!(外扮舟子撑船,小旦扮李贞丽贫妆上)

【前腔】流水浑浑[3],风涛拍禹门[4];堤边浪稳,泊舟杨柳根。(欲泊船介)(小旦唤介)驾长[5],你看前面浅滩中,有人喊叫;我们撑过船去,救他一命,积个阴骘[6]如何?(外)黄河水溜,不是当耍的。(小旦)人行好事,大王爷爷[7]自然加护的。(外)是,是,待我撑过去。(撑介)风急水紧,舍生来救人;哀声迫窘,残生一半魂,残生一半魂。

(近净呼介)快快上来,合该你不死,遇着好人。(伸篙下,净攀篙上船介)(作颤介)好冷,好冷!(外取干衣与净介)(小旦背立介)(净换衣介)多谢驾长,是俺重生父母。(叩介)(外)不干老汉事,亏了这位娘子叫我救你的。(净作揖起,惊认介)你是李贞娘,为何在这船里?(小旦惊认介)原来是苏师父。你从何处来?(净)一言难尽。(小旦)请坐了讲。(坐介)(外泊船介)且到岸上买壶酒吃去。(下)

【琐窗寒】(净)一从你嫁朱门,锁歌楼,叠舞裙;寒风冷雪,哭杀香君。(小旦掩泪介)香君独住,怎生过活。(净)他托俺前来寻访侯郎。征人战马,侯郎无信,茫茫驿路殷勤问。(小旦问介)因何落水?(净)正在堤上行走,被乱兵夺驴,把俺推下水的。蒙救出浊流,故人今夕重近。

(小旦)原来如此,合该师父不死,也是奴家有缘,又得一面。

(净问介)贞娘,你既入田府,怎得到此?(小旦)且取火来,替你烘干衣裳,细细告你。(小旦取火盆上介)(副净扮舟子撑船,生坐船急上)才离虎豹千林雾[8],又逐鲸鲵万里波。(呼介)驾长,这是吕梁[9]地面了,扯起篷来,早赶一程;明日要起早哩。(副净)相公不要性急,这样风浪,如何行的。前面是泊船之所,且靠帮[10]住一宿罢。(生)凭你。(泊船介)(生)惊魂稍定,不免略打个盹儿。(卧介)(净烘衣,小旦旁坐谈介)奴家命苦,如今又不在那田家了。想起那晚。

【前腔】匆忙扮作新人,夺藏娇,金屋春;一身宠爱,尽压钗裙。(净)这好的狠了。(小旦)谁知田仰嫡妻,十分悍妒。狮威[11]胜虎,蛇毒如刃。把奴揪出洞房,打个半死。(净)呀,呀!了不得,那田仰怎不解救。(小旦)田郎有气吞声忍,竟将奴赏与一个老兵。(净)既然转嫁,怎么在这船上。(小旦)此是漕标报船[12],老兵上岸下文书去了。奴自坐船头,旧人来说新恨。

(生一边细听介)(听完起坐介)隔壁船中,两个人絮絮叨叨[13],谈了半夜,那汉子的声音,好似苏昆生,妇人的声音,也有些相熟;待我猛叫一声,看他如何?(叫介)苏昆生!(净忙应介)那个唤我?(生喜介)竟是苏昆生。(出见介)(净)原来是侯相公,正要去寻,不想这里撞着。谢天谢地,遇的恰好。(唤介)请过船来,认认这个旧人。(生过船介)还有那个?(见旦惊认介)呀!贞娘如何到此,奇事奇事,香君在那里?(小旦)官人不知,自你避祸夜走,香君替你守节,不肯下楼。(生掩泪介)(小旦)后来马士英差些恶仆,拿银三百,硬娶香君,送与田仰。(生惊介)我的香君,怎的他适了?(小旦)嫁是不曾嫁;香君惧怕,碰死在地。(生大哭介)我的香君,怎碰死了?(小旦)死是不曾死,碰的鲜血满面;那门外还声声要人,一时无奈,妾身竟替他嫁了田仰。(生喜介)好,好!你竟嫁与田仰了,今日坐船要往那里去?(小旦)就住在船上。(生)为何?(旦羞介)(净)他为田仰妒妇所逐,如今转嫁这船上一位将爷了。(生微笑介)有这些风波,可怜,可怜!(问净介)你怎得到此?(净)香君在院,日日盼你,托俺寄书来的。(生急问介)书在那里?

【奈子花】(净取包介)**这封书不是笺纹,摺宫纱夹在斑筠**[14]。**题诗定情,催妆分韵。**(生接扇介)这是小生赠他的诗扇。(净指扇介)**看桃花半边红晕,情恳!千万种语言难尽。**

(生看扇问介)那一面是谁画的桃花?(净)香君碰坏花容,溅血满扇,杨龙友添上梗叶,成了几笔折枝桃花。(生细看喜介)果然是些血点儿,龙友点缀,却也有趣。这柄桃花扇,倒是小生之宝了。(问介)你为何今日带来?(净)在下出门之时,香君说道,千愁万苦俱在扇头,就把扇儿当封书罢!故此寄来的。(生又看,哭介)香君香君!叫小生怎生报你也!(问净介)你怎的寻着贞娘来?(净指唱介)

【前腔】俺呵,走长堤驴背辛勤,遇逃兵推下寒津。(生)呵呀!受此惊险。(问介)怎的不曾湿了扇儿?(净作势介)**横流没肩,高擎书信,将兰亭保全真本**[15]。(生拱介)为这把桃花扇,把性命都轻了,真可感也。(问介)后来怎样呢?(净)亏了贞娘,不怕风浪,移船救我。思忖,从井救别人谁肯。

(生)好好!若非遇着贞娘,这黄河水溜,谁肯救人。(小旦)妾本无心,救他上船,才认的是苏师父。(生)这都是天缘凑巧处。(净)还不曾问侯相公,因何南来?(生)俺自去秋随着高杰防河,不料匹夫无谋,不受谏言;被许定国赚入睢州,饮酒中间,遣人刺死。小生不能存住,买舟黄河,顺流东下。你看大路之上,纷纷乱跑,皆是败兵,叫俺有何面目,再见史公也。(净)既然如此,且到南京,看看香君,再作商量。(生)也罢,别过贞娘,趁早开船。(小旦)想起在旧院之时,我们一家同住;今日船中,只少一个香君,不知今生还能相见否。

【金莲子】一家人离散了,重聚在水云。言有尽,离绪百分;掌中娇养女,何日说艰辛。

(生)只怕有人踪迹,昆老快快换衣,就此别过罢。(净换衣介)(生、净掩泪过船介)(净)归计登程犹未准。(生)故人见面转添愁。(副净撑船下)(小旦)妾心厌倦烟花,伴着老兵度日,却也快活。不意故人重逢,又惹一天旧恨;你听涛声震耳,今夜那能成寐也。

悠悠萍水一番亲,旧恨新愁几句论;
漫道浮生无定著,黄河亦有住家人。

注 释

〔1〕 长亭——我国过去道路交通设施,十里一长亭,五里一短亭,供行人的休息。

〔2〕 掠盾——弃盾。

〔3〕 浑浑——与混混同,大水流的样子。

〔4〕 禹门——即龙门,在山西省河津县西北,这里泛指黄河上险要处。

〔5〕 驾长——对梢公的敬称。

〔6〕 阴骘——即阴德。

〔7〕 大王爷爷——指河神。

〔8〕 虎豹千林雾——指许定国、高杰的乱兵。

〔9〕 吕梁——即江苏徐州东南的吕梁滨。

〔10〕 靠帮——意指停靠在别帮的船的近旁。

〔11〕 狮威——是封建文人用以形容妇女的强悍的。宋代陈季常的妻子柳氏,每当季常宴客召有歌妓时,她就用棍敲壁大声呼喝,客人都被吓走。苏轼赠季常诗:"忽闻河东狮子吼,拄杖落地心茫然。"诗中的"河东狮子"即指柳氏。杜甫诗有"河东女儿身姓柳"句,苏轼因用河东代替柳姓。

〔12〕 漕标报船——是漕抚本标传报文书信息的船。

〔13〕 絮絮叨叨——啰嗦之意。

〔14〕 摺宫纱夹在斑筠——摺即是叠。宫纱是一种质地轻细的丝织品。斑筠即斑竹。全句的意思即指桃花扇。

〔15〕 将兰亭保全真本——兰亭真本是晋朝著名书法家王羲之写的《兰亭集序》法帖。这里暗用"落水兰亭"故事,来比喻苏昆生落水后还不顾性命把桃花扇保全。元初著名书画家赵孟坚,从雪川俞寿翁处得到一本名贵的兰亭帖,归途大风覆舟,他落水后还不顾性命,将帖高举过顶,终于保全了这帖,见陶宗仪《辍耕录》卷九。

第二十八齣 题 画

乙酉三月

(小生扮山人蓝瑛上)美人香冷绣床〔1〕闲,一院桃开独闭关;无限浓春烟雨里,南朝留得画中山。自家武林〔2〕蓝瑛,表字田叔,自幼驰声画苑〔3〕。与贵筑杨龙友笔砚至交,闻他新转兵科,买舟来望,下榻这媚香楼上。此楼乃名妓香君梳妆之所,美人一去,庭院寂寥,正好点染云烟〔4〕,应酬画债。不免将文房画具,整理起来。(作洗砚、涤笔、调色、揩盏介)没有净

水怎处?(想介)有了,那花梢晓露,最是清洁,用他调丹濡粉,鲜秀非常。待我下楼,向后园收取。(手持色盏暂下)

【破齐阵】(生新衣上)地北天南蓬转[5],巫云楚雨丝牵。巷滚杨花,墙翻[6]燕子,认得红楼旧院。触起闲情柔如草,搅动新愁乱似烟,伤春人正眠。

小生在黄河舟中,遇着苏昆生,一路同行,心忙步急,不觉来到南京。昨晚旅店一宿,天明早起,留下昆生看守行李;俺独自来寻香君,且喜已到院门之外。

【刷子序犯】只见黄莺乱啭,人踪悄悄,芳草芊芊[7]。粉坏楼墙,苔痕绿上花砖。应有娇羞人面,映着他桃树红妍;重来浑似阮刘仙[8],借东风引入洞中天。

(作推门介)原来双门虚掩,不免侧身潜入,看有何人在内。(入介)

【朱奴儿犯】呀,惊飞了满树雀喧,踏破了一墀苍藓。这泥落空堂帘半卷,受用煞双栖紫燕。闲庭院,没个人传,蹑踪儿[9]回廊一遍,直步到小楼前。

(上指介)这是媚香楼了。你看寂寂寥寥,湘帘[10]昼卷,想是香君春眠未起。俺且不要唤他,慢慢的上了妆楼,悄立帐边;等他自己醒来,转睛一看,认得出是小生,不知如何惊喜哩!(作上楼介)

【普天乐】手拽起翠生生[11]罗襟软,袖拨开绿杨线。一层层栏坏梯偏,一桩桩尘封网罥[12]。艳浓浓楼外春不浅,帐里人儿腼腆。(看几介)从几时收拾起银拨冰弦[13];摆列着描春容脂箱粉盏,待做个女山人画叉乞钱[14]。

(惊介)怎的歌楼舞榭,改成个书院画轩,这也奇了。(想介)想是香君替我守节,不肯做那青楼旧态,故此留心丹青[15],聊以消遣春愁耳。(指介)这是香君卧室,待我轻轻推开。(推介)呀!怎么封锁严密,倒像久不开的;又奇了,难道也没个人看守。(作背手徬徨介)

【雁过声】萧然,美人去远,重门锁,云山万千,知情只有闲莺燕。尽着狂,尽着颠,问着他一双双不会传言。熬煎,才待转,嫩花枝靠着疏篱颤。(下听介)帘栊响,似有个人略喘。

(瞧介)待我看是谁来。(小生持盏上楼,惊见介)你是何人,上我寓楼?(生)这是俺香君妆楼,你为何寓此?(小生)我乃画士蓝瑛。兵科杨龙友先生送俺来寓的。(生)原来是蓝田老,一向久仰。(小生问介)台兄尊号?(生)小生河南侯朝宗,亦是龙友旧交。(小生惊介)呵呀!文名震耳,才得会面。请坐请坐!(坐介)(生)我且问你,俺那香君那里去了?(小生)听说被选入宫了。(生惊介)怎……怎的被选入宫了!几时去的?(小生)这倒不知。(生起,掩泪介)

【倾杯序】寻遍,立东风渐午天,那一去人难见。(瞧介)看纸破窗櫺,纱裂帘幔。裹残罗帕[16],戴过花钿,旧笙箫无一件。红鸳衾尽卷,翠菱花放扁[17],锁寒烟,好花枝不照丽人眠。

想起小生定情之日,桃花盛开,映着簇新新一座妆楼;不料美人一去,零落至此。今日小生重来,又值桃花盛开,对景触情,怎能忍住一双眼泪。(掩泪坐介)

【玉芙蓉】春风上巳[18]天,桃瓣轻如剪,正飞绵作雪,落红成霰[19]。不免取开画扇,对着桃花赏玩一番。(取扇看介)溅血点作桃花扇,比着枝头分外鲜。这都是为着小生来。携上妆楼展,对遗迹宛然,为桃花结下了死生冤。

（小生）请教这扇上桃花,何人所画？（生）就是贵东杨龙友的点染。（小生）为何对之挥泪？（生）此扇乃小生与香君订盟之物。

【山桃红】那香君呵！手捧着红丝砚[20],花烛下索诗篇。（指介）一行行写下鸳鸯券。不到一月,小生避祸远去,香君闭门守志,不肯见客,惹恼了几个权贵。放一群吠神仙朱门犬[21]。那时硬抢香君下楼,香君着急,把花容呵,似鹃血乱洒啼红怨。这柄诗扇恰在手中,竟为溅血点坏。（小生）可惜可惜！（生）后来杨龙友添上梗叶,竟成了几笔折枝桃花。（拍扇介）这桃花扇在,那人阻春烟[22]。

（小生看介）画的有趣,竟看不出是血迹来。（问介）这扇怎生又到先生手中？（生）香君思念小生,托他师父到处寻俺,把这桃花扇,当了一封锦字书。小生接得此扇,跋涉[23]来访,不想香君又入宫去了。（掩泪介）（末扮杨龙友冠带,从人喝道上）台上久无秦弄玉[24],船中新到米襄阳。（杂人报介）兵科杨老爷来看蓝相公,门外下轿了。（小生慌迎见介）（末上楼见生,揖介）侯兄几时来的？（生）适才到此,尚未奉拜。（末）闻得一向在史公幕中,又随高兵防河。昨见塘报,高杰于正月初十日,已为许定国所杀,那时世兄在那里来？（生）小弟正在乡园,忽遇此变,扶着家父逃避山中,一月有馀。恐为许兵踪迹,故又买舟南来。路遇苏昆生,持扇相访,只得连夜赴约。竟不知香君已去。（问介）请问是几时去的？（末）正月人日被选入宫的。（生）到几时才出来？（末）遥遥无期。

（生）小生只得在此等他了。（末）此处无可留恋，倒是别寻佳丽罢。（生）小生怎忍负约，但得他一信，去也放心。

【尾犯序】望咫尺青天[25]，那有个瑶池女使，偷递情笺。明放着花楼酒榭，丢做个雨井烟垣。堪怜！旧桃花刘郎又撚[26]，料得新吴宫西施不愿。横揣俺天涯夫婿[27]，永巷日如年。

（末）世兄不必愁烦，且看田叔作画罢。（小生画介）（生、末坐看介）这是一幅桃源图[28]？（小生）正是。（末问介）替那家画的？（小生）大锦衣张瑶星先生，新修起松风阁，要裱做照屏的。（生赞介）妙妙！位置点染，别开生面，全非金陵旧派[29]。（小生作画完介）见笑，见笑！就求题咏几句，为拙画生色如何？（生）不怕写坏，小生就献丑了。（题介）原是看花洞里人，重来那得便迷津[30]，渔郎谩指空山路[31]，留取桃源自避秦。归德侯方域题。（末读介）佳句。寄意深远，似有微怪小弟之意。（生）岂敢！（指画介）

【鲍老催】这流水溪堪羡，落红英千千片。抹云烟，绿树浓，青峰远。仍是春风旧境不曾变，没个人儿将咱系恋。是一座空桃源[32]，趁着未斜阳将棹转。

（起介）（末）世兄不要埋怨，而今马、阮当道，专以报仇雪恨为事；俺虽至亲好友，不敢谏言。恰好人日设席，唤香君供唱；那香君性气，你是知道的，手指二公一场好骂。（生）呵呀！这番遭他毒手了。（末）亏了小弟在旁，十分劝解，仅仅推入雪中，吃了一惊。幸而选入内庭，暂保性命。（向生介）世兄既与香君有旧，亦不可在此久留。（生）是，是！承教了。（同下楼行介）

【尾声】热心肠早把冰雪咽,活冤业现摆着麒麟楦〔33〕。
(收扇介)俺且抱着扇上桃花闲过遣。

(竟下介)(末)我们别过蓝兄,一同出去罢。(生)正是忘了作别。(作别介)请了!(小生先闭门下)(生、末同行介)

(生)重到红楼意惘然,(末)闲评诗画晚春天;
(生)美人公子飘零尽,(末)一树桃花似往年。

注　释

〔1〕　绣床——是妇女刺绣用的架子。
〔2〕　武林——山名,在浙江省杭州城西,杭州因此也别称武林。
〔3〕　驰声画苑——在画坛上出名。驰声即名声远播。
〔4〕　点染云烟——指画风景画。
〔5〕　"地北天南蓬转"二句——蓬是一种草,秋天枯了以后,遇着大风就连根被拔出,在空中飞转,因此古典文学中每每拿蓬转比喻一个人的到处飘荡。巫云楚雨即巫山云雨,用来形容男女之间的爱情。这两句是侯方域自说虽然四处飘泊,但始终怀恋着香君。
〔6〕　翻——翻飞。
〔7〕　芊芊——草很茂盛的样子。
〔8〕　重来浑似阮刘仙——阮、刘,即刘晨、阮肇,可参考第二齣注〔55〕。
〔9〕　蹑(niè)踪儿——小步、轻步。
〔10〕　湘帘——指用湘妃竹编成的帘子。
〔11〕　翠生生——生生是形容新鲜的副状辞,翠是翠绿色。
〔12〕　尘封网罥(juàn)——为灰尘所封,蛛网所罥。罥,缠结意。
〔13〕　银拨冰弦——指琵琶。银拨是弹琵琶用的银片,冰弦是琵琶的弦。
〔14〕　待做个女山人画叉乞钱——山人,见第十齣注〔22〕。画叉是

挂画用的铁叉。整句的意思是说,要做个女山人靠画画来谋生。

〔15〕 丹青——即图画。

〔16〕 "裹残罗帕"三句——意思是说裹残了的罗帕,戴过的花钿,连同旧笙箫都没有了。

〔17〕 翠菱花放扁——意指镜奁掩盖。

〔18〕 上巳——阴历三月上句的巳日。《宋书·礼志》:"魏以后但用三月三日,不复用巳。"

〔19〕 霰(xiàn)——雪珠。

〔20〕 红丝砚——产于山东益都县,据说质量天下第一,用墨匣盖着,墨汁可以数天不干。

〔21〕 放一群吠神仙朱门犬——指马士英派出了一批抢香君的恶奴。

〔22〕 那人阻春烟——意思是那个人看不见了。

〔23〕 跋涉——草地行走叫跋,踏水行走叫涉。跋涉是形容旅途的辛苦。

〔24〕 "台上久无秦弄玉"二句——秦弄玉善吹箫,是春秋时秦穆公的女儿,已见第十七龅注〔15〕。米襄阳是北宋著名的书画家米芾,可参阅第四龅注〔23〕。这里上句比喻香君久离媚香楼,下句比喻蓝瑛到媚香楼居住。

〔25〕 "望咫尺青天"三句——咫尺是很近的意思。瑶池女用青鸟的故事:传说西王母住在瑶池,青鸟是她的使者。这里意说香君和他虽近在咫尺,却远若青天,怎能有个使者,暗中替香君传递情书呢。

〔26〕 "旧桃花刘郎又捻"二句——上句用刘晨到天台山的故事,比喻侯方域的重寻香君。下句用西施入吴故事,比喻香君的不愿入宫。捻,拨弄意。

〔27〕 "横揣俺天涯夫婿"二句——揣,怀想意。横字这里用作副词,有硬、强之意。永巷是宫中幽闭宫女的地方。这二句是侯方域就香君处境设想,说她硬是怀念她的天涯夫婿,在永巷里度日如年。

189

〔28〕 桃源图——指用陶渊明的《桃花源记》作题材的画。

〔29〕 金陵旧派——在画史上清初有金陵八家(龚贤、樊圻、高岑、邹喆、吴宏、叶欣、胡慥、谢荪),金陵旧派疑是八家以前的一个画派。

〔30〕 迷津——指找不到道路。《桃花源记》叙述渔人从桃花源回来之后,第二次想再去便找不到道路了。

〔31〕 "渔郎诳指空山路"二句——这两句表面是就桃花源题咏,意说渔郎指给人们到桃源的路是骗人的,实际上是他为了把桃源留下来给自己避秦,所以不把到桃源去的道路老实告诉人。言外表示侯方域对杨龙友告诉他香君已入宫的话不大相信。

〔32〕 "是一座空桃源"二句——这是侯方域借《桃源图》表示这里无可留恋,要及早离开的意思。

〔33〕 麒麟楦——唐朝杨炯把当朝大臣都叫作麒麟楦,比喻他们外面好看,实际上不顶用。他说:"弄假麒麟的人,用皮罩着驴子,装得很像麒麟,但剥了皮以后,还是原来的驴子。"这里麒麟楦指阮马等奸臣。

第二十九齣　逮　　社

乙酉三月

【凤凰阁】(丑扮书客蔡益所上)堂名二酉〔1〕,万卷牙签〔2〕求售。何物充栋汗车牛〔3〕,混了书香铜臭。贾儒商秀〔4〕,怕遇着秦皇大搜〔5〕。

在下金陵三山街〔6〕书客蔡益所的便是。天下书籍之富,无过俺金陵;这金陵书铺之多,无过俺三山街;这三山街书客之大,无过俺蔡益所。(指介)你看十三经、廿一史、九流三教、诸子百家、腐烂时文〔7〕、新奇小说,上下充箱盈架,高低列肆连楼。不但兴南贩北，积古堆今，而且严批妙选，精刻善印。俺蔡益所既射了贸易诗书之利[8]，又收了流传文字之功；凭他进士举人，见俺作揖拱手，好不体面。(笑介)今乃乙酉[9]乡试之年，大布恩纶[10]，开科取士。准了礼部尚书钱谦益的条陈[11]，要亟正[12]文体，以光新治。俺小店乃坊间首领，只得聘请几家名手，另选新篇。今日正在里边删改批评，待俺早些贴起封面来。(贴介)风气随名手[13]，文章中试官[14]。(下)(生、净背行囊上)

【水红花】(生)当年烟月满秦楼[15]，梦悠悠，箫声非旧。人隔银汉几重秋[16]，信难投，相思谁救。(唤介)昆老，我们千里跋涉，为赴香君之约。不料他被选入宫，音信杳然，昨晚扫兴回来；又怕有人踪迹，故此早早移寓。但不知那处僻静，可以多住几时，打听音信。等他诗题红叶[17]，白了少年头。佳期难道此生休也啰？

(净)我看人情已变，朝政日非；且当道诸公，日日罗织[18]正人，报复夙怨。不如暂避其锋，把香君消息，从容打听罢。(生)说的也是，但这附近州郡，别无相知；只有好友陈定生住在宜兴，吴次尾住在贵池。不免访寻故人，倒也是快事。(行介)

【前腔】故人多狎水边鸥[19]，傲王侯，红尘拂袖[20]。长安棋局[21]不胜愁，买孤舟，南寻烟岫。(净)来到三山街书铺廊了，人烟稠密，趱行几步才好。(疾走介)妨他豺狼当道，冠带几猕猴[22]。三山榛莽[23]水狂流也啰。

(生指介)这是蔡益所书店，定生、次尾常来寓此，何不问他一信。(住看介)那廊柱上贴着新选封面，待我看来。(读介)"复社文开"。(又看介)这左边一行小字,是"壬午、癸未房墨合刊"[24];右边是"陈定生、吴次尾两先生新选"。(喜介)他两人难道现寓此间不成?(净)待我问来。(叫介)掌柜的那里?(丑上)请了,想要买什么书籍么?(生)非也。要借问一信。(丑)问谁?(生)陈定生、吴次尾两位相公来了不曾?(丑)现在里边,待我请他出来。(丑下)(末、小生同上见介)呀!原来是侯社兄。(见净介)苏昆老也来了。(各揖介)(末问介)从那来的?(生)从敝乡来的。(小生问介)几时进京?(生)昨日才到。

【玉芙蓉烽】烟满郡州,南北从军走;叹朝秦暮楚[25],三载依刘。归来谁念王孙瘦,重访秦淮帘下钩。徘徊久,问桃花昔游[26],这江乡,今年不似旧温柔。

(问末、小生介)两兄在此,又操选政[27]了?(末、小生)见笑。

【前腔】金陵旧选楼[28],联榻同良友;对丹黄[29]笔砚,事业千秋。六朝衰弊今须救[30],文体重开韩柳欧。传不朽,把东林尽收,才知俺中原复社附清流。

(内唤介)请相公们里边用茶。(末、小生)来了。(让生、净入介)(杂扮长班持拜帖上)我家官府阮大铖,新升兵部侍郎;特赐蟒玉[31],钦命防江。今日到三山街拜客,只得先来。(副净扮阮大铖蟒、玉,骄态,坐轿,杂持伞、扇引上)

【朱奴儿】(副净)排头踏青衣前走[32],高轩稳扇盖交抖。看是何人坐上头,是当日胯下韩侯[33]。(杂禀介)请老爷停轿,与金都越老爷[34]投帖。(杂投帖介)(副净停轿介)吩咐左右,不必打道,尽着百姓来瞧。(搧扇大说介)我阮老爷今日钦赐蟒玉,大轿拜客。那班东林小人,目下奉旨搜拿,躲的影儿也没了。(笑

（介）才显出谁荣谁羞,展开俺眉头皱。

（看书铺介）那廊柱上帖的封面,有什么复社字样;叫长班揭来我瞧。（杂揭封面,送副净读介）"复社文开。陈定生吴次尾新选。"（怒介）嗄! 复社乃东林后起,与周镳、雷縯祚同党[35];朝廷正在拿访,还敢留他选书。这个书客也大胆之极了。快快住轿!（落轿介）（副净下轿,坐书铺吩咐介）速传坊官。（杂喊介）坊官那里?（净扮坊官急上,跪介）禀大老爷,传卑职有何吩咐?

【前腔】（副净）这书肆不将法守,通恶少复社渠首。奉命今将逆党搜,须得你蔓引株求[36]。（净）不消大老爷费心,卑职是极会拿人的。（进入拿丑上）犯人蔡益所拿到了。（丑跪禀介）小人蔡益所并未犯法。（副净）你刻什么《复社文开》,犯法不小。（丑）这是乡会房墨,每年科场要选一部的。（副净喝介）咦! 目下访拿逆党,功令[37]森严,你容留他们选书,还敢口强,快快招来。（丑）不干小人事,相公们自己走来,现在里面选书哩。（副净）既在里面,用心看守,不许走脱一人。（丑应下）（副净向净私语介）访拿逆党,是镇抚司[38]的专责,速递报单,叫他校尉拿人。传缇骑[39]重兴狱囚,笑杨左[40]今番又。

（净）是。（速下）（副净上轿介）（生、末、小生拉轿,喊介）我们有何罪过,着人看守;你这位老先生,不畏天地鬼神了。（副净微笑介）学生并未得罪,为何动起公愤来。（拱介）请教诸兄尊姓台号?（小生）俺是吴次尾。（末）俺是陈定生。（生）俺是侯朝宗。（副净微怒介）哦! 原来就是你们三位! 今日都来认认下官。

【剔银灯】堂堂貌须长似帚,昂昂气胸高如斗。（向小生介）

193

那丁祭之时,怎见的阮光禄难司笾和豆。(向末介)那借戏之时,为甚把燕子笺弄俺当场丑。(向生介)堪羞!妆奁代凑,倒惹你裙钗乱丢。

(生)你就是阮胡子,今日报仇来了。(末、小生)好,好,好!大家扯他到朝门外,讲讲他的素行[41]去。(副净佯笑介)不要忙,有你讲的哩。(指介)你看那来的何人?(副净坐轿下)(杂扮白靴四校尉上)(乱叫介)那是蔡益所?(丑)在下便是,问俺怎的?(杂)俺们是驾上来的,快快领着拿人。(丑)要拿那个?(杂)拿陈、吴、侯三个秀才。(生)不要拿。我们都在这边哩,有话说来。(杂)请到衙门里说去罢!(竟丢锁套三人下)(丑吊场介)这是那里的帐。(唤介)苏兄快来!(净扮苏昆生上)怎么样的了?(丑)了不得,了不得!选书的两位相公拿去罢了,连侯相公也拿去了。(净)有这等事!

【前腔】(合)凶凶的缧绁[42]在手,忙忙的捉人飞走;小复社没个东林救,新马阮接着崔田后。堪忧!昏君乱相,为别人公报私仇。

(净)我们跟去,打听一个真信,好设法救他。(丑)正是。看他安放何处,俺好早晚送饭。

(丑)朝市纷纷报怨仇,(净)乾坤付与杞人忧[43];

(丑)仓皇谁救焚书祸,(净)只有宁南一左侯。

注 释

[1] 二酉——二酉即大、小酉山,在今湖南省沅陵县,相传山洞里有丰富的藏书,这里用作书坊的名字。

〔2〕 牙签——本是藏书的标识,这里作书籍解。

〔3〕 "何物充栋汗车牛"二句——充栋汗车牛即汗牛充栋,汗牛是说把书运走时可以使牛出汗,充栋是说把书放在家里,可以堆到屋顶。都是形容藏书的丰富。书香是表示子弟能读书,继承家业。铜臭本是用钱买官的意思,一般也用来讥讽富人。因为当时贩书的书客一方面能读书,另一方面又可赚钱,所以说混了书香铜臭。

〔4〕 贾儒商秀——贾客而又是儒生,商人而又是秀才:都是形容蔡益所的身分的。

〔5〕 秦皇大搜——即指秦始皇的焚书坑儒。秦始皇听信李斯的话,焚烧天下的书,并坑杀咸阳的儒生四百馀人。

〔6〕 三山街——南京街名。

〔7〕 十三经……腐烂时文——十三经即《易经》、《诗经》、《书经》、《周礼》、《仪礼》、《礼记》、《春秋三传》(《左传》、《公羊传》、《穀梁传》)、《论语》、《孝经》、《尔雅》、《孟子》十三种著作。廿一史即《史记》、《汉书》、《后汉书》、《三国志》、《晋书》、《宋书》、《南齐书》、《梁书》、《陈书》、《后魏书》、《北齐书》、《周书》、《隋书》、《南史》、《北史》、《新唐书》、《新五代史》、《宋史》、《辽史》、《金史》、《元史》廿一部史书,包括我国上古至元的各时期的重要历史著作。流是流派,九流指春秋战国时儒家、道家、阴阳家、法家、名家、墨家、纵横家、杂家、农家九个学派。教是宗教,三教即儒、道、释三教。家是指某种专门的学问;诸子百家指周秦之间各家的著作。腐烂时文就是八股文。

〔8〕 射了贸易诗书之利——是说赚了贩书的利润。射利是形容他们见利就像箭一样的去追逐。

〔9〕 乙酉——公元 1645 年。

〔10〕 恩纶——皇帝的诏书。

〔11〕 条陈——向上级分条陈述事情的呈文。

〔12〕 亟正——亟,是急切的意思。亟正即急切纠正。

〔13〕 风气随名手——风气指文章的风气。名手一般指著名的作

家,这里指出名的选家。这句说文章的风气是跟着著名选家转移的。

〔14〕 文章中试官——我国明、清时代科场里谚语:"不愿文章中主考,但愿文章中试官。"试官是阅卷官,如果试官看中意了,录取就有希望。

〔15〕 "当年烟月满秦楼"三句——这三句暗用萧史和弄玉的故事(见第十七齣注〔15〕),表现侯方域在回忆过去美满生活时的惆怅心情。

〔16〕 人隔银汉几重秋——这是暗用牛郎织女的故事,表示不易和香君相见。

〔17〕 "等他诗题红叶"二句——诗题红叶,是唐朝于佑的故事。唐僖宗时,宫女韩氏用红叶题诗,从御沟中流出。这红叶为于佑拾取后,也在它上面题一首诗,重投御沟上流,流入宫中,恰巧又被韩氏所得。后僖宗放宫女,于佑娶了韩氏。白了少年头,见岳飞《满江红》词,是光阴虚度的意思。这两句总意是:为等待香君的音讯,头发都白了。

〔18〕 罗织——故意造种种罪名陷害人。

〔19〕 故人多狎水边鸥——狎是亲昵的意思。杜甫《客至》诗:"舍南舍北皆春水,但见群鸥日日来。"这里暗用他的诗意表示故人生活的闲散。

〔20〕 红尘拂袖——红尘,表示朝市繁华的气氛。红尘拂袖,意思是说从繁华的朝市中拂袖而去。

〔21〕 长安棋局——长安泛指都城,这里指南京。棋局暗喻政治形势。

〔22〕 冠带几猕猴——意即说当时公卿,虽然表面上戴冠围带,实际跟猕猴一样。

〔23〕 三山榛莽——意说这热闹的三山街怕要成了榛莽。榛莽,指草木丛生。

〔24〕 壬午癸未房墨合刊——壬午、癸未,即公元1642年、1643年。壬午乡试之年;癸未,壬午的次年,会试之年。明清的科举制度,每届三年,集合各省秀才,分别在各省省城,朝廷特派试官,试以四书经义及诗策

等,这叫乡试。乡试的次年,集合各省举人在礼部考试,这叫会试。房墨,中选的试卷。明清时代书坊里每每把士子房墨选印出售。合刊指将这两年的卷子一起刊出。

〔25〕 "叹朝秦暮楚"二句——朝秦暮楚本是反复无常的意思,这里指到处流浪。三载依刘指王粲因西京之乱,往依刘表。这里是侯方域借来比喻自己往依史可法的。

〔26〕 桃花昔游——暗用唐朝崔护的故事。崔护清明日独自郊游,因口渴向一个女子求饮;到第二年清明,他再去时,那女子已经不见了。崔护惆怅地写了一首诗《题都城南庄》:"去年今日此门中,人面桃花相映红;人面不知何处去,桃花依旧笑春风。"

〔27〕 操选政——主持选录文章的工作。

〔28〕 金陵旧选楼——金陵旧有文选楼,相传是梁昭明太子萧统编选《文选》处。

〔29〕 丹黄——是赤色和黄色的颜料。过去用来圈点校对书籍的。

〔30〕 "六朝衰弊今须救"二句——六朝本指六朝的骈俪文,这里指只注重辞句的典丽,而缺乏内容的文风。韩、柳、欧即韩愈、柳宗元、欧阳修,都是我国著名的散文家,唐宋古文运动的领袖。这两句意说要纠正当时衰敝的文风,重新发展唐宋古文流派。

〔31〕 蟒玉——即蟒袍和玉带,是贵官的服装。

〔32〕 "排头踏青衣前走"二句——头踏是封建时代官员出行时的前列仪仗。青衣是古代下层人民的服色,这里指差役。高轩即高车。扇是仪仗的一种,用来遮日光的。盖即伞。这二句形容阮大铖得意骄矜的状态。

〔33〕 胯下韩侯——韩侯即淮阴侯韩信。他少年时曾受淮阴恶少侮辱,要他从胯下爬过。阮大铖曾一时失势,受复社的攻击,因此用"胯下韩侯"来自比。

〔34〕 金都越老爷——即金都御史越其杰。

〔35〕 与周镳、雷縯祚同党——当时官吏雷縯祚曾任武德道佥事,周

镶曾任礼部主事。因与阮大铖有隙,被诬,于弘光二年四月勒令自尽。见《明季南略·诛周钟等》。

〔36〕 蔓引株求——蔓是一种细茎的植物,每每缠附于其它树上生长。株是树木在土上的根部,和根相连。蔓引株求,是牵连根究的意思。

〔37〕 功令——朝廷法令。

〔38〕 镇抚司——官名。明朝在各卫置镇抚司,而锦衣卫的镇抚司威权更大。这里即指锦衣卫的镇抚司。

〔39〕 缇(tí)骑——即赤衣马队,是逮捕犯人的官役,如明朝的锦衣校尉是。

〔40〕 杨左——即杨涟、左光斗,在明熹宗时任左副都御史和御史。是当时比较正直的官员,曾协力劾魏忠贤的罪恶,后皆为魏忠贤所害。

〔41〕 素行——平素的行为。

〔42〕 缧绁(xiè)——缚犯人的绳子。

〔43〕 杞(qǐ)人忧——即杞人忧天。传说杞国有人怕天崩地坠,使自己无所容身。后来人每用以比喻无谓的忧虑。

桃花扇卷四

第三十龋　归　山

乙酉三月

【粉蝶儿】(外白髯扮张薇冠带上)何处家山,回首上林春老[1],秣陵城烟雨萧条。叹中兴,新霸业,一声长啸。旧宫袍,衬着懒散[2]衰貌。

下官张薇,表字瑶星,原任北京锦衣卫仪正[3]之职。避乱南来,又遇新主中兴,录俺世勋[4],仍补旧缺。不料权奸当道,朝局日非,新于城南修起三间松风阁,不日要投闲归老。只因有逆案两人,乃礼部主事周镳,按察副使雷缜祚,马、阮挟仇,必欲置之死地。下官深知其冤,只是无法可救,中夜踌躇,故此去志未决。

【尾犯序】党祸[5]起新朝,正士寒心,连袂高蹈[6]。俺有何求,为他人操刀。急逃!盖了座松风草阁,等着俺白云啸傲;只因这沉冤未解梦空劳。

(副净扮家僮上,禀介)禀老爷,镇抚司冯可宗[7]拿到逆党三名,候老爷升厅发放。(杂扮校尉四人,持刑具罗列介)(外升厅介)(净扮解役投文,押生、末、小生带锁上)(跪介)(外看文问介)据坊官报单,说尔等结社朋谋,替周镳、雷缜祚行贿打点,因而该司捕解;快快从实招来,免受刑拷。

199

【前腔】(末、小生)难招！笔砚本吾曹,复社青衿,评选文稿。无罪而杀,是坑儒根苗。(生)休拷！俺来此携琴访友,并不曾流连夜晓。无端的池鱼堂燕一时烧[8]。

(外)据尔所供,一无实迹,难道本衙门诬良为盗不成！(拍惊堂[9]介)叫左右预备刑具,叫他逐个招来。(末前跪介)老大人不必动怒。犯生陈贞慧,直隶宜兴人,不合在蔡益所书坊选书,并无别情。(小生前跪介)犯生吴应箕,直隶贵池人,不合与陈贞慧同事,并无别情。(外向净介)既在蔡益所书坊,结社朋谋,行贿打点,彼必知情。为何竟不拿到？(投签与净介)速拿蔡益所质审。(净应下)(生前跪介)犯生侯方域,河南归德府人,游学到京,与陈贞慧、吴应箕文字旧交。才来拜望,一同拿来了。并无别情。(外想介)前日蓝田叔所画桃源图,有归德侯方域题句。(转问介)你是侯方域么？(生)犯生便是。(外拱介)失敬了！前日所题桃源图,大有见解,领教,领教！(吩咐介)这事与你无干,请一边候。(生)多谢超豁[10]了。(一边坐介)(净持签上)(禀介)禀老爷,蔡益所店门关闭,逃走无踪了。(外)朋谋打点,全无证据,如何审拟。(寻思介)(副净持书送上介)王、钱二位老爷有公书。(外看介)原来是内阁王觉斯,大宗伯钱牧斋[11],两位老先生公书。待俺看来！(开书背看,点头介)说的有理,竟不知陈、吴二犯,就是复社领袖。

【红衲袄】一个是定生兄,艺苑[12]豪;一个是主骚坛[13],吴次老。为甚的冶长无罪拘皋陶[14],俺怎肯祸兴觉锢推又敲。大锦衣,权自操;黑狱中,白日照。莫教名士清流贾祸含冤也,把中兴文运凋。

(转拱介)陈、吴两兄,方才得罪了。(问介)王觉斯、钱牧斋二位老先生,一向交好么?(末、小生)并无相与。(外)为何发书,极道两兄文名,嘱俺开释?(末、小生)想出二公主持公道之意。(外)是,是。下官虽系武职,颇读诗书,岂肯杀人媚人[15]。(吩咐介)这事冤屈,请一边候;待俺批回该司,速行释放便了。(批介)(末、小生一边坐介)(副净持朝报送上介)禀老爷,今日科抄[16]有要紧旨意,请老爷过目。(外看报介)"内阁大学士马一本,为速诛叛党,以靖邪谋事。犯官周镳、雷縯祚,私通潞藩,叛迹显然;乞早正法,晓示臣民等语。奉旨周镳、雷縯祚,着监候处决[17]。又兵部侍郎阮一本,为捕灭社党,廓清皇图[18]事。照得东林老奸,如蝗蔽日;复社小丑,似蝻[19]出田。蝗为现在之灾,捕之欲尽;蝻为将来之患,灭之勿迟。臣编有《蝗蝻录》,可按籍而收也等语。奉旨这东林社党,着严行捕获,审拟具奏;该衙门知道!"(外惊介)不料马、阮二人,又有这番举动,从此正人君子无孑遗[20]矣。

【前腔】俺正要省约法[21],画狱牢;那知他铸刑书[22],加炮烙。莫不是清流欲向浊流抛[23],莫不是党碑又刻元祐号[24]。这法网,人怎逃;这威令,谁敢拗。眼见复社东林尽入囹圄[25]也,试新刑,搜尔曹[26]。

(向生等介)下官怜尔无辜,正思开释。忽然奉此严旨,不但周、雷二公定了死案;从此东林、复社,那有漏网之人。(生等跪求介)尚望大人超豁。(外)俺若放了诸兄,倘被别人拿获,再无生理,且不要忙。(批介)据送三犯,朋谋打点,俱无实迹。俟拿到蔡益所之日,审明拟罪可也。(向生等介)那镇抚司冯可宗,虽系功名之徒,却也良心未丧,待俺写书与他。(写介)老夫待罪锦衣,多历年所,门户党援[27],何代无之。

201

总之君子、小人,互为盛衰,事久则变,势极必反:我辈职司风纪[28],不可随时偏倚,代人操刀。天道好还,公论不泯,慎勿自贻后悔也。(拱介)诸兄暂屈狱中,自有昭雪之日。(净、杂押生等俱下)(外退堂介)俺张薇原是先帝旧臣,国破家亡,已绝功名之念,为何今日出来助纣为虐[29]。自古道:"知几不俟终日"[30]。看这光景,尚容踌躇再计乎。(唤介)家僮快牵马来,我要到松风阁养病去了。(副净牵马上)坐马在此。(外上马,副净随行介)

【解三酲】(外)好趁着晴春晚照,满路上絮舞花飘。遥望见城南苍翠山色好,把红尘客梦全消。且喜已到松风阁,这是俺的世外桃源;不免下马登楼,趁早料理起来。(下马登楼介)清泉白石人稀到,一阵松风响似涛。(唤介)叫园丁撑开门窗,拂净栏槛,俺好从容眺望。(杂扮园丁收拾介)燕泥沾落絮,蛛网罥飞花。禀老爷,收拾干净了。(下)(外窥窗介)你看松阴低户,沁的人心骨皆凉。此处好安吟榻。(又凭栏介)你看春水盈池,照的人须眉皆碧。此处好支茶灶。(忽笑介)来的慌了,冠带袍靴全未脱却;如此打扮,岂是桃源中人。可笑,可笑!(唤介)家僮开了竹箱,把我买下的箬笠、芒鞋、萝绦、鹤氅[31],替俺换了。(换衣带介)堪投老[32],才修完三间草阁,便解宫袍。

(净扮校尉锁丑牵上)松间批驾帖[33],竹里验公文。方才拿住蔡益所,闻得张老爷来此养病,只得赶来销签。(叫介)门上大叔那里?(副净出问介)来禀何事,如此紧急?(净)禀老爷,拿到蔡益所了,特来销签。(缴签介)(副净上楼,禀介)衙门校尉带着蔡益所回话。(外惊介)拿了蔡益所,他三人如何开交。(想介)有了,叫校尉楼下伺候,听俺吩咐。(副净传净跪楼下介)

(外盼咐介)这件机密重案,不可丝毫泄漏;暂将蔡益所羁候园中,待我回衙,细细审问。(净)是。(将丑拴树介)(净欲下介)(外)转来,园中窄狭,把这匹官马,牵回喂养;我的冠带袍靴,你也顺便带去。我还要多住几时,不许擅来啰唣。(净应下)(外跌足介)坏了,坏了!衙役走入花丛,犯人锁在松树,还成一个什么桃源哩。不如下楼去罢!(下楼见丑介)果是蔡益所哩。(丑跪介)犯人与老爷曾有一面之识。(外)虽系旧交,你容留复社,犯罪不轻。(丑叩头介)是。(外)你店中书籍,大半出于复社之手,件件是你的赃证。(丑叩头介)只求老爷超生。(外)你肯舍了家财,才能保得性命。(丑)犯人情愿离家。(外喜介)这等就有救矣。(唤介)家童与他开了锁头。(副净开丑介)(外)你既肯离家,何不随我住山。(丑)老爷若肯携带,小人就有命了。(外指介)你看东北一带,云白山青,都是绝妙的所在。(唤介)家童好生看门,我同蔡益所瞧瞧就来。(副净应下)(丑随外行介)(外指介)我们今夜定要宿在那苍苍翠翠之中。(丑)老爷要去看山,须差人早安公馆。那山寺荒凉,如何住宿?(外)你怎晓得,舍了那顶破纱帽,何处岩穴着不的这个穷道人。(丑背介)这是那里说起?(外)不要迟疑,一直走去便了。

【前腔】眼望着白云缥缈,顾不得石径迢遥。渐渐的松林日落空山杳,但相逢几个渔樵。翠微[34]深处人家少,万岭千峰路一条。开怀抱,尽着俺山游寺宿,不问何朝。

境隔仙凡几树桃[35], 才知容易谢尘嚣[36];
清晨检点白云署, 行到深山日尚高。

注　释

〔1〕　上林春老——上林本是由秦兴建,汉武帝加以扩大的上林苑,后来每用以指一般皇帝的宫苑。上林春老,是暗示南明皇朝的衰落的。

〔2〕　懒散——疑本作阑珊,因为《粉蝶儿》调这两字应用平声。

〔3〕　锦衣卫仪正——锦衣卫是明代掌管侍卫、缉捕、刑狱等事的官署,所属有仪鸾司,仪正可能是仪鸾司大使。

〔4〕　录俺世勋——张薇的父亲张可大,在明末任登莱总兵官,毛文龙叛变时,他和巡抚孙元化都被杀。张薇即因他父亲殉国的功绩,授锦衣卫千户官。

〔5〕　党祸——因朋党之争而引起的祸害。

〔6〕　连袂(mèi)高蹈——意即相继归隐。

〔7〕　冯可宗——《南疆绎史》作冯可京,时在南京任锦衣卫都督。

〔8〕　无端的池鱼堂燕一时烧——比喻无辜受祸。池鱼即"城门失火,殃及池鱼",可参看《桃花扇序》注〔6〕。堂燕借用古代一个寓言——燕雀寄居堂上,这房子起了火,燕雀不知大祸临头,仍没有一点惊慌。

〔9〕　惊堂——即惊堂木,过去官吏审讯罪犯时,用以拍打案桌来助威的一块长方木。

〔10〕　超豁——超脱免罪。

〔11〕　王觉斯、钱牧斋——即王铎、钱谦益。

〔12〕　艺苑——文坛。

〔13〕　骚坛——诗坛。

〔14〕　"为甚的冶长无罪拘皋陶"二句——冶长即公冶长,是孔子的弟子,曾被诬陷入狱。皋陶是狱官,拘皋陶即指被扣在监狱里。党锢是东汉时的一件政治纠纷。可参考《桃花扇序》注〔8〕。这两句意说陈、吴二人无罪被扣,他不愿多方审讯,造成党锢之祸。

〔15〕　杀人媚人——用杀人来谄媚人。

〔16〕 科抄——即朝报。

〔17〕 处决——即处斩。

〔18〕 皇图——皇帝统治的版图。

〔19〕 蝻——指孵化出来还不会飞的蝗虫。

〔20〕 无子遗——没有残留。

〔21〕 "俺正要省约法"二句——形容施行德政。汉高祖入关时,废除秦朝的苛政,与父老约法三章。画狱牢,借用周文王画地为牢的故事。

〔22〕 "铸刑书"二句——形容施行暴政。春秋时,晋国将刑法铸在鼎上。炮烙是商朝纣王设的一种残酷的刑具,将油涂在铜柱上,用火烧红,令罪人双手抱柱或爬行柱上。

〔23〕 清流欲向浊流抛——唐末大臣裴枢等七人被杀于滑州白马驿,李振对梁王朱全忠说:"他们自称清流,要把他们丢到黄河去,使他们永远作浊流。"

〔24〕 党碑又刻元祐号——元祐是宋哲宗的年号。宋徽宗时蔡京专政,斥戮元祐时执政大臣,说他们都是奸党;并在太学端礼门前立碑,把司马光等三百多人的名字刻在上面,叫做党人碑。

〔25〕 囹圄(líng yǔ)——监狱。

〔26〕 尔曹——你们。

〔27〕 门户党援——指政治上的宗派朋党。

〔28〕 风纪——指法度纪纲。

〔29〕 助纣为虐——意指帮助坏人做坏事。纣即商纣,是历史上有名的暴君。

〔30〕 知几不俟终日——这句话见《易经》,意是说:当预见到事变的萌芽时,一天也不要等待。

〔31〕 萝绦、鹤氅——藤萝做的绦,鹤羽做的袍,都是道士的服装。

〔32〕 投老——投闲告老。

〔33〕 驾帖——《明史·食货志》:"王府及诸阉丈地征税,旁午于

道……驾帖捕民,挌杀庄佃,所在骚然。"驾帖疑是诸王、阉党等不经地方官直接拿人的帖子。

〔34〕 翠微——本是山色,这里指远山。

〔35〕 境隔仙凡几树桃——意说几树桃便把仙境与凡间分隔开了。

〔36〕 谢尘嚣(xiāo)——离开了尘俗喧嚣的境界。

第三十一齣 草 檄

乙酉三月

(净扮苏昆生上)万历[1]年间一小童,崇祯[2]朝代半衰翁;曾逢天启干恩荫[3],又见弘光嗣厂公。我苏昆生,睁着五旬老眼,看了四代时人,故此做这几句口号[4]。你说那两位嗣厂公,有天没日,要把正人君子,捕灭尽绝。可怜俺侯公子,做了个法头例首[5]。我老苏与他同乡同客,只得远来湖广,求救于宁南左侯。谁想一住三日,无门可入;今日江上大操,看他兵马过处,鸡犬无声,好不肃静。等他回营,少不的寻个法儿,见他一面。(唤介)店家那里?(副净扮店主上)黄鹤楼头仙客少[6],白云市上酒家多。客官有何话说?(净)请问元帅左爷爷,待好回营么?(副净)早哩,早哩!三十万人马,每日操到掌灯;况今日又留督抚袁老爷,巡按黄老爷,在教场饮酒,怎得便回。(净)既是这等,替我打壶酒来,慢慢的吃着等他罢。(副净取酒上)等他做甚。吃杯酒,早些安歇罢。(净)俺并不张看,你放心闭门便了。(副净下)(净望介)你看一轮明月,早出东山,正当春江花月夜[7];只是兴

会不佳耳。(坐斟酒饮介)对此杯中物,勉强唱支曲儿,解闷则个。(自敲鼓板唱介)

[念奴娇序][8]长空万里,见婵娟可爱,全无一点纤凝。十二阑干光满处,凉浸珠箔银屏。偏称,身在瑶台,笑斟玉斝,人生几见此佳景。惟愿取年年此夜,人月双清。

(自斟饮介)这样好曲子,除了阮圆海却也没人赏鉴。罢了罢了!宁可埋之浮尘,不可投诸匪类[9]。(又饮介)这时候也待好回营了,待俺细细唱起来。他若听得,不问便罢,倘来问俺,倒是个机会哩。(又敲鼓板唱介)

[前腔]孤影,南枝乍冷[10],见乌鹊缥缈,惊飞栖止不定。(副净上怨介)客官安歇罢,万一元帅听得,连累小店,倒不是耍的。(净唱介)万叠苍山,何处是修竹吾庐三径[11]。(副净拉净睡介)(净)不妨事的。俺是元帅乡亲,巴不得叫他知道,才好请俺进府哩。(副净)既是这等,凭你,凭你!(下)(净又唱介)追省,丹桂谁攀[12],姮娥独住,故人千里漫同情。惟愿取年年此夜,人月双清。(杂扮小卒数人,背弓、矢、盔、甲走过介)(净听介)外边马蹄乱响,想是回营了,不免再唱一曲。(又敲鼓板唱介)

[前腔]光莹,我欲吹断玉箫[13],骖鸾归去,不知何处冷瑶京。(杂扮小军四人旗帜前导介)(净听介)喝道之声,渐渐近来,索性大唱一唱。环佩湿[14],似月下归来飞琼。(小生扮左良玉,外扮袁继咸,末扮黄澍冠带骑马上)朝中新政教歌舞,江上残军试鼓鼙。(外听介)咦!将军,贵镇也教起歌舞来了。(小生)军令严肃,民间谁敢。(末指介)果然有人唱曲。(小

(生立听介)(净大唱介)那更,香雾云鬟[15],清辉玉臂,广寒仙子也堪并。惟愿取年年此夜,人月双清。

(小生怒介)目下戒严之时,不遵军法,半夜唱曲。快快锁拿!(杂打下门,拿出净、跪马前介)(小生问介)方才唱曲,就是你么?(净)是。(小生)军令严肃,你敢如此大胆。(净)无可奈何,冒死唱曲,只求老爷饶恕。(外)听他所说,像是醉话。(末)唱的曲子,倒是绝调。(小生)这人形迹可疑,带入帅府,细细审问。(带净行介)

【窣地锦裆】(合)操江[16]夜入武昌门,鸡犬寂寥似野村。三更忽遇击筑人,无故悲歌必有因。

(作到府介)(小生让外、末介)就请下榻荒署,共议军情。(外、末)怎好搅扰。(同入坐介)(外)方才唱曲之人,倒要早早发放。(小生)正是。(吩咐介)带过那个唱曲的来。(杂带净跪介)(小生问介)你把犯法情由,从实说来。(净)小人来自南京,特投元帅;因无门可入,故意犯法,求见元帅之面的。(小生)嗟!该死奴才,还不实说。(末)不必动怒。叫他说,要见元帅,有何缘故。

【锁南枝】(净)京中事,似雾昏,朝朝报仇搜党人。现将公子侯郎,拿向囹圄困。望旧交,怀旧恩,替新朝,削新忿。

(小生)那侯公子,是俺世交,既来求救,必有手书。取出我瞧。(净叩头介)那日阮大铖亲领校尉,立拿送狱,那里写得及书。(外)凭你口说,如何信得。(小生想介)有了,俺幕中有侯公子一个旧人,烦他一认,便知真假。(吩咐介)请柳相公出来。(杂应介)(丑扮柳敬亭上)肉朋酒友,问俺老柳。待俺认来。

（点烛认介）呀！原来是苏昆生，我的盟弟。（各掩泪介）（小生）果然认的么？（丑）他是河南苏昆生，天下第一个唱曲的名手，谁不认的。（小生喜介）竟不知唱曲之人，倒是一个义士。（拉起介）请坐，请坐。（净各揖坐介）（丑）你且说侯公子为何下狱？

【前腔】（净）为他是东林党，复社群，曾将魏崔门户分。小阮思报前仇，老马没分寸[17]。三山街，缇骑狠，骤飞来，似鹰隼。

把侯相公拿入狱内，音信不通，俺没奈何，冒死求救。幸亏将军不杀，又得遇着柳兄。（揖介）只求长兄恳央元帅，早发救书，也不枉俺一番远来。（小生气介）袁、黄二位盟弟，你看朝事如此，可不恨死人也。（外）不特此也。闻得旧妃童氏[18]，跋涉寻来，马、阮不令收认；另藏私人，豫备采选，要图椒房之亲，岂不可杀。（末）还有一件，崇祯太子[19]，七载储君，讲官大臣，确有证据，今欲付之幽囚。人人共愤，皆思寸磔[20]马、阮，以谢先帝。（小生大怒介）我辈戮力疆场，只为报效朝廷；不料信用奸党，杀害正人，日日卖官鬻爵，演舞教歌，一代中兴之君，行的总是亡国之政。只有一个史阁部，颇有忠心，被马、阮内里掣肘，却也依样葫芦[21]。剩俺单身只手，怎去恢复中原。（跌足介）罢，罢，罢！俺没奈何，竟做要君[22]之臣了。（揖外介）临侯替俺修起参本[23]。（外）怎么样写？（小生）你只痛数马、阮之罪便了。（外）领教！（丑送纸笔外写介）

【前腔】朝廷上，用逆臣，公然弃妃囚嗣君。报仇翻案纷纷，正士皆逃遁。寻冶容[24]，教艳品，卖官爵，笔难尽。

（外写完介）（小生）还要一道檄文，借重仲霖起稿罢。（揖介）（末）也是这样做么？（小生）你说俺要发兵进讨，叫他死无噍类[25]。（丑）该，该！（小生）你前日劝俺不可前进，今日为何又来赞成。（丑）如今是弘光皇帝了，彼一时也，此一时也。（小生）是，是！俺左良玉乃先帝老将，先帝现有太子，是俺小主。那马、阮擅立弘光之时，俺远在边方，原未奉诏的。（末）待俺做来。（丑送纸笔，末写介）

【前腔】清君侧[26]，走檄文，雄兵义旗遮路尘。一霎飞渡金陵，直抵凤凰门[27]。朝帝宫，谒孝寝[28]，搜黄阁，试白刃。

（末写完介）（小生）就列起名来。（外）这样大事，还该请到新巡抚何腾蛟[29]，求他列名。（小生）他为人固执，不必相闻，竟写上他罢了。（外、末列名介）（小生）今夜誊写停当，明早飞递投送；俺随后也就发兵了。（外）只怕递铺[30]误事。（小生）为何？（外）京中匿名文书，纷纷雨集；马、阮每早令人搜寻，随得随烧，并不过目。（小生）如此只得差人了。（末）也使不得。闻得马、阮密令安庆将军杜弘域[31]，筑起坂矶[32]，久有防备我兵之意。此檄一到，岂肯干休；那差去之人，便死多活少了。（小生）这等怎处？（丑）倒是老汉去走走罢。（外、末惊介）这位柳先生，竟是荆轲之流[33]，我辈当以白衣冠送之。（丑）这条老命什么希罕，只要办的元帅事来。（小生大喜介）有这等忠义之人，俺左昆山要下拜了。（唤介）左右取一杯酒来。（杂取酒上，小生跪奉丑酒介）请尽此杯。（丑跪饮干介）（众拜丑，丑答拜介）

【前腔】擎杯酒，拭泪痕，荆卿短歌[34]声自吞。夜半携手叮咛，满座各消魂。何日归，无处问，夜月低，春风紧。

(各掩泪介)(丑向净介)借重贤弟,暂陪元帅;俺就束装东去了。(净)只愿救取公子,早早出狱,那时再与老哥相见罢。(俱作别介)(丑先下)(小生)义士,义士!(外、末)壮哉,壮哉!

渺渺烟波夜气昏,一樽酒尽客消魂,
从来壮士无还日,眼看长江下海门。

注　释

〔1〕　万历——明神宗的年号(1573—1620)。

〔2〕　崇祯——明思宗的年号(1628—1644)。

〔3〕　"曾逢天启干恩荫"二句——天启是明熹宗的年号(1621—1627)。恩荫是明代一种制度:碰到朝廷大庆典时,皇帝每每"广布恩泽"给一些较高级的或亲信的官员,庇荫他子孙入官。干恩荫是指干儿孙得到恩荫,这里指魏党。据《明史》记载,熹宗时魏忠贤当权,族党尽蒙恩荫。厂公指掌东厂事的魏忠贤。嗣厂公即厂公的后代,这里指马、阮等。这两句的意思是说苏昆生过去曾碰到熹宗重任魏党,现在又见弘光亲信马、阮。

〔4〕　口号——指随口念出的诗。

〔5〕　法头例首——指首先受新法例惩处的人。

〔6〕　"黄鹤楼头仙客少"二句——黄鹤楼头仙客,可参看第十三齣注〔21〕。白云市疑即指武昌,因崔颢《黄鹤楼》诗有"白云千载空悠悠"句而得名。

〔7〕　春江花月夜——本是乐府歌曲名,唐张若虚曾有名篇《春江花月夜》。这里借来形容江边月夜风景。

〔8〕　念奴娇序——苏昆生所唱的三段《念奴娇序》,是《琵琶记·中秋玩月》齣的曲文,通过这些曲文表达了剧中人蔡伯喈、牛氏在牛府赏月的情景。婵娟这里指月亮。偏称即最合适。瑶台本是仙人所居的地

方,这里借指蔡伯喈在牛府的华贵住宅。玉斝即玉杯。

〔9〕 投诸匪类——即投之于匪类。"诸"是"之于"二字的合音。

〔10〕 "孤影,南枝乍冷"三句——乍冷即突然寒冷。缥缈是恍惚有无的样子。这三句暗用曹操《短歌行》"月明星稀,乌鹊南飞,绕树三匝,无枝可依"的诗意,表现蔡伯喈入赘牛府的不安心情。

〔11〕 三径——陶渊明《归去来辞》引:"三径就荒,松菊犹存。"后人往往以三径代表故园。

〔12〕 "追省,丹桂谁攀"三句——追省即回忆。"丹桂谁攀,嫦娥独往",今本《琵琶记》作"丹桂曾攀,嫦娥相爱"。意说蔡伯喈因中了状元,被牛小姐爱上了。故人千里漫同情,表示蔡伯喈对前妻赵氏的怀念。

〔13〕 "光莹,我欲吹断玉箫"三句——莹本是珠玉的颜色,这里用来形容月色。骖,乘骑意。鸾传说是凤类的鸟,是仙人乘骑的。瑶京指传说中的月宫。这三句暗用苏轼《水调歌头》:"我欲乘风归去,又恐琼楼玉宇,高处不胜寒"的词意。

〔14〕 "环佩湿"二句——环佩即佩玉。飞琼即许飞琼,是传说中的仙女。

〔15〕 "那更,香雾云鬟"三句——杜甫《鄜州》诗:"香雾云鬟湿,清辉玉臂寒。"是想像他妻子在月下怀念远人的凄清情况的。传说月中有广寒宫,广寒仙子即指嫦娥。

〔16〕 操江——本是明朝官名,是管理江防的操江提督。这里即指在江上操练。

〔17〕 没分寸——意即没有定见,没有主张。

〔18〕 旧妃童氏一节——童氏是福王的继妃。福王即位后,刘良佐、越其杰等送她到南京。福王不认她,把她交锦衣卫严刑拷讯,不久即死在锦衣卫中。椒房,皇后所居。

〔19〕 崇祯太子一节——福王即位不久,曾有自称为崇祯太子者从北方南来。福王将他交锦衣卫审讯,后来自供是假太子,原名王之明。但

将官黄得功、刘良佐、左良玉、何腾蛟、袁继咸等均不相信,纷纷抗疏为太子讼冤。储君,即太子。

〔20〕 寸磔(zhé)——磔是尸裂,寸磔即凌迟处死,是封建时代一种极残酷的刑法。

〔21〕 依样葫芦——即依样画葫芦,表示不能独立有所作为。

〔22〕 要(yāo)君——要是威胁的意思。要君即威胁皇帝。

〔23〕 参本——参奏的本章。弘光元年四月,左良玉上书参奏马士英,历数其八大罪行。

〔24〕 "寻冶容"二句——指马、阮为弘光帝搜寻美女。冶容、艳品,都指容态美丽的女子。

〔25〕 叫他死无噍类——噍类指经过战争后残存的人口。叫他死无噍类,意即把他们杀尽诛绝。

〔26〕 清君侧——肃清皇帝左右的奸臣。

〔27〕 凤凰门——南京城门名。

〔28〕 孝寝——即明孝陵。

〔29〕 何腾蛟——明末贵州黎平卫人,崇祯十六年十月任湖广巡抚。后辅佐明永历帝起兵抗清,固守湖湘,封中湘王。

〔30〕 递铺——传送文书的驿站。

〔31〕 安庆将军杜弘域——杜弘域,天启初历延绥副总兵,后官至右都督。崇祯中提督池河、浦口二营,练兵阻止李自成等起义军南进。崇祯十三年移镇浙江,清兵南渡后,回原籍不久死。

〔32〕 坂矶——地名,即板子矶。三面环抱,是大江上下的要害地方,明朝在这里屯兵驻防。

〔33〕 "竟是荆轲之流"二句——荆轲去刺秦王时,燕太子丹及宾客等都穿白衣冠去送他。

〔34〕 荆卿短歌——荆卿即荆轲。荆卿短歌指荆轲在燕太子丹等送别时唱的易水歌。原文是:"风萧萧兮易水寒,壮士一去兮不复还!"

213

第三十二齣　拜　坛

乙酉三月

【吴小四】(副末扮赞礼郎冠带白须上)眼看他,命运差,河北新房一半塌[1]。承继个儿郎贪戏耍[2],不报冤仇不挣家。窝里财[3],奴乱抓。

在下是太常寺一个老赞礼,住在神乐观旁,专管庙陵祭享之事。那知天翻地覆,立了这位新爷,把俺南京重新兴旺起来。今岁乙酉[4],改历建号之年,家家庆贺。我老汉三杯入肚,只唱这个随心令儿[5]。旁人劝我道:"各人自扫门前雪,莫管他家瓦上霜。"我回言道:"大风吹倒梧桐树[6],也要旁人话短长。"(唤介)孩子们,今日是三月十几日?(内)三月十九日了。(副末)呵呀!三月十九日,乃崇祯皇帝忌辰。奉旨在太平门外设坛祭祀,派着我当执事的,怎么就忘了,快走,快走!(走介)冈冈峦峦,接接连连,竹竹松松,密密丛丛。不觉已到坛前,且喜百官未到,待俺趁早铺设起来。(作排案,供香、花、烛、酒介)

【普天乐】(净扮马士英,末扮杨文骢,素服从人上)旧江山,新图画,暮春烟景人潇洒。出城市,遍野桑麻;哭什么旧主升遐[7],告了个游春假。(外扮史可法素服上)这才去野哭江边奠杯斝,挥不尽血泪盈把。年时此日,问苍天,遭的什么花甲[8]。

（相见各揖介）（净）今日乃思宗烈皇帝升遐之辰，礼当设坛祭拜。（末）正是。（外问介）文武百官到齐不曾？（副末）俱已到齐了。（净）就此行礼。（副末赞礼，杂扮执事官捧帛、爵介）（赞）执事官各司其事，陪祀官就位，代献官就位。（各官俱照班排立介）（赞）瘗毛血[9]。迎神，参神，伏俯、兴，伏俯、兴，伏俯、兴，伏俯、兴。平身[10]。（各行礼完，立介）（赞）行奠帛礼[11]，升坛（净秉笏至神位前介）（赞）搢笏[12]，献帛，奠帛。（净跪奠帛叩介）（赞）平身，出笏，诣读祝位，跪。（净跪介）（赞）读祝。（副末跪读介）维岁次乙酉年，三月十九日，皇从弟嗣皇帝由崧，谨昭告于思宗烈皇帝曰：仰惟文德克承，武功载缵[13]，御极[14]十有七年，皇纲[15]不振，大宇中倾，皇帝殉社稷，皇后太子俱死君父之难。弟愚不才，忝颜偷生[16]，俯顺臣民之请，正位南都，权为宗庙神人主。恸一人之升遐，惩百僚之怠傲，努力庙谟[17]，惴惴忧惧，枕戈饮泣，誓复中原。今值宾天[18]忌辰，敬设坛壝[19]，遣官代祭。鉴兹追慕之诚，歆此蘋蘩之献[20]。尚飨[21]！（赞）举哀。（各官哭三声介）（赞）哀止，伏俯、兴，复位。（净转下介）（赞）行初献礼，升坛。（净至神位前介）（赞）搢笏，献爵，奠爵。（净跪奠爵，叩介）（赞）平身，出笏，复位。（赞）（行亚献终，献礼，同。）（赞）彻馔，送神，伏俯、兴。（四拜同）（各官依赞拜完，立介）（赞）读祝官捧祝，进帛官捧帛，各诣瘗位[22]。（各官立介）（赞）望瘗[23]。（杂焚祝帛介）（赞）礼毕。（外独大哭介）

【朝天子】万里黄风吹漠沙，何处招魂魄。想翠华[24]，守枯煤山[25]几枝花，对晚鸦，江南一半残霞。是当年旧家，孤臣哭拜天涯，似村翁岁腊，似村翁岁腊[26]。

（副末）老爷们哭的不恸，俺老赞礼忍不住要大哭一场了。（大哭一场下)(副净扮阮大铖素服大叫上)我的先帝呀,我的先帝呀!今日是你周年忌辰,俺旧臣阮大铖赶来哭临了。(拭眼问介)祭过不曾?(净)方才礼毕。(副净至坛前,急四拜,哭白介)先帝先帝!你国破身亡,总吃亏了一伙东林小人。如今都散了。剩下我们几个忠臣,今日还想着来哭你,你为何至死不悟呀!(又哭介)(净拉介)圆老,不必过哀,起来作揖罢。(副净拭眼,各见介)(外背介)可笑,可笑!(作别介)请了!烟尘三里路,魑魅[27]一班人。(下)(净)我们皆是进城的,就并马同行罢。(作更衣上马行介)

【普天乐】(合)奠琼浆,哭坛下,失声相向谁真假。千官散,一路喧哗,好趁着景美天佳,闲讲些兴亡话。咏归去[28],恰似春风浴沂罢,何须问江北戎马。南朝旧例尽风流,只愁春色无价。

(杂喝道介)(净)已到鸡鹅巷[29],离小寓不远,请过荒园同看牡丹何如?(末)小弟还要拜客,就此作别了。(末别下)(副净)待晚生趋陪罢。(作到,下马介)(净)请进。(副净)晚生随行。(净前副净后,入园介)(副净)果然好花。(净吩咐介)速摆酒席,我们赏花。(杂摆席介)(净、副净更衣坐饮介)(净大笑介)今日结了崇祯旧局,明日恭请圣上临御正殿,我们"一朝天子一朝臣"了。(副净)连日在江上,不知朝中有何新政。(净)目下假太子王之明,正在这里商量发放。圆老有何高见?(副净)这事明白易处。(净)怎么易处?(副净)老师相权压中外者,只因推戴二字。(净)是,是!(副净)既因推戴二字。

【朝天子】若认储君真不差,把俺迎来主,放那搭[30]。(净)是,是!就着监禁起来,不要惑乱人心。(问介)还有旧妃童氏,哭诉朝门,要求迎为正后。这何以处之?(副净)这益发使不得。自古道,君王爱馆娃。系臂纱[31],先须采选来家,替椒房作伐。(净)是,是!俺已采选定了,这个童氏,自然不许进宫的。(又问介)那些东林复社,捕拿到京,如何审问?(副净)这班人天生是我们冤对,岂可容情。切莫剪草留芽,但搜来尽杀,但搜来尽杀。

(净大笑介)有理,有理!老成见到之言,句句合着俺意。拿大杯来,欢饮三杯。(杂扮长班持本急上,禀介)宁南侯左良玉有本章一道,封投通政司[32];这是内阁揭帖[33],送来过目。(净接介)他有什么好本!(看本,怒介)呀,呀!了不得,就是参咱们的疏稿。这疏内数出咱七大罪,叫圣上立赐处分,好恨人也。(杂又持文书急上)还有公文一道,差人赍来的。(净接看,惊介)又是讨俺的一道檄文,文中骂的着实不堪;还要发兵前来,取咱的首级。这却怎处?(副净惊起,乱抖介)怕人,怕人!别的有法,这却没法了。(净)难道长伸脖颈,等他来割不成?(副净)待俺想来。(想介)没有别法,除是调取黄、刘三镇,早去堵截。(净)倘若北兵渡河,叫谁迎敌?(副净向净耳介)北兵一到,还要迎敌么?(净)不迎敌,更有何法?(副净)只有两法。(净)请教!(副净作挡衣[34]介跑。(又作跪地介)降。(净)说的也是。大丈夫烈烈轰轰,宁可叩北兵之马,不可试南贼之刀。吾主意已决,即发兵符,调取三镇便了。(想介)且住,调之无名,三镇未必肯去。这却怎处?(副净)只说左兵东来,要立潞王监国,三镇自然着忙的。(净)是,是!就烦圆老亲去一遭。

【普天乐】(合)发兵符,乘飞马,过江速劝黄刘驾。舟同济,舵又同拿,才保得性命身家。非是俺魂惊怕,怎当得百万精兵从空下,顷刻把城阙攻打。全凭铁锁断长江,拉开强弩招架。

(副净)辞过老师相,晚生即刻出城了。(净)且住,还有一句密话。(附耳介)内阁高弘图、姜曰广,左袒[35]逆党,俱已罢职了。那周镳、雷缜祚,留在监中,恐为内应,趁早取决何如?(副净)极该,极该。(净拱介)也不送了。(竟下)(副净出)(杂禀介)那个传檄之人,还拿在这里,听候发落。(副净)没有什么发落,拿送刑部请旨处决便了。(上马欲下介)(寻思介)且不要孟浪[36]。我看黄、刘三镇,也非左兵敌手,万一斩了来人,日后难于挽回。(唤介)班役,你速到镇抚司,拜上冯老爷[37],将此传檄之人,用心监候。(杂应下)(副净)几乎误了大事。(上马速行介)

江南江北事如麻, 半倚刘家半阮家[38]。

三面和棋休打算[39],西南一子怕争差。

注　释

〔1〕　河北新房一半塌——比喻北方的沦陷。

〔2〕　"承继个儿郎贪戏耍"二句——比喻弘光皇帝的征歌教舞,不知振作报仇。

〔3〕　"窝里财"二句——比喻马、阮等的争权夺利。

〔4〕　"今岁乙酉"二句——乙酉,1645 年。朱由崧于甲申(1644)四月改号弘光,所以说改号建历。

〔5〕　随心令儿——指一般村坊间流行的小曲,南戏里不少曲调就是从这些小曲演变来的。这里即指老赞礼上场时唱的〔吴小四〕一曲。

〔6〕 "大风吹倒梧桐树"二句——我国谚语,意是说事情的长短是非,旁人自有公论。

〔7〕 升遐——皇帝去世。

〔8〕 遭的什么花甲——意即碰上的是什么年月啊。

〔9〕 瘗毛血——明代祭宗庙及孔庙的一种仪式,在正祭前一天宰牲口,用部分毛血贮放净器中,当正祭时,赞礼官唱"瘗毛血",由执事者捧毛血瘗于坎。瘗即埋葬。

〔10〕 平身——跪拜礼毕起立叫平身。

〔11〕 奠帛礼——把帛(祭品)放在神位前。

〔12〕 搢(jìn)笏——把笏插在腰带上。

〔13〕 克承、载缵——都是能够继承的意思。

〔14〕 御极——意即登极,参考第十八齣注〔3〕。

〔15〕 皇纲——指皇帝的政权。

〔16〕 忝颜偷生——忍辱偷生。

〔17〕 庙谟——朝廷的政策。

〔18〕 宾天——帝王的死。

〔19〕 坛壝(wěi)——筑土作祭台叫坛,坛周围低低的土墙叫壝。

〔20〕 歆此蘋蘩之献——歆即享受。蘋是水上的浮萍。蘩是白蒿。《诗经》有《采蘩》、《采蘋》篇,叙述士大夫和诸侯的妻子能诚心以奉祭祀。这句的意思是享受这诚意供奉的祭品。

〔21〕 尚飨——古时祭文结尾常用的两个字,是临祭时希望鬼神享受的意思。

〔22〕 诣瘗位——至瘗毛血的地方。

〔23〕 望瘗——明代祭宗庙及孔庙的礼仪,当最后唱"望瘗"时,捧祝官与进帛官捧祝、帛至瘗毛血的地方焚化。

〔24〕 翠华——皇帝车驾上的旗子,这里即指崇祯帝。

〔25〕　煤山——参考第十三齣注〔25〕。

〔26〕　岁腊——古时在岁终祭先祖,称作岁腊。

〔27〕　魑(chī)魅(mèi)——传说山林中害人的鬼怪。

〔28〕　"咏归去"二句——《论语·先进》篇记孔子弟子曾皙的话说:"暮春的时候,穿着春服,和五、六个成年人,六、七个童子,一起在沂水沐浴,在舞雩台上乘凉,一路唱歌回来。"这里意思是指马、阮等出来祭祀好像游春一样。

〔29〕　鸡鹅巷——南京地名。

〔30〕　那搭——那里。

〔31〕　"系臂纱"三句——晋武帝采选美女,凡有姿色的都用红纱系着她的臂膊。椒房指皇后。作伐即做媒。三句意即先要采选有姿色的女子来家,然后媒介她给弘光帝做皇后。

〔32〕　通政司——是接受内外奏章,四方陈诉的官府。

〔33〕　内阁揭帖——由内阁送来的报告。

〔34〕　挏(chōu)衣——提起袍子的前襟。

〔35〕　左袒——汉高祖死后,吕后掌握政权,分封诸吕为王,削弱刘氏的势力。后来太尉周勃为了挽回刘氏的政权,在吕后死后入军门行令:"拥护刘氏的左袒,拥护吕氏的右袒。"结果军队都左袒。后来因此称赞助某一方面的态度叫作左袒。

〔36〕　孟浪——卤莽。

〔37〕　冯老爷——即锦衣卫都督冯可宗。

〔38〕　半倚刘家半阮家——刘家指驻扎江北的刘良佐、刘泽清两镇,阮家即指阮大铖。

〔39〕　"三面和棋休打算"二句——三面和棋指对北方的军事防御,西南一事指对左良玉用兵。

第三十三齣　会　狱

乙酉三月

【梅花引】(生敝衣愁容上)宫槐古树阅沧田[1],挂寒烟,倚颓垣。末后春风[2],才绿到幽院。两个知心常步影,说新恨,向谁借酒钱。

　　小生侯方域,被逮狱中,已经半月。只因证据无人,暂羁候审,幸亏故人联床,颇不寂寞。你看月色过墙,照的槐影迷离,不免虚庭一步。

【忒忒令】碧沉沉月明满天,凄惨惨哭声一片,墙角新鬼带血来分辩。我与他死同仇,生同冤,黑狱里,半夜作白眼[3]。

　　独立多时,忽然毛发直竖,好怕人也。待俺唤醒陈、吴两兄,大家闲话。(唤介)定兄醒来。(又唤介)次兄睡熟了么?(末、小生揉眼出介)

【尹令】(末)这时月高斗转[4],为何独行空院,闲将露痕踏遍。(小生)愁怀且捐[5],万语千言望谁怜。

　　(见介)侯兄怎的还不安歇?(生)我想大家在这黑狱之中,三春莺花[6],半点不见;只有明月一轮,还来相照,岂可舍之而睡。(末)是,是,同去步月一回。(行介)

【品令】(生)冤声满狱,锒铛夜徽缠[7]。三人步月,身轻若飞仙。闲消自遣,莫说文章贱。从来豪杰,都向此中磨炼。似在棘围锁院[8],分帘校赋篇。

(丑扮柳敬亭枷锁[9]上)戎马不知何处避,贤豪半向此中来。我柳敬亭,被拿入狱,破题儿[10]第一夜,便觉难过。(叹介)嗳!方才睡下,又要出恭[11];这个裙带儿没人解,好苦也。(作蹲地听介)那边有人说话,像是侯相公声音,待我看来。(起看,惊介)竟是侯相公。(唤介)你是侯相公么?(生惊认介)原来是柳敬亭。(末、小生)柳敬亭为何也到此中?(丑认介)陈相公、吴相公怎么都在里边?(举手介)阿弥陀佛!这也算"佛殿奇逢"[12]了。(生)难得难得!大家坐地谈谈。(同坐介)

【豆叶黄】(合)便他乡遇故[13],不算奇缘。这墙隔着万重深山,撞见旧时亲眷。浑忘身累,笑看月圆。却也似武陵桃洞,却也似武陵桃洞;有避乱秦人,同话渔船。

(生)且问敬老,你犯了何罪,枷锁连身,如此苦楚。(丑)老汉不曾犯罪。只因相公被逮入狱,苏昆生远赴宁南,恳求解救。那左帅果然大怒,连夜修本参着马、阮,又发了檄文一道,托俺传来,随后要发兵进讨。马、阮害怕,自然放出相公去的。

【玉交枝】宁南兵变,料无人能将檄传;探汤蹈火[14]咱情愿,也只为文士遭谴。白头志高穷更坚,浑身枷锁吾何怨;助将军除暴解冤,助将军除暴解冤。

(生)竟不知敬亭吃亏,乃小生所累。昆生远去求救,益发难得。可感,可感!(末)虽如此说,只怕左兵一来,我辈倒不能苟全性命。(小生)正是,宁南不学无术[15],如何收救。(皆长吁介)(净扮狱官执手牌,杂扮校尉四人点灯提绳急上)(净)四壁冤魂满,三更狱吏尊。刑部要人,明早处决,快去绑来。(杂)该绑那个?(净)牌上有名。(看介)逆党二名,周镳、雷縯祚[16]。(杂执灯照生、末、小生、丑面介)不是,不是!(净喝介)你们无干的,各自躲开。(净领杂急下)(末悄问介)绑那个?(小生)听说要绑周镳、雷縯祚。(生)吓死俺也。(丑)我们等着瞧瞧。(净执牌前行,杂背绑二人,赤身披发,急拉下)(生看呆介)(末)果然是周仲驭、雷介公他二位。(小生)这是我们的榜样了。

【江儿水】(生)演着明夷卦[17],事尽翻,正人惨害天倾陷。片纸飞来无人见,三更缚去加刑典[18],教俺心惊胆颤。(合)黑地昏天,这样收场难免。

(生问丑介)我且问你,外边还有什么新闻?(丑)我来的仓卒,不曾打听,只见校尉纷纷拿人。(末、小生问介)还拿那个?(丑)听说要拿巡按黄澍,督抚袁继咸,大锦衣张薇;还有几个公子秀才,想不起了!(生)你想一想?(丑想介)人多着哩。只记得几个相熟的,有冒襄、方以智、刘城、沈寿民、沈士柱、杨廷枢[19]。(末)有这许多。(小生)俺这里边,将来成一个大文会了。(生)倒也有趣。

【川拨棹】囹圄里,竟是瀛洲翰苑[20]。画一幅文会图悬,画一幅文会图悬,避红尘一群谪仙[21]。(合)赏春月,同听鹃,感秋风,同咏蝉[22]。

(丑)三位相公,宿在那一号里?(生)都在"荒"字号里。(末)敬老羁在那里?(丑)就在这后面"藏"字号里。(小生)前后相近,倒好早晚谈谈。(生)我们还是软监,敬老竟似重囚了。(丑)阿弥陀佛!免了上梆床[23],就算好的狠哩。(作势介)

【意不尽】高拱手碍不了礼数周全,曲肱儿枕头稳便[24]。只愁今夜里,少一个长爪麻姑搔背[25]眠。

(丑)相逢真似岛中仙, (末)隔绝风涛路八千。

(小生)地僻偏宜人啸傲,(生)天空不碍月团圆。

注　释

〔1〕　阅沧田——即经历过世事变迁。阅,经历意。

〔2〕　"末后春风"二句——幽即囚,幽院就是监狱。这两句极力形容监狱的苦况,意说在监狱里春天的到来是最迟的。

〔3〕　白眼——传说晋朝阮籍能作青白眼,凡遇到不满的人就对他白眼,而遇到喜欢的人就青眼相看。

〔4〕　月高斗转——表示夜深。斗即北斗星。

〔5〕　且捐——意即暂且抛开。

〔6〕　三春莺花——梁丘迟《与陈伯之书》:"暮春三月,江南草长,杂花生树,群莺乱飞。"这里即用三月莺花表示江南美好的春色。

〔7〕　锒铛夜徽缠——锒铛即铁链。徽缠是绑囚犯的索,这里作动词用,意即捆绑。

〔8〕　"似在棘围锁院"二句——封建时代科举考试为了防止作弊,在试院周围插着荆棘,内外门户都要加锁。又科举试场分内帘、外帘,内帘官是校阅试卷的,外帘官是提调监试的。两句意说他们像被封锁在试场里考校文章一样。

〔9〕　杻锁——即手铐。

〔10〕　破题儿——古代应试文章,开头一二句便点破题目,称作破题。习惯以此指事情的开端。

〔11〕　出恭——古时学生在书院里学习,如出去大便,要向老师领出恭牌,因此后人习惯称大便为出恭(出恭、入敬是当时书院里的教条)。

〔12〕 佛殿奇逢——《西厢记》中张生在普救寺佛殿上碰着莺莺的一场,通俗称作"佛殿奇逢"。

〔13〕 故——故人。

〔14〕 探汤蹈火——比喻不怕任何艰险。

〔15〕 不学无术——见《汉书·霍光传》,意指一个人由于没有学问,在处理事情时也往往没有办法。

〔16〕 周镳(biāo)、雷缜祚——周、雷二人事迹参看第十四龅注〔24〕。南明时吕大器、姜曰广想立潞王,由周、雷主谋,马士英、阮大铖立福王,将他们逮捕,后又诬告他们召左兵东下,在狱中害死他们。

〔17〕 明夷卦——是离下坤上的卦。在八卦里,离代表日,坤代表地,离下坤上,表示日入地中,光明受到损伤,所以叫作"明夷"(夷,损伤意)。一般是表示昏君在上,贤者不得志的征兆。

〔18〕 刑典——刑法。

〔19〕 冒襄、方以智、刘城、沈寿民、沈士柱、杨廷枢——冒襄、方以智即冒辟疆、方密之,与侯方域、陈贞慧合称四公子。参看第四龅注〔18〕。刘城等四人与吴次尾合称复社五秀才,参看第三龅注〔23〕。

〔20〕 瀛洲翰苑——瀛洲是传说中的仙山。唐太宗作文学馆,收聘贤才,人们羡称那些被收聘的人为登瀛洲。翰苑即翰林院。

〔21〕 谪仙——谪降尘世的仙人。过去用以称誉才华优异的文人,如东方朔、李白等。

〔22〕 咏蝉——唐骆宾王有在狱《咏蝉》诗及序,表现自己的清白无辜。

〔23〕 柙(xiá)床——重犯所睡的囚床,扣着犯人的手足,使之不能转动。

〔24〕 曲肱儿枕头稳便——意说弯过手臂来便可以当枕头。肱,即手臂。

〔25〕 长爪麻姑搔背——传说仙人麻姑,在牟州东南姑馀山修道。

东汉时仙人王方平降蔡经家,召麻姑至。蔡经看见她的容貌很美丽,年仅十八九,她的手和鸟爪一样。他心想:如果有这样的手爪搔背,该多舒服啊。"少一个长爪麻姑搔背眠",是柳敬亭的打趣话,形容他在狱中手脚不能活动。

第三十四龋　截　矶

乙酉四月

(净扮苏昆生上)南北割成三足鼎,江湖挑动两支兵。自家苏昆生,为救侯公子,激的左兵东来,约了巡按黄澍,巡抚何腾蛟,同日起马。今日船泊九江,早已知会督抚袁继咸,齐集湖口[1],共商入京之计。谁知马、阮闻信,调了黄得功在坂矶截杀。你看狼烟四起[2],势头不善;少爷左梦庚前去迎敌,俺且随营打探。正是:地覆天翻日,龙争虎斗时。
(下)(场上设弩台、架炮、铁锁阑江)

【三台令】(末扮黄得功戎装双鞭,领军卒上)北征南战无休,邻国萧墙尽仇。架炮指江州[3],打舳舻[4]卷甲倒走。

咱家黄得功,表字虎山,一腔忠愤,盖世威名,要与俺弘光皇帝,收复这万里山河。可恨两刘无肘臂之功,一左为腹心之患。今奉江防兵部尚书阮老爷兵牌,调俺驻扎坂矶,堵截左寇,这也不是当耍的。(唤介)家将田雄何在?(副净)有。(末)速传大小三军,听俺号令。(军卒排立呐喊介)

【山坡羊】(末)硬邦邦敢要君的渠首[5],乱纷纷不服王的群寇;软弱弱没气色的至尊[6],闹喧喧争门户的同朝友。只剩咱一营江上守，正防着战马北来骤，忽报楼船[7]入浦口。貔貅，飞旌旗控上游；戈矛，传烽烟截下流。

（黄卒登台介）（杂扮左兵白旗、白衣，呐喊驾船上）（黄卒截射介）（左兵败回介）（黄卒赶下）（小生扮左良玉戎装白盔素甲坐船上）

【前腔】替奸臣复私仇的桀纣[8]，媚昏君上排场的花丑[9]；投北朝学叩马的夷齐[10]，吠唐尧听使唤的三家狗[11]。拚着俺万年名遗臭，对先帝一片心堪剖，忙把储君冤苦救。不羞，做英雄到尽头；难收，烈轰轰东去舟。

俺左良玉领兵东下，只为剪除奸臣，救取太子。叵耐[12]儿子左梦庚，借此题目，便要攻打城池，妄思进取。俺已严责再三，只怕乱兵引诱，将来做出事来；且待渡过坂矶，慢慢劝他。（净急上）报元帅，不好了！黄得功截杀坂矶，前部先锋俱已败回了。（小生惊介）有这等事。黄得功也是一条忠义好汉，怎的受马、阮指拨，只知拥戴新主，竟不念先帝六尺之孤[13]，岂不可恨！（唤介）左右，快看巡按黄老爷、巡抚何老爷船泊那边，请来计议。（杂应下）（末扮黄澍上）将帅随谈麈[14]，风云指义旗。下官黄澍方才泊船，恰好元帅来请。（作上船介）（小生见介）仲霖果然到来，巡抚何公如何不见？（末）行到半途，又回去了。（小生）为何回去？（末）他原是马士英同乡。（小生）随他罢了。这也怪他不得。（问介）目下黄得功截住坂矶，三军不能前进。如何是好？（末）这倒可虑，且待袁公到船，再作商量。（外扮袁继咸从人上）孽子含冤[15]天惨淡，孤臣举义日光明。来此是左帅大船，左右通报。（杂禀介）督抚袁老爷到船了！（小生）快请！（外上船见介）适从武昌

227

回署,整顿兵马,愿从鞭弭[16]。(末)目下不能前进了。(外)为何?(小生)黄得功领兵截杀,先锋俱已败回。(外)事已至此,欲罢不能;快快遣人游说[17]便了。(小生)敬亭已去,无人可遣。奈何?(净)晚生与他颇有一面,情愿效力。(末)昆生义气,不亚敬亭,今日正好借重。(小生问介)你如何说他?

【五更转】(净)俺只说鹬蚌持[18],渔人候,傍观将利收。英雄举动,要看前和后。故主恩深,好爵自受。欺他子,害他妃,全忘旧。杀人只落血双手,何必前来,同室争斗。

(外)说得有理。(小生)还要把俺心事,说个明白。叫他晓得奸臣当杀,太子当救,完了两桩大事,于朝廷一尘不惊,于百姓秋毫无犯。为何不知大义,妄行截杀?(末)正是,那黄得功一介武夫,还知报效;俺们倒肯犯上作乱不成?叫他细想。(净)是,是,俺就如此说去。(杂扮报卒急上)报元帅,九江城内,一片火起。袁老爷本标人马,自破城池了。(外惊介)怎么俺的本标人马自破城池?这了不得!(小生怒介)岂有此理!不用猜疑,这是我儿左梦庚做出此事,陷我为反叛之臣。罢了,罢了!有何面目,再向江东[19]。(拔剑欲自刎介)(末抱住介)(小生握外手,注目介)临侯,临侯,我负你了!(作呕血倒椅上介)(净唤介)元帅苏醒,元帅苏醒!(外)竟叫不应,这怎么处?(末)想是中恶[20],快取辰砂[21]灌下。(净取碗灌介)牙关闭紧,灌不进了。(众哭介)

【前腔】大将星,落如斗[22],旗杆摧舵楼[23]。杀场百战精神抖,凛凛堂堂,一身甲胄。平白的牖下亡,全身首。魂归故宫煤山头,同说艰辛,君啼臣吼。

(杂抬小生下)(外)元帅已死,本镇人马霎时溃散;那左梦庚据住九江,叫俺进退无门。倘若黄兵抢来,如何逃躲?(末)我们原系被逮之官,今又失陷城池,拿到京中,再无解救。不如转回武昌,同着巡抚何腾蛟,另做事业去罢。(外)有理。(外、末急下)(净呆介)你看他们竟自散去,单剩我苏昆生一人,守着元帅尸首,好不可怜。不免点起香烛,哭奠一番。(设案点香烛,哭拜介)

【哭相思】气死英雄人尽走,撇下了空船枢。俺是个招魂江边友,没处买杯酒。

且待他儿子奔丧回船,收殓停当,俺才好辞之而去,如今只得耐性儿守着。正是:

英雄不得过江州,魂恋春波起暮愁;

满眼青山无地葬,斜风细雨打船头。

注 释

〔1〕 湖口——即今江西省湖口县,明、清属九江府。

〔2〕 狼烟四起——形容四面都有战争。相传用狼粪烧的烟直升天空,风吹不斜;因此古代在敌人入侵时,边亭用狼粪烧烟报警。

〔3〕 江州——即今江西省九江县。

〔4〕 舳(zhú)舻——战船。

〔5〕 渠首——盗贼的首领,这里指左良玉。

〔6〕 至尊——皇帝。

〔7〕 楼船——高大的战船。

〔8〕 桀纣——夏朝和商朝最后的两个皇帝,都是有名的暴君。这里指弘光帝。

〔9〕 花丑——即花脸,在我国古典戏剧中,习惯用花脸扮演奸臣。这里指马士英、阮大铖等。

〔10〕 夷齐——即伯夷、叔齐。周武王征伐纣王时,他们拦住武王马头,劝武王停兵。这个典故用得不很贴切,只借叩马这点讥刺当时一些投降清兵的朝臣。

〔11〕 吠唐尧听使唤的三家狗——即桀犬吠尧,比喻愚忠。尧本是仁德的君主,桀的狗为了主人却向尧而吠。这里三家狗指黄、刘三镇。

〔12〕 叵(pǒ)耐——不可忍受意。叵是"不可"二字的合音。

〔13〕 先帝六尺之孤——这里指崇祯皇帝的太子。

〔14〕 谈麈——古人谈话时所执的麈尾。

〔15〕 孽子含冤——指崇祯太子狱。参看第三十一齣注〔19〕。

〔16〕 鞭弭(mǐ)——鞭,马鞭。弭,弓的一种。

〔17〕 游说——战国时策士游行各国作说客,称作游说。后来一般指在政治上对人进行说服工作。

〔18〕 "鹬蚌持"三句——这是《战国策》里的一个寓言:蚌张开壳晒太阳,鹬啄它的肉。蚌壳一合,将鹬的喙箝住了。鹬说:"今日不雨,明日不雨,就只有死蚌。"蚌说:"今日不出,明日不出,就只有死鹬。"双方相持不肯让步,后来都给渔夫捉去了。这寓言比喻两下相争,不肯让步,给第三者得利。

〔19〕 有何面目,再向江东——项羽在垓下兵败后,有人劝他回江东去,他说:"有何面目再见江东父老!"这里借用它表示没有面目再向江东进兵。

〔20〕 中恶——中了邪恶。

〔21〕 辰砂——我国辰州出的一种丹砂,相传可以清除邪恶的。

〔22〕 大将星,落如斗——过去迷信,以为圣贤豪杰,上应天星,因此死时会有星陨落。这里指左良玉之死。《明季南略》据《遗闻》记载云:"左良玉举兵,不数日即病死。"

〔23〕 旗杆摧舵楼——意即舵楼上的旗杆折断了,古时迷信,以为这是主将死亡的预兆。

第三十五齣　誓　師

乙酉四月

【贺圣朝】(外扮史可法,白毡大帽,便服上)两年吹角列营,每日调马催征。军逃客散鬓星星[1],恨压广陵城。

下官史可法,日日经略中原[2],究竟一筹莫展[3]。那黄、刘三镇,皆听马、阮指使,移镇上江,堵截左兵,丢下黄河一带,千里空营。忽接塘报,本月二十一日北兵已入淮境,本标食粮之人,不足三千,那能抵当得住。这淮、扬一失,眼见京师难保,岂不完了明朝一座江山也。可恼,可恼!俺且私步城头,察看情形,再作商量。(丑扮家丁,提小灯随行上城介)

【二犯江儿水】(外)悄上城头危径,更深人睡醒。栖乌频叫,击柝[4]连声,女墙[5]边,侧耳听。(听介)(内作怨介)北兵已到淮安,没个瞎鬼儿叫他一声;只舍俺这几个残兵,死守这座扬州城,如何守得住。元帅好没分晓也!(外点头自语介)你那里晓得,万里倚长城[6],扬州父子兵。(又听介)(内作恨介)罢了,罢了!元帅不疼我们,早早投了北朝,各人快活去,为何尽着等死。(外惊介)呵呀!竟想投降了,这怎么处!他降字儿横胸[7],守字儿难成;这扬州剩了一分景。(又听介)(内作怒介)我们降不降,还是第二着,自家杀抢杀抢,跑他娘的。只顾守到几时呀!(外咳)咳!竟不料情形如此。听说猛惊,热心冰冷。疾忙归,夜点兵,不待明。

(忙下)(内掌号放炮,作传操介)(杂扮小卒四人上)今乃四月二十四日,不是下操的日期;为何半夜三更,梅花岭[8]放炮?快去看来!(急走介)(末扮中军,持令箭提灯上)隔江云阵列,连夜羽书[9]飞。(呼介)元帅有令:大小三军,速赴梅花岭,听候点卯。(众排列介)(外戎装,旗引登坛介)月升鸱尾城吹角[10],星散旄头帐点兵。中军何在?(末跪介)有!(外)目下北信紧急,淮城失守,这扬州乃江北要地,倘有疏虞,京师难保。快传五营四哨[11],点齐人马,各照汛地昼夜严防。敢有倡言惑众者,军法从事。(末)得令!(传令向内介)元帅有令,三军听者。各照汛地昼夜严防,敢有倡言惑众者,军法从事。(内不应)(外)怎么寂然无声?(吩咐中军介)再传军令,叫他高声答应。(末又高声传介)(内不应)(外)仍然不应,着击鼓传令。(末击鼓又传,又不应介)(外)分明都有离叛之心了。(顿足介)不料天意人心,到如此田地。(哭介)

【前腔】皇天列圣,高高呼不省。阑珊残局,剩俺支撑,奈人心俱瓦崩。俺史可法好苦命也!(哭介)协力少良朋,同心无弟兄。只靠你们三千子弟,谁料今日呵,都想逃生,漫不关情;让江山倒像设着筵席请。(拍胸介)史可法,史可法!平生枉读诗书,空谈忠孝,到今日其实没法了。(哭介)哭声祖宗,哭声百姓。(大哭介)(末劝介)元帅保重,军国事大,徒哭无益也。(前扶介)你看泪点淋漓,把战袍都湿透了。(惊介)咦!怎么一阵血腥,快掌灯来。(杂点灯照介)呵呀!浑身血点,是那里来的?(外拭目介)都是俺眼中流出来。哭的俺一腔血,作泪零。

(末叫介)大小三军,上前看来;咱们元帅哭出血泪来了。(净、副净、丑扮众将上,看介)果然都是血泪。(俱跪介)(净)尝言"养军千日,用军一时"。俺们不替朝廷出力,竟是一伙禽兽了。(副净)俺们贪生怕死,叫元帅如此难为,那皇天也不祐的。(丑)百岁无常,谁能免的一死,只要死到一个是处。罢,罢,罢!今日舍着狗命,要替元帅守住这座扬州城。(末)好好!谁敢再有二心,俺便拿送辕门,听元帅千刀万剐[12]。(外大笑介)果然如此,本帅便要拜谢了。(拜介)(众扶住介)不敢不敢!(外)众位请起,听俺号令。(众起介)(外吩咐介)你们三千人马,一千迎敌,一千内守,一千外巡。(众)是!(外)上阵不利,守城。(众)是!(外)守城不利,巷战。(众)是!(外)巷战不利,短接[13]。(众)是!(外)短接不利,自尽。(众)是!(外)你们知道,从来降将无伸膝之日,逃兵无回颈之时。(指介)那不良之念,再莫横胸;无耻之言,再休挂口;才是俺史阁部结识的好汉哩。(众)是!(外)既然应允,本帅也不消再嘱。(指介)大家欢呼三声,各回汛地去罢。(众呐喊三声下)

(外鼓掌三笑)妙妙!守住这座扬州城,便是北门锁钥[14]了。

不怕烟尘四面生,江头尚有亚夫营[15];

模糊老眼深更泪,赚出淮南十万兵。

注　释

〔1〕　星星——形容两鬓的花白。

〔2〕　经略中原——意指计划恢复中原。

〔3〕　一筹莫展——意说一点办法没有。筹即谋划。

〔4〕　柝——夜间巡更击的木柝。

〔5〕　女墙——城上的短墙。

〔6〕　"万里倚长城"二句——意即倚靠扬州父子兵作为国家的万

里长城。父子兵指上下团结像父子一样的军队。

〔7〕 降字儿横胸——意即存心投降。

〔8〕 梅花岭——在江苏扬州城广储门外。

〔9〕 羽书——即羽檄,在檄文上插鸡羽,表示要紧急传递。

〔10〕 "月升鸱(chī)尾城吹角"二句——描写半夜点兵的情景。鸱尾是屋脊上的装饰。角是军队中的号角。星散指星的散布。旄头即昴宿,是二十八宿之一。月升鸱尾,星散旄头,都是夜深的景象。

〔11〕 五营四哨——是前、后、左、右、中五营和四面哨兵。

〔12〕 剐——过去的极刑,也称凌迟。参阅第三十一齣注〔20〕。

〔13〕 短接——即短兵相接的白刃战。

〔14〕 北门锁钥——意指北面的坚固防御。

〔15〕 亚夫营——即周亚夫的细柳营。参看第九齣注〔33〕。

第三十六齣 逃 难

乙酉五月

【香柳娘】(小生扮弘光帝,便服骑马。杂扮二监、二宫女挑灯引上)听三更漏催,听三更漏催,马蹄轻快,风吹蜡泪宫门外。咱家弘光皇帝,只因左兵东犯,移镇堵截;谁知河北人马,乘虚渡淮。目下围住扬州,史可法连夜告急,人心皇皇,都无守志。那马士英、阮大铖躲的有影无踪,看来这中兴宝位也坐不稳了。千计万计,走为上计[1];方才骑马出宫,即发兵符一道,赚开城门,但能走出南京,便有藏身之所了。趁天街寂静[2],趁天街寂静,飞下凤凰台,难撇鸳鸯债。(唤介)嫔妃们走动着,不要失散了。似明驼出塞[3],似明驼出塞,琵琶在怀,珍珠偷洒。

(急下)(净扮马士英骑马急上)

【前腔】报长江锁开[4],报长江锁开,石头将坏,高官贱卖没人买。下官马士英,五更进朝,才知圣上潜逃;俺为臣的,也只得偷溜了。快微服[5]早度,快微服早度,走出鸡鹅街,隄防仇人害。(倒指介)那一队娇娆[6],十车细软[7],便是俺的薄薄宦囊;不要叫仇家抢夺了去。(唤介)快些走动。(老旦、小旦扮姬妾骑马,杂扮夫役推车数辆上)来了,来了。(净)好,好!要随身紧带,要随身紧带,殉棺货财,贴皮恩爱[8]。

(绕场行介)(杂扮乱民数人持棒上,喝介)你是奸臣马士英,弄的民穷财尽;今日驮着妇女,装着财帛,要往那里跑?早早留下!
(打净倒地,剥衣,抢妇女财帛下)(副净扮阮大铖,骑马上)

【前腔】恋防江美差[9],恋防江美差,杀来谁代,兵符掷向空江濑。今日可用着俺的跑了;但不知贵阳相公,还是跑,还是降?(作遇净绊马足介)呵呀!你是贵阳老师相,为何卧倒在地。(净哼介)跑不得了,家眷行囊,俱被乱民抢去,还把学生打倒在地。(副净)正是。晚生的家眷行囊,都在后面,不要也被抢去。受千人笑骂,受千人笑骂,积得些金帛,娶了些娇艾[10]。待俺回去迎来。(杂扮乱民持棒,拥妇女抬行囊上)这是阮大铖家的家私,方才抢来,大家分开罢!(副净喝介)好大胆的奴才,怎敢抢截我阮老爷的家私。(杂)你就是阮大铖么?来的正好。(一棒打倒,剥衣介)饶他狗命,且到鸡鹅巷、裤子裆,烧他房子去。(俱下)(净)腰都打坏,爬不起来了。(副净)晚生的臂膊捶伤,也奉陪在此。

(合)叹十分狼狈,叹十分狼狈,村拳共捱,鸡肋[11]同坏。

(末扮杨文骢冠带骑马,从人挑行李上)下官杨文骢,新任苏松[12]巡抚。今日五月初十出行吉日,束装起马,一应书画古玩,暂寄媚香楼,托了蓝田叔随后带来。俺这一肩行李,倒也爽快。(杂禀介)请老爷趱行[13]一步。(末)为何?(杂)街上纷纷传说,北信紧急,皇帝、宰相,今夜都走了。(末)有这等事,快快出城!(急走介)(马惊不前介)这也奇了,为何马惊不走。(唤介)左右看来!(杂看介)地下两个死人。(副净、净呻吟介)哎哟!哎哟!救人,救人!(末)还不曾死,看是何人?(杂细认介)好像马、阮二位老爷。(末喝介)胡说,那有此事!(勒马看,惊介)呵呀!竟是他二位。(下马拉介)了不得,怎么到这般田地。(净)被些乱民抢劫一空,仅留性命。(副净)我来救取,不料也遭此难。(末)护送的家丁都在何处?(净)想也乘机拐骗,四散逃走了。(末唤介)左右快来扶起,取出衣服,与二位老爷穿好。(杂与副净、净穿衣介)(末)幸有闲马一匹,二位叠骑[14],连忙出城罢。(杂扶净、副净上马,搂腰行介)请了,无衣共冻真师友,有马同骑好弟兄。(下)(杂)老爷不可与他同行,怕遇着仇人,累及我们。(末)是,是。(望介)你看一伙乱民,远远赶来,我们早些躲过。(作避路旁介)(小旦扮寇白门,丑扮郑妥娘,披发走上)

【前腔】正清歌满台,正清歌满台,水裙风带[15],三更未歇轻盈态。(见末介)你是杨老爷,为何在此?(末认介)原来是寇白门、郑妥娘。你姊妹二人怎的出来了?(小旦)正在歌台舞殿,忽然酒罢灯昏,内监宫妃纷纷乱跑;我们不出来还等什么哩。(末)为何不见李香君?(丑)俺三个一同出来的;他脚小走不动,雇了个轿子,抬他先走了。(末问介)果然朝廷[16]出去了么?(小

(旦)沈公宪、张燕筑都在后边,他们晓得真信。(外扮沈公宪,破衣抱鼓板,净扮张燕筑,科头[17]提纱帽须髯跑上)笑临春结绮[18],笑临春结绮,擒虎马嘶来,排着管弦待。(见末介)久违杨老爷了。(末问介)为何这般慌张?(外)老爷还不知么?北兵杀过江来,皇帝夜间偷走了。(末)你们要向那里去?(净)各人回家瞧瞧,趁早逃生。(丑)俺们是不怕的;回到院中,预备接客。(末)此等时候,还想接客。(丑)老爷不晓得,兵马营里,才好挣钱哩。这笙歌另卖,这笙歌另卖,隋宫柳衰,吴宫花败。

(外、净、小旦、丑俱下)(末)他们亲眼看见圣上出宫,这光景不妥了。快到媚香楼收拾行李,趁早还乡罢。(行介)

【前腔】看逃亡满街,看逃亡满街,失迷君宰,百忙难出江关外。(作到介)这是李家院门。(下马急敲门介)开门,开门!(小生扮蓝瑛急上)又是那个叫门?(开门见介)杨老爷为何转来?(末)北信紧急,君臣逃散,那苏松巡抚也做不成了。整琴书袱被[19],整琴书袱被,换布袜青鞋,一只扁舟载。(小生)原来如此。方才香君回家,也说朝廷偷走。(唤介)香君快来。(旦上见介)杨老爷万福!(末)多日不见,今朝匆匆一叙,就要远别了。(旦)要向那里去?(末)竟回敝乡贵阳去也。(旦掩泪介)侯郎狱中未出,老爷又要还乡;撇奴孤身,谁人照看。(末)如此大乱,父子亦不相顾的。这情形紧迫,这情形紧迫,各人自裁[20],谁能携带。

(净扮苏昆生急上)将军不惜命,皇帝已无家。我苏昆生自湖广[21]回京,谁知遇此大乱,且到院中打听侯公子信息,再作商量。

【前腔】俺匆忙转来,俺匆忙转来,故人何在,旌旗满眼乾坤改。来此已是，不免竟入。(见介)好呀！杨老爷在此，香君也出来了。侯相公怎的不见？(末)侯兄不曾出狱来。(旦)师父从何处来的？(净)俺为救侯郎，远赴武昌，不料宁南暴卒。俺连夜回京，忽闻乱信，急忙寻到狱门，只见封锁俱开。众囚徒四散，众囚徒四散，三面网全开[22]，谁将秀才害。(旦哭介)师父快快替俺寻来。(末指介)望烟尘一派，望烟尘一派，抛妻弃孩，团圆难再。

(末向旦介)好好好！有你师父作伴，下官便要出京了。(唤介)蓝田老收拾行李，同俺一路去罢。(小生)小弟家在杭州，怎能陪你远去。(末)既是这等，待俺换上行衣，就此作别便了。(换衣作别介)万里如魂返，三年似梦游。(作骑马，杂挑行李随下)(旦哭介)杨老爷竟自去了，只有师父知俺心事。前日累你千山万水，寻到侯郎；不想奴家进宫，侯郎入狱，两不见面。今日奴家离宫，侯郎出狱，又不见面；还求师父可怜，领着奴家各处找寻则个。(净)侯郎不到院中，自然出城去了。那里找寻？(旦)定要找寻的。

【前腔】(旦)便天涯海崖[23]，便天涯海崖，十洲方外，铁鞋踏破三千界。只要寻着侯郎，俺才住脚也。(小生)西北一带俱是兵马，料他不能渡江；若要找寻，除非东南山路。(旦)就去何妨。望荒山野道，望荒山野道，仙境似天台，三生[24]旧缘在。(净)你既一心要寻侯郎，我老汉也要避乱，索性领你前往，只不知路向那走？(小生指介)那城东栖霞山[25]中，人迹罕到；大锦衣张瑶星先生，弃职修仙，俺正要拜访为师。何不作伴同行，或者姻缘凑巧，亦未可知。(净)妙，妙，大家收拾包裹，一齐出城便了。(各背包裹行介)(旦)舍烟花旧寨，舍烟花旧寨，情根爱胎[26],何时消败。

（净）前面是城门了,怕有人盘诘。（小生）快快趁空走出去罢。（旦）奴家脚痛,也说不得了。

（旦）行路难时泪满腮, （净）飘蓬断梗出城来。
（小生）桃源洞里无征战, （旦）可有莲华并蒂开。

注　释

〔1〕　"千计万计"二句——据《明季南略·弘光出奔》"五月初十辛卯,……二鼓后,上奉太后一妃与内宫四五十人跨马从通济门走出,文武百官无一人知者。"可与剧情参看。

〔2〕　天街——京城里的街道。凤凰台,地名,在南京城南。

〔3〕　"似明驼出塞"四句——明驼相传是一种日行千里的骆驼。珍珠即指眼泪。这四句暗用昭君出塞的故事,来形容嫔妃们逃走时的凄凉情景。

〔4〕　"报长江锁开"三句——长江锁开,即长江上的防线被打开,可参看第十龃注〔15〕。石头指石头城,即南京。这两句是说清兵南渡,南京快要沦陷。

〔5〕　微服——为避人注目而改换的服装。

〔6〕　娇娆——本是妍媚的样子,这里指美女。

〔7〕　细软——便于携带的珍贵衣饰。

〔8〕　贴皮恩爱——指妻妾。

〔9〕　防江美差——当时阮大铖以兵部尚书巡视江防。

〔10〕　娇艾——年轻貌美的女子。

〔11〕　鸡肋——意指孱弱的身躯,参看第三龃注〔59〕。

〔12〕　苏松——即苏州、松江二府。

〔13〕　趱行——急走。

〔14〕 叠骑——两人同骑一马。

〔15〕 水裙风带——形容舞衣的飘动。

〔16〕 朝廷——这里指皇帝。

〔17〕 科头——不戴冠帽的空头。

〔18〕 "笑临春结绮"四句——临春、结绮都是陈后主筑来歌舞行乐的宫殿名。擒虎即韩擒虎,是隋兵征陈时的将领。这四句意说弘光帝只贪图歌舞玩乐,就像敌兵攻来时排着管弦来接待。

〔19〕 袱被——包衣被的包袱。

〔20〕 自裁——自己决定。

〔21〕 湖广——明代称湖北、湖南一带作湖广。

〔22〕 三面网全开——这是商汤的故事。传说商汤出野外,见人张开四面网捕鸟,商汤叫他打开了三面。这里指监狱被打开了。

〔23〕 "便天涯海崖"四句——天涯海崖指遥远的地方。十洲相传是祖、瀛、玄、炎等十洲,是神仙居住的地方。方外即世外,道家语。铁鞋踏破,形容到处找寻。三千界即三千世界,是佛经里的话头,这里借用,意指遍世界。这段话的主要意思是:不论怎样遥远,都要去找寻侯郎。

〔24〕 三生——佛家说人有过去、现在、未来三生。三生旧缘在,意说前生在这里有过因缘的。

〔25〕 栖霞山——在南京城东面。

〔26〕 情根爱胎——指深固的爱情。

第三十七齣　劫　宝

乙酉五月

【西地锦】(末扮黄得功戎装,副净扮田雄随上)目断长江奔放,英雄万里愁长；何时欢饮中军帐，把弓矢付儿郎。

（俺黄得功坂矶一战，吓的左良玉胆丧身亡。剩他儿子左梦庚，据住九江，乌合[1]未散，俺且驻扎芜湖，防其北犯。（杂扮报卒上）报报报！北兵连夜渡淮，围住扬州，南京震恐，万姓奔逃了。（末）那凤、淮两镇[2]，现在江北，怎不迎敌？（杂）闻得两位刘将军，也到上江堵截左兵，凤、淮一带，千里空营。（末惊介）这怎么处！（唤介）田雄，你是俺心腹之将，快领人马，去保南京。

【降黄龙】司马[3]威权，夜发兵符，调镇移防。谁知他拆东补西，露肘捉襟[4]，明弃淮扬金汤[5]。九曲天险[6]，只用莲舟荡漾。起烟尘，金陵气暗，怎救宫墙。

（下）（小生扮弘光帝骑马，丑扮太监韩赞周随上）

【前腔】（小生）堪伤，寂寞鱼龙[7]，潜泣江头，乞食村庄。寡人逃出南京，昼夜奔走，宫监嫔妃，渐渐失散，只有太监韩赞周，跟俺前来。这炎天赤日，瘦马独行，何处纳凉。昨日寻着魏国公徐弘基，他佯为不识，逐俺出府。今日又早来到芜湖。（指介）那前面军营，乃黄得功驻防之所，不知他肯容留寡人否。奔忙，寄人廊庑，只望他容留收养。（作下马介）此是黄得功辕门。（唤介）韩赞周，快快传他知道。（丑叫门介）门上有人么？（杂扮军卒上）是那里来的？（丑）南京来的。（拉一边悄说介）万岁爷驾到了，传你将军速出迎接。（杂）啐！万岁爷怎能到的这里？不要走来吓俺罢。（小生）你唤出黄得功来，便知真假。江浦边[8]，迎銮护驾，旧将中郎。

（杂咬指[9]介）人物不同，口气又大，是不是，替他传一声。

（忙入传介）（末慌上）那有这事，待俺认来。（见介）（小生）黄将军

一向好么?(末认,忙跪介)万岁,万万岁!请入帐中,容臣朝见。(丑扶小生升帐坐)(末拜介)

【滚遍】戎衣拜吾皇,戎衣拜吾皇,又把天颜[10]仰。为甚私巡[11],萧条鞍马蒙尘[12]状;失水神龙[13],风云飘荡。这都是臣等之罪。负国恩,一班相,一班将。

(小生)事到今日,后悔无及,只望你保护朕躬。(末拍地哭奏介)皇上深居宫中,臣好戮力效命。今日下殿而走,大权已失;叫臣进不能战,退无可守,十分事业,已去九分矣。(小生)不必着急,寡人只要苟全性命,那皇帝一席,也不愿再做了。(末)呵呀!天下者祖宗之天下,圣上如何弃的。(小生)弃与不弃,只在将军了。(末)微臣鞠躬尽瘁[14],死而后已。(小生掩泪介)不料将军倒是一个忠臣。(末跪奏介)圣上鞍马劳顿,早到后帐安歇。军国大事,明日请旨罢。(丑引小生入介)(末)了不得,了不得!明朝三百年国运,争此一时,十五省皇图,归此片土。这是天大的干系[15],叫俺如何担承!(吩咐介)大小三军,马休解辔,人休解甲,摇铃击梆,在意小心着。(众应介)(末唤介)田雄,我与你是宿卫之官[16],就在这行宫[17]门外,同卧支更[18]罢。(末枕副净股,执双鞭卧介)(杂摇铃击梆,报更介)(副净悄语介)元帅,俺看这位皇帝不像享福之器,况北兵过江,人人投顺,元帅也要看风行船才好。(末)说那里话,常言"孝当竭力[19],忠则尽命",为人臣子,岂可怀揣[20]二心。(内传鼓介)(末惊介)为何传鼓?(俱起坐介)(杂上报介)报元帅,有一队人马,从东北下来;说是两镇刘老爷,要会元帅商议军情。(末起介)好好好!三镇会齐,可以保驾无虞了,待俺看来。(望介)(净扮刘良佐,丑扮刘泽清,骑马领众上)(叫介)黄大哥在那里?(末喜介)果然是他二人。(应介)愚兄在此拱候多时了。(净、丑下马介)(净)哥哥得了宝贝,竟瞒着两个兄弟么。(末)什么宝贝?(丑)弘光呀!(末摇手介)不要高声,圣上安歇了。(净悄问介)今日还不献宝,等到几时哩?(末)什么宝?(丑)把弘光送与北朝,赏咱们个大大王爵,岂不是献宝么?(末喝介)咦!你们两个要来干这勾当,我黄闯子怎么容得。(持双鞭打介)(净、丑招架介)(末喊介)好反贼,好反贼!

【前腔】望风便生降,望风便生降,好似波斯[21]样。职贡朝天,思将奇货[22]擎双掌;倒戈劫君,争功邀赏。顿丧心,全反面,真贼党。

(净)不要破口,好好弟兄,为何厮闹。(末)啐!你这狗才,连君父不识,我和你认什么弟兄。(又战介)(副净在后指介)好个笨牛,到这时候还不见机。(拉弓搭箭介)俺田雄替你解围罢。(放箭射末腿,末倒地介)(净、丑大笑介)(副净入内,急背出小生介)(小生叫介)韩赞周快快跟来。(内不应介)(小生)这奴才竟舍我而去。(手打副净脸介)你背俺到何处去?(副净)到北京去。(小生狠咬副净肩介)(副净忍痛介)哎呀!咬杀我也。(丢小生于地,向净、丑拱介)皇帝一枚奉送。(净、丑拱介)领谢,领谢!(齐拉小生袖急走介)(末抱住小生腿叫介)田雄,田雄!快来夺驾。(副净佯拉,放手介)(净、丑竟拉小生下)(末作爬不起介)怎么起不来的?(副净)元帅中箭了。(末)那个射俺?(副净)是我们放箭射贼,误伤了元帅。(末)瞎眼的狗才。我且问你,为何背出圣驾来?(副净)俺要护驾逃走的,不料被他们抢去。(末)你与我快快赶上。(副净笑介)不劳元帅吩咐。俺是一名长解子[23],收拾包裹,自然护送到京的。(背包裹雨伞急赶下)(末怒介)呵呸!这伙没良心的反贼,俺也不及杀你了。(哭介)苍天,苍天!怎知明朝天下。送在俺黄得功之手。

【尾声】平生骁勇无人当,拉不住黄袍[24]北上,笑断江东父老肠。

罢罢罢!除却一死,无可报国。(拔剑大叫介)大小三军,都来看断头将军呀。(一剑刎死介)

注　释

〔1〕　乌合——乌鸦聚散不定,因此用乌合来比喻仓卒的集合。这里指没有纪律和战斗力的队伍。

〔2〕　凤淮两镇——即今安徽凤阳和江苏淮安两地,当时由刘良佐和刘泽清二将镇守。

〔3〕　司马——指阮大铖,当时他任兵部尚书。

〔4〕　露肘捉襟——即捉襟见肘。本是形容衣不蔽体的,这里比喻顾此失彼。

〔5〕　金汤——即金城汤池。金,形容坚固不可破;汤,比喻沸热不能近。这里是形容淮安、扬州二城形势的险固的。

〔6〕　"九曲天险"二句——九曲天险即黄河,据说黄河河水九曲,长九千里。这二句意说南明君臣的不重河防,让北兵轻易渡河南下。

〔7〕　寂寞鱼龙——杜甫《秋兴》诗:"鱼龙寂寞秋江冷,故国平居有所思。"这里的寂寞鱼龙是弘光帝引以自比的。

〔8〕　"江浦边"三句——銮驾是帝皇的车驾。中郎将是比将军低一点的将官。这三句说黄得功是曾在江浦边迎接车驾的旧将官。

〔9〕　咬指——表示怀疑的表演动作。

〔10〕　天颜——对皇帝相貌的尊称。

〔11〕　私巡——天子私自巡游。

〔12〕　蒙尘——指皇帝出奔。

〔13〕　失水神龙——比喻失势的皇帝。

〔14〕 "鞠躬尽瘁"二句——引自诸葛亮《后出师表》,可参考第二十五龂注〔15〕。

〔15〕 干系——即关系。

〔16〕 宿卫之官——就是在宫中侍候皇帝的近卫官员。

〔17〕 行宫——天子出京游幸时的临时宫殿。

〔18〕 支更——意即守夜。

〔19〕 "孝当竭力"二句——原见《千字文》。意说孝顺父母应该尽自己的力量,为国尽忠可以牺牲性命。

〔20〕 怀揣——即怀藏。

〔21〕 波斯——我国自隋唐以来,一般称识宝的外国商人作波斯。

〔22〕 奇货——参看第十四龂注〔25〕。

〔23〕 长解子——解送长途犯人的差役。

〔24〕 黄袍——指天子。

第三十八龂　沉　江[1]

乙酉五月

【锦缠道】(外扮史可法,毡笠急上)(回头望介)望烽烟,杀气重,扬州沸喧;生灵尽席卷[2],这屠戮皆因我愚忠不转。兵和将,力竭气喘,只落了一堆尸软。俺史可法率三千子弟,死守扬州,那知力尽粮绝,外援不至。北兵今夜攻破北城,俺已满拚自尽。忽然想起明朝三百年社稷,只靠俺一身撑持,岂可效无益之死,舍孤立之君。故此缒下[3]南城,直奔仪真[4],幸遇一只报船,渡过江来。(指介)那城阙隐隐,便是南京了;可恨老腿酸软,不能走动,如何是好。(惊介)呀!何处走来这匹白骡,待俺骑上,沿江跑去便了。(骑骡,折柳作鞭介)跨上白骡鞯,空江野路,哭声动九原[5]。日近长安远[6],加鞭,云里指宫殿。

(副末扮老赞礼背包裹跑上)残年还避乱,落日更思家。(外撞倒副末介)(副末)呵哟哟!几乎滚下江去。(看外介)你这位老将爷好没眼色!(外下骡扶起介)得罪,得罪!俺且问你,从那里来的?(副末)南京来的。(外)南京光景如何?(副末)你还不知么,皇帝老子逃去两三日了。目下北兵过江,满城大乱,城门都关的。(外惊介)呵呀,这等去也无益矣!(大哭介)皇天后土,二祖列宗,怎的半壁江山也不能保住呀。(副末惊介)听他哭声,倒像是史阁部。(问介)你是史老爷么?(外)下官便是。你如何认得?(副末)小人是太常寺一个老赞礼,曾在太平门外伺候过老爷的。(外认介)是呀!那日恸哭先帝,便是老兄了。(副末)不敢。请问老爷,为何这般狼狈!(外)今夜扬州失陷,才从城头缒下来的。(副末)要向那里去?(外)原要南京保驾,不想圣上也走了。(顿足哭介)

【普天乐】撇下俺断篷船,丢下俺无家犬;叫天呼地千百遍,归无路,进又难前。(登高望介)那滚滚雪浪拍天,流不尽湘累[7]怨。(指介)有了,有了!那便是俺葬身之地。胜黄土[8],一丈江鱼腹宽展。(看身介)俺史可法亡国罪臣,那容的冠裳而去。(摘帽、脱袍、靴介)摘脱下袍靴冠冕。(副末)我看老爷竟像要寻死的模样。(拉住介)老爷三思,不可短见呀!(外)你看茫茫世界,留着俺史可法何处安放。累死英雄,到此日看江山换主,无可留恋。

(跳入江翻滚下介)(副末呆望良久,抱靴、帽、袍服哭叫介)史老爷呀,史老爷呀!好一个尽节忠臣,若不遇着小人,谁知你投江而死呀!(大哭介)(丑扮柳敬亭,携生忙上)偷生辞狱吏,避乱走天涯。(末扮陈贞慧,小生扮吴应箕,携手忙上)日日争门户,今年傍那家。(生呼介)定兄,次兄,日色将晚,快些走动。(末、小生)来了。(丑)我们出狱,不觉数日,东藏西躲,终无栖身之地。前面是龙潭[9]江岸,大家商量,分路逃生罢!(末)是,是。(见副末介)你这位老兄,为何在此恸哭?(副末)俺也是走路的,适才撞见史阁部老爷投江而死,由不的伤心哭他几声。(生)史阁部怎得到此?(副末)今夜扬州城陷,逃到此间,闻的皇帝已走,跺[10]了跺脚,跳下江去了。(生)那有此事?(副末指介)这不是脱下的衣服、靴、帽么!(丑看介)你看衣裳里面,浑身朱印。(生)待俺认来。(读介)"钦命总督江北等处兵马内阁大学士兼兵部尚书印"。(生惊哭介)果然是史老先生。(末)设上衣冠,大家哭拜一番。(副末设衣冠介)(众拜哭介)

【古轮台】(合)走江边,满腔愤恨向谁言。老泪风吹面,孤城一片,望救目穿。使尽残兵血战,跳出重围,故国苦恋,谁知歌罢剩空筵。长江一线,吴头楚尾路三千。尽归别姓,雨翻云变。寒涛东卷,万事付空烟。精魂显[11],大招声逐海天远。

(生拍衣冠大哭介)(丑)阁部尽节,成了一代忠臣。相公不必过哀,大家分手罢!(生指介)你看一望烟尘,叫小生从那里归去?(末)我两人绕道前来,只为送兄过江;今既不能北上,何不随俺南行。(生)这纷纷乱世,怎能终始相依。倒是各人自便罢!(小生)侯兄主意若何?(生)我和敬亭商议,要寻一深山古寺,暂避数日,再图归计。(副末)我老汉正要向栖霞山去,那边地方幽僻,尽可避兵,何不同往?(生)这等极妙了。(末、小生)侯兄既有栖身之所,我们就此作别罢!(拜别介)伤心当此日,会面是何年。(末、小生掩泪下)(生问副末介)你到栖霞山中,有何公干?(副末)不瞒相公说,俺是太常寺一个老赞礼,只因太平门外哭奠先帝之日,那些文武百官,虚应故事;我老汉动了一番气恼,当时约些村中父老,捐施钱粮,趁着这七月十五日,要替崇祯皇帝建一个水陆道场。不料南京大乱,好事难行,因此携着钱粮,要到栖霞山上,虔[12]请高僧,了此心愿。(丑)好事,好事!(生)就求携带同行便了!(副末)待我收拾起这衣服、靴、帽着。(丑)这衣服、靴、帽,你要送到何处去?(副末)我想扬州梅花岭[13],是他老人家点兵之所,待大兵退后,俺去招魂埋葬,便有史阁部千秋佳城[14]了。(生)如此义举,更为难得。(副末背袍、靴等,生、丑随行介)

【馀文】山云变,江岸迁,一霎时忠魂不见,寒食[15]何人知墓田。

(副末)千古南朝作话传,(丑)伤心血泪洒山川;

(生)仰天读罢招魂[16]赋,(副末)扬子江头乱暝烟。

注　释

〔1〕　沉江——关于史可法之死,传说不一,一说被俘不屈而遇害;一说城破时,见清兵屠戮甚惨,即拔剑自刎,左右持救,后缒城潜舟去;一说引四骑出北门南走,没于乱军。作者把史可法之死,写为沉江殉国,把他之死写与屈原之死相同,歌颂他崇高的精忠报国思想。

〔2〕　生灵尽席卷——老百姓被杀尽。清兵攻破扬州,入城大屠杀

十天,"走不及者被杀,凡杀数十万人"(见《明季南略》)。这里写"生灵尽席卷"和《馀韵》写"淮阳井贮秋尸",说明作者在当时历史条件下,相当深刻地反映了这一历史事实。

〔3〕 缒下——沿着绳子坠下。

〔4〕 仪真——今江苏仪征市,在扬州与南京之间,靠长江北岸。

〔5〕 哭声动九原——意即哭声震动大地。

〔6〕 日近长安远——晋明帝幼年时,他父亲问他:"太阳和长安,离我们这儿那个近?"他说:"太阳近,因为我们抬头可以看到太阳,却看不见长安。"长安,一般泛指京城,这里即指南京。

〔7〕 湘累——屈原投湘水自杀,古典文学中每称他做湘累。累指没有罪而冤死的人。

〔8〕 "胜黄土"二句——即说他投江而死,葬在大鱼腹中,还胜于死埋黄土。

〔9〕 龙潭——在南京城东。

〔10〕 跺——即跺字。

〔11〕 "精魂显"二句——《大招》是《楚辞》的一篇。这二句意说史可法虽然死了,但他的精神影响是无限广大的。

〔12〕 虔——诚敬意。

〔13〕 梅花岭——在扬州广储门外,有史可法的衣冠墓。据《明史·史可法传》:"可法死,觅其遗骸,天暑,众尸蒸变,不可辨识。逾年,家人举袍笏招魂,葬于扬州郊外之梅花岭。"

〔14〕 千秋佳城——即指坟墓。

〔15〕 寒食——清明节前二天,祭扫的节日。

〔16〕 招魂——《楚辞》篇名。

第三十九齣　栖　真[1]

乙酉六月

【醉扶归】(净扮苏昆生同旦上)(旦)一丝幽恨嵌心缝,山高水远会相逢;拿住情根死不松,赚他也做游仙梦[2]。看这万叠云白罩青松,原是俺天台洞。

(唤介)师父,我们幸亏蓝田叔,领到栖霞山来。无意之中,敲门寻宿,偏撞着卞玉京做了这葆真庵主,留俺暂住,这也是天缘奇遇。只是侯郎不见,妾身无归,还求师父上心[3]寻觅。(净)不要性急。你看烟尘满地,何处寻觅;且待庵主出来,商量个常住之法。(老旦扮卞玉京道妆上)

【皂罗袍】何处瑶天笙弄[4],听云鹤缥缈,玉珮丁冬。花月姻缘半生空,几乎又把桃花种[5]。(见介)草庵淡薄,屈尊二位了。(旦)多谢收留,感激不尽。(净)正有一言奉告,江北兵荒马乱,急切不敢前行;我老汉的吹歌,山中又无用处,连日搅扰,甚觉不安。(老旦)说那里话。旧人重到,蓬山路通[6];前缘不断,巫峡恨浓,连床且话襄王梦[7]。

(净)我苏昆生有个活计在此。(换鞋、笠、取斧、担、绳索介)趁这天晴,俺要到岭头涧底,取些松柴,供早晚炊饭之用。不强如坐吃山空么?(老旦)这倒不敢动劳。(净)大家度日,怎好偷闲。(挑担介)脚下山云冷,肩头野草香。(下)(老旦闭门介)(旦)奴家闲坐无聊,何不寻些旧衣残裳,付俺缝补,以消长夏。

250

（老旦）正有一事借重。这中元节[8]，村中男女，许到白云庵与皇后周娘娘[9]悬挂宝幡[10]；就求妙手，替他成造，也是十分功德哩。（旦）这样好事，情愿助力。（老旦取出幡料介）（旦）待奴薰香洗手，虔诚缝制起来。（作洗手缝幡介）

【好姐姐】念奴前身业重[11]，绑十指筝弦箫孔[12]；慵线懒针，几曾解女红[13]。（老旦）香姐心灵手巧，一捻针线，就是不同的。（旦）奴家那晓针线，凭着一点虔心罢了。仙幡捧，忏悔尽教指头肿[14]，绣出鸳鸯别样工。

（共绣介）（副末扮老赞礼，丑扮柳敬亭，背行李领生上）

【皂罗袍】（生）避了干戈横纵，听飕飕一路，涧水松风。云锁栖霞两三峰，江深五月寒风送。（副末）这是栖霞山了。你们寻所道院，趁早安歇罢。（生看介）这是一座葆真庵，何不敲门一问。石墙萝户[15]，忙寻炼翁[16]，鹿柴[17]鹤径，急呼道童，仙家那晓浮生[18]恸。

（副末敲门介）（老旦起问介）那个敲门？（副末）俺是南京来的，要借贵庵暂安行李。（老旦）这里是女道住持[19]，从不留客的。

【好姐姐】你看石墙四耸，昼掩了重门无缝；修真女冠[20]，怕遭俗客哄。（丑）我们不比游方僧道，暂住何妨。（老旦）真经讽[21]，谨把祖师清规[22]奉，处女闺阁一样同。

（旦）说的有理，比不得在青楼之日了。（老旦）这是俺修行本等，不必睬他；且去香厨[23]用斋罢。（同下）（副末又敲门介）（生）他既谨守清规，我们也不必苦缠了。（副末）前面庵观尚多，待我再去访问。（行介）（副净扮丁继之道装，提药篮上）

【皂罗袍】采药深山古洞，任芒鞋竹杖，踏遍芳丛。落照苍凉树玲珑,林中笋蕨充清供[24]。(副末喜介)那边一位道人来了,待我上前问他。(拱介)老仙长,我们上山来做好事的,要借道院暂安行李,敢求方便一二!(副净认介)这位相公,好像河南侯公子。(丑)不是侯公子是那个?(副净又认介)老兄你可是柳敬亭么?(丑)便是。(生认介)呵呀!丁继老,你为何出了家也。(副净)侯相公,你不知么。俺善才迟暮[25],羞入旧宫;龟年[26]疏懒,难随妙工;辞家竟把仙箓[27]诵。

　　(生)原来因此出家。(丑)请问住持何山?(副净)前面不远,有一座采真观,便是俺修炼之所。不嫌荒僻,就请暂住何如?(生)甚好。(副末)二位遇着故人,已有栖身之地。俺要上白云庵,商量醮事去了。(生)多谢携带。(副末)彼此。(别介)人间消业海,天上礼仙坛。(下)(副净携生、丑行介)跨过白泉,又登紫阁;雪洞风来,云堂[28]雨落。(生惊介)前面一道溪水,隔断南山,如何过去?(副净)不妨。靠岸有只渔船,俺且坐船闲话,等个渔翁到来,央他撑去;不上半里,便是采真观了。(同上船坐介)(丑)我老柳少时在泰州北湾,专以捕鱼为业;这渔船是弄惯了的,待我撑去罢。(生)妙,妙。(丑撑船介)(生问副净介)自从梳栊香君,借重光陪,不觉别来便是三载。(副净)正是。且问香君入宫之后,可有消息么?(生)那得消息来。(取扇指介)这柄桃花扇,还是我们订盟之物,小生时刻在手。

【好姐姐】把他桃花扇拥,又想起青楼旧梦;天老地荒,此情无尽穷。分飞猛[29],杳杳万山隔鸾凤,美满良缘半月同[30]。

　　(丑)前日皇帝私走,嫔妃逃散,料想香君也出宫门;且待南京平定,再去寻访罢。(生)只怕兵马赶散,未必重逢了。(掩泪介)(副净指介)那一带竹篱,便是俺的采真观,就请拢船上岸罢。(丑挽船,同上岸介)(副净唤介)道僮,有远客到门,快搬行李。(内应介)(副净)请进。(让入介)

(生)门里丹台[31]更不同,(副净)寂寥松下养衰翁;

(丑)一湾溪水舟千转, (生)跳入蓬壶[32]似梦中。

注　释

〔1〕 栖真——真在这里指道观。栖真,意即寄居道观。

〔2〕 游仙梦——本指神游仙境,这里是指对于美满的男女爱情的憧憬。

〔3〕 上心——意即上紧、用心。

〔4〕 "何处瑶天笙弄"三句——瑶天即天上的仙境。笙弄,用笙吹奏的乐调。云鹤缥缈,玉珮丁冬,形容仙人在空中飘游的情景。

〔5〕 几乎又把桃花种——意说差不多又惹上了儿女风情。

〔6〕 蓬山路通——蓬山即蓬莱山,相传是神仙住的地方。李商隐《无题》诗:"刘郎已恨蓬山远,更隔蓬山一万重。"这里翻用他的诗意。

〔7〕 襄王梦——即楚襄王高唐梦的故事,可参看第五齣注〔40〕。

〔8〕 中元节——即阴历七月十五日。

〔9〕 皇后周娘娘——即崇祯皇帝的周皇后。李自成等农民起义军攻陷北京时,她自杀而死。

〔10〕 宝幡——是佛寺里挂的幢幡。

〔11〕 业重——罪孽深重。

〔12〕 绑十指筝弦箫孔——意说十指只会弹弄弦管。

〔13〕 女红——红和工同,女红一般指女子的缝纫刺绣工作。

〔14〕 忏悔尽教指头肿——意说为忏悔罪业，尽管指头肿了也要缝好它。

〔15〕 萝户——萝即女萝，也名松萝，地衣类植物，产深山中。萝户，指蔓延着松萝的门户。

〔16〕 炼翁——炼丹道士。

〔17〕 鹿柴——柴本作砦，鹿柴就是篱笆。

〔18〕 浮生——佛家认为人生在世，虚浮无定，所以叫作浮生。

〔19〕 女道住持——意即由女道士作住持。住持是主持寺院的和尚或道士。

〔20〕 修真女冠——修真即修仙，女冠即女道士。

〔21〕 真经讽——真经指道士念的经典。讽即诵念。

〔22〕 祖师清规——祖师是宗派的创立人。清规指佛家或道家的生活规约。

〔23〕 香厨——即香积厨，指僧家的厨房，这里借用。

〔24〕 清供——清贫的供养。

〔25〕 善才迟暮——唐元和中，曹保的儿子善才精通琵琶，因此后人即用善才来称呼琵琶师。迟暮即晚年。

〔26〕 龟年——唐玄宗时著名的乐工李龟年。

〔27〕 仙篆——道家的秘文。

〔28〕 白泉、紫阁、雪洞、云堂——这些都是山林寺观里对自然景物或建筑物惯用的名称。

〔29〕 分飞猛——突然被拆散的意思。

〔30〕 美满良缘半月同——意说只有半个月的共同美满生活。

〔31〕 丹台——就是炼丹台。

〔32〕 蓬壶——仙山名。传说海中有三山，其中一座叫蓬莱山，因形像壶子，也叫作蓬壶。

第四十龄　入　道

乙酉七月

【南点绛唇】(外扮张薇瓢冠衲衣[1],持拂上)世态纷纭,半生尘里朱颜[2]老;拂衣不早[3],看罢傀儡闹。恸哭穷途[4],又发哄堂笑。都休了,玉壶琼岛[5],万古愁人少。

贫道张瑶星,挂冠[6]归山,便住这白云庵里。修仙有分,涉世无缘。且喜书客蔡益所随俺出家,又载来五车经史。那山人蓝田叔也来皈依[7],替我画了四壁蓬瀛[8]。这荒山之上,既可读书,又可卧游,从此飞升尸解[9],亦不算懵懂神仙矣。只有崇祯先帝,深恩未报,还是平生一件缺事。今乃乙酉年七月十五日,广延道众,大建经坛,要与先帝修斋追荐[10];恰好南京一个老赞礼,约些村中父老,也来搭醮。不免唤出弟子,趁早铺设。(唤介)徒弟何在?(丑扮蔡益所,小生扮蓝田叔道装上)尘中辞俗客,云里会仙官。(见介)弟子蔡益所、蓝田叔,稽首了。(拜介)(外)尔等率领道众,照依黄箓科仪[11],早铺坛场;待俺沐浴更衣,虔心拜请。正是:清斋朝帝座,直道在人心。(下)(丑、小生铺设三坛,供香花茶果,立幡挂榜介)

【北醉花阴】高筑仙坛海日晓,诸天群灵俱到,列星众宿[12]来朝。幡影飘摇,七月中元建醮。

(丑)经坛斋供,俱已铺设整齐了。(小生指介)你看山下父老,捧酒顶香,纷纷来也。(副末扮老赞礼,领村民男女,顶香捧酒,挑纸钱、锭锞[13]、绣幡上)

【南画眉序】携村醪,紫降黄檀[14]绣帕包。(指介)望虚无玉殿,帝座非遥;问谁是皇子王孙,撇下俺村翁乡老。(掩泪介)万山深处中元节,擎着纸钱来吊。

(见介)众位道长,我们社友俱已齐集了,就请法师老爷出来巡坛罢。(丑、小生向内介)铺设已毕,请法师更衣巡坛,行洒扫之仪。(内三鼓介)(杂扮四道士奏仙乐,丑、小生换法衣捧香炉,外金道冠、法衣,擎净盏,执松枝,巡坛洒扫介)

【北喜迁莺】(合)净手洒松梢[15],清凉露千滴万点抛;三转九回坛边绕,浮尘热恼全浇。香烧,云盖飘[16],玉座层层百尺高。响云璈[17],建极宝殿,改作团瓢[18]。

(外下)(丑、小生向内介)洒扫已毕,请法师更衣拜坛,行朝请大礼。(丑、小生设牌位:正坛设故明思宗烈皇帝之位;左坛设故明甲申殉难文臣之位;右坛设故明甲申殉难武臣之位)(内奏细乐介)(外九梁朝冠[19]、鹤补朝服[20]、金带、朝鞋、牙笏上)(跪祝介)伏以星斗增辉,快睹蓬莱之现;风雷布令,遥瞻阊阖[21]之开。恭请故明思宗烈皇帝九天法驾,及甲申殉难文臣[22],东阁大学士范景文,户部尚书倪元璐,刑部侍郎孟兆祥,协理京营兵部侍郎王家彦,左都御史李邦华,右副都御史施邦耀,大理寺卿凌义渠,太常寺少卿吴麟征,太仆寺丞申佳胤,詹事府庶子周凤翔,谕德马世奇,中允刘理顺,翰林院检讨汪伟,兵科都给事中吴甘来,巡视京营御史王章,河南道御史陈良谟,提学御史陈纯德,兵部郎中成德,吏部员外郎许直,兵部主事金铉;武臣新乐侯刘文炳,襄城伯李国桢,驸马都尉巩永固,协理京营内监王承恩等。伏愿彩仗随车,素旗拥驾;君臣穆穆[23],指青鸟以来临;文武皇皇[24],乘白云而至止。共听灵籁[25],同饮仙浆。(内奏乐,外三献酒,四拜介)(副末、村民随拜介)

【南画眉序】(外)列仙曹,叩请烈皇下碧霄[26];舍煤山古树,解却宫绦。且享这椒酒松香,莫恨那流贼闯盗。古来谁保千年业,精灵永留山庙。

(外下)(丑、小生左右献酒,拜介)(副末、村民随拜介)

【北出队子】(丑、小生)虔诚祝祷,甲申殉节群僚。绝粒刎颈恨难消,坠井投缳[27]志不挠,此日君臣同醉饱。

(丑、小生)奠酒化财,送神归天。(众烧纸牌钱锞,奠酒举哀介)(副末)今日才哭了个尽情。(众)我们愿心已了,大家吃斋去。(暂下)(丑、小生向内介)朝请已毕,请法师更衣登坛,做施食功德。(设焰口[28],结高坛介)(内作细乐介)(外更华阳巾[29]、鹤氅,执拂子上,拜坛毕,登坛介)(丑、小生侍立介)(外拍案介)窃惟浩浩沙场,举目见空中之楼阁;茫茫苦海,回头登岸上之瀛州。念尔无数国殇[30],有名敌忾[31],或战畿辅[32],或战中州,或战湖南,或战陕右;死于水,死于火,死于刃,死于镞[33],死于跌扑踏践,死于疠疫饥寒。咸望滚榛莽之髑髅[34],飞风烟之磷火,远投法座,遥赴宝山。吸一滴之甘泉[35],津含万劫;吞盈掬之玉粒,腹果千春。(撒米、浇浆、焚纸、鬼抢介)

【南滴溜子】沙场里,沙场里,尸横蔓草;殷血[36]腥,殷血腥,白骨渐槁。可怜风旋雨啸,望故乡无人拜扫;饿魄馋魂,来饱这遭。

(丑、小生)施食已毕,请法师普放神光,洞照三界[37],将君臣位业,指示群迷。(外)这甲申殉难君臣,久已超升天界了。(丑、小生)还有今年北去君臣,未知如何结果?恳求指示。(外)你们两廊道众,斋心[38]肃立;待我焚香打坐[39],闭目静观。(丑、小生执香,低头侍立介)(外闭目良久介)(醒向众介)那北去弘光皇帝,及刘良佐、刘泽清、田雄等,阳数未终,皆无显验。(丑、小生前禀介)还有史阁部、左宁南、黄靖南,这三位死难之臣,未知如何报应?(外)待我看来。(闭目介)(杂白须、幞头[40]、朱袍、黄纱蒙面,幢幡细乐引上)吾乃督师内阁大学士兵部尚书史可法。今奉上帝之命,册为太清宫紫虚真人,走马到任去也。(骑马下)(杂金盔甲、红纱蒙面,旗帜鼓吹引上)俺乃宁南侯左良玉。今奉上帝之命,封为飞天使者,走马到任去也。(骑马下)(杂银盔甲、黑纱蒙面,旗帜鼓吹引上)俺乃靖南侯黄得功。今奉上帝之命,封为游天使者,走马到任去也。(骑马下)(外开目介)善哉,善哉!方才梦见阁部史道邻先生,册为太清宫紫虚真人;宁南侯左昆山、靖南侯黄虎山,封为飞天、游天二使者。一个个走马到任,好荣耀也。

【北刮地风】则见他云中天马骄,才认得一路英豪。咭叮咣奏着钧天乐[41],又摆些羽葆干旄[42]。将军刀,丞相袍,挂符牌都是九天名号[43]。好尊荣,好逍遥,只有皇天不昧功劳。

(丑、小生拱手介)南无天尊[44],南无天尊!果然善有善报,天理昭彰。(前禀介)还有奸臣马士英、阮大铖,这两个如何报应?(外)待俺看来。(闭目介)(净散发披衣跑上)我马士英做了一生歹事,那知结果这台州山中[45]。(杂扮霹雳雷神,赶净绕场介)(净抱头跪介)饶命,饶命!(杂劈死净,剥衣去介)(副净冠带上)好了,好了!我阮大铖走过这仙霞岭,便算第一功了。(登高介)(杂扮山神、夜叉,刺副净下、跌死介)(外开目介)苦哉,苦哉！方才梦见马士英被雷击死台州山中,阮大铖跌死仙霞岭上[46]。一个个皮开脑裂,好苦恼也。

【南滴滴金】明明业镜[47]忽来照,天网恢恢[48]飞不了。抱头颇由你千山跑,快雷车偏会找,钢叉又到。问年来吃人多少脑,这顶浆两包,不够犬饕[49]。

(丑、小生拱手介)南无天尊,南无天尊！果然恶有恶报,天理照彰。(前禀介)这两廊道众,不曾听得明白,还求法师高声宣扬一番。(外举拂高唱介)(副末、众村民执香上,立听介)

【北四门子】(外)众愚民暗室亏心少[50],到头来几曾饶,微功德也有吉祥报,大巡环睁眼瞧。前一番,后一遭,正人邪党,南朝接北朝。福有因[51],祸怎逃,只争些来迟到早。

(副末、众叩头下)(老旦扮卞玉京,领旦上)天上人间,为善最乐。方才同些女道,在周皇后坛前挂了宝幡,再到讲堂参见法师。(旦)奴家也好闲游么？(老旦指介)你看两廊道俗[52],不计其数,瞧瞧何妨。(老旦拜坛介)弟子卞玉京稽首了！(起同旦一边立介)(副净扮丁继之上)人身难得,大道难闻。(拜坛介)弟子丁继之稽首了。(起唤介)侯相公,这是讲堂,过来随喜[53]。(生急上)来了！久厌尘中多苦趣,才知世外有仙缘。(同立一边介)(外拍案介)你们两廊善众,要把尘心抛尽,才求得向上机缘;若带一点俗情,免不了轮回[54]千遍。(生遮扇看旦,惊介)那边站的是俺香君,如何来到此处？(急上前拉介)(旦惊见介)你是侯郎,想杀奴也。

【南鲍老催】想当日猛然舍抛,银河渺渺谁架桥,墙高更比天际高。书难捎,梦空劳,情无了,出来路儿越迢遥。（生指扇介）看这扇上桃花,叫小生如何报你。看鲜血满扇开红桃,正说法天花落[55]。

（生、旦同取扇看介）（副净拉生,老旦拉旦介）法师在坛,不可只顾诉情了。（生、旦不理介）（外怒拍案介）嗻！何物儿女,敢到此处调情。（忙下坛,向生、旦手中裂扇掷地介）我这边清净道场,那容得狡童游女[56],戏谑混杂。（丑认介）阿呀！这是河南侯朝宗相公,法师原认得的。（外）这女子是那个？（小生）弟子认得他,是旧院李香君,原是侯兄聘妾。（外）一向都在何处来？（副净）侯相公住在弟子采真观中。（老旦）李香君住在弟子葆真庵中。（生向外揖介）这是张瑶星先生,前日多承超豁。（外）你是侯世兄,幸喜出狱了。俺原为你出家,你可知道么？（生）小生那里晓得。（丑）贫道蔡益所,也是为你出家。这些缘由,待俺从容告你罢。（小生）贫道是蓝田叔,特领香君来此寻你,不想果然遇着。（生）丁、卞二师收留之恩,蔡、田二师接引之情,俺与香君世世图报。（旦）还有那苏昆生,也随奴到此。（生）柳敬亭也陪我前来。（旦）这柳、苏两位,不避患难,终始相依,更为可感。（生）待咱夫妻还乡,都要报答的。（外）你们絮絮叨叨,说的俱是那里话。当此地覆天翻,还恋情根欲种,岂不可笑！（生）此言差矣！从来男女室家,人之大伦,离合悲欢,情有所钟[57],先生如何管得？（外怒介）呵呸！两个痴虫,你看国在那里,家在那里,君在那里,父在那里,偏是这点花月情根[58],割他不断么？

【北水仙子】堪叹你儿女娇,不管那桑海变[59]。艳语淫词太絮叨,将锦片前程[60],牵衣握手神前告。怎知道姻缘簿久已勾销;翅楞楞[61]鸳鸯梦醒好开交,碎纷纷团圆宝镜不坚牢。羞答答当场弄丑惹的旁人笑,明荡荡大路劝你早奔逃。

(生揖介)几句话,说的小生冷汗淋漓,如梦忽醒。(外)你可晓得么?(生)弟子晓得了。(外)既然晓得,就此拜丁继之为师罢。(生拜副净介)(旦)弟子也晓得了。(外)既然也晓得,就此拜下玉京为师罢。(旦拜老旦介)(外吩咐副净、老旦介)与他换了道扮。(生、旦换衣介)(副净、老旦)请法师升座,待弟子引见。(外升座介)(副净领生,老旦领旦,拜外介)

【南双声子】芟情苗[62],芟情苗,看玉叶金枝凋;割爱胞,割爱胞,听凤子龙孙[63]号。水沤漂[64];水沤漂;石火敲,石火敲;剩浮生一半,才受师教。

(外指介)男有男境,上应离[65]方;快向南山之南,修真学道去。(生)是。大道才知是,浓情悔认真。(副净领生从左下)(外指介)女有女界,下合坎[66]道;快向北山之北,修真学道去。(旦)是。回头皆幻景,对面是何人。(老旦领旦从右下)(外下座大笑三声介)

【北尾声】你看他两分襟[67],不把临去秋波[68]掉。亏了俺桃花扇扯碎一条条,再不许痴虫儿自吐柔丝缚万遭[69]。

  白骨青灰长艾萧,桃花扇底送南朝;
  不因重做兴亡梦,儿女浓情何处消。

注　释

　　〔1〕　瓢冠衲衣——瓢冠,瓜瓢形的僧帽。衲衣即僧衣。

〔2〕 朱颜——指少年时红润的颜貌。

〔3〕 "拂衣不早"二句——拂衣,即辞官归山。傀儡是木偶戏,这里借指政治上的各种纷争。

〔4〕 "恸哭穷途"二句——恸哭穷途是阮籍的故事,可参看第十四齣注〔35〕。哄堂,形容大笑。

〔5〕 玉壶琼岛——指仙家住的地方。

〔6〕 挂冠——汉朝逢萌看见当时政治混乱,解冠挂在东城门,带家属浮海去。后人因此用挂冠来表示自动弃官。

〔7〕 皈(guī)依——佛家语,身心归依的意思。

〔8〕 蓬瀛——即传说中蓬莱、瀛洲二仙山。

〔9〕 飞升尸解——即成仙。修道的人死了叫尸解。

〔10〕 追荐——即追祭。

〔11〕 黄箓科仪——黄箓,道家用的写在金简上的秘文。科仪指佛教或道教的各种仪式。

〔12〕 列星众宿——天上的星宿,古时迷信传说,以为天上星宿都有神灵主宰。

〔13〕 锭锞——祭神时烧的金银纸锭。

〔14〕 紫降黄檀——指二种香料。檀香有黄檀、白檀、紫檀等三种,紫降疑即紫檀的降香,传说焚烧后可以降神。

〔15〕 净手洒松梢——道士作法时每用松枝蘸净水四洒。

〔16〕 云盖飘——形容香烟浓聚,像云盖一样。

〔17〕 响云璈——云璈即云锣,铜制的小锣。参看第五齣注〔16〕。

〔18〕 建极宝殿,改作团瓢——意即皇帝的宝殿改作团瓢。团瓢,简陋的小屋。

〔19〕 九梁朝冠——梁是朝冠上的横梁,梁数的多少因官品的高下而定。九梁朝冠是官居极品才能戴的。

〔20〕 鹤补朝服——补是官服前胸及后背用金线绣成的图案,用以区别官品高下的。明朝的制度,一品文官绣仙鹤。

〔21〕 阊阖——天门。

〔22〕 甲申殉难文臣一节——甲申为1644年,这年李自成攻陷北京,崇祯皇帝自缢。当时明朝文武大臣死难的,从东阁大学士范景文至兵部主事金铉,事迹并见《明史》卷二百六十五、卷二百六十六。刘文炳事迹见《明史》卷三百。李国祯《明史》卷一百四十六。巩永固附见《明史》卷二百六十六。王承恩事迹见《明史》卷三百〇五。

〔23〕 "君臣穆穆"二句——穆穆,形容有威仪的样子。青鸟,指使者。可参看第二十八齣注〔25〕。

〔24〕 皇皇——形容盛大。

〔25〕 灵籁(lài)——籁,箫管。灵籁,指迎神的乐曲。

〔26〕 烈皇下碧霄——烈皇即崇祯皇帝,碧霄即青天。

〔27〕 投缳(huán)——上吊。

〔28〕 焰口——本是佛教传说里饿鬼的名字,后来称和尚作法为饿鬼施食叫设焰口。

〔29〕 华阳巾——梁道士陶宏景,自号华阳隐居,后人因此每称道士的头巾作华阳巾。

〔30〕 国殇——指死于国事的将士。

〔31〕 敌忾(kài)——指对敌人的愤恨。

〔32〕 畿辅——京师附近。

〔33〕 镞(zú)——箭头。

〔34〕 "咸望滚榛莽之髑髅"四句——意说那些在榛莽里滚的髑髅,在风烟里飞的磷火(以前人把磷火当作鬼火),都希望他们能远投法座,遥赴宝山来。

〔35〕 "吸一滴之甘泉"四句——意即吸一滴的甘泉,万劫不渴;吞一撮的米粒,千年不饿。

〔36〕 殷(yān)血——赤黑色的血。

〔37〕 三界——佛家称众生住处是欲界,欲界之上是色界,色界之上是无色界,合称三界。

〔38〕 斋心——道家在举行宗教仪式前要求专一心志,不起杂念,称作斋心。

〔39〕 打坐——僧、道称静坐作打坐。

〔40〕 幞头——是古代品官戴的巾帻,形状像现在京戏里宰相戴的方纱帽。

〔41〕 钧天乐——天上的音乐。

〔42〕 羽葆干旄(máo)——羽葆,仪仗中的华盖,用鸟的羽毛来作装饰的。干旄,古时仪仗中用的旌旗。

〔43〕 九天名号——指天官名号,如紫虚真人、飞天使者之类。

〔44〕 南无天尊——南无是从印度梵文翻译过来的,读作"nā mó",有敬仰皈依之意。天尊,即佛。

〔45〕 结果这台州山中——据《明史·马士英传》,当时传说他逃到台州山寺作和尚,被清兵搜杀。

〔46〕 阮大铖跌死仙霞岭上——阮大铖投顺清兵后,从清兵进攻仙霞关,僵仆石上而死。附见《明史·马士英传》。

〔47〕 业镜——佛家语。传说是冥界写取众生善恶业的镜子。

〔48〕 天网恢恢——《老子》:"天网恢恢,疏而不失。"天网是指天对于人的法网;恢恢,形容广大。

〔49〕 饕(tāo)——贪吃。

〔50〕 "众愚民暗室亏心少"四句——意说众愚民在暗室中少有亏心,到头来不曾被饶过;微小的功德也有吉祥的报应,这是要从大巡环看的。大巡环,疑指"六道轮回"的迷信说法,参看本齣注〔55〕。

〔51〕 "福有因"三句——暗用"善恶到头终有报,只争来早与来迟"的语意。争,差别意。

〔52〕 道俗——道士、俗家。

〔53〕 随喜——参看闰二十龅注〔21〕,这里指游谒寺院。

〔54〕 轮回——佛家认为世界众生,从最初开始一直辗转生死在六道之中。六道即天道、人道、阿修罗道、鬼道、畜生道、地狱道。生死交替,像车轮般旋转不停,只有得道成佛,才能免去轮回的痛苦。

〔55〕 说法天花落——传说广长长老讲经,说到好处,天花乱坠。

〔56〕 狡童游女——意指追求情爱的少男少女。

〔57〕 情有所钟——意即情有所专注。

〔58〕 花月情根——指男女爱情。

〔59〕 桑海变——意即沧海桑田变迁。这里指朝代的更换,国家的兴亡。

〔60〕 锦片前程——指美满婚姻。

〔61〕 翅楞楞——同支楞楞,形容鸟类飞腾的声音。

〔62〕 芟(shān)情苗——意即斩断情根。芟是刘草。

〔63〕 玉叶金枝、风子龙孙——指明朝宗室。

〔64〕 "水沤漂"四句——意说人生像在水中漂浮的泡沫,又像敲石发出的火花,是不经久的。

〔65〕 离——八卦之一,属南。

〔66〕 坎(kǎn)——八卦之一,属北。

〔67〕 分襟——分别。

〔68〕 临去秋波——指临别时回顾的眼光。

〔69〕 再不许痴虫儿自吐柔丝缚万遭——意说再不许这些痴心男女在儿女柔情里作茧自缚。

续四十齣　馀　韵

戊子九月

[西江月]（净扮樵子挑担上）放目苍崖万丈,拂头红树千枝;云深猛虎出无时,也避人间弓矢。建业城啼夜鬼,维扬井贮秋尸[1];樵夫剩得命如丝,满肚南朝野史。在下苏昆生,自从乙酉年[2]同香君到山,一住三载,俺就不曾回家,往来牛首[3]、栖霞,采樵度日。谁想柳敬亭与俺同志,买只小船,也在此捕鱼为业。且喜山深树老,江阔人稀;每日相逢,便把斧头敲着船头,浩浩落落,尽俺歌唱,好不快活。今日柴担早歇,专等他来促膝闲话,怎的还不见到。(歇担盹睡介)(丑扮渔翁摇船上)年年垂钓鬓如银,爱此江山胜富春[4];歌舞丛中征战里,渔翁都是过来人。俺柳敬亭送侯朝宗修道之后,就在这龙潭江畔,捕鱼三载,把些兴亡旧事,付之风月闲谈。今值秋雨新晴,江光似练,正好寻苏昆生饮酒谈心。(指介)你看,他早已醉倒在地,待我上岸,唤他醒来。(作上岸介)(呼介)苏昆生。(净醒介)大哥果然来了。(丑拱介)贤弟偏杯呀!(净)柴不曾卖,那得酒来。(丑)愚兄也没卖鱼,都是空囊,怎么处?(净)有了,有了!你输水,我输柴,大家煮茗清谈罢。(副末扮老赞礼,提弦携壶上)江山江山,一忙一闲,谁赢谁输,两鬓皆斑。(见介)原来是柳、苏两位老哥。(净、丑拱介)老相公怎得到此?(副末)老夫住在燕子矶[5]边,今乃戊子年[6]九月十七日,是福德星君[7]降生之辰;我同些山

中社友,到福德神祠祭赛已毕,路过此间。(净)为何挟着弦子,提着酒壶?(副末)见笑见笑!老夫编了几句神弦歌[8],名曰〔问苍天〕。今日弹唱乐神,社散之时,分得这瓶福酒。恰好遇着二位,就同饮三杯罢。(丑)怎好取扰。(副末)这叫做"有福同享"。(净、丑)好,好!(同坐饮介)(净)何不把神弦歌领略一回?(副末)使得!老夫的心事,正要请教二位哩。(弹弦唱巫腔)(净、丑拍手衬介)

〔问苍天〕新历数,顺治朝,五年戊子;九月秋,十七日,嘉会良时。击神鼓,扬灵旗,乡邻赛社[9];老逸民,剃白发,也到丛祠。椒作栋[10],桂为楣,唐修晋建;碧和金,丹间粉,画壁精奇。貌赫赫,气扬扬,福德名位;山之珍,海之宝,总掌无遗。超祖祢[11],迈君师,千人上寿;焚郁兰[12],奠清醑[13],夺户争墀[14]。草笠底,有一人,掀须长叹:贫者贫,富者富,造命奚为[15]?我与尔,较生辰,同月同日;囊无钱,灶断火,不啻乞儿。六十岁,花甲周,桑榆暮矣[16];乱离人,太平犬,未有亨期[17]。称玉斝[18],坐琼筵,尔餐我看;谁为灵,谁为蠢,贵贱失宜。臣稽首,叫九阍[19],开聋启瞆;宣命司,检禄籍,何故差池[20]。金阙远,紫宸[21]高,苍天梦梦;迎神来,送神去,舆马风驰。歌舞罢,鸡豚收,须臾社散;倚枯槐,对斜日,独自凝思。浊享富,清享名,或分两例;内才多,外财少,应不同规。热似火,福德君,庸人父母;冷如冰,文昌帝[22],秀士宗师。神有短,圣有亏,谁能足愿;地难填,天难补,造化[23]如斯。释尽了,胸中愁,欣欣微笑;江自流,云自卷,我又何疑。

(唱完放弦介)出丑之极。(净)妙绝!逼真《离骚》、《九歌》[24]了。(丑)失敬,失敬!不知老相公竟是财神一转哩。(副末让介)请干此酒。(净咂舌介)这寡酒[25]好难吃也。(丑)愚兄倒有些下酒之物。(净)是什么东西?(丑)请猜一猜。(净)你的东西,不过是些鱼鳖虾蟹。(丑摇头介)猜不着,猜不着。(净)还有什么异味?(丑指口介)是我的舌头。(副末)你的舌头,你自下酒,如何让客。(丑笑介)你不晓得,古人以《汉书》下酒[26];这舌头会说《汉书》,岂非下酒之物。(净取酒斟介)我替老哥斟酒,老哥就把《汉书》说来。(副末)妙妙!只恐菜多酒少了。(丑)既然《汉书》太长,有我新编的一首弹词,叫做〔秣陵秋〕,唱来下酒罢。(副末)就是俺南京的近事么?(丑)便是!(净)这都是俺们耳闻眼见的,你若说差了,我要罚的。(丑)包管你不差。(丑弹弦介)六代兴亡,几点清弹千古慨;半生湖海,一声高唱万山惊。(照盲女弹词唱介)

〔秣陵秋〕陈隋烟月恨茫茫,井带胭脂[27]土带香;骀荡[28]柳绵沾客鬓,叮咛莺舌恼人肠。中兴朝市[29]繁华续,遗孽儿孙[30]气焰张;只劝楼台追后主[31],不愁弓矢下残唐。蛾眉越女才承选,燕子吴歈[32]早擅场,力士签名搜笛步[33],龟年协律奉椒房。西昆词赋新温李[34],乌巷[35]冠裳旧谢王;院院宫妆金翠镜[36],朝朝楚梦雨云床。五侯阃外空狼燧,二水洲边自雀舫[37];指马谁攻秦相诈[38],入林都畏阮生狂[39]。春灯已错从头认[40],社党重钩无缝藏;借手杀仇长乐老[41],协肩媚贵半闲堂。龙钟阁部啼梅岭[42],跋扈将军噪武昌[43];九曲河流晴唤渡[44],千寻江岸夜移防[45]。琼花劫到[46]雕栏损,玉树歌终[47]画殿凉;沧海迷家龙寂寞,风尘失伴凤徬徨。青衣衔璧何年返[48],碧血溅沙此地亡[49];南内汤池仍蔓草[50],东陵辇路又斜阳。全开锁钥淮扬泗[51],难整乾坤左史黄[52]。建帝飘零烈帝惨[53],英宗困顿武宗荒[54];那知还有福王一[55],临去秋波泪数行。

（净）妙妙！果然一些不差。（副末）虽是几句弹词,竟似吴梅村[56]一首长歌。（净）老哥学问大进,该敬一杯。（斟酒介）（丑）倒叫我吃寡酒了。（净）愚弟也有些须下酒之物。（丑）你的东西,一定是山肴野蔌了。（净）不是,不是。昨日南京卖柴,特地带来的。（丑）取来共享罢。（净指口介）也是舌头。（副末）怎的也是舌头？（净）不瞒二位说,我三年没到南京,忽然高兴,进城卖柴。路过孝陵,见那宝城享殿,成了刍牧之场。（丑）呵呀呀！那皇城如何？（净）那皇城墙倒宫塌,满地蒿莱了。（副末掩泪介）不料光景至此。（净）俺又一直走到秦淮,立了半响,竟没一个人影儿。（丑）那长桥旧院,是咱们熟游之地,你也该去瞧瞧。（净）怎的没瞧,长桥已无片板,旧院剩了一堆瓦砾。（丑捶胸介）咳！恸死俺也。（净）那时疾忙回首,一路伤心;编成一套北曲,名为〔哀江南〕。待我唱来！（敲板唱弋阳腔[57]介）俺樵夫呵！

〔哀江南〕[58]〔北新水令〕山松野草带花挑,猛抬头秣陵重到。残军留废垒,瘦马卧空壕;村郭萧条,城对着夕阳道。

[驻马听]野火频烧,护墓长楸多半焦。山羊群跑,守陵阿监几时逃。鸽翎蝠粪满堂抛,枯枝败叶当阶罩;谁祭扫,牧儿打碎龙碑帽。

[沉醉东风]横白玉八根柱倒,堕红泥半堵墙高,碎琉璃瓦片多,烂翡翠窗棂少,舞丹墀燕雀常朝,直入宫门一路蒿,住几个乞儿饿莩。

[折桂令]问秦淮旧日窗寮,破纸迎风,坏槛当潮,目断魂消。当年粉黛,何处笙箫。罢灯船端阳不闹,收酒旗重九无聊。白鸟飘飘,绿水滔滔,嫩黄花有些蝶飞,新红叶无个人瞧。

[沽美酒]你记得跨青溪半里桥,旧红板没一条。秋水长天人过少,冷清清的落照,剩一树柳弯腰。

[太平令]行到那旧院门,何用轻敲,也不怕小犬哰哰。无非是枯井颓巢,不过些砖苔砌草。手种的花条柳梢,尽意儿采樵;这黑灰是谁家厨灶?

[离亭宴带歇指煞]俺曾见金陵玉殿莺啼晓,秦淮水榭花开早,谁知道容易冰消。眼看他起朱楼,眼看他宴宾客,眼看他楼塌了。这青苔碧瓦堆,俺曾睡风流觉,将五十年兴亡看饱。那乌衣巷不姓王,莫愁湖鬼夜哭,凤凰台栖枭鸟。残山梦最真,旧境丢难掉,不信这舆图换稿。诌一套〔哀江南〕,放悲声唱到老。

（副末掩泪介）妙是绝妙，惹出我多少眼泪。（丑）这酒也不忍入唇了，大家谈谈罢。（副净时服[59]，扮皂隶暗上）朝陪天子辇[60]，暮把县官门；皂隶[61]原无种，通侯岂有根？自家魏国公嫡亲公子徐青君的便是，生来富贵，享尽繁华。不料国破家亡，剩了区区一口。没奈何在上元县[62]当了一名皂隶，将就度日。今奉本官签票，访拿山林隐逸，只得下乡走走。（望介）那江岸之上，有几个老儿闲坐，不免上前讨火，就便访问。正是：开国元勋留狗尾[63]，换朝逸老缩龟头[64]。（前行见介）老哥们有火借一个！（丑）请坐。（副净坐介）（副末问介）看你打扮，像一位公差大哥。（副净）便是。（净问介）要火吃烟么，小弟带有高烟[65]，取出奉敬罢。（敲火取烟奉副净介）（副净吃烟介）好高烟，好高烟！（作晕醉卧倒介）（净扶介）（副净）不要拉我，让我歇一歇，就好了。（闭目卧介）（丑问副末介）记得三年之前，老相公捧着史阁部衣冠，要葬在梅花岭下，后来怎样？（副末）后来约了许多忠义之士，齐集梅花岭，招魂埋葬，倒也算千秋盛事，但不曾立得碑碣。（净）好事，好事，只可惜黄将军刎颈报主，抛尸路旁，竟无人埋葬。（副末）如今好了，也是我老汉同些村中父老，检骨殡殓，起了一座大大的坟茔，好不体面。（丑）你这两件功德，却也不小哩。（净）二位不知，那左宁南气死战船时，亲朋尽散，却是我老苏殡殓了他。（副末）难得，难得。闻他儿子左梦庚袭了前程[66]，昨日扶柩回去了。（丑掩泪介）左宁南是我老柳知己。我曾托蓝田叔画他一幅影像，又求钱牧斋题赞[67]了几句；逢时遇节，展开祭拜，也尽俺一点报答之意。（副净醒，作悄语介）听他说话，像几个山林隐逸。（起身问介）三位是山林隐逸么？（众起拱介）不敢，不敢，为何问及山林隐逸？（副净）三位不知么，

271

现今礼部上本,搜寻山林隐逸。抚按大老爷张挂告示,布政司行文已经月馀,并不见一人报名。府县着忙,差俺们各处访拿,三位一定是了,快快跟我回话去。(副末)老哥差矣,山林隐逸乃文人名士,不肯出山的。老夫原是假斯文的一个老赞礼,那里去得。(丑、净)我两个是说书唱曲的朋友,而今做了渔翁樵子,益发不中了。(副净)你们不晓得,那些文人名士,都是识时务的俊杰,从三年前俱已出山了。目下正要访拿你辈哩。(副末)啐,征求隐逸,乃朝廷盛典,公祖父母[68]俱当以礼相聘,怎么要拿起来!定是你这衙役们奉行不善。(副净)不干我事,有本县签票在此,取出你看。(取看签票欲拿介)(净)果有这事哩。(丑)我们竟走开如何?(副末)有理。避祸今何晚,入山昔未深。(各分走下)(副净赶不上介)你看他登崖涉涧,竟各逃走无踪。

【清江引】大泽深山随处找,预备官家要。抽出绿头签[69],取开红圈票[70],把几个白衣山人吓走了。

  (立听介)远远闻得吟诗之声,不在水边,定在林下,待我信步找去便了。(急下)(内吟诗曰)

  渔樵同话旧繁华,短梦寥寥记不差;
  曾恨红笺衔燕子,偏怜素扇染桃花。
  笙歌西第留何客?烟雨南朝换几家?
  传得伤心临去语,年年寒食哭天涯。

注　释

  [1]　维扬井贮秋尸——维扬即扬州。井贮秋尸,指清兵南下时扬州人民的被屠杀。

〔2〕 乙酉年——公元1645年。这年清兵攻陷南京,明亡。

〔3〕 牛首——山名,在南京城南。

〔4〕 富春——地名,在浙江富春江西,东汉严光曾在这里隐耕。

〔5〕 燕子矶——在南京市观音山上,丹崖翠壁,有磴道盘曲而上,俯瞰大江,形如飞燕,故名。

〔6〕 戊子年——即清世祖顺治五年,公元1648年。

〔7〕 福德星君——即财神。

〔8〕 神弦歌——娱神的歌曲。这名称是从乐府里的《神弦曲》来的。

〔9〕 赛社——祭社神。

〔10〕 "椒作栋"六句——椒作栋,桂为楣,形容庙宇的芳香;唐修晋建,即晋代建筑,唐代重修,说明它历史的悠久。下三句形容装璜的富丽,壁画的精致。

〔11〕 祢(nǐ)——今读mí,父庙。

〔12〕 郁兰——浓烈的香。

〔13〕 醑——美酒。

〔14〕 夺户争堙——指祭赛者的拥挤。

〔15〕 造命奚为——造命意指造物主,奚为即为何。

〔16〕 桑榆暮矣——本指日暮,在日落时,它的影在桑榆之间。这里指人的晚年。

〔17〕 乱离人,太平犬,未有亨期——俗谚:"宁作太平犬,莫作乱离人。"亨,通达意。

〔18〕 称玉斝(jiǎ)——举玉杯。

〔19〕 九阍——指上帝的宫门。

〔20〕 宣命司,检禄籍,何故差池——从"我与尔,较生辰,同月同日"到这句,都是老赞礼拿自己的处境跟福德星君比较,因而质问他的话。

因为老赞礼与福德星君同月同日生,而一贫一富,相去甚远,因此他感到不平。宣命司,检禄籍,意即要上帝宣召司命的神,检查他的禄籍。禄籍,是迷信传说里认为注定人们福禄的簿册。

〔21〕 金阙,紫宸——都指天帝的宫殿。

〔22〕 文昌帝——是主管文士功名禄位的神。

〔23〕 造化——创造化育的意思,即指天地、大自然。

〔24〕《离骚》、《九歌》——《楚辞》篇名,屈原所作。

〔25〕 寡酒——单饮酒,没有下酒的东西。

〔26〕《汉书》下酒——参看第四龄注〔32〕。

〔27〕 井带胭脂——这是有关陈后主亡国的故事。胭脂井又名辱井,即陈朝景阳宫内的景阳井。隋灭陈时,陈后主和张、孔两个妃子,一齐躲在井内而被捕,后人因称这井作胭脂井。

〔28〕 骀(dài)荡——形容轻盈飘散的状态。

〔29〕 中兴朝市——即指南明王朝。

〔30〕 遗孽儿孙——指马士英、阮大铖等。

〔31〕 "只劝楼台追后主"二句——后主指陈后主,残唐即五代时的南唐。这里说马士英、阮大铖只会劝诱弘光帝去追踪陈后主的建造楼台,贪图享乐,没有顾虑到北兵的南下。

〔32〕 燕子吴歈(yú)——燕子即《燕子笺》传奇。吴歈,指昆曲,《燕子笺》是用昆曲演唱的。

〔33〕 "力士签名搜笛步"二句——这两句是说阮大铖等人按着名单去旧院征选歌妓、清客来教演《燕子笺》,准备演给弘光帝看。力士即高力士,是唐明皇的内监。这里泛指皇帝的内监。笛步是南京的地名,教坊所在的地方,这里指旧院。龟年即李龟年,这里指教唱的清客。

〔34〕 西昆词赋新温李——西昆词赋指宋朝杨亿、刘筠、钱惟演等人所作的诗文,这些诗文都是模仿晚唐诗人李商隐、温庭筠的。他们曾把彼此唱和的诗编成一个集子,叫《西昆酬唱集》。

〔35〕 乌巷——即乌衣巷,参看第一齣注〔24〕。

〔36〕 "院院宫妆金翠镜"二句——这二句形容那些后宫美人用心打扮,以求得皇帝的宠幸,皇帝也只顾朝夕淫乐。

〔37〕 "五侯阃外空狼燧"二句——五侯指武将,阃外是城郭以外的地方,一般指武将统辖的区域。狼燧即狼烟,参看第三十四齣注〔2〕。二水洲边,指南京的白鹭洲边。雀舫即朱雀舫,是一种游船。这二句意说南明君臣不顾阃外守将的告急,仍在白鹭洲的画舫上宴乐。

〔38〕 指马谁攻秦相诈——指马暗用秦相赵高指鹿为马的故事来形容马士英的奸诈。

〔39〕 入林都畏阮生狂——意说由于人们畏惧阮大铖的猖狂因而避入山林中去。

〔40〕 "春灯已错从头认"二句——形容阮大铖反覆无常。他写了《春灯谜》里的《十错认》来表示自己的悔过;后来得势,又到处拘捕东林、复社人士。钩,是彼此牵连之意。

〔41〕 "借手杀仇长乐老"二句——长乐老是五代时宰相冯道。半闲堂是南宋奸相贾似道在西湖葛岭修建的院宅名。这里都用来比拟马士英、阮大铖的阴险以及阮大铖等对马士英的谄媚。

〔42〕 龙钟阁部啼梅岭——指史可法在梅花岭誓师。龙钟,形容老态,也可形容悲泣。

〔43〕 跋扈将军噪武昌——指左良玉传檄东下。跋扈,形容态度的强横。

〔44〕 九曲河流晴唤渡——意说在黄河方面不设防,不警戒,任从北兵南渡。

〔45〕 千寻江岸夜移防——意指马士英、阮大铖把黄、刘三镇的兵移防江岸,堵截左良玉的兵东下。

〔46〕 琼花劫到——扬州有琼花观。琼花劫到,指扬州为清兵攻破,全城遭到屠杀。

〔47〕 玉树歌终——玉树歌即陈后主《玉树后庭花》曲。玉树歌终，指这荒淫的南明王朝的灭亡。

〔48〕 青衣衔璧何年返——指弘光帝被掳。晋怀帝被匈奴刘聪掳去，叫他穿着青衣斟酒，表示对他的侮辱。本古时国君在被敌人打败投降时，往往背绑双手，口里衔着一块玉璧，去见敌人。

〔49〕 碧血溅沙此地亡——指黄得功因弘光帝被掳北去而自刎。

〔50〕 "南内汤池仍蔓草"二句——南内即南宫，指南京明故宫。汤池是宫内温泉。东陵指在南京城东的孝陵。辇路是天子车驾经行的道路。

〔51〕 全开锁钥淮扬泗——指淮阴、扬州、泗阳等地都相继失守。

〔52〕 左史黄——即左良玉、史可法、黄得功。

〔53〕 建帝飘零烈帝惨——建帝即明建文皇帝，明成祖攻破南京后，相传他在外面流亡，作云游和尚。烈帝即明崇祯皇帝。

〔54〕 英宗困顿武宗荒——明英宗正统十四年（公元 1449 年），瓦剌侵入中国，英宗亲自带兵征讨，兵败被俘。武宗宠用刘瑾，是明代出名荒淫的皇帝。

〔55〕 福王一——意说福王在位只一年。应喜臣《青磷屑》："思宗御极（即位）之元年，五凤楼前获一黄袱，内袭小画一卷，题云：'天启七，崇祯十七，还有福王一。'"

〔56〕 吴梅村——即吴伟业（1609—1672），字骏公，号梅村。他在二十岁时便做了翰林院编修，是复社的领袖人物之一，也是明末清初的著名诗人。

〔57〕 弋阳腔——是我国戏曲歌腔的一种，以最初流行于江西弋阳江一带而得名。

〔58〕 〔哀江南〕曲——此曲引自贾应宠的《贾凫西木皮词》中《历代史略鼓词·哀江南》。原曲的每支曲子有一标题，如〔北新水令〕标题为"总起"，〔驻马听〕标题为"吊金陵"，〔沉醉东风〕标题为"吊故宫"，〔折桂

令〕标题为"吊秦淮",〔沽美酒〕标题为"吊长桥",〔太平令〕标题为"吊旧院",〔离亭宴带歇指煞〕标题为"总吊金陵"。

〔59〕 时服——即清朝服装。

〔60〕 "朝陪天子辇"二句——上句写徐青君在明朝的得意,下句写他入清后的落魄。

〔61〕 皂隶——旧时衙门里的差役。

〔62〕 上元县——清代分南京为江宁、上元二县,同属江苏省治。

〔63〕 开国元勋留狗尾——徐青君是明代开国元勋徐达的子孙,现在当了清朝的皂隶,因此他在剧中以狗尾自嘲。

〔64〕 换朝逸老缩头龟——意说那些明代的遗老都归隐山林,不肯出仕。缩头龟,形容怕事不肯出头。苏轼《陈季常见过》诗:"人言君畏事,欲作缩头龟。"

〔65〕 高烟——上好的烟草。

〔66〕 袭了前程——承继了官爵。

〔67〕 钱牧斋题赞——钱谦益《有学集》有《为柳敬亭题左宁南画像》诗。

〔68〕 公祖父母——明清时代对地方官的尊称。

〔69〕 绿头签——是当时官府捕人的签,用绿色漆签头的。

〔70〕 红圈票——是当时官府捕人的文据,在要逮捕的人的姓名上加红圈的。

附　录

桃　花　扇　序

梁溪梦鹤居士[1]撰

　　尝怪百子山樵所作传奇四种[2]，其人率皆更名易姓，不欲以真面目示人。而《春灯谜》[3]一剧，尤致意于一错二错，至十错而未已。盖心有所歉，词辄因之。乃知此公未尝不知其生平之谬误，而欲改头易面以示悔过；然而清流诸君子[4]，持之过急，绝之过严，使之流芳路塞[5]，遗臭心甘。城门所殃[6]，浡至荆棘铜驼而不顾。祸虽不始于夷门[7]，夷门亦有不得谢其责者。呜呼！气节伸而东汉亡[8]，理学炽而南宋灭；胜国[9]晚年，虽妇人女子，亦知向往东林，究于天下事奚补也。当其时，伟人欲扶世祚[10]，而权不在己；宵人能覆鼎铼[11]，而溺于宴安；扼腕[12]时艰者，徒属之席帽青鞋之士[13]，时露热血者，或反在优伶口技[14]之中。斯乾坤何等时耶？既无龙门、昌黎[15]之文，以淋漓而发挥之，又无太白、少陵之诗，以长歌而痛哭之。何意六十载后，云亭山人[16]以承平圣裔[17]，京国闲曹[18]，忽然兴会所至，撰出《桃花扇》一书。上不悖于清议之是非，下可以供儿女之笑噱。呼！异乎哉！当日皖城[19]自命以填词擅天下，讵意今人即以其技，还夺其席[20]，而且不能匿其瑕，而且几欲褫其魄[21]哉！虽然，作者上下千古，非不鉴于当日之局[22]，而欲铺东林之馀糟也；亦非有甚慨于青盖黄旗之事[23]，而为狡童黍离之悲也。徒以署冷官闲，窗明几净，胸有勃勃欲发之文章,而偶然借奇立传云尔。斯时也,适然而有却奁之义姬[24],适然而有掉舌之二客,适然而事在兴亡之际,皆所谓奇可以传者也。彼既奔赴于腕下,吾亦发抒其胸中,可以当长歌,可以代痛哭,可以吊零香断粉,可以悲华屋山邱[25],虽人其人而事其事[26],若一无所避忌者,然不必目为词史[27]也。犹记岁在甲戌[28],先生指署斋所悬唐朝乐器小忽雷[29],令余谱之。一时刻烛分笺[30],叠鼓竞吹,觉浩浩落落,如午夜之联诗[31],而性情加豳[32]。翌日而歌儿持板待韵,又翌日而旗亭已树赤帜[33]矣。斯剧之作,亦犹是焉。为有所谓乎?无所谓乎?然读至卒章,见板桥残照[34]、杨柳弯腰之语,虽使柳七[35]复生,犹将下拜。而谓千古以上,千古以下,有不拍案叫绝,慷慨起舞者哉?妙矣至矣!蔑以加矣!若夫夷门复出应试[36],似未足当高蹈之目,而桃叶却聘一事[37],仅见之与中丞一书;事有不必尽实录者。作者虽有轩轾[38]之文,余则仍视为太虚浮云[39],空中楼阁云尔。

注　释

〔1〕 梁溪梦鹤居士——是顾彩的别号。顾彩(1650—1718)字天石,无锡人,曾与孔尚任合著《小忽雷》传奇,后又改孔尚任《桃花扇》为生旦当场团圆,称《南桃花扇》。梁溪即今江苏无锡。

〔2〕 百子山樵所作传奇四种——百子山樵是阮大铖(1587—1646)的别号。传奇的意思是奇异而值得流传的故事。唐代的裴鉶作小说六卷,叫作《传奇》,人们因称唐小说为传奇。以后这名称的内容不断改变,明清以来一般用以称呼以南曲为主要唱腔的长篇戏剧。阮大铖著有《春灯谜》、《燕子笺》、《双金榜》、《狮子赚》四种传奇。

〔3〕《春灯谜》——是阮大铖在崇祯末年写的传奇。这个剧的末

龋有一段平话，名叫《十错认》，有人认为这是阮大铖失势后为了表示愧悔而写的。

〔4〕 清流诸君子——这里指明末复社的成员。清流是德行高洁的意思。

〔5〕 "流芳路塞"二句——流芳和遗臭的意思刚相反，前者是指流传美名于后世，后者指流传恶名于后世。这两句是说阮大铖没有重新做人的机会，只得死心的干坏事。

〔6〕 "城门所殃"二句——传说宋国的城门失火，从池中取水救火，池里水干，鱼亦因之遭殃。城门所殃，借用这传说来表示无辜受累的意思。荆棘铜驼意说天下大乱。据说晋朝索靖有远见，知道天下快要大乱，指着洛阳宫门的铜驼叹说："恐怕就要看见你在荆棘中了！"浒解作再。这两句是说：甚至因此引起国家灭亡的祸害都不顾了。

〔7〕 夷门——指侯方域。战国时的著名人物侯嬴曾守大梁夷门，侯方域与他同姓，因被尊称为夷门。

〔8〕 "气节伸而东汉亡"二句——东汉末年太学生的领袖郭泰、贾彪等与朝官陈蕃、李膺等联合，伸张气节，反对宦官。结果反为宦官所陷害，造成了三次"党锢之祸"。到黄巾起义，这些被害的人才获得自由，但已经不能挽回危局，东汉跟着灭亡了。所以这里说"气节伸而东汉亡"。理学是两宋时代的重要哲学流派。南宋理学虽盛，但终为蒙古所亡，所以这里说"理学炽而南宋灭"。

〔9〕 胜国——已亡的国家。因为被当时的国家所战胜，所以叫胜国。这里指明朝。

〔10〕 世祚——国家的命运。

〔11〕 "宵人能覆鼎悚"二句——宵人即小人。夏禹收九州的铜铁铸造九鼎，当作传国重器，后人因把得天下叫做定鼎。悚(sù)是鼎里装载的珍贵食品。《易经》鼎卦："鼎折足，覆公悚。"覆鼎悚，意指倾覆国家。溺于宴安，意即沉醉在安乐的环境里。这两句意思是说：小人有倾覆国家的

权力而溺于宴安,不关心国家的命运。

〔12〕 扼腕——握手振奋,表示很关心而又无可奈何的样子。

〔13〕 席帽青鞋之士——席帽,本为唐代士子的一种装束,这里指士子。李巽《登第遗乡人》诗:"为报乡闾亲戚道,如今席帽已离身。"青鞋,本是山野人的服装,这里指隐者。杜甫诗:"青鞋布袜从此始。"

〔14〕 优伶口技——优伶是乐工,口技指说书的艺人。

〔15〕 龙门、昌黎——龙门指汉朝的司马迁,昌黎指唐代的韩愈,都是中国古代著名散文家。

〔16〕 云亭山人——《桃花扇》作者孔尚任的别号。

〔17〕 圣裔——孔尚任是孔子的后代,封建时代尊称他为圣裔。

〔18〕 京国闲曹——清代称各部司官作部曹,孔尚任的《桃花扇》写成时正在北京任户部广东司员外郎,因此称他作京国闲曹。

〔19〕 皖城——指阮大铖。阮大铖是安徽怀宁人,因此称他皖城。

〔20〕 夺其席——夺取他的地位。

〔21〕 褫(chǐ)其魄——夺取他的魂魄。《桃花扇》痛贬阮大铖,因此说几欲褫其魄。

〔22〕 "非不鉴于当日之局"二句——铺解作食,动词。糟是酒滓。这两句意思是说作者并不是不了解当时的局势,而盲从东林党。

〔23〕 "亦非有甚慨于青盖黄旗之事"二句——梁陆倕《石阙铭》:"青盖南泊,黄旗东指。"青盖、黄旗是古代王者的仪仗,指晋王朝;南泊、东指即指晋室南迁。这里借指明的灭亡。《狡童》、《黍离》都是《诗经》里的诗篇,内容是表现遗民对于故君、故国的怀念的。这两句主要意思是说孔尚任的《桃花扇》并不是有感于明朝的亡国而作的。——就《桃花扇》所表现的"兴亡之感"看,很可能顾天石这些话是有意替孔尚任掩饰的。

〔24〕 "适然而有却奁之义姬"二句——却奁之义姬即指李香君。却奁见《桃花扇》第七龅。掉舌之二客指明末清初的民间艺人苏昆生、柳敬亭。

〔25〕 悲华屋山丘——即凭吊兴亡的意思。曹植《箜篌引》诗："生存华屋处，零落归山丘。"意说生时处在华屋，死后归于山丘。

〔26〕 人其人而事其事——上一个人字、事字作动词用，意即写人、写事。全句意即照历史上的人、事直写。

〔27〕 词史——意即以词曲写成的史书。

〔28〕 甲戌——1694 年，即清康熙三十三年。

〔29〕 小忽雷——胡琴名，唐韩晋公滉所制，流传到清初，为孔尚任所得。孔尚任尝撰《小忽雷》传奇，由顾天石代填词。剧情略见本书前言第八节。

〔30〕 "刻烛分笺"二句——南齐竟陵王萧子良曾在晚上邀请学士作诗，在蜡烛上刻记号来限定写作的时间。刻烛分笺是规定时间共同填曲的意思。叠鼓竞吹是形容他们紧密合作的样子。

〔31〕 联诗——古时一种合作写诗的形式，每人各写一句或二句，互相配合，联成一诗。

〔32〕 鬯——与畅字通。

〔33〕 旗亭已树赤帜——旗亭即市楼。这里暗用唐朝诗人王昌龄等旗亭画壁的故事，说他的戏曲的广泛流传。树赤帜是用韩信攻赵的故事，表示取得胜利的意思。

〔34〕 "板桥残照"二句——见《桃花扇》末齣〔哀江南〕套〔沽美酒〕曲。

〔35〕 柳七——是北宋词人柳永的别号。

〔36〕 "夷门复出应试"二句——侯方域曾于顺治八年（公元 1651年）应清朝的科举，但《桃花扇》却写他在栖霞山归隐，所以这里说他未足当高蹈之目。高蹈即隐居。

〔37〕 "桃叶却聘一事"二句——桃叶本是晋王献之的爱妾，这里指香君。《桃花扇·守楼》一齣写香君宁死不从田仰，事见侯方域《壮悔堂集》的《李姬传》、《与田中丞书》二文。

〔38〕 轩轾——意指有意加以提高或降低。

〔39〕 "太虚浮云"二句——太虚就是天,空中楼阁本是海市蜃楼,用来形容虚无缥缈的东西。这两句意指虚构。